DENNISE LEHANE

Regenzauber

ROMAN

Aus dem Amerikanischen
von Andrea Fischer

WELTBILD

Für meine Freunde
John Demsey, Chris Mullen und Susan Hayes,
die mich einige ihrer besten Zeilen
stibitzen ließen,
ohne mich deshalb vor Gericht zu bringen.

Und für Andre,
der schmerzlich vermisst wird.

Genehmigte Lizenzausgabe für Verlagsgruppe Weltbild GmbH,
Steinerne Furt, 86167 Augsburg

Die englische Originalausgabe erschien unter dem Titel
Prayers For Rain bei William Morrow & Company Inc., New York

Veröffentlicht 2001 im Econ Ullstein List
Taschenbuch Verlag, München.
Übersetzung: Andrea Fischer
Umschlaggestaltung: Studio Höpfner-Thoma, München
Umschlagmotiv: Volkert/Mauritius, Die Bildagentur; Mittenwald
Gesamtherstellung: Oldenbourg Taschenbuch GmbH,
Hürderstraße 4, 85551 Kirchheim
Printed in Germany
ISBN 3-8289-7163-6

2005 2004 2003 2002
Die letzte Jahreszahl gibt die aktuelle Lizenzausgabe an.

Besuchen Sie uns im Internet:
www.weltbild.de

Danksagung

Mein Dank geht an Dr. Keith Ablow, der meine Fragen zur Psychiatrie beantwortete, an Tom Corcoran, der meinen Kenntnissen über den 68er Shelby auf die Sprünge half, und an Chris und Julie Gleason, die sich meiner Fragen zur englischen Literatur annahmen – peinlich, dass ich sie stellen musste. Dank auch an Detective Michael Lawn von der Polizei in Watertown, der mich detailliert über Unfalleinsätze informierte, an Laura Need für die Aufklärung über Herzkrankheiten und an Emily Sperling von der Cape Cod Cranberry Growers' Association. Ebenfalls danke ich Paul und Maureen Welch, die mich nach Plymouth geführt haben, und MM, der mir die Arbeitsabläufe der amerikanischen Bundespost erklärte.

Danken möchte ich auch Jessica Baumgardner, Eleanor Cox, Michael Murphy, Sharyn Rosenblum sowie meinem Bruder Gerry, der mich während meiner Reisen nach New York bei sich aufnahm.

Und schließlich gebührt mein tiefster Dank wie immer Claire Wachtel, Ann Rittenberg und Sheila, die meine Entwürfe lasen, kein Blatt vor den Mund nahmen und dafür sorgten, dass ich mit beiden Beinen auf dem Boden blieb.

Ich hörte die alten, alten Männer verbreiten:
»Alles, was schön ist, sehn wir entgleiten
Wie Wasser.«

W. B. Yeats

Im Traum habe ich einen Sohn. Er ist ungefähr fünf Jahre alt, aber wenn er spricht, klingt er so vernünftig wie ein Fünfzehnjähriger. Er sitzt fest angeschnallt neben mir, seine Füße reichen kaum über den Beifahrersitz hinaus. Wir fahren einen riesigen Oldtimer, dessen Lenkrad so groß ist wie ein Fahrradreifen. Der späte Dezembermorgen um uns herum hat die Farbe von Chrom. Wir befinden uns in einer ländlichen Gegend, irgendwo südlich von Massachusetts, aber nördlich der Mason-Dixon-Linie – vielleicht in Delaware oder im Süden von New Jersey –, und in der Ferne ragen rotweiß karierte Silos aus den aufgebrochenen Weizenfeldern empor, die seit dem Schnee der letzten Woche mit einem blassen Zeitungsgrau überzogen sind. Um uns herum ist nichts, nur Felder, die Silos in der Ferne, eine eingefrorene, schweigende Windmühle und kilometerlange, mit Eis überzogene schwarze Telefonleitungen. Keine anderen Autos, keine Menschen. Nur mein Sohn und ich und die Betonstraße, die sich durch gefrorene Weizenfelder windet.

»Patrick?«, sagt mein Sohn.

»Ja?«

»Heute ist ein guter Tag.«

Ich lasse den stillen grauen Morgen, die absolute Ruhe auf mich wirken. Hinter dem letzten Silo steigt eine dunkle

Rauchsäule aus einem Stornstein. Obwohl ich das Haus nicht sehen kann, stelle ich mir vor, wie warm es darin ist. Ich kann das Essen im Ofen riechen und sehe die frei liegenden Kirschholzbalken in der Küche aus goldfarbenem Holz. Eine Schürze hängt am Griff der Ofentür. Ich spüre, wie schön es ist, an einem stillen Dezembermorgen in einem Haus zu sein.

Ich sehe meinen Sohn an und antworte: »Ja, das stimmt.«

Mein Sohn sagt: »Wir fahren den ganzen Tag. Wir fahren die ganze Nacht. Wir fahren für immer.«

»Sicher«, erwidere ich.

Mein Sohn blickt aus dem Fenster. »Dad?«, fragt er.

»Ja?«

»Wir hören nie auf zu fahren.«

Ich sehe ihn an und ich erkenne meine Augen in den seinen.

»Na gut. Wir hören nie auf zu fahren«, sage ich.

Er legt seine Hand auf meine. »Wenn wir anhalten, bekommen wir keine Luft mehr.«

»Ja.«

»Wenn wir keine Luft mehr bekommen, sterben wir.«

»Das stimmt.«

»Ich will nicht sterben, Dad.«

Ich streiche ihm mit der Hand über das weiche Haar. »Ich auch nicht.«

»Dann hören wir also nie auf zu fahren.«

»Nein, mein Freund.« Ich lächle ihn an. Ich rieche seine Haut, sein Haar, den Duft eines Neugeborenen am Körper eines Fünfjährigen. »Wir hören nie auf zu fahren.«

»Gut.«

Er macht es sich in seinem Sitz bequem und schläft ein, die Wange an meinen Handrücken gedrückt.

Vor mir zieht sich die Straße durch staubige weiße Felder, meine Hand hält das Lenkrad locker und sicher. Die flache, gerade Straße erstreckt sich vor mir über tausend Meilen.

Knisternd weht der Wind den schmutzigen Schnee in kleinen Wirbeln von den Feldern in die Risse im Straßenbelag vor uns.

Ich werde nie aufhören zu fahren. Ich werde nie aus dem Auto steigen. Ich werde den Tank nicht leerfahren. Ich werde nicht hungrig werden. Hier ist es warm. Mein Sohn ist bei mir. Er ist in Sicherheit. Ich bin in Sicherheit. Ich werde nie aufhören zu fahren. Ich werde nicht müde werden. Ich werde nie aufhören.

Frei und grenzenlos liegt die Straße vor mir.

Mein Sohn lässt meine Hand los und fragt: »Wo ist Mom?«

»Ich weiß es nicht«, antworte ich.

»Ist das schlimm?« Er blickt zu mir auf.

»Nein, ist es nicht«, sage ich. »Alles ist gut. Schlaf weiter.«

Mein Sohn schläft wieder ein. Ich fahre weiter.

Als ich erwache, sind wir beide verschwunden.

Kapitel 1

Als ich Karen Nichols zum ersten Mal sah, hielt ich sie für eine Frau, die sogar ihre Strümpfe bügelt.

Die zierliche blonde Frau stieg gerade aus einem dunkelgrünen VW Käfer, als Bubba und ich mit unserem Morgenkaffee in der Hand quer über die Straße zur Kirche St. Bartholomew gingen. Es war zwar Februar, aber in diesem Jahr hatte der Winter uns vergessen. Abgesehen von einem Schneesturm und ein paar Tagen mit Temperaturen unter Null war das Wetter fast schon wie im Frühling. Jetzt hatten wir bereits fast zehn Grad, dabei war es erst zehn Uhr morgens. Globale Erwärmung hin oder her, solange ich nicht den Gehsteig kehren muss, hab ich nichts dagegen.

Karen Nichols schirmte die Augen mit der Hand ab, obwohl die Morgensonne gar nicht so hell war, und lächelte mich unsicher an.

»Mr. Kenzie?«

Ich schenkte ihr mein allerbravstes Muttersöhnchenlächeln und streckte ihr die Hand entgegen. »Miss Nichols?«

Aus unerfindlichen Gründen lachte sie. »Ja, Karen. Ich bin zu früh.«

Sie schob ihre Hand in meine. Die Hand fühlte sich so weich und zart an, als trüge sie einen Handschuh. »Ich bin Patrick. Das ist Mr Rogowski.«

Bubba grunzte und schlürfte seinen Kaffee.

Karen Nichols ließ ihren Arm fallen und zuckte ein wenig zurück, als hätte sie Angst, auch Bubba die Hand geben zu müssen und sie nicht wieder zurückzubekommen.

Sie trug eine braune Wildlederjacke, die ihr bis zu den Oberschenkeln reichte, dazu einen anthrazitfarbenen Strickpullover mit Zopfmuster und rundem Halsausschnitt, eine blaue Jeans und strahlend weiße Reeboks. Ihre gesamte Aufmachung wirkte, als ob sie noch nie in die Nähe eines Flecks oder einer Staubflocke gekommen wäre.

Sie legte die zarten Finger an ihren makellosen Hals. »Zwei richtige Privatdetektive, wow!« Sie kniff die weichen blauen Augen zusammen, zog die Stupsnase in Falten, dann lachte sie wieder.

»Ich bin Detektiv«, sagte ich. »Der da ist nur 'n Penner.«

Bubba grunzte wieder und trat mir in den Hintern.

»Pfui ist das«, sagte ich. »Bei Fuß!«

Bubba nippte am Kaffee.

Karen Nichols blickte drein, als wäre es ein Fehler gewesen herzukommen. Schnell entschied ich, sie nicht mit in mein Büro im Glockenturm zu nehmen. Wenn jemand unsicher war, ob er mich engagieren sollte, war es meistens keine gute Idee, ihn mit in den Turm zu nehmen.

Es war Samstag, also schulfrei, die Luft war feucht, aber nicht kalt, deshalb gingen Karen Nichols, Bubba und ich zu einer Bank auf dem Schulhof. Ich nahm Platz. Karen Nichols säuberte die Bank mit einem blütenweißen Taschentuch, bevor sie sich setzte. Bubba runzelte die Stirn, weil kein Platz mehr für ihn war und sah mich böse an. Dann hockte er sich im Schneidersitz vor uns auf den Boden und blickte erwartungsvoll auf.

»Braver Junge«, sagte ich.

Bubba warf mir einen Blick zu, dem ich entnehmen konnte,

dass ich dafür büßen würde, sobald unsere feine Gesellschaft weg war.

»Miss Nichols«, sagte ich, »wie sind Sie auf mich gekommen?«

Sie wandte sich von Bubba ab und warf mir einen verdutzten Blick zu. Ihr blondes Haar war so kurz geschnitten wie das eines kleinen Jungen und erinnerte mich an Bilder von Frauen aus dem Berlin der Zwanziger. Es war mit Gel an den Kopf gedrückt und wäre wahrscheinlich nur dann aus der Form geraten, wenn sie sich hinter eine Flugzeugturbine gestellt hätte. Nichtsdestotrotz hatte sie es links neben dem Scheitel mit einer kleinen schwarzen Spange befestigt, auf die ein Marienkäfer gemalt war.

Ihre großen blauen Augen klärten sich und wieder lachte sie kurz nervös auf. »Mein Freund.«

»Und wie heißt er?«, fragte ich und tippte auf Tad oder Ty oder Hunter.

»David Wetterau.«

So viel zu meinen Fähigkeiten im Gedankenlesen.

»Ich glaube, den kenne ich nicht.«

»Er kennt jemanden, der früher mit Ihnen zusammengearbeitet hat. Eine Frau, glaube ich.«

Bubba hob den Kopf und warf mir einen bösen Blick zu. Er gab mir die Schuld, dass Angie nicht mehr mit mir arbeitete, weggezogen war, sich einen Honda gekauft hatte, Kostüme von Anne Klein trug und sich nicht mehr mit uns herumtrieb.

»Angela Gennaro?«, fragte ich Karen Nichols.

Sie lächelte. »Ja. So heißt sie.«

Bubba grunzte erneut. Bald würde er den Mond anheulen.

»Und warum brauchen Sie einen Privatdetektiv, Miss Nichols?«

»Karen.« Sie wandte sich mir zu und schob sich eine unsichtbare Strähne hinters Ohr.

»Gut, Karen. Warum brauchen Sie einen Detektiv?«

Sie verzog die gespitzten Lippen zu einem traurigen Lächeln. Kurz sah sie auf ihre Knie hinunter. »In dem Studio, wo ich trainieren gehe, da ist so ein Kerl, ja?«

Ich nickte.

Sie schluckte. Wahrscheinlich hoffte sie, dass ich den Rest aus diesem einen Satz erschloss. Ich war mir sicher, dass sie mir etwas Unangenehmes erzählen würde, und davon überzeugt, dass sie bisher nur flüchtige Bekanntschaft mit unangenehmen Dingen gemacht hatte, wenn überhaupt.

»Er hat's auf mich abgesehen, läuft mir bis zum Auto nach. Zuerst war das einfach nur nervig, ja?« Sie hob den Kopf und suchte nach einem Zeichen von Verständnis in meinen Augen. »Dann wurde es schlimmer. Er rief mich zu Hause an. Ich hab alles getan, um ihm im Studio nicht über den Weg zu laufen, aber ein paarmal parkte er sogar vor unserem Haus. Irgendwann hatte David die Nase voll und sprach mit dem Typen. Er stritt alles ab und bedrohte David sogar.« Sie blinzelte und knetete die Finger ihrer linken Hand. »David ist körperlich nicht sehr ... eindrucksvoll? Ist das das richtige Wort?«

Ich nickte.

»Deshalb lachte dieser Cody – so heißt er, Cody Falk – David aus und rief mich am selben Abend wieder an.«

Cody. Ich hasste ihn schon jetzt, aus Prinzip.

»Er rief mich an und meinte, er wüsste genau, dass ich es wollte, dass ich wahrscheinlich noch nie so richtig ge ... ge ...«

»Gefickt«, ergänzte Bubba.

Sie zuckte zusammen, sah kurz zu ihm hinüber, dann wieder zu mir. »Ja. So richtig ge ... in meinem ganzen Leben. Und dass er wüsste, dass ich in Wirklichkeit will, dass er ... das tut. Ich habe ihm einen Zettel ans Auto geklemmt.

Ich weiß, dass das blöd war, aber, na ja, ich hab's trotzdem gemacht.«

Sie griff in ihre Tasche und zog ein zerknittertes rosa Blatt heraus. In perfekter Schreibschrift stand dort:

Mr Falk,
bitte lassen Sie mich in Ruhe.
Karen Nichols

»Als ich das nächste Mal im Studio war«, fuhr sie fort, »und zurück zu meinem Auto ging, hatte er ihn an die gleiche Stelle an der Windschutzscheibe geklemmt wie ich bei ihm. Wenn Sie den Zettel umdrehen, Mr Kenzie, können Sie seine Antwort lesen.« Sie wies auf das Blatt in meiner Hand.

Ich drehte es um. Auf die Rückseite hatte Cody Falk nur ein Wort geschrieben:

Nein.

Langsam wurde mir das Schwein wirklich unsympathisch.

»Und dann, gestern?« Ihre Augen füllten sich mit Tränen, sie schluckte mehrmals. An ihrem weichen, weißen Hals pochte eine dicke Ader.

Ich legte meine Hand auf ihre und sie schloss die Finger zur Faust.

»Was war gestern?«, fragte ich.

Laut vernehmlich sog sie Luft ein. »Hat er mein Auto demoliert.«

Bubba und ich warfen uns einen Blick zu, sahen zu dem glänzend grünen VW Käfer hinüber, der vor dem Schultor geparkt war. Er sah aus, als sei er frisch vom Band gerollt, wahrscheinlich roch er innen noch wie ein Neuwagen.

»Das da?«, fragte ich.

»Was?« Sie folgte meinem Blick. »O nein, nicht das. Das ist Davids Wagen.«

»Ein Kerl?«, fragte Bubba. »Ein Kerl fährt so einen Wagen?«

Ich machte ihm ein Zeichen aufzuhören.

Bubba guckte wieder böse, blickte dann auf seine Springerstiefel hinunter und zog sie auf die Knie in den Yogasitz.

Karen schüttelte den Kopf, als müsste sie sich Klarheit verschaffen. »Ich fahre einen Corolla. Ich hätte gern einen Camry gehabt, aber den konnten wir uns nicht leisten. David hat gerade eine neue Firma aufgemacht und wir müssen beide noch unsere Studiendarlehen abzahlen, deshalb hab ich mir einen Corolla geholt. Und jetzt ist er kaputt. Er hat Säure drübergegossen. Hat ein Loch in den Kühler gebohrt. Der Automechaniker meinte, er hätte Sirup in den Motor gegossen.«

»Haben Sie das der Polizei gemeldet?«

Sie nickte und ihr zarter Körper zitterte. »Ich kann nicht beweisen, dass er es war. Er hat der Polizei gesagt, er sei an dem Abend im Kino gewesen, und es haben ihn welche reingehen und am Ende rausgehen sehen. Er ...« Ihr Gesicht fiel in sich zusammen, sie wurde rot. »Sie kommen nicht an ihn ran und die Versicherung will den Schaden nicht übernehmen.«

Bubba hob den Kopf und legte ihn schräg.

»Warum nicht?«, wollte ich wissen.

»Weil meine letzte Rate nicht angekommen ist. Aber ich ... ich hab sie abgeschickt. Ich hab sie vor über drei Wochen abgeschickt. Sie meinten, sie hätten mir eine Mahnung geschickt, aber die ist nicht bei mir angekommen. Und, und ...« Sie senkte den Kopf und Tränen fielen auf ihre Knie.

Ich war mir ziemlich sicher, dass sie eine Stofftiersammlung besaß. An der Stoßstange ihres kaputten Corolla klebte entweder ein Smiley oder so ein Jesus-Fisch. Sie las Bücher von John Grisham, hörte gerne Kuschelrock, feierte mit Vorliebe

Junggesellinnenabschied und hatte noch nie im Leben einen Film von Spike Lee gesehen.

Nie hätte sie gedacht, dass ihr so etwas passieren könnte.

»Karen«, sagte ich sanft, »wo ist Ihr Auto versichert?«

Sie hob den Kopf und wischte sich die Tränen mit dem Handrücken ab. »State Mutual.«

»Und von welchem Postamt haben Sie den Scheck abgeschickt?«

»Also, ich wohne in Newton Upper Falls«, antwortete sie, »aber ich bin mir nicht ganz sicher. Mein Freund, ja?« Sie sah auf ihre makellosen weißen Turnschuhe hinab, als schämte sie sich. »Er wohnt in Back Bay und ich bin ziemlich oft bei ihm.«

Das kam heraus, als wäre es eine Sünde, und ich fragte mich, wo Menschen von ihrem Schlag gezüchtet wurden und ob es von ihrer Sorte wohl Setzlinge gab – und wie ich sie mir besorgen könnte, wenn ich jemals eine Tochter bekäme.

»Haben Sie sich schon mal mit der Zahlung verspätet?«

Sie schüttelte den Kopf. »Noch nie.«

»Seit wann sind Sie dort versichert?«

»Seit ich mit dem College fertig bin. Seit sieben Jahren.«

»Wo wohnt dieser Cody Falk?«

Sie tupfte sich mit den Handballen die Augen ab. Sie trug kein Make-up, es konnte nichts verlaufen. Sie besaß die pure Schönheit einer Frau aus der Nivea-Werbung.

»Das weiß ich nicht. Aber er ist jeden Abend um sieben im Studio.«

»In welchem Studio?«

»Im Mount Auburn Club in Watertown.« Sie biss sich auf die Unterlippe und versuchte noch einmal ihr Zahnpastalächeln. »Ich komme mir so albern vor.«

»Miss Nichols«, sagte ich, »Sie brauchen sich nicht mit Menschen wie Cody Falk abgeben. Verstehen Sie das? Niemand muss das tun. Er ist einfach ein schlechter Mensch. Sie haben sich nichts vorzuwerfen. Er schon.«

»Ja?« Sie brachte ein richtiges Lächeln zustande, aber noch immer waren Angst und Unsicherheit in ihrem Blick.

»Ja. Er ist der Böse. Er jagt anderen Menschen Angst ein.«

»Das stimmt.« Sie nickte. »Das sieht man an seinen Augen. An dem Abend im Parkhaus: Je mehr Angst er mir einflößte, desto mehr schien es ihm zu gefallen.«

Bubby schmunzelte. »Angst? Die lernt Cody kennen, wenn wir ihn besuchen.«

Karen Nichols sah Bubba an und schien einen Augenblick Mitleid mit Cody Falk zu haben.

Im Büro rief ich meinen Anwalt Cheswick Hartman an.

Karen Nichols war mit dem Käfer ihres Freundes fortgefahren. Ich hatte sie angewiesen, unverzüglich bei ihrer Versicherung vorbeizuschauen und dort einen Ersatzscheck abzugeben. Als sie an deren Kulanz zweifelte, versicherte ich ihr, sie könne sich auf mich verlassen. Sie fragte sich laut, ob sie mich überhaupt würde bezahlen können, und ich antwortete, dass sie nicht mehr als einen Tag bezahlen müsse, denn länger würde ich für meine Arbeit nicht brauchen.

»Einen Tag?«

»Einen Tag«, wiederholte ich.

»Und was ist mit Cody?«

»Von Cody werden Sie nie wieder etwas hören.« Ich schlug die Fahrertür zu und sie fuhr los. Als sie an der nächsten Ampel hielt, winkte sie mir zaghaft zu.

»Schlag mal ›niedlich‹ im Wörterbuch nach!«, sagte ich im Büro zu Bubba. »Guck mal, ob Karen Nichols' Bild daneben steht.«

Bubba warf einen Blick auf den kleinen Stapel Bücher auf

der Fensterbank. »Woher weiß ich denn, welches das Wörterbuch ist?«

Cheswick war am Apparat. Ich erzählte ihm von Karen Nichols' Problem mit der Versicherung.

»Hat sie schon mal eine Rate nicht bezahlt?«

»Noch nie.«

»Kein Problem. Ein Corolla, sagst du?«

»Hmm.«

»Was kostet der, so um die fünfundzwanzigtausend?«

»Eher um die vierzehn.«

Cheswick schmunzelte. »So billige Autos gibt es?« Soweit ich wusste, fuhr Cheswick einen Bentley, einen Mercedes V10 und zwei Range Rover. Wenn er sich leutselig geben wollte, stieg er in seinen Lexus.

»Die werden den Schaden zahlen«, sagte er.

»Sie meinte, das täten sie nicht«, warf ich ein, um ihn aus der Reserve zu locken.

»Wollen die sich mit mir anlegen? Wenn ich auflege, ohne meinen Willen bekommen zu haben, sind die bereits mit fünfzigtausend in den Miesen. Das wissen die genau. Die werden zahlen«, wiederholte er.

Als ich auflegte, fragte Bubba: »Was hat er gesagt?«

»Dass sie zahlen werden.«

Er nickte. »So wie unser Cody, mein Lieber. So wie unser Cody.«

Bubba kehrte zu seinem Lagerhaus zurück, um ein paar Dinge zu regeln, und ich rief Devin Amronklin von der Mordkommission an, einer der wenigen Bullen, die in dieser Stadt noch mit mir sprechen.

»Mordkommission.«

»Na, das muss aber viel grimmiger kommen, Baby!«

»Hey, hey! Wenn das nicht der Mann ist, der bei der Polizei von Boston gerade zur Unperson erklärt wurde. In letzter Zeit mal rausgewunken worden?«

»Nein.«

»Dann lass es lieber. Du würdest dich wundern, was ein paar Leute hier gerne in deinem Kofferraum finden würden.«

Ich schloss die Augen. Ganz oben auf der Abschussliste der Polizei zu stehen war eigentlich nicht mein Lebensziel gewesen.

»Du kannst auch nicht besonders beliebt sein«, gab ich zurück. »Schließlich hast du einem Kollegen Handschellen angelegt.«

»Mich hat noch nie einer gemocht«, erwiderte Devin, »aber die meisten haben Angst vor mir, deshalb kommt's auf dasselbe raus. Du allerdings bist ein allseits bekanntes Weichei.«

»Aha, allseits bekannt!«

»Was ist los?«

»Ich bräuchte Auskunft über einen gewissen Cody Falk. Vorstrafen, alles, was mit Belästigung zu tun hat.«

»Und was bekomme ich dafür?«

»Ewige Freundschaft?«

»Eine meiner Nichten wünscht sich die gesamten Beanie Babys zum Geburtstag.«

»Und du traust dich nicht in einen Spielzeugladen.«

»Und ich zahle noch immer 'ne Menge Alimente für ein Kind, das nicht mit mir reden will.«

»Also willst du, dass ich besagte Beanie Babys käuflich erwerbe?«

»Zehn müssten reichen.«

»Zehn?«, rief ich. »Sag mal, du hast ja wohl ...«

»Falk mit ›F‹?«

»Mit ›F‹ wie Fick-dich-ins-Knie«, erwiderte ich und legte auf.

Eine Stunde später rief Devin zurück und wies mich an, die Beanie Babys am nächsten Abend vorbeizubringen.

»Cody Falk, dreiunddreißig Jahre, keine Vorstrafen.«

»Aber?«

»Aber«, fuhr Devin fort. »Einmal festgenommen. Verletzung eines Unterlassungsurteils, erwirkt von einer Bronwyn Blythe. Anklage wurde aufgehoben. Verhaftet wegen tätlichen Angriffs einer gewissen Sara Little. Anklage wurde fallen gelassen, weil Miss Little nicht aussagen wollte und den Bundesstaat verließ. Verdächtigt der Vergewaltigung einer gewissen Annie Bernstein, wurde verhört. Anklage wurde nicht erhoben, weil sich Miss Bernstein weigerte, einen Haftbefehl durch beeidigte Strafanzeige zu erwirken, sich einer Untersuchung zu unterziehen und ihren Angreifer zu identifizieren.«

»Netter Kerl«, bemerkte ich.

»Ja, hört sich nach ’nem lieben Jungen an.«

»War das alles?«

»Er hat noch einige Jugendstrafen, aber die sind unter Verschluss.«

»Klar.«

»Hat er ein neues Opfer?«

»Vielleicht«, erwiderte ich vorsichtig.

»Vergiss die Handschuhe nicht«, sagte Devin und legte auf.

Kapitel 2

Cody Falk fuhr einen perlgrauen Audi Quattro. Um halb zehn sahen wir ihn den Mount Auburn Club verlassen; das nasse Haar war frisch gekämmt, der Griff eines Tennisschlägers ragte aus seiner Sporttasche. Er trug eine Jacke aus weichem schwarzem Leder, darunter eine beige Leinenweste, ein weißes, bis oben zugeknöpftes Hemd und hellblaue Jeans. Er war stark gebräunt. Sein Gang wirkte, als erwartete er, dass jeder ihm auf der Stelle Platz machte.

»Ich kann den Kerl echt nicht ausstehen«, sagte ich zu Bubba. »Und ich kenne ihn noch nicht mal.«

»Hass ist geil«, meinte Bubba. »Kostet nichts.«

Codys Audi piepste zweimal, als er auf die Fernbedienung an seinem Schlüsselbund drückte, um die Alarmanlage auszuschalten und den Kofferraum zu öffnen.

»Wenn du mich gelassen hättest«, fuhr Bubba fort, »wär er jetzt schon in die Luft geflogen.«

Bubba hatte ein paar C-4-Sprengsätze am Motorblock befestigen und die Ladung mit der Alarmanlage des Audi verbinden wollen. C-4. Damit kann man halb Watertown oder den Mount Auburn Club in die Luft jagen und bis hinter Rhode Island schießen. Bubba wollte überhaupt nicht einsehen, warum das keine gute Idee sein sollte.

»Man bringt keinen um, nur weil er einer Frau den Wagen demoliert hat.«

»Ach ja?«, erwiderte Bubba. »Und wo steht das?«

Ich musste zugeben, dass ich darauf keine Antwort hatte.

»Außerdem«, sagte Bubba, »weißt du genau: Wenn er die Gelegenheit bekommt, vergewaltigt er sie.«

Ich nickte.

»Ich hasse Vergewaltiger«, erklärte Bubba.

»Ich auch.«

»Wär geil, wenn er's nie wieder tun könnte.«

Ich drehte mich zu ihm um. »Wir bringen ihn nicht um!«

Bubba zuckte mit den Achseln.

Cody Falk schloss den Kofferraum und blieb kurz neben dem Auto stehen. Das kantige Kinn vorgestreckt, blickte er auf die Tennisplätze vor den Parkplätzen. Er sah aus, als posierte er für etwas, vielleicht für ein Porträt. Mit seinem vollen dunklen Haar und den gemeißelten Gesichtszügen, seinem sorgfältig modellierten Körper und den weichen, teuren Klamotten wäre er ohne weiteres als Fotomodell durchgegangen. Er schien sich bewusst zu sein, dass er beobachtet wurde – allerdings nicht von uns. Er gehörte wohl eher zu den Leuten, die sich immer beobachtet glauben, entweder aus Bewunderung oder aus Neid. Diese Welt gehörte Cody Falk, wir lebten nur zufällig hier.

Cody fuhr los und bog nach rechts ab. Wir folgten ihm durch Watertown, vorbei an Cambridge. Auf der Concord Street bog er links Richtung Belmont ab, einem ganz besonders edlen Vorort von Boston.

»Wieso sagt man eigentlich Flughafen, wenn da gar keine Schiffe sind?« Bubba gähnte in seine Faust und sah aus dem Fenster.

»Keine Ahnung.«

»Hast du beim letzten Mal auch gesagt.«

»Ja, und?«

»Ich will einfach nur 'ne ordentliche Antwort darauf bekommen. Das geht mir auf den Sack.«

Wir verließen die Hauptstraße und folgten Cody Falk in ein Viertel mit hohen Eichen und schokoladenbraunen Tudor-Häusern. Die untergehende Sonne legte sich mit einem dunklen Bronzeschimmer auf die spätwinterlichen Straßen und verlieh ihnen ein herbstliches Glühen, eine Atmosphäre selten gewordener Behaglichkeit, ererbten Wohlstands, privater Bibliotheken mit Bleiglasfenstern, dunklem Teakholz und feinsten Wandteppichen.

»Gut, dass wir den Porsche genommen haben«, bemerkte Bubba.

»Meinst du, der Crown Vic hätte's nicht gebracht?«

Ich fahre einen 1963er Porsche Roadster. Das Fahrgestell kaufte ich vor zehn Jahren, in den fünf Jahren darauf sammelte ich Ersatzteile und baute alles zusammen. Es ist nicht so, dass ich ihn liebe, aber ich muss zugeben, dass ich mich, wenn ich hinter dem Steuer sitze, wie der geilste Typ in Boston fühle. Der geilste Typ auf der ganzen Welt. Angie meint immer, das läge nur daran, dass ich noch nicht erwachsen sei. Damit hatte sie wahrscheinlich Recht, aber immerhin fuhr sie bis vor kurzem noch einen Kombi.

Cody Falk bog in die kurze Zufahrt zu einem großen, stuckverzierten Kolonialhaus ein. Ich schaltete die Scheinwerfer aus und rollte ihm nach, während das Garagentor mit einem Summen hochfuhr. Selbst bei geschlossenen Fenstern konnte ich den Bass aus seinen Lautsprechern wummern hören, daher konnten wir ihm folgen, ohne dass er etwas bemerkte. Ich stellte den Motor ab. Vor der Garage blieben wir stehen. Cody stieg aus seinem Audi, wir draußen aus dem Porsche, während sich das Garagentor wieder schloss. Cody öffnete den Kofferraum und Bubba und ich bückten uns unter dem Tor hindurch und standen neben ihm.

Er sprang nach hinten, als er mich sah, und streckte die Hände aus, als wollte er eine ganze Horde Angreifer abwehren. Dann verengten sich seine Augen zu Schlitzen. Ich bin nicht besonders groß und Cody war groß und sah ziemlich sportlich und muskulös aus. Die Angst vor einem Fremden in seiner Garage wich der Einschätzung meiner Größe und der Erkenntnis, dass ich keine Waffe trug.

Dann warf Bubba den Kofferraum zu. Cody keuchte. So reagieren die Menschen immer auf Bubba. Er hat das Gesicht eines zurückgebliebenen Kindes – als hätten seine Züge gleichzeitig mit seinem Gehirn und seinem Gewissen die Entwicklung eingestellt –, doch sitzt es auf einem Körper, der mich immer an einen stählernen Güterwagen mit Armen und Beinen erinnert.

»Hey, was soll ...«

Bubba hatte Codys Tennisschläger aus der Tasche geholt und ließ ihn nun locker in der Hand rotieren. »Wieso sagt man Flughafen, wenn da nie ein Schiff ist?«, fragte er Cody.

Ich sah Bubba an und verdrehte die Augen.

»Was? Woher soll ich das wissen, verdammt noch mal?«

Bubba zuckte mit den Achseln. Dann schlug er mit dem Tennisschläger auf den Kofferraum des Audis und hinterließ in der Mitte eine ungefähr zwanzig Zentimeter lange Furche.

»Cody«, sagte ich, während das Garagentor hinter mir ins Schloss fiel, »du sagst jetzt nur noch was, wenn du direkt gefragt wirst. Ist das klar?«

Er starrte mich an.

»Das war eine direkte Frage, Cody.«

»Äh, ja, ist klar.« Cody warf Bubba einen flüchtigen Blick zu und schien dabei zu schrumpfen.

Bubba zog den Schläger aus der Schutzhülle und ließ sie zu Boden fallen.

»Bitte nicht noch mal aufs Auto schlagen«, bat Cody.

Bubba hielt tröstend die Hand hoch. Er nickte. Dann zog er einen ziemlich flüssigen Rückhand-Slice durch, der am Heckfenster des Autos sein Ende fand. Das Glas machte ein lautes, platzendes Geräusch, bevor es auf Codys Rücksitz splitterte.

»Scheiße!«

»Was habe ich eben übers Reden gesagt, Cody?«

»Aber er hat gerade mein ...«

Bubba schleuderte den Tennisschläger wie einen Tomahawk nach vorn und traf Cody Falk mitten auf der Stirn, so dass er gegen die Garagenwand fiel. Er sackte zu Boden, Blut floss aus der Platzwunde über der rechten Augenbraue. Er sah aus, als würde er jeden Moment losweinen.

Ich zog ihn an den Haaren hoch und warf ihn gegen die Fahrertür.

»Was machst du beruflich, Cody?«

»Ich ... was?«

»Was arbeitest du?«

»Ich bin Restaurateur.«

»Bitte was?«, fragte Bubba.

Ich warf ihm über die Schulter zu: »Er besitzt Restaurants.«

»Ah.«

»Welche denn?«, fragte ich Cody.

»Das Boatyard in Nahant. Dann das Flagstaff in der City und zum Teil den Tremont Street Grill und das Fours in Brookline. Ich ... ich ...«

»Pssst«, sagte ich. »Ist jemand im Haus?«

»Was?« Er blickte sich panisch um. »Nein. Nein. Ich leb allein.«

Ich hob Cody auf die Füße. »Cody, du belästigst gerne

Frauen. Manchmal vergewaltigst du sie sogar und stößt sie ein bisschen herum, wenn sie nicht so wollen wie du, ja?«

Codys Augen trübten sich. Ein dicker Blutstropfen rollte seinen Nasenrücken herunter. »Nein, tu ich nicht. Wer ...?«

Ich schlug ihm mit dem Handrücken auf die Wunde an der Stirn. Er heulte auf.

»Leise, Cody. Leise. Wenn du noch einmal eine Frau belästigst – irgendeine –, dann brennen wir deine Kneipen ab und stecken dich bis zum Lebensende in den Rollstuhl. Verstanden?«

Irgendwie ließ die Sache mit den Frauen Cody seine Vernunft vergessen. Vielleicht lag es daran, dass ich ihm gesagt hatte, er könne sie nicht mehr so behandeln, wie es ihm Spaß machte. Wie dem auch sei, er schüttelte den Kopf. Streckte das Kinn vor. Ein diebisches Vergnügen kroch in seine Augen, als glaubte er, meine Achillesferse entdeckt zu haben – die Sorge um das »schwache« Geschlecht.

»Hm«, meinte Cody, »tja, hm. Ich glaub nicht, dass das geht.«

Ich trat zur Seite, während Bubba um das Auto herumkam, eine .22er aus dem Trenchcoat zog, den Schalldämpfer aufschraubte, sie mitten auf Cody Falks Gesicht setzte und abdrückte.

Der Hahn traf auf eine leere Kammer, aber das schien Cody anfangs nicht zu bemerken. Er kniff die Augen zusammen und schrie: »Nein!« Dann fiel er auf den Hintern.

Als er die Augen wieder öffnete, beugten wir uns über ihn. Er berührte seine Nase mit den Fingern und wunderte sich, dass sie noch da war.

»Was ist los?«, fragte ich Bubba.

»Keine Ahnung. Ich hab sie geladen.«

»Mach noch mal.«

»Klar.«

Codys Hände schossen vor. »Moment!«

Bubba richtete die Mündung auf Codys Brust und drückte erneut ab.

Noch ein leiser Klick.

Cody fiel zu Boden, die Augen wieder zugekniffen, das Gesicht zu einer wächsernen Schreckensmaske verzerrt. Tränen schossen unter seinen Augenlidern hervor; von einem sich schnell vergrößernden Fleck am linken Hosenbein stieg der scharfe Geruch von Urin empor.

»Scheiße«, fluchte Bubba. Er hielt sich den Revolver vors Gesicht, sah ihn böse an und zielte wieder auf Cody, der gerade ein Auge öffnete.

Er hielt das andere Auge geschlossen, als Bubba zum dritten Mal abdrückte und wieder eine leere Kammer traf.

»Wo hast du den denn her, vom Flohmarkt?«, fragte ich.

»Halt's Maul. Gleich klappt's.« Mit einer Handbewegung ließ Bubba die Trommel aufschnappen. Eine Patrone starrte uns mit ihrem goldenen Auge an, die einzige in dem Kreis schwarzer kleiner Löcher. »Siehste? Eine ist drin.«

»Eine«, wiederholte ich.

»Eine reicht.«

Unvermittelt bäumte sich Cody auf.

Ich trat ihm mit dem Fuß auf die Brust und drückte ihn hinunter.

Bubba schob die Trommel wieder hinein und zielte auf Cody. Er drückte ab, Cody schrie. Er drückte ein zweites Mal ab und Cody gab einen seltsamen Laut zwischen Lachen und Weinen von sich.

Er legte die Hände vor die Augen und sagte: »Nein, nein, nein, nein, nein, nein, nein, nein.« Dann wieder das Geräusch zwischen Lachen und Weinen.

»Der sechste bringt's«, meinte Bubba.

Cody blickte in die Mündung des Schalldämpfers und

drückte den Hinterkopf in den Boden. Sein Mund war weit geöffnet, als wollte er schreien, aber es kam nur ein leises, hohes »ah, ah, ah« heraus.

Ich hockte mich neben ihn und zog ihn am rechten Ohr zu mir.

»Ich hasse Leute, die Frauen belästigen, Cody. Wie die Pest. Da denke ich immer: Wenn das jetzt meine Schwester wäre. Oder meine Mutter. Verstehst du?«

Cody versuchte, das Ohr meinem Griff zu entziehen, aber ich ließ nicht locker. Er verdrehte die Augen, so dass die Pupillen verschwanden. Seine Wangen pumpten Luft ein und aus.

»Guck mich an!«

Codys Pupillen kamen zurück, er sah mir ins Gesicht.

»Wenn die Versicherung den Schaden an ihrem Auto nicht zahlt, Cody, dann kommen wir mit der Rechnung wieder.«

Die Panik in seinen Augen machte einer Erkenntnis Platz. »Ich hab das Auto von der Alten nie angefasst!«

»Bubba!«

Bubba legte auf Codys Kopf an.

»Nein! Hör zu, hör zu. Ich ... ich ... Karen Nichols, stimmt's?«

Ich machte Bubba ein Handzeichen.

»Okay, ich – egal, wie das heißt, ich bin ihr ein bisschen hinterhergelaufen. War nur 'n Spiel. Nur 'n Spiel. Aber nicht ihr Auto. Das hab ich nie ...«

Ich schlug ihm mit der Faust in den Magen. Die Luft entwich aus seinen Lungen, sein Mund schnappte mehrmals nach Sauerstoff.

»Okay, Cody. Ist ein Spiel. Und das hier ist die letzte Runde. Hör mir zu: Wenn ich höre, dass in dieser Stadt eine Frau belästigt wird – ist mir egal, welche, ja? –, wenn ich höre, dass eine in dieser Stadt vergewaltigt wurde oder auch nur einen schlechten Tag in dieser Stadt hatte, Cody, dann gehe ich einfach davon aus, dass du das gewesen bist. Und dann kommen wir zurück.«

»Und setzen deinen stinkenden Scheißarsch auf Grundeis«, ergänzte Bubba.

Aus Cody Falks Lungen schoss ein Luftstoß, als er wieder atmete.

»Sag, dass du verstanden hast, Cody.«

»Hab verstanden«, brachte Cody heraus.

Ich sah Bubba an. Er zuckte mit den Schultern. Ich nickte.

Bubba drehte den Schalldämpfer von der .22er ab. Er schob den Revolver in eine Tasche des Trenchcoats, den Schalldämpfer in die andere. Dann ging er zur Wand und hob den Tennisschläger auf. Damit kam er zurück und stellte sich über Cody Falk.

»Du sollst wissen, wie ernst es uns ist, Cody«, sagte ich.

»Ich weiß es! Ich weiß es!«, kreischte er.

»Meinst du, er weiß es wirklich?«, fragte ich Bubba.

»Glaub schon«, erwiderte er.

Ein kehliger Seufzer der Erleichterung entrang sich Codys Lippen und er blickte Bubba mit einer Dankbarkeit ins Gesicht, die fast schon peinlich war.

Bubba grinste und schlug Cody Falk mit dem Tennisschläger in die Eier.

Cody bäumte sich auf, als hätte er Feuer unter dem Hintern. Der lauteste Rülpser der Welt platzte ihm aus dem Mund, dann schlang er die Arme um den Bauch und erbrach sich auf seinen eigenen Schoß.

»Man kann sich nie ganz sicher sein, oder?«, meinte Bubba und warf den Tennisschläger über die Motorhaube.

Ich sah zu, wie Cody mit den Schmerzen kämpfte, die schubweise durch seinen Körper schossen und Eingeweide,

Brusthöhle, Lungen eroberten. Schweiß rann ihm übers Gesicht.

Bubba öffnete die kleine Holztür, die aus der Garage führte.

Irgendwann drehte mir Cody den Kopf zu. Sein verzerrtes Gesicht erinnerte mich an das Grinsen eines Skeletts.

Ich sah ihm in die Augen, weil ich wissen wollte, ob die Angst wieder in Zorn umschlug, ob die Verletzlichkeit wieder von der lässigen Überlegenheit des geborenen Raubtiers abgelöst werden würde. Ich wartete auf den Blick, den Karen Nichols auf dem Parkplatz gesehen hatte, auf den Blick, den ich kurz gesehen hatte, bevor Bubba zum ersten Mal den Auslöser der .22er betätigte.

Ich wartete.

Die Schmerzen ließen nach, Cody Falks Gesicht nahm langsam normale Züge an. Die Haut am Haaransatz glättete sich, die Atmung wurde halbwegs regelmäßig. Aber die Angst blieb. Sie hatte sich tief eingefressen und ich wusste, dass es mehrere Nächte dauern würde, bis er wieder mehr als ein oder zwei Stunden würde schlafen können, und dass es mindestens einen Monat dauern würde, bis er die Garagentür schließen konnte, wenn er sich in der Garage aufhielt. Lange Zeit würde er sich mindestens einmal am Tag über die Schulter nach mir oder Bubba umsehen. Ich war mir fast sicher, dass Cody Falk den Rest seines Lebens in Angst verbringen würde.

Ich griff in meine Jackentasche und holte den Zettel heraus, den Karen Nichols an sein Auto geklemmt hatte. Ich zerknüllte ihn zu einer Kugel.

»Cody«, flüsterte ich.

Er sah mich aufmerksam an.

»Nächstes Mal gehen einfach die Lichter aus.« Ich hob sein Kinn an. »Verstanden? Du wirst uns weder hören noch sehen.«

Ich schob ihm den zerknüllten Zettel in den Mund. Er riss die Augen auf und versuchte, nicht zu schlucken. Ich schlug ihm unters Kinn und er schloss den Mund.

Ich stand auf, ging zur Tür, den Rücken ihm zugewandt.

»Und dann bist du tot, Cody. Dann bist du tot.«

Kapitel 3

Es sollte sechs Monate dauern, bis ich mich wieder ernsthaft mit Karen Nichols beschäftigte.

Eine Woche nach der Abrechnung mit Cody Falk erhielt ich per Post einen Scheck von ihr: In das ›O‹ ihres Nachnamens hatte sie einen Smiley gemalt, gelbe Entchen schmückten den Rand des Schecks und dabei lag eine Karte, auf der stand: »Danke! Du bist wirklich der Größte!«

Angesichts dessen, was geschehen sollte, würde ich gerne behaupten, dass ich erst wieder an jenem Morgen sechs Monate später von ihr hörte, als es im Radio durchgesagt wurde, aber in Wahrheit rief sie mich einige Wochen, nachdem ich ihren Scheck erhalten hatte, noch einmal an.

Sie sprach auf den Anrufbeantworter. Eine Stunde später kam ich nach Hause, weil ich meine Sonnenbrille holen wollte, und hörte die Nachricht ab. Das Büro war in der folgenden Woche geschlossen, da ich mit Vanessa Moore, einer Anwältin, die genauso wenig an einer festen Beziehung interessiert war wie ich, auf die Bermudas wollte. Vanessa mochte Strände, Daiquiris, Gin Fizz, einen Quickie am Mittag und Massagen am Spätnachmittag. Schon in Businesskleidung ließ einem ihr Anblick das Wasser im Munde zusammenlaufen; im Bikini konnte sie einen Herzinfarkt auslösen. Zu jener Zeit war sie der einzige mir bekannte Mensch, der genauso oberflächlich war wie ich. Ein oder zwei Monate lang konnten wir es also ganz gut miteinander aushalten.

Ich fand meine Sonnenbrille in einer der unteren Schreibtischschubladen, nebenbei hörte ich Karen Nichols' Stimme blechern aus dem Lautsprecher klingen. Ich brauchte eine geschlagene Minute, bis ich sie erkannte, aber nicht weil ich ihre Tonlage vergessen hatte, sondern weil sie sich völlig fremd anhörte. Ihre Stimme klang heiser, müde und rau.

»Hey, Mr Kenzie. Ich bin's, Karen. Sie, ähm, haben mir so vor 'nem Monat, sechs Wochen, mal geholfen. Ja, also, ähm, rufen Sie doch mal zurück. Ich, äh, wollte Ihnen was erzählen.« Pause. »Tja, also, egal, rufen Sie einfach mal an.« Sie nannte ihre Nummer.

Draußen auf der Straße drückte Vanessa auf die Hupe.

Unser Flug ging in einer Stunde, die Straßen waren mit Sicherheit verstopft und Vanessa konnte Dinge mit ihren Hüften und Wadenmuskeln anstellen, die in großen Teilen der westlichen Zivilisation wahrscheinlich unter Strafe standen.

Ich wollte erneut auf die Wiedergabetaste drücken, da hupte Vanessa ein zweites Mal, diesmal lauter und länger, und mein Finger tat einen kleinen Hüpfer und löschte die Nachricht stattdessen. Ich weiß genau, wie Freud dieses Versehen genannt hätte, und wahrscheinlich hätte er Recht gehabt. Aber irgendwo hatte ich Karen Nichols' Nummer aufbewahrt, und wenn ich in einer Woche zurückkäme, wollte ich mich bei ihr melden. Meine Klienten mussten akzeptieren, dass auch ich ein Privatleben hatte.

Und so lebte ich weiter mein Leben, ließ Karen Nichols ihres führen und vergaß natürlich, sie zurückzurufen.

Als ich Monate später im Radio von ihr hörte, kam ich gerade mit Tony Traverna, einem Kautionsflüchtigen, den die Leute, die ihn kannten, für den besten Safeknacker von Boston und gleichzeitig für den beschränktesten Kerl auf der ganzen Welt hielten, aus Maine zurück.

Tony T, erzählte man sich, ist dumm wie Brot. Steck Tony T in ein Zimmer voller Pferdescheiße und vierundzwanzig Stunden später sucht er noch immer das Pferd. Tony T sägte sich die Beine seines Bettes ab, um tiefer schlafen zu können, und fragte sich einmal laut, an welchem Tag *Saturday Night Live* im Fernsehen lief.

Bisher war Tony jedes Mal, wenn er die Kaution sausen ließ und verschwand, in Maine gelandet. Er fuhr mit dem Auto hin, obwohl er keinen Führerschein besaß. Er hatte noch nie einen besessen, weil er durch den schriftlichen Teil der Prüfung gerasselt war. Neun Mal. Fahren konnte er jedoch und darüber hinaus hatte die Menschheit noch kein Schloss erfunden, das er nicht knacken konnte. Also schnappte er sich ein Auto und fuhr die drei Stunden zur Fischerhütte seines verstorbenen Vaters nach Maine. Auf dem Weg besorgte er sich ein paar Liter Heineken und mehrere Flaschen Bacardi, denn Tony T hatte nicht nur das kleinste Gehirn der Welt, sondern bestand auch darauf, die härteste Leber der Welt zu haben. Damit verkroch er sich in seiner Hütte und glotzte Trickfilme auf Nickelodeon, bis ihn jemand holen kam.

Tony Traverna hatte im Laufe der Jahre eine schöne Stange Bares gemacht, und selbst wenn man das ganze Geld abzog, das fürs Saufen und für die Nutten draufgegangen war, die sich wie Indianersquaws zu verkleiden und ihn »Trigger« zu nennen hatten, musste er immer noch irgendwo eine hübsche Summe versteckt haben. Mit Sicherheit genug für ein Flugticket. Aber anstatt von der Fahne zu laufen und nach Florida oder Alaska oder sonst wohin zu fliegen, wo er schwer zu finden sein würde, fuhr Tony hoch nach Maine.

Vielleicht hatte er Angst vorm Fliegen, wie mal jemand meinte. Oder er wusste nicht, was Flugzeuge sind, wie ein anderer mutmaßte.

Die Bürgschaft für Tony T wurde über Mo Bags hinterlegt, einem ehemaligen Bullen und inzwischen ganz besonders scharfen Hund. Mo hätte Tony höchstpersönlich mit Pfefferspray, Betäubungsgewehr, Schlagring und Nunshucks zurückgeholt, wenn er nicht wieder einen seiner Gichtanfälle gehabt hätte, der seine rechte Hüfte jedes Mal wie Feuerameisen piesackte, wenn er mehr als zwanzig Meilen mit dem Auto fuhr. Außerdem kannten Tony und ich uns gut. Mo wusste, dass ich ihn ohne Probleme finden und Tony mir nicht stiften gehen würde. Diesmal war Tonys Kaution von seiner Freundin Jill Dermott gestellt worden. Jill war die letzte einer langen Reihe von Frauen, die einen Blick auf Tony geworfen hatten und von dem Bedürfnis, den Mann zu bemuttern, überwältigt worden waren. So war es schon Tonys ganzes Leben lang gelaufen, jedenfalls, solange ich ihn kannte. Tony ging in eine Bar (das tat er ständig), setzte sich hin und quatschte den Barkeeper oder die Person auf dem Stuhl neben ihm voll und eine halbe Stunde später hockten die meisten der nicht verheirateten Frauen in der Bar (und ein paar verheiratete) um Tony herum auf den Hockern, gaben ihm einen aus, lauschten seiner zögernden, hellen Stimme und kamen zu der Überzeugung, dass dieser Junge einfach nur Zuwendung, Liebe und eventuell ein paar nächtliche Übungsstunden brauche, um klarzukommen.

Tony hatte eine weiche Stimme und ein kleines, aber offenes Gesicht, das Vertrauen erweckte. Mandelförmige Augen schauten traurig drein über einer schiefen Nase und einem noch schieferen Lächeln, das zu sagen schien: Ja, mein Freund, Tony hat schon alles durchgemacht, aber was soll man dagegen tun? Höchstens eine Runde ausgeben und seine Geschichte mit neuen und alten Freunden teilen, oder?

Mit seinem Gesicht hätte Tony ohne weiteres Hochstapler werden können. Aber letzten Endes war Tony nicht schlau genug, um andere zu betrügen, vielleicht war er auch einfach zu gutmütig. Tony mochte Menschen. Sie schienen ihn zu verwirren, so wie alles andere auch, aber er mochte sie von Herzen. Leider mochte er auch Safes. Sogar sehr. Vielleicht ein kleines bisschen mehr als Menschen. Er hatte ein Gehör, das eine Feder auf der Oberfläche des Mondes landen hören konnte, und so flinke Finger, dass er einen Zauberwürfel mit nur einer Hand zurechtdrehen konnte, ohne einen Blick drauf zu werfen. In seinen achtundzwanzig Jahren auf diesem Planeten hatte Tony so viele Safes geknackt, dass die Bullen bei einem nächtlichen Einsatz im Tresorraum einer Bank, wo ihnen ein riesiges Loch entgegengähnte, ohne Zwischenstopp bei Dunkin' Donuts direkt zu Tonys Wohnung in Southie fuhren und die Richter in einer Geschwindigkeit Durchsuchungsbefehle ausstellten, in der normale Menschen Schecks unterschreiben.

Doch nicht die Tresore oder seine Dummheit (obwohl die nicht gerade zuträglich war) waren Tonys eigentliches Problem, wenigstens nicht im Hinblick auf das Gesetz, sondern das Trinken. Von zwei Strafen abgesehen, beruhten alle Gefängnisstrafen von Tony auf Alkohol am Steuer, seine letzte ebenfalls: Er war um drei Uhr morgens in verkehrter Richtung auf der Northern Avenue gefahren, hatte sich der Verhaftung widersetzt (er war weitergefahren), hatte Eigentum bösartig zerstört (er hatte einen Unfall gebaut) und Fahrerflucht begangen (er war auf einen Telefonmasten geklettert, weil er der Meinung war, die Bullen würden ihn sechs Meter über dem Autowrack im Dunkeln nicht entdecken).

Als ich die Fischerhütte betrat, sah Tony vom Boden des Wohnzimmers mit einem Ausdruck hoch, der besagte: Warum hast du so lange gebraucht? Er seufzte, stellte den Fernseher mit der Fernbedienung aus, erhob sich schwankend und schlug sich auf die Oberschenkel, damit sie wieder durchblutet wurden.

»Hey, Patrick. Kommste von Mo?«

Ich nickte.

Tony suchte nach seinen Schuhen, fand sie unter dem Kopfkissen auf dem Boden. »Bier?«

Ich sah mich in der Hütte um. Tony hatte es geschafft, in den eineinhalb Tagen, seitdem er hier war, jedes Fensterbrett mit leeren Heinekenflaschen zu verzieren. Das grüne Glas fing die vom See reflektierte Sonne ein und brach sie in kleine Strahlen, so dass die Hütte smaragdgrün glühte wie eine Kneipe am St. Patrick's Day.

»Nee, danke, Tony. Ich will zum Frühstück nicht mehr so viel trinken.«

»Hat das was mit Religion zu tun?«

»Ja, so ähnlich.«

Er hob einen Fuß, hüpfte auf einem Bein herum und versuchte sich einen Schuh anzuziehen. »Legste mir Handschellen an?«

»Willst du abhauen?«

Irgendwie bekam er den Schuh an und setzte den Fuß stolpernd ab. »Nee, Mann. Weißt du doch.«

Ich nickte. »Dann keine Handschellen.«

Er grinste mich dankbar an, zog dann den anderen Fuß hoch und hüpfte wieder herum, um sich den zweiten Schuh anzuziehen. Es gelang ihm, er schwankte zurück zur Couch und ließ sich atemlos fallen. Tonys Schuhe hatten keine Schnürbänder, sondern Klettverschlüsse. Man erzählte sich – ach, egal. Kann man sich denken. Tony schloss die Klettverschlüsse und stand auf.

Ich ließ ihn Klamotten zum Wechseln, seinen Gameboy und ein paar Comics für die Fahrt zusammensuchen. An der Tür hielt er inne und sah voller Hoffnung zum Kühlschrank hinüber.

»Kann ich mir eins für den Weg mitnehmen?«

Ich wusste nicht, wieso ein Bier einem Typen auf dem Weg in den Knast schaden sollte. »Klar.«

Tony öffnete den Kühlschrank und holte eine Zwölferpackung heraus.

»Weißte«, sagte er beim Gehen, »für den Fall, dass es voll wird auf der Straße.«

Es wurde tatsächlich voll auf der Straße – kleine Staus vor Lewiston, dann Portland und bei den Strandorten Kennebunkport und Ogunquit. Der zarte Sommermorgen ging in einen sengend heißen Tag über; Bäume, Straßen und Autos gleißten hart und zornig unter der hoch stehenden Sonne.

Tony saß hinten in meinem schwarzen Cherokee, den ich mir geholt hatte, nachdem sich der Motor meines Crown Victoria im Frühjahr festgefressen hatte. Der Cherokee war klasse geeignet für meine seltenen Einsätze als Kopfgeldjäger, weil er ein Stahlgitter zwischen den Sitzen und der Ladefläche hatte. Tony saß auf der anderen Seite des Gitters, den Rücken gegen den Vinylsitz über dem Ersatzreifen gelehnt. Er streckte die Beine aus wie eine Katze, die es sich auf einer sonnenbeschienenen Fensterbank gemütlich machte, und öffnete laut rülpsend das dritte Bier an diesem Vormittag.

»Entschuldige dich, Mann.«

Tony sah mir über den Rückspiegel in die Augen. »'tschuldigung. Wusste nicht, dass du so viel Wert auf ... ähm ...«

»Etikette?«

»Ja, darauf legst.«

»Wenn ich dich bei mir im Auto rülpsen lasse, denkst du als Nächstes, du könntest auch reinpinkeln, Tony.«

»Nee, Mann. Aber wär schon besser, wenn ich 'ne große Tasse oder so mitgenommen hätte.«

»Ich halte an der nächsten Ausfahrt.«

»Du bist gut drauf, Patrick.«

»Ja, sicher, ich bin super.«

Tatsächlich hielten wir mehrmals in Maine und einmal in New Hampshire. Das passiert eben, wenn man einem alkoholabhängigen Kautionsflüchtling erlaubt, einen Zwölferpack mit ins Auto zu nehmen, aber ehrlich gesagt, machte mir das nicht besonders viel aus. Tonys Gesellschaft war mir genauso angenehm wie ein Nachmittag mit einem Zwölfjährigen, der ein bisschen schwer von Begriff ist, aber ein gutes Herz hat.

Als wir durch New Hampshire fuhren, hörte Tonys Gameboy irgendwann auf zu piepsen und zu summen, und als ich in den Rückspiegel blickte, sah ich, dass er leise vor sich hin schnarchte, die Lippen sanft flatterten, während ein Fuß hin- und herwackelte wie die Rute eines Hundes.

Als wir gerade die Grenze nach Massachusetts überquert und ich auf den Sendersuchlauf gedrückt hatte, um mit viel Glück WFNX reinzubekommen, obwohl ich noch ziemlich weit von deren schwacher Antenne entfernt war, schwebte Karen Nichols' Name aus einem Gewirr von atmosphärischen Störungen und statischem Rauschen durch das Auto. Die digitalen Ziffern flogen auf der LED-Anzeige des Radios dahin und hielten bei einem schwachen Signal auf 99,6 kurz inne.

»... inzwischen als Karen Nichols aus Newton identifiziert wurde, sprang offenbar von ...«

Der Tuner hüpfte weiter und hielt bei 100,7.

Ich riss das Lenkrad ein wenig herum, als ich nach dem manuellen Stationswähler griff und zurück zu 99,6 schaltete.

Tony wachte auf und fragte: »Was?«

»Psst.« Ich hob einen Finger.

»... wie die Polizei verlauten ließ. Wie sich Miss Nichols Zugang zum Besucherdeck des Custom House verschaffte, ist noch nicht bekannt. Und nun zum Wetter: der Meteorologe Gil Hutton sagt, es wird noch heißer ...«

Tony rieb sich die Augen. »Abgefahrene Sache, hä?«

»Hast du davon gehört?«

Er gähnte. »Hab's heut Morgen in den Nachrichten gesehen. Hat so 'n Huhn splitternackt 'nen Kopfsprung vom Custom House gemacht, hat wohl vergessen, dass man unten tot ankommt, Mann. Verstehste? Unten biste tot.«

»Halt's Maul, Tony.«

Er zuckte zurück, als hätte ich ihn geschlagen, drehte sich zur Seite und nahm sich noch ein Bier aus dem Zwölferpack.

Es konnte noch eine zweite Karen Nichols in Newton geben. Wahrscheinlich sogar mehrere. War schließlich ein langweiliger amerikanischer Allerweltsname. So normal und spießig wie Mike Smith oder Ann Adams.

Aber ein kalter Wirbel in meinem Magen sagte mir, dass die Karen Nichols, die vom Besucherdeck des Custom House gesprungen war, dieselbe war, die ich vor sechs Monaten kennen gelernt hatte. Diejenige, die ihre Strümpfe bügelte und eine Stofftiersammlung besaß.

Diese Karen Nichols war mir nicht wie eine Frau vorgekommen, die nackt von einem Haus sprang. Trotzdem war ich mir sicher.

»Tony?«

Er sah mich an wie ein Hamster im Regen. »Ja?«

»Tut mir Leid, dass ich dich angeschnauzt hab.«

»Schon gut.« Er trank einen Schluck Bier und sah mich müde an.

»Die Frau, die da runtergesprungen ist«, fuhr ich fort, ohne genau zu wissen, warum ich mich einem Typen wie Tony anvertraute, »die hab ich vielleicht gekannt.«

»Oh, Scheiße, Mann. Tut mir Leid. Ist schon manchmal Scheiße mit den Leuten, echt.«

Ich blickte auf die Fahrbahn, die unter der grellen Sonne metallisch blau glitzerte. Obwohl die Klimaanlage auf Hochtouren lief, spürte ich die Hitze wie Nadeln in meinem Nacken.

Tony hatte gläserne Augen und das Lächeln auf seinen Wangen war zu breit und zu groß. »Mann, manchmal ist es so weit. Verstehste?«

»Was, das Saufen?«

Er schüttelte den Kopf. »Wie bei dem Mädel, dass da runtergesprungen ist.« Er kniete sich hin und drückte die Nase durch das Gitter. »Das ist wie damals, als ich mal mit 'nem Typen auf dem Boot rausgefahren bin, ja? Ich kann gar nicht schwimmen und bin trotzdem auf so 'n Boot gestiegen. Wir kommen plötzlich in so 'nen Sturm, ohne Scheiß, und das Boot kippt so richtig nach links rüber, dann so richtig nach rechts und die Scheißwellen kommen wie Monster von allen Seiten auf uns zu. Und, klar, ich scheiß mir vor Angst in die Hosen, weil, wenn ich da reinfalle, bin ich erledigt. Aber ich bin auch, weiß nich', wie ich sagen soll, irgendwie zufrieden, ja? Ich denke irgendwie: Gut. Gleich gibt's 'ne Antwort auf alle Fragen. Dann muss ich mich nicht mehr fragen, wie und wann und warum ich sterbe. Ich sterbe einfach. Und zwar jetzt. Irgendwie ist das 'ne Erleichterung. Hast du schon mal so 'n Gefühl gehabt?«

Ich blickte ihm über die Schulter ins Gesicht, das er gegen die kleinen Stahlquadrate drückte, so dass das Fleisch seiner Wangen hindurchquoll und wie weiche, weiße Kastanien zwischen den Vierecken klemmte.

»Ein Mal«, erwiderte ich.

»Ja?« Seine Augen weiteten sich, er lehnte sich ein wenig zurück. »Wann?«

»So 'n Typ zielte mit 'nem Gewehr auf meinen Kopf. Ich war mir sicher, dass er abdrücken würde.«

»Und 'nen kurzen Moment lang« – Tony hielt Daumen und Zeigefinger einen Millimeter auseinander –, »einen kurzen Moment hast du gedacht, wär in Ordnung so. Stimmt's?«

Ich lächelte ihn im Rückspiegel an. »Vielleicht ja, so ähnlich. Weiß ich nicht mehr.«

Er hockte sich hin. »Das hab ich damals im Boot gedacht. Vielleicht hat diese Freundin da, vielleicht hat sie gestern Abend das Gleiche gedacht. So: Hey, ich bin noch nie geflogen, mal versuchen. Verstehste, was ich meine?«

»Nicht so ganz, nee.« Wieder blickte ich in den Rückspiegel. »Tony, warum bist du in das Boot gestiegen?«

Er rieb sich das Kinn. »Weil ich nicht schwimmen kann?« Er zuckte mit den Achseln.

Die Fahrt war bald zu Ende, doch die Straße schien sich endlos vor mir zu erstrecken. Die letzten dreißig Meilen saßen wie Stahl hinter meiner Stirn.

»Nein, echt«, forderte ich ihn auf. »Jetzt mal ehrlich.«

Tony streckte das Kinn vor und verzog gedankenverloren das Gesicht.

»Weil ich's nicht wusste«, sagte er und rülpste.

»Was?«

»Als ich in das Boot stieg, meine ich. Dass ich's nicht wusste – was man alles in seinem Scheißleben nicht weiß, verstehste? Das geht an die Nieren. Macht einen verrückt. Man will's einfach wissen.«

»Auch wenn man vielleicht nicht fliegen kann?«

Tony grinste. »*Weil* man nicht fliegen kann.«

Er klatschte mit der Handfläche gegen das Gitter. Dann rülpste er wieder und entschuldigte sich. Er rollte sich auf dem

Boden zusammen und sang leise die Titelmelodie von *The Flintstones* vor sich hin.

Als wir in Boston eintrafen, schnarchte er schon wieder.

Kapitel 4

Als ich mit Tony Traverna durch die Eingangstür kam, sah Mo Bags von seinem mit Klöpsen und italienischer Wurst belegten Brötchen hoch und rief: »Hey, Arschgesicht! Wie sieht's aus?«

Ich war mir ziemlich sicher, dass er Tony meinte, aber ganz genau wusste man das bei Mo nie.

Er ließ das Brötchen fallen, wischte sich die fettigen Finger und den Mund mit einer Serviette ab und kam um den Tisch herum. Ich stieß Tony auf einen Stuhl.

»Hey, Mo!«, sagte Tony.

»Ich bin nicht ›Hey Mo‹, du Wichser. Hände her!«

»Mo«, meinte ich, »los, komm.«

»Was?« Mo ließ eine Handschelle um Tonys linkes Handgelenk schnappen und befestigte das andere Ende an der Stuhllehne.

»Wie geht's der Gicht?«, fragte Tony ehrlich besorgt.

»Besser als dir, Trottel. Besser als dir.«

»Gut zu hören.« Tony rülpste.

Mo kniff die Augen zusammen. »Ist der blau?«

»Keine Ahnung.« Ich spähte auf eine *Trib*, die auf Mos Ledercouch lag. »Tony, bist du blau?«

»Nee, Mann. Hey, Mo, hast du 'n Klo, wo ich mal draufgehen kann?«

»Der Kerl ist blau«, stellte Mo fest.

Ich nahm den Sportteil von dem Papierstapel, darunter kam die Titelseite zum Vorschein. Karen Nichols hatte es auf die obere Hälfte geschafft: FRAU SPRINGT VOM CUSTOM HOUSE. Neben dem Artikel war ein Farbfoto des Custom House bei Nacht abgebildet.

»Der Kerl ist stinkbesoffen«, sagte Mo. »Kenzie?«

Tony rülpste wieder und sang dann: »*Raindrops keep fallin' on my head.*«

»Gut, er ist besoffen«, willigte ich ein. »Wo ist mein Geld?«

»Du hast ihn saufen lassen?« Mo keuchte, als sei ihm ein Klops im Hals stecken geblieben.

Ich nahm die Zeitung in die Hand und las die Schlagzeile. »Mo.«

Tony erkannte meine Stimmlage und hörte auf zu singen.

Mo jedoch war zu aufgekratzt, um etwas zu merken. »Ich weiß echt nicht, was das soll, Kenzie. Bei Leuten wie dir weiß man es echt nicht. Durch so was krieg ich einen schlechten Ruf.«

»Du hast schon 'nen schlechten Ruf«, erwiderte ich. »Mein Geld!«

Der Artikel begann folgendermaßen: »Eine offenbar geistig verwirrte Frau aus Newton stürzte sich gestern Abend vom Besucherdeck einer der meistgeschätzten Attraktionen unserer Stadt in den Tod.«

Mo fragte Tony: »Glaubst du etwa diesem Scheißkerl?«

»Klar.«

»Halt's Maul, Arschgesicht. Mit dir redet keiner.«

»Ich muss mal aufs Klo.«

»Hab ich's nicht gesagt?« Mo schnaufte laut durch die Nase, stellte sich hinter Tony und pochte ihm mit den Fingerknöcheln auf den Hinterkopf.

»Tony«, erklärte ich, »das Klo ist hinter der Couch durch die Tür.«

Mo lachte. »Was? Soll er den Stuhl etwa mitnehmen?«

Tony entriegelte die Handschelle an seinem Arm mit einem kurzen Klacken und ging zum Badezimmer.

»Hey!«, rief Mo.

Tony sah sich nach ihm um. »Ich muss mal, Mann.«

»Die als Karen Nichols identifizierte Frau«, hieß es weiter in dem Artikel, »ließ ihre Brieftasche und Kleidung auf dem Besucherdeck zurück, bevor sie sich in den Tod stürzte ...«

Ein halbes Pfund Fleisch in Form von Mos Faust krachte auf meine Schulter, und als ich mich umdrehte, sah ich noch, wie Mo die geballte Faust zurückzog.

»Was soll der Scheiß, Kenzie?«

Ich las weiter in der Zeitung. »Mein Geld, Mo.«

»Hast du was mit diesem Schleimscheißer? Hast du ihm ein paar Bier gekauft, damit er mehr Lust auf dich hat, oder was?«

Das Besucherdeck des Custom House befindet sich im 26. Stock. Im Fallen erhaschte man wahrscheinlich einen flüchtigen Blick auf Beacon Hill, das Government Center, die Wolkenkratzer im Bankenviertel und zum Schluss Faneuil Hall und den Marktplatz von Quincy. Das alles in ein oder zwei Sekunden, eine Mischung aus Backstein, Glas und gelben Lichtern, bevor man auf dem Kopfsteinpflaster aufschlug. Die leichten Gliedmaßen würden noch einmal hüpfen, der Rest liegen blieben.

»Hörst du mir zu, Kenzie?« Mo holte zum nächsten Schlag aus.

Ich wich ihm aus, ließ die Zeitung fallen und umklammerte seinen Hals mit der rechten Hand. Ich stieß ihn gegen den Schreibtisch und warf ihn auf den Rücken.

Tony kam aus dem Bad und sagte: »Hey, Scheiße. Wow.«

»Welche Schublade?«, fragte ich Mo.

Seine Augen traten hervor.

Ich lockerte meinen Griff ein wenig.

»Die mittlere.«

»Hoffentlich kein Scheck.«

»Nein, nein. Bargeld.«

Ich ließ ihn los und er blieb keuchend liegen. Ich ging um den Schreibtisch herum, zog die Schublade auf und fand das mit einem Gummiband zusammengehaltene Geldbündel.

Tony nahm wieder auf dem Stuhl Platz und legte sich die Handschelle an. Mo richtete sich auf, doch durch das Gewicht seines Körpers knickten ihm die Beine ein. Er rieb sich den Hals und würgte wie eine Katze, die einen Haarballen herausbefördert.

Ich kam wieder hinter dem Schreibtisch hervor und hob die Zeitung vom Boden.

Mos kleine Augen verdunkelten sich verbittert.

Ich strich die Zeitung glatt, faltete sie ordentlich und schob sie mir unter den Arm.

»Mo«, sagte ich, »du hast 'ne Wumme in dem Holster an deinem linken Fuß und einen Totschläger in der hinteren Tasche.«

Mos Augen verhärteten sich noch mehr.

»Wenn du eins von beiden anfasst, zeige ich dir ganz genau, wie schlecht meine Laune heute ist.«

Mo hustete. Er senkte den Blick. Dann keuchte er: »Dein Name ist in diesem Geschäft ab sofort einen Dreck wert.«

»Wahnsinn«, gab ich zurück, »das ist aber schade, was?«

»Wirst schon sehen«, sagte Mo, »wirst schon sehen. Ohne Gennaro brauchst du jeden Penny, den du kriegen kannst, erzählt man sich. Nächsten Winter bettelst du mich um Arbeit an. Dann bettelst du.«

Ich sah Tony an. »Alles klar?«

Er streckte mir den Daumen entgegen.

»Im Knast auf der Nashua Street«, erzählte ich ihm, »gibt's

einen Wächter, der heißt Bill Kuzmich. Sag ihm, dass du mich kennst, dann passt er auf dich auf.«

»Cool«, meinte Tony. »Meinst du, er bringt mir hin und wieder mal ein Fässchen vorbei?«

»Ja, sicher, Tony. Ganz bestimmt.«

Vor dem Büro von »Mo Bags – Kautionsbürgschaften« auf der Ocean Street in Chinatown las ich im Auto die Zeitung. Es stand nicht viel mehr im Artikel, was ich nicht schon im Radio gehört hatte, doch war ein Bild von Karen Nichols abgedruckt, das aus ihrem Führerschein stammte.

Es war genau die Karen Nichols, die mich sechs Monate zuvor engagiert hatte. Auf dem Bild wirkte sie so strahlend und unschuldig wie an dem Tag, als ich sie kennen gelernt hatte. Sie lachte in die Kamera, als hätte der Fotograf ihr gerade gesagt, was für ein hübsches Kleid und was für nette Schuhe sie trug.

Sie war am Nachmittag ins Custom House gekommen, hatte sich auf dem Besucherdeck umgesehen und sich sogar mit einer Angestellten des Maklerbüros darüber unterhalten, dass es seit neuestem sogar möglich war, auf Zeit im Custom House zu wohnen, da der Staat das historische Gebäude zwecks Geldbeschaffung an die Marriott Corporation verkauft hatte. Die Immobilienmaklerin Mary Hughes erinnerte sich, dass Karen nur ausweichende Angaben über ihren Beruf machte und nicht richtig bei der Sache war.

Als die Aussichtsplattform um fünf Uhr für die Besucher geschlossen wurde und nur noch die Time-Sharer über Geheimnummern Zugang zum Deck hatten, hatte sich Karen irgendwo versteckt und war dann um neun Uhr gesprungen.

Vier Stunden lang hatte sie dort oben gesessen, 26 Stockwerke über grauem Zement, und darüber nachgedacht, ob sie es zu Ende führen sollte. Ich fragte mich, ob sie sich wohl in eine Ecke gehockt hatte oder herumgelaufen war, ob sie auf die Stadt hinunter- oder hoch in den Himmel gesehen hatte oder ob sie die Lichter der Stadt betrachtet hatte. Wie lange hatte sie sich ihr Leben mit seinen Wendungen und plötzlichen Richtungswechseln durch den Kopf gehen lassen? Wann waren die Gedanken so unerträglich geworden, dass sie die Beine über die ein Meter zwanzig hohe Brüstung schwang und den Schritt ins Schwarze tat?

Ich legte die Zeitung auf den Beifahrersitz und schloss kurz die Augen.

Hinter den Augenlidern sah ich sie fallen. Vor dem Hintergrund des Abendhimmels war sie blass und schmal. Hinter ihr rauschte die schmutzig weiße Kalksteinfassade des Custom House wie ein Wasserfall vorbei.

Ich schlug die Augen auf und sah ein paar Medizinstudenten von Tufts in ihren weißen Laborkitteln die Ocean entlanghasten und zwanghaft an ihren Zigaretten ziehen.

Ich blickte zu dem Schild »Mo Bags – Kautionsbürgschaften« auf und fragte mich, wieso ich da drin den harten Burschen gemimt hatte. Mein ganzes Leben lang hatte ich mich erfolgreich bemüht, dem Machogehabe aus dem Weg zu gehen. Ich war mir ziemlich sicher, dass ich mich bei gewalttätigen Auseinandersetzungen im Griff hatte, und eigentlich reichte mir das, denn durch meine Kindheit und Jugend war ich mir vollkommen klar darüber, dass es immer jemanden gab, der verrückter, härter, gemeiner und schneller war als ich. Und der das nur zu gerne unter Beweis stellte. So viele Leute, die ich aus meiner Kindheit kannte, waren gestorben, saßen im Knast oder waren, wie in einem Fall, mit einer Lähmung der Arme und Beine gestraft, weil sie der Welt hatten zeigen wollen, wie hart sie waren. Ich hatte gelernt, dass die Welt wie Las Vegas ist: Ein- oder zweimal geht man als Gewinner vom

Platz, aber wenn man sein Glück zu oft herausfordert, den Würfel einmal zu viel wirft, verweist einen die Welt auf seinen Platz und nimmt einem Brieftasche und Zukunft.

Karen Nichols' Tod ärgerte mich, das auch. Aber darüber hinaus war es, glaube ich, die mir in den letzten Jahren dämmernde Erkenntnis, dass ich den Geschmack an meinem Beruf verloren hatte. Ich hatte es satt, Versicherungsbetrüger oder Männer, die es mit ihren spindeldürren Geliebten trieben, aufzuspüren und zu fotografieren – oder Frauen, die auch nach dem Matchball noch mit ihrem argentinischen Tennislehrer spielten. Ich glaube, ich hatte die Menschen satt – ihre vorhersagbaren Fehler, ihre vorhersagbaren Bedürfnisse und Ansprüche und ihre unterdrückten Wünsche. Die lächerliche Erbärmlichkeit der gesamten Spezies. Und wenn Angie nicht mit mir zusammen die Augen verdrehte, wenn sie keine sarkastischen Bemerkungen über das ganze abgeschmackte Theater abgab, machte es einfach keinen Spaß.

Hoffnungsfroh lächelte Karen Nichols vom Beifahrersitz zu mir auf, eine Ballkönigin mit weißen Zähnen, kerngesund und mit einer seligen Unschuld.

Sie hatte mich um Hilfe gebeten. Ich glaubte, ihr geholfen zu haben, vielleicht hatte ich das auch. Aber in den folgenden sechs Monaten hatte sie sich so vollständig in einen anderen Menschen verwandelt, dass es genauso gut eine Fremde hätte sein können, die am Abend zuvor vom Custom House gesprungen war.

Und ja, was das Schlimmste war: Sie hatte mich angerufen. Sechs Wochen nachdem ich mich mit Cody Falk befasst hatte. Vier Monate vor ihrem Tod. Irgendwann mitten in ihrer fatalen Verwandlung.

Und ich hatte nicht zurückgerufen.

Ich hatte anderes zu tun gehabt.

Sie war am Ertrinken und ich hatte anderes zu tun.

Ich warf einen kurzen Blick auf ihr Gesicht und erkannte die Hoffnung in ihren Augen, obwohl ich sie nicht sehen wollte.

»Okay«, sagte ich laut. »Gut, Karen. Mal sehen, was ich rausfinde. Mal sehen, was ich tun kann.«

Eine Chinesin, die an meinem Jeep vorbeiging, bemerkte, dass ich mit mir redete. Sie starrte mich an. Ich winkte. Sie schüttelte den Kopf und ging weiter.

Als ich den Zündschlüssel umdrehte und die Parklücke verließ, schüttelte sie noch immer den Kopf.

Verrückt, schien sie zu denken. Der ganze verfluchte Planet. Wir sind alle völlig verrückt.

Kapitel 5

Oft stimmen die Vermutungen, die wir auf den ersten Blick über Menschen anstellen. Wenn zum Beispiel in einer Kneipe ein Mann sitzt, der ein blaues Hemd trägt, schmutzverschmierte Finger hat und nach Motoröl riecht kann man mit ziemlicher Sicherheit davon ausgehen, dass er Automechaniker ist. Weitere Vermutungen sind riskant und dennoch können wir nicht davon lassen. Wahrscheinlich wetten wir, dass unser Mechaniker Budweiser trinkt. Und Football guckt. Dass er Filme mag, in denen ständig was in die Luft fliegt. Dass er in einer Wohnung lebt, die wie seine Kleidung riecht.

Die Wahrscheinlichkeit ist groß, dass diese Vermutungen zutreffen.

Aber genauso gut können sie falsch sein.

Als ich Karen Nichols kennen lernte, nahm ich an, sie sei in einer Siedlung am Stadtrand aufgewachsen, käme aus gutem Hause und hätte ihre prägenden Jahre geschützt vor Auseinandersetzungen, Bösartigkeiten und farbigen Menschen verbracht. Des Weiteren ging ich davon aus (und zwar alles in dem kurzen Moment, als wir uns die Hände schüttelten), dass ihr Vater Arzt war oder ein bescheidenes, erfolgreiches Geschäft besaß, vielleicht eine kleine Kette von Golfläden. Ihre Mutter war Hausfrau, bis die Kinder zur Schule gingen, dann arbeitete sie Teilzeit in einer Buchhandlung oder vielleicht bei einem Anwalt.

In Wirklichkeit war der Vater von Karen Nichols, ein in Fort Devens stationierter Marineleutnant, von einem anderen Leutnant in der Küche seines Hauses erschossen worden, als Karen sechs Jahre alt war. Der Schütze hieß Reginald Crowe, und Karen nannte ihn Onkel Reggie, obwohl er nicht wirklich mit den Nichols verwandt war. Er war der beste Freund ihres Vaters und hatte nebenan gewohnt. Er schoss ihrem Vater mit einer .45 zweimal in die Brust, als die beiden ihr Samstagnachmittagsbierchen tranken.

Karen hatte nebenan mit den Crowe-Kindern gespielt, hörte die Schüsse und rannte ins Haus, wo sie Onkel Reggie über ihrem Vater stehen sah. Als er Karen erblickte, richtete Onkel Reggie die Pistole auf seine eigene Brust und drückte ab.

Ein wagemutiger Reporter der *Trib* hatte ein Foto der beiden Leichen in den Akten von Fort Devens gefunden und es zwei Tage nach Karens Todessprung in der Zeitung veröffentlicht.

Die Schlagzeile über dem Bericht auf Seite 3 lautete: VERGANGENHEIT HOLT SELBSTMÖRDERIN EIN. Mindestens eine halbe Stunde lang gab es neuen Gesprächsstoff an den Wasserspendern in den Büros der Stadt.

Nie wäre ich auf die Idee gekommen, dass Karen mit sechs Jahren dem Grauen so nah gekommen war. Das Haus in der Vorortsiedlung kam erst ein paar Jahre später, als ihre Mutter einen in Weston ansässigen Kardiologen heiratete. Von da an verlief Karen Nichols' Kindheit unbehelligt und heil.

Ich war mir ziemlich sicher, dass Karens Tod nur deshalb in den Zeitungen ausgewalzt wurde, weil sie von einem bekannten Gebäude gesprungen war, und nicht, weil sich jemand für ihr Motiv interessierte; und dennoch glaubte ich, dass sie eine Zeit lang zu einer morbiden Mahnung wurde, wie die Welt oder das Schicksal die Träume eines Menschen zunichte machen können. Denn in den sechs Monaten, seit ich sie kennen gelernt hatte, war Karen Nichols' Leben in einer Abwärtskurve verlaufen, die steiler war als die Eigernordwand.

Ein Monat nachdem ich ihr Problem mit Cody Falk gelöst hatte, stolperte ihr Freund David Wetterau, als er die Congress Street im Feierabendverkehr überquerte. Er fiel nicht schlimm – lediglich ein Loch in einem Hosenbein auf Kniehöhe –, aber als er auf der Erde lag, traf ihn ein ausweichender Cadillac mit einer Ecke des hinteren Kotflügels an der Stirn. Seither lag Wetterau im Koma.

In den folgenden fünf Monaten war Karen Nichols immer weiter abgerutscht: Sie verlor ihren Job, ihr Auto und schließlich ihre Wohnung. Selbst die Polizei konnte nicht feststellen, wo sie sich in den letzten zwei Monaten aufgehalten hatte. Im Lokalfernsehen tauchten Psychiater auf, die erklärten, zusammen mit dem tragischen Tod ihres Vaters hätte David Wetteraus Unfall in Karens Psyche einen Prozess in Gang gesetzt, der ihr den Rückweg zu normalen Gedanken und Konventionen vollkommen versperrte und schließlich zu ihrem Tod führte.

Ich komme aus einem katholischen Elternhaus, deshalb ist mir die Geschichte von Hiob wohl bekannt, aber die Reihe von Schicksalsschlägen in den Monaten vor Karens Tod gab mir doch zu denken. Ich wusste, dass man Glücks- oder Pechsträhnen haben kann. Pechsträhnen erstrecken sich oft über einen sehr langen Zeitraum, in dem eine Tragödie die andere ablöst, bis alle gemeinsam, die größeren und die kleineren, wie Knallfrösche am 4. Juli in die Luft gehen. Ich weiß auch, dass gute Menschen manchmal Unglaubliches durchmachen müssen. Und doch vermutete ich, Cody Falk habe das Ganze ausgelöst, habe vielleicht doch nicht aufgehört. Sicher, wir hatten ihm eine Heidenangst eingejagt, aber manche Leute sind dumm, besonders Raubritter wie er. Vielleicht hatte er seine Angst überwunden und sich dann überlegt, Karen nicht frontal, sondern von der Seite anzugehen und ihre zerbrechliche Welt zu zerstören, weil sie Bubba und mich auf ihn gehetzt hatte.

Cody musste noch ein Besuch abgestattet werden, entschied ich.

Aber zuerst wollte ich mit den Beamten sprechen, die Karens Tod untersuchten. Vielleicht konnten sie mir etwas verraten, das mich davor bewahrte, Cody unvorbereitet gegenüberzutreten.

»Die Detectives Thomas und Stapleton«, gab Devin mir Auskunft. »Ich setze mich mit ihnen in Verbindung und sage ihnen, sie sollen sich bei dir melden. Wird aber ein paar Tage dauern.«

»Wär mir lieber, wenn es schnell ginge.«

»Und mir wäre es lieber, wenn ich mit Cameron Diaz duschen könnte. Ist aber genauso unmöglich.«

Also wartete ich. Und wartete. Schließlich hinterließ ich hier und da ein paar Nachrichten und beherrschte mich, nicht zu Cody Falk zu fahren und die Antworten aus ihm herauszuprügeln, bevor ich nicht wusste, welche Fragen ich zu stellen hatte.

Irgendwann hatte ich das Warten satt, notierte mir Karen Nichols' letzte bekannte Adresse, las in den Zeitungsberichten noch einmal nach, dass sie als Letztes in der Cateringabteilung des Four Seasons gearbeitet hatte, und machte mich auf die Socken.

Karen Nichols' ehemalige Mitbewohnerin hieß Dara Goldklang. Während wir uns in dem Wohnzimmer unterhielten, das sie zwei Jahre lang mit Karen geteilt hatte, strampelte sich Dara mit dem Gesicht zum Fenster auf einem Laufband ab, als befände sie sich bei einem 1000-Meter-Lauf in der letzten Kurve. Sie trug einen weißen Sport-BH und schwarze Leggins und sah sich immer wieder über die Schulter nach mir um.

»Bis David den Unfall hatte«, sagte sie, »war Karen kaum hier. Immer bei David. Hat hier eigentlich nur ihre Post abgeholt, manchmal Wäsche gewaschen und sie wieder mit zu David genommen. Sie war verrückt nach dem Typen. Sie lebte für ihn.«

»Wie war sie sonst? Ich hab sie nur einmal getroffen.«

»Karen war nett«, antwortete Dara und fügte dann unmittelbar hinzu: »Findest du, dass ich einen dicken Hintern habe?«

»Nein.«

»Du hast gar nicht geguckt.« Sie blies die Wangen auf. »Los! Guck mal hin. Mein Freund meint, er wird zu dick.«

Ich betrachtete ihren Arsch. Er war so groß wie ein Apfel. Wenn ihr Freund den dick fand, an welcher Zwölfjährigen hatte er dann einen kleineren gesehen?

»Dein Freund hat keine Ahnung.« Ich setzte mich auf eine Art Sandsack aus rotem Leder, der in einer Glasschale mit Glassockel ruhte. Möglicherweise das hässlichste Möbelstück, das ich je gesehen hatte. Mit Sicherheit das hässlichste, auf dem ich je gesessen hatte.

»Er meint, meine Waden wären nicht stramm genug.«

Ich warf einen flüchtigen Blick auf die Muskeln an ihrem Unterschenkel. Sie traten wie flache Steine unter der Haut hervor.

»Und ich soll mir den Busen machen lassen«, keuchte sie. Sie drehte sich zu mir um, so dass ich die Kugeln unter ihrem Sport-BH begutachten konnte. Sie hatten ungefähr die Größe, Form und Festigkeit handelsüblicher Baseballs.

»Was ist dein Freund von Beruf?«, fragte ich zurück. »Sportlehrer?«

Sie lachte und ließ die Zunge raushängen. »Aber nicht doch. Er ist Wertpapierhändler auf der State Street. *Er* hat einen Scheißbody, nämlich einen kleinen Buddhabauch, dünne Arme und *sein* Hintern hängt schon richtig.«

»Aber du sollst perfekt sein?«

Sie nickte.

»Hört sich ungerecht an«, bemerkte ich.

Sie hob die Hände. »Tja, hm, ich verdiene 225 als Restaurantleiterin, aber er fährt einen Ferrari. Bin ganz schön oberflächlich, was?« Sie zuckte mit den Achseln. »Ich mag die Möbel in seiner Wohnung. Und ich esse gerne im Café Louis und im Aujourd'hui. Außerdem mag ich die Uhr, die er mir geschenkt hat.«

Sie hob das Handgelenk, damit ich sie begutachten konnte. Sportlich, Edelstahl, kostete vielleicht einen Riesen oder mehr, und das nur, damit man bei schweißtreibenden Aktivitäten die richtigen Accessoires trug.

»Sehr hübsch«, sagte ich.

»Was hast du für ein Auto?«

»Einen Escort«, log ich.

»Siehst du?« Sie schalt mich mit dem Finger. »Du bist echt süß und so, aber mit den Klamotten und dem Auto?« Sie schüttelte den Kopf. »Nein, nein. Mit einem wie dir könnte ich nicht ins Bett gehen.«

»Hab gar nicht gemerkt, dass ich drum gebeten hab.«

Sie drehte den Kopf hastig zu mir um und starrte mich mit frischen Schweißperlen auf der Stirn an. Dann lachte sie.

Ich lachte zurück.

Mein Gott, war das zum Brüllen!

»Also, Dara«, drängte ich. »Warum ist Karen hier herausgeflogen?«

Sie wandte sich ab und sah wieder aus dem Fenster. »Tja, das war 'ne traurige Sache. Ich hab ja schon gesagt, Karen war echt nett. Aber sie war auch irgendwie, na ja, naiv, wenn du weißt, was ich meine. Sie hatte keine Karabinerhaken in der Realität.«

»Keine Karabinerhaken«, wiederholte ich langsam.

Sie nickte. »So nennt mein Therapeut das. Weißt du, das sind so Dinge, die uns auf dem Boden der Tatsachen halten, und zwar nicht nur Menschen, sondern auch Privilegien und ...«

»Prinzipien?«, fragte ich.

»Hä?«

»Prinzipien«, wiederholte ich. »Privilegien sind Vorrechte oder Vorteile. Prinzipien sind Grundsätze, Überzeugungen.«

»Genau. Sag ich doch. Prinzipien und Grundsätze und du weißt schon, diese ganzen Sprüche und Träume und Vorstellungen, an die wir uns klammern, um den Tag zu überstehen. So was hatte Karen nicht. Sie hatte nur David. Er war ihr Leben.«

»Und als er dann den Unfall hatte ...«

Sie nickte. »Aber versteh mich nicht falsch. Ich weiß, wie groß der Schock für sie war.« Auf ihrem Rücken lag nun ein Schweißfilm, der ihre Haut in der Nachmittagssonne glänzen ließ. »Sie tat mir so Leid. Ich habe auch geweint. Aber nach einem *Monat,* also, das Leben geht doch weiter.«

»Ist das eins von den Prinzipien?«

Sie blickte über die Schulter, um zu sehen, ob ich sie verarschte. Ich blickte sie freundlich und mitfühlend an.

Sie nickte. »Aber Karen, die hat den ganzen Tag durchgeschlafen, hat einfach die Klamotten vom Vortag angelassen. Manchmal roch sie richtig. Sie hat einfach, hm, irgendwie den Halt verloren. Verstehst du? Und das war traurig, es tat mir echt weh, aber trotzdem, man muss sich damit abfinden.«

Prinzip Nummer zwei, nahm ich an.

»Ja? Ich hab sogar versucht, sie unter die Leute zu bringen.«

»Andere Männer?«, fragte ich.

»Ja.« Sie lachte. »Ich meine, sicher, David war toll. Aber David vegetiert vor sich hin. Ich meine: Hal-lo! Bei dem kann man ruhig klopfen, ist keiner mehr da. Es gibt noch andere Fische im Meer. Wir sind ja nicht bei *Romeo und Julia.* Das Leben ist wirklich. Das Leben ist hart. Also sage ich zu Karen, du musst mal hier rauskommen und ein paar Typen treffen; 'ne anständige Nummer hätte ihr vielleicht, weiß nicht, 'nen klaren Kopf gemacht.«

Sie sah sich über die Schulter nach mir um und drückte dann auf eine Taste auf dem Bedienungsfeld, so dass das Band unter ihren Füßen allmählich langsamer wurde, bis es schlurfte wie ein geriatrischer Spaziergänger. Ihre Schritte wurden länger, langsamer und lockerer.

»War das ein Fehler?«, fragte sie das Fenster.

Ich ließ die Frage unbeantwortet. »Gut, Karen hatte Depressionen, schlief den ganzen Tag. Hat sie die Arbeit geschwänzt?«

Dara Goldklang nickte. »Deswegen wurde sie ja rausgeworfen. Hat zu viele Schichten geschmissen. Und wenn sie mal hinging, sah sie aus wie ausgekotzt, wenn du weißt, was ich meine: splissige Haare, kein Make-up, Laufmaschen in den Strümpfen.«

»Da brat mir einer 'nen Storch«, sagte ich.

»Ich hab's ihr gesagt. Hab ich.«

Das Laufband kam zum Stehen und Dara Goldklang stieg herunter, wischte sich Gesicht und Hals mit einem Handtuch ab und trank Wasser aus einer Plastikflasche. Sie ließ die Flasche sinken und sah mir, die Lippen noch immer gespitzt, in die Augen.

Vielleicht versuchte sie, mich ohne meine Kleidung und das

Auto zu sehen, das ich ihrer Meinung nach fuhr. Vielleicht hatte sie es auch auf mich abgesehen und wollte mit der einzigen Methode, die sie zu kennen schien, einen klaren Kopf bekommen.

»Also hat sie ihren Job verloren und dann hatte sie bald kein Geld mehr«, fuhr ich fort.

Sie legte den Kopf in den Nacken, öffnete den Mund und trank Wasser, ohne die Flasche mit den Lippen zu berühren. Sie schluckte ein paarmal, senkte dann das Kinn und tupfte sich mit einem Zipfel des Handtuchs über die Lippen.

»Sie hatte schon vorher kein Geld mehr. Irgendwas stimmte nicht mit Davids Krankenversicherung.«

»Was stimmte nicht?«

Sie zuckte mit den Achseln. »Karen wollte ein paar von seinen Arztrechnungen bezahlen. Die waren unglaublich hoch. Das brach ihr das Genick. Und ich meine, logisch, ein paar Monate lang die Miete nicht zahlen, das geht noch. Finde ich nicht toll, aber kann ich verstehen. Aber im dritten Monat hab ich dann gesagt, echt, sie müsste gehen, wenn sie nicht langsam damit rüberkäme. Ich meine, wir waren Freundinnen und so – gute Freundinnen –, aber so ist das Leben nun mal.«

»Das Leben«, sagte ich. »Klar.«

Ihre Augen waren so groß wie Untertassen, als sie mir zunickte. »Ich mein, das Leben, ja? Das ist wie ein Zug. Es geht immer weiter und man muss vor ihm herlaufen. Wenn man zwischendurch zu lange anhält, dann überfährt es einen. Also muss man früher oder später aufhören, sich um andere zu kümmern, und sich auf die Nummer eins konzentrieren.«

»Gutes Prinzip«, bemerkte ich.

Sie grinste. Dann kam sie zu dem hässlichen Sessel herüber und reichte mir die Hand. »Soll ich dir hochhelfen?«

»Nee, geht schon. So schlecht ist der Sessel gar nicht.«

Sie lachte und ließ die Zunge aus dem Mund hängen, wie

Michael Jordan, wenn er sich zu einem Korbleger hoch schraubt.

»Ich meinte nicht den Sessel.«

Ich erhob mich und machte einen Schritt zurück. »Weiß ich, Dara.«

Sie legte eine Hand auf ihren Po und drückte sich dagegen, während sie noch einen Schluck Wasser trank. »Und wo genau«, flötete sie, »liegt das Problem?«

»Ich hab Grundsätze«, antwortete ich auf dem Weg zur Tür.

»Was Fremde angeht?«

»Was Menschen angeht«, verbesserte ich sie und schloss die Tür hinter mir.

Kapitel 6

Die Innenräume von *Pickup on South Street*, David Wetteraus vor kurzem flügge gewordene Verleihfirma für Filmzubehör, glichen einem Warenlager, voll gestopft mit 16-mm-Kameras, 35-mm-Kameras, Objektiven, Leuchten, Lichtfiltern, Stativen, Kamerawagen und Kameraschienen. Kleine Tische waren im Abstand von sechs Metern entlang der Ostwand im Boden vernietet; dort nahmen junge Leute das Equipment entgegen, während eine junge Frau und ein junger Mann vor der Westwand einen riesigen, kranähnlichen Kamerawagen auf Schienen vorbeirollten. Die junge Frau saß obenauf und drehte ein mittig angebrachtes Lenkrad, wie man es manchmal in Lkws sieht.

Die Angestellten oder Praktikanten, Männlein wie Weiblein, trugen ausnahmslos Baggys, zerknitterte T-Shirts und Leinenturnschuhe oder Doc Martens ohne Socken und in jedem Ohr glitzerte mindestens ein Ohrring. Ihre Gesichter verschwanden unter riesigen Mähnen oder sie hatten gar keine Haare. Sie waren mir auf der Stelle sympathisch, wahrscheinlich weil sie mich an die Freunde erinnerten, mit denen ich auf dem College herumgehangen hatte – zurückhaltende Kumpel und Kumpelinnen mit dem Feuer künstlerischen Ehrgeizes in den Augen, die zu unglaublichen Quasselstrippen wurden, wenn sie was getrunken hatten, und die über ein enzyklopädisches Wissen verfügten, was die besten Plattenläden, Antiquariate und Secondhandgeschäfte der Stadt anging. Sie kannten so gut wie jeden Anbieter von Waren aus zweiter Hand.

Pickup on South Street war von David Wetterau und Ray Dupuis gegründet worden. Ray Dupuis gehörte zu den Leuten mit den glatt rasierten Schädeln; er unterschied sich nur von den anderen, weil er ein paar Jährchen älter und sein zerknittertes T-Shirt aus Seide war. Er legte seine Chucks auf den ramponierten Schreibtisch, den sie einfach mitten ins Chaos gestellt hatten, lehnte sich in seinem abgenutzten ledernen Bürostuhl zurück und breitete die Arme aus.

»Mein Königreich.« Er grinste mich schief an.

»Viel zu tun?«

Er strich über die dunklen, aufgedunsenen Ringe unter seinen Augen. »Äh, ja.«

Zwei junge Leute polterten durch den Raum. Sie liefen nebeneinander her, bemühten sich um langsame Bewegungen, obwohl es aussah, als rannten sie, so schnell sie konnten. Der eine hatte etwas vor die Brust geschnallt, das wie eine Kombination aus Kamera und Metalldetektor aussah. Um seine Hüfte lag ein schwerer Gürtel mit voll gestopften Taschen, der mich an den Patronengürtel eines Soldaten erinnerte.

»Du musst weiter nach vorne, nach vorne«, rief der Kameramann.

Der andere gehorchte.

»Los! Jetzt umdrehen und zurück! Umdrehen und zurück!«

Der zweite blieb stehen, wirbelte herum und lief in die andere Richtung. Der Kameramann drehte sich auf der Stelle und filmte ihn im Gehen.

Dann blieb er stehen. Er warf die Hände in die Luft und rief: »Aaron! Nennst du das Schärfe ziehen?«

Ein unidentifizierbares Wesen in Lumpen mit wuscheligen

dunklen Haaren und einem bis zum Kinn heruntergezogenen Schnäuzer blickte von einer unförmigen Fernbedienung auf. »Ich zieh hier Schärfe, Eric. Wirklich. Das liegt am Licht, Kumpel!«

»Bullshit!«, schrie Eric. »Das Licht ist in Ordnung.«

Ray Dupuis grinste und wandte den Blick von Eric ab, der jeden Augenblick vor Wut zu explodieren schien.

»Die Steadicam-Leute«, erklärte Dupuis. »Die sind wie die Kicker beim Football: hoch spezialisiert und äußerst sensibel.«

»Das Ding, das er sich um die Brust geschnallt hat, ist eine Steadicam?«, fragte ich.

Er nickte.

»Ich dachte immer, die laufen auf Rädern.«

»Nee.«

»Das heißt, dass in der ersten Szene von *Full Metall Jacket* einer mit 'ner Kamera vor der Brust durch diese Kasernen da läuft?«, fragte ich weiter.

»Klar. Genau wie diese Szene bei *GoodFellas*. Glauben Sie etwa, die hätten das Ding die Treppen runterfahren können?«

»So genau hab ich noch nie drüber nachgedacht.«

Er nickte in Richtung des jungen Mannes, der die Fernbedienung in der Hand hielt. »Das da drüben ist der Kameraassistent. Er versucht über die Fernbedienung, die Schärfe zu ziehen.«

Ich sah zu den jungen Leuten hinüber, die Anstalten machten, die Szene zu wiederholen, und alles einstellten, was einzustellen war.

Mir fiel kein anderer Kommentar ein als: »Cool.«

»Das heißt, Sie sind ein Kinofan, Mr Kenzie?«

Ich nickte. »Aber mehr für die älteren Filme, um ehrlich zu sein.«

Er hob die Augenbrauen. »Dann wissen Sie bestimmt, woher unser Firmenname stammt.«

»Klar«, erwiderte ich. »Sam Fuller, 1953. Schrecklicher Streifen, aber super Titel.«

Er grinste. »Das hat David auch gesagt.« Er wies auf Eric, der gerade wieder vorbeilief. »Die sollte David eigentlich abholen, als er den Unfall hatte.«

»Die Steadicam?«

Er nickte. »Deswegen raff ich es einfach nicht.«

»Was?«

»Das mit dem Unfall. Er hätte nicht da sein dürfen.«

»An der Ecke von Congress und Purchase?«

»Genau.«

»Und wo hätte er sein sollen?«

»In Natick.«

»Natick«, wiederholte ich. »In der Heimat unserer Footballlegende Doug Flutie?«

Er nickte. »Und natürlich die Heimat der Natick Mall.«

»Klar. Aber Natick ist ungefähr zwanzig Meilen entfernt.«

»Ja. Und da war die Steadicam.« Er wies mit dem Kopf auf das Gerät. »Im Vergleich zu diesem Prachtstück sieht alles andere, was wir hier haben – und es hat fast ein Vermögen gekostet –, billig aus. Dieser Typ in Natick wollte sie schnell loswerden. Für 'n Appel und 'n Ei. David ist buchstäblich losgerast. Aber er ist nie dort angekommen. Ich hör nur, dass er an dieser Kreuzung in der Stadt war.« Er zeigte aus dem Fenster in Richtung des Bankenviertels ein paar Straßenecken weiter nördlich.

»Haben Sie das der Polizei erzählt?«

Er nickte. »Ein paar Tage später riefen sie mich wieder an und meinten, sie hätten nicht den geringsten Zweifel, dass es ein Unfall war. Ich hab mich lange mit einem Detective unterhalten und hinterher war ich eigentlich überzeugt, dass sie Recht hatten. David ist am helllichten Tag vor ungefähr vierzig Zeugen gestolpert. Da kann man wohl nicht dran zweifeln, dass es ein Unfall war, ich hätte nur gerne gewusst, warum er nicht nach Natick, sondern umgekehrt und zurück in die Stadt gefahren ist. Das hab ich dem Detective gesagt, aber er meinte, seine Aufgabe sei festzustellen, ob es ein Unfall war, und davon hätte er sich überzeugt. Alles andere sei ›irrelevant‹. Meinte er.«

»Und Sie?«

Er rieb sich über den glatt rasierten Kopf. »David war nicht irrelevant. Er war ein super Kumpel. Ich mein ja nicht, dass er perfekt war, er hatte seine Fehler, sicher, aber ...«

»Zum Beispiel?«

»Na ja, zum Beispiel hatte er mit den Finanzen des Ladens nichts am Hut und er hat immer ganz schön rumgeflirtet, wenn Karen nicht in der Nähe war.«

»Hat er sie betrogen?«, wollte ich wissen.

»Nein.« Er schüttelte nachdrücklich den Kopf. »Nein, ihm ging's wohl eher darum, zu spüren, dass er noch immer begehrt war. Es gefiel ihm, wenn schöne Frauen ihn bemerkten und auf ihn standen. Ja, klar war das kindisch und vielleicht hätte er sich beim Spiel mit dem Feuer auch irgendwann mal die Finger verbrannt, aber er liebte Karen wirklich und wollte sie auf keinen Fall betrügen.«

»Nicht mit dem Körper, in Gedanken schon«, sagte ich.

»Ja.« Er lächelte und seufzte dann. »Sehen Sie, ich hab diese Firma mit dem Geld meines Vaters auf die Beine gestellt, ja? Ich hab die Darlehen gegengezeichnet. Ohne meinen Namen wäre die Sache nie in Gang gekommen. Ich liebe diesen Stall und stelle mich auch nicht besonders dumm an, aber David, der hatte das Talent. Er gab der Firma ein Gesicht – und eine Seele. Wir schlossen Verträge ab, weil David loszog und Kontakte knüpfte. David ging zu den unabhängigen Filmgesellschaften, zur Industrie, zu den Werbeleuten. Und David überzeugte Warner Brothers, ihren Panter-Dolly bei uns zu mieten, als sie letztes Jahr hier diesen Costner-Film drehten, und weil ihnen der Dolly gefiel, kamen sie immer wieder und holten sich Ersatz für ihre 35-mm-Filme, für Leuchten, Filter und Galgen.« Er schmunzelte. »Man kann sich gar nicht vorstellen, was bei denen alles kaputtging. Als Nächstes haben sie ihr Rohmaterial auf unseren Rank übertragen, als es ihrer nicht mehr tat, und dann haben sie ihr Second-Unit-Material auf unseren Avids geschnitten. Und das ganze Geld hat David reingeholt. Nicht ich. David hatte Charme und Pfiff, aber am wichtigsten war, dass man ihm vertraute. Was er sagte, galt. Er hat nie jemanden bei einem Geschäft über den Tisch gezogen. David hätte diesen Laden groß rausgebracht. Aber ohne ihn?« Er sah sich um, blickte auf die energiegeladenen jungen Menschen und die Geräte und zuckte mit einem traurigen Lächeln die Schultern. »Ohne ihn sind wir wahrscheinlich innerhalb von eineinhalb Jahren weg vom Fenster.«

»Wer würde davon profitieren?«

Er dachte kurz darüber nach, trommelte mit den Handflächen auf die nackten Knie. »Unsere Konkurrenz, nehme ich an, aber eigentlich nicht besonders. So viele Deals haben wir auch wieder nicht gemacht, deshalb glaub ich nicht, dass so viele Jobs abzugreifen sind, wenn wir dichtmachen.«

»Sie haben den Deal mit Warner Brothers.«

»Stimmt. Aber *Eight Millimeter* hat den Film von Branagh, den Fox Searchlight hier gemacht hat, und *Martini Shot* hat sich den Mamet-Film geangelt. Ich meine, wir haben alle was vom großen Kuchen abbekommen, keiner zu viel und keiner zu wenig. Es gibt jedenfalls keinen, der jetzt Millionen oder auch nur hunderttausend mehr verdient, weil David nicht mehr dabei ist.« Er verschränkte die Hände hinterm Kopf und blickte zu den Stahlträgern und den frei liegenden Heizungsrohren auf. »Ach, es wär einfach schön gewesen. Wie David immer gesagt hat: Wir wären zwar nicht reich geworden, aber angenehm hätte es werden können.«

»Was ist mit der Versicherung?«

Er drückte den Kopf mit den Händen nach vorne und sah mir in die Augen, die Ellenbogen vom Kopf abgewinkelt. »Was soll damit sein?«

»Ich hab gehört, Karen Nichols ist das Geld ausgegangen, weil sie Davids Arztrechnungen bezahlt hat.«

»Und daher nehmen Sie an ...«

»Dass er nicht versichert war.«

Ray Dupuis musterte mich mit hängenden Augenlidern, er bewegte sich nicht. Ich wartete, aber nach ungefähr einer Minute streckte ich die Hände aus.

»Sehen Sie, Ray, ich will hier keinem was ans Zeug flicken. Falls Sie kreative Buchhaltung betrieben haben, um sich über Wasser zu halten – mir recht. Oder Sie ...«

»Das war David«, sagte er leise.

»Was?«

Er nahm die Füße vom Tisch und ließ die Hände sinken.

»David hat ...« Er verzog das Gesicht, als hätte er Säure im Mund, und wandte den Blick ab. Dann sprach er weiter, doch flüsterte er nur noch kaum hörbar. »Man lernt schnell, keinem zu vertrauen. Ganz besonders in diesem Geschäft, wo jeder freundlich ist, jeder dein Freund ist, jeder dich gern hat, bis man ihm die Rechnung präsentiert. Ich hab immer gedacht, David sei anders. Ich hab ihm vertraut.«

»Aber?«

»Aber.« Er schnaubte verächtlich und blickte mit einem resignierten Lächeln zu den Stahlstreben auf. »Ungefähr sechs Wochen vor seinem Unfall hat David die Versicherungspolice gekündigt. Nicht für das Equipment, sondern nur für die Angestellten, ihn inklusive. Die Vierteljahresrate war fällig, aber anstatt zu bezahlen, hat er gekündigt. Ich schätze, er ließ es drauf ankommen – verstehen Sie, er hat sich vom einen was geliehen, um den anderen zu bezahlen. Vielleicht wollte er das Geld umschichten, vielleicht in die Steadicam investieren.«

»Waren Sie knapp bei Kasse?«

»O ja. Ich hatte nichts mehr übrig und Daddy hatte den Geldhahn vorübergehend zugedreht. Es liegen eine Menge offener Rechnungen auf den Schreibtischen unserer Kunden, wenn die bezahlt sind, geht es wieder, aber in den letzten paar Monaten war es haarig. Klar, ich versteh schon, warum David das gemacht hat. Ich kapier bloß nicht, warum er mir nichts davon erzählt hat und warum das Geld, das er dadurch gespart hat, noch immer auf unserem Konto ist.«

»Es ist noch da?«

Er nickte. »Jedenfalls, als er den Unfall hatte. Ich hab davon die Versicherung bezahlt, dann hab ich das Konto leer geräumt und hab die Steadicam zu zwanzig Prozent abbezahlt. Für den Rest habe ich einen Kredit aufgenommen.«

»Aber Sie sind sicher, dass es David war, der das mit der Versicherung gemacht hat?«

Kurze Zeit schien er nicht zu wissen, ob er mich aus dem Büro werfen oder einfach alles beichten sollte. Schließlich entschied er sich für Letzteres und ich war erleichtert, denn wahrscheinlich hätte ich die Schande nicht ertragen, von ein paar Jüngelchen rausgeworfen zu werden, die gemeinsam öfter *Star Wars* gesehen als Geschlechtsverkehr gehabt hatten.

Er sah sich um, um sicherzugehen, dass uns niemand im Lager beachtete, dann öffnete er mit einem kleinen Schlüssel eine der unteren Schreibtischschubladen. Er wühlte darin herum und zog schließlich ein Blatt Papier hervor, das er mir über den Tisch reichte.

Es war eine Kopie des Briefes, den Wetterau an die Versicherung geschickt hatte. Schwarz auf weiß stand dort, dass Wetterau, Finanzdirektor von *Pickup on South Street*, die

Krankenversicherung aller Angestellten, ihn eingeschlossen, zu kündigen wünsche. Der Brief war von ihm unterschrieben.

Ray Dupuis meinte: »Die Versicherung hat mir die Kopie geschickt, als ich für David Ansprüche anmeldete. Sie hat keinen einzigen Cent bezahlt. Ich hab rausgerückt, soviel ich konnte, Karen auch, aber dann war ja irgendwann Schluss damit und die Rechnung stieg immer weiter. David hat keine Familie, deshalb wird letztendlich wohl der Staat für ihn zahlen, aber Karen und ich wollten beide nicht, dass er in so einer Scheißeinrichtung endet, deshalb haben wir uns zuerst für eine bessere Pflege eingesetzt, aber es war einfach zu viel, als dass es zwei Leute hätten aufbringen können.«

»Kannten Sie Karen gut?«

Er nickte mehrmals. »Klar.«

»Was hielten Sie von ihr?«

»Sie war das Mädchen, das der Held am Ende des Films bekommt. Wissen Sie, wen ich meine? Nicht die geile heiße Tussi, die am Ende doch nur Ärger macht, sondern die Gute. Die einem nie einen Abschiedsbrief schreiben würde, wenn man im Krieg ist. Die immer für einen da ist, wenn man denn schlau genug ist, das zu merken. Barbara Bel Geddes in *Vertigo,* wenn Jimmy Stewart schlau genug gewesen wäre, ihr Gesicht hinter der Brille zu sehen.«

»Ja.«

»Irgendwie war sie anormal.«

»Wieso?«

»Na, weil es solche Frauen wir Karen nur im Film gibt.«

»Meinen Sie, es war aufgesetzt?«

»Nein. Ich wusste nur nie genau, ob Karen eine Vorstellung hatte, wer sie überhaupt war. Vielleicht hatte sie sich so angestrengt, ihrem Ideal nahe zu kommen, dass sie sich selbst verloren hatte.«

»Und nach Davids Unfall?«

Er zuckte mit den Achseln. »Eine Zeit lang hielt sie durch, dann brach sie zusammen. Mann, es war echt furchtbar, das mit anzusehen. Wenn sie herkam, hätte ich sie am liebsten nach ihrem Führerschein gefragt, nur um mich zu überzeugen, dass sie noch dieselbe Karen war. Meistens war sie betrunken, bekifft. Sie war vollkommen durch den Wind. Es war, als ob ... Was, glauben Sie, passiert, wenn man sein Leben lang wie in einem Film lebt, und plötzlich ist der Film zu Ende?«

Ich erwiderte nichts.

»Das ist wie mit den Kinderstars«, fuhr er fort. »Sie spielen ihre Rolle, solange es geht, und kämpfen gegen ihre eigenen Hormone an, aber sie können gar nicht gewinnen. Eines Tages wachen sie auf und sind keine Kinder mehr, sind keine Filmstars mehr, dann gibt es keine Rollen mehr für sie und sie gehen unter.«

»Und Karen?«

Ihm traten Tränen in die Augen. Laut atmete er aus. »O Mann, ich konnte es nicht mit ansehen. Konnte keiner. David war ihr Ein und Alles. Wer die beiden auch nur zwei Sekunden lang sah, der merkte das. Und als David den Unfall hatte, ging sie zugrunde. Ihr Körper brauchte bloß vier Monate, bis er ebenfalls so weit war.«

Wir saßen eine Weile schweigend da, dann gab ich ihm den Brief an die Versicherung zurück. Er hielt ihn in der Hand und betrachtete ihn. Schließlich lachte er bitter.

»Ohne ›P‹«, sagte er und schüttelte den Kopf.

»Wie bitte?«

Er drehte den Brief um, damit ich ihn sehen konnte. »Davids zweiter Vorname war Phillip. Als wir dies Geschäft aufmachten, fing er plötzlich an, mit einem großen ›P‹ in der Mitte zu unterschreiben. Nur auf Geschäftsbriefen und Schecks, sonst nie. Ich hab immer gesagt, das ›P‹ stände für ›Prahlhans‹, ich hab ihn immer damit geärgert.«

Ich studierte die Unterschrift. »Da ist aber kein ›P‹.«

Er nickte und ließ den Brief in die Schublade fallen. »Wahrscheinlich war er an dem Tag nicht gerade zum Prahlen aufgelegt.«

»Ray?«

»Ja?«

»Könnte ich eine Kopie von dem Schreiben und von einem anderen Brief haben, wo er mit ›P‹ unterschrieben hat?«

Er zuckte mit den Achseln. »Klar.« Er fand eine Notiz, die David mit einem großen geschwungenen ›P‹ versehen hatte.

Ich folgte ihm zu dem schmutzigen Kopierer, er legte den Brief auf die Glasfläche.

»Was meinen Sie denn?«, wollte er wissen.

»Weiß ich noch nicht genau.«

Er nahm die Kopie aus dem Schacht und reichte sie mir. »Ist nur ein ›P‹, Mr Kenzie.« Er kopierte die Notiz und gab sie mir ebenfalls.

Ich nickte. »Haben Sie einen Zettel mit Ihrer Unterschrift?«

»Klar.« Er ging mit mir zurück zum Schreibtisch und griff nach einem Blatt Papier.

»Wissen Sie, worin der Trick bei Fälschungen besteht?«, fragte ich, nahm die Notiz entgegen und drehte das Blatt um.

»'ne gute Handschrift?«

Ich schüttelte den Kopf. »Gestalt.«

»Gestalt?«

»Man muss die Unterschrift als Ganzes betrachten, nicht als Anordnung einzelner Buchstaben.«

Mit einem Stift ahmte ich sorgfältig seine auf dem Kopf stehende Unterschrift nach. Als ich fertig war, drehte ich das Blatt wieder um und zeigte es ihm.

Er warf einen Blick drauf, öffnete die Lippen und hob die Augenbrauen. »Nicht schlecht. Wow.«

»Und das ist mein erster Versuch, Ray. Stellen Sie sich mal vor, wie es mit etwas Übung aussieht.«

Kapitel 7

Mein Anruf weckte Devin auf.

»Schon Glück gehabt mit Ms Diaz?«

»Nichts. Weiber, Mann, verstehste?«

»Weder Detective Thomas noch Stapleton haben sich bei mir gemeldet.«

»Stapleton gehörte zu den Günstlingen von Doyle, deshalb.«

»Aha.«

»Du könntest Hoffa in einem Diner beim Kaffeetrinken entdecken, Stapleton würde nicht mit dir sprechen wollen.«

»Und Thomas?«

»Die ist nicht so leicht zu durchschauen. Und ist heute alleine unterwegs.«

»Da hab ich ja Glück.«

»Tja, kleiner Glückspilz. Warte mal. Ich guck mal eben, wo sie ist.«

Ich wartete zwei, drei Minuten, dann war er wieder am Apparat. »Du schuldest mir was, muss ich das überhaupt noch erwähnen?«

»Ist doch selbstverständlich«, antwortete ich.

»Das ist es immer.« Devin seufzte. »Detective Thomas ist heute in Back Bay. Tod durch Blödheit. Die Gasse zwischen Newbury und Comm Ave.«

»Querstraßen?«

»Dartmouth und Exeter. Mach sie nicht dumm an. Sie ist hart drauf, Junge. Die frisst dich mit Haut und Haar und spuckt dich wieder aus.«

☆ ☆ ☆

Detective Joella Thomas kam aus der Seitenstraße auf die Dartmouth Street, bückte sich unter einem Absperrband und versuchte die Latexhandschuhe abzustreifen. Auf der anderen Seite des gelben Bandes richtete sie sich auf, zog die Spitze eines Handschuhs von den Fingern und schüttelte den weißen Talkumpuder von ihrer schwarzen Haut. Sie wandte sich an einen Mann, der auf der Stoßstange des Einsatzwagens des Forensikteams saß.

»Larry, er gehört dir!«

Larry las den Sportteil und blickte nicht einmal hoch. »Is' er noch tot?«

»Jetzt erst recht.« Joella zog den anderen Handschuh ab, bemerkte mich neben ihr, hielt den Blick aber weiter auf Larry gerichtet.

»Hat er noch was gesagt?« Larry blätterte um.

Joella Thomas schob ein Bonbon von einer Backentasche in die andere und nickte. »Über das Leben nach dem Tod?«

»Yeah.«

»Ist 'ne riesige Party.«

»Cool. Sag ich seiner Frau.« Larry faltete die Zeitung zusammen und warf sie hinter sich ins Auto. »Diese Scheiß-Sox, Detective, wissen Sie Bescheid?«

Joella Thomas zuckte mit den Schultern. »Ich bin Hockeyfan.«

»Dann halt Scheiß-Bruins.« Larry wandte uns den Rücken zu und kramte in seinem Wagen herum.

Joella wollte gehen, erinnerte sich dann aber offenbar an mich. Langsam drehte sie den Kopf in meine Richtung und blickte mich durch die verspiegelten Gläser ihrer rahmenlosen Sonnenbrille an. »Was?«

»Detective Thomas?« Ich hielt ihr die Hand hin.

Sie schüttelte sie kurz und straffte die Schultern.

»Patrick Kenzie. Devin Amronklin hat vielleicht von mir erzählt.«

Sie legte den Kopf schief. Ich hörte das Bonbon gegen ihre Zähne klackern. »Konnten Sie nicht auf dem Revier vorbeikommen, Mr Kenzie?«

»Ich dachte, so würde es ein bisschen schneller gehen.«

Sie schob die Hände in die Taschen ihrer Uniformjacke und lehnte sich auf den Absätzen nach hinten. »Sind wohl nicht mehr gerne auf dem Revier, seit sie den Bullen eingebuchtet haben, was, Mr Kenzie?«

»Da sind die Zellen so nah.«

»Aha.« Sie trat einen Schritt zurück, um Larry und zwei weitere Beamte von der Forensik zwischen uns durchzulassen.

»Detective«, sagte ich, »es tut mir wirklich Leid, dass einer meiner Fälle zur Verhaftung eines Kollegen von Ihnen geführt hat ...«

»Bla bla bla.« Joella Thomas machte eine wegwerfende Handbewegung. »Der ist mir egal, Mr Kenzie. Der war von der alten Schule, Old-Boys-Network.« Sie drehte sich dem Bordstein zu. »Seh ich aus wie von der alten Schule?«

»Ganz im Gegenteil.«

Joella Thomas war ein Meter achtzig und schlank. Sie trug eine doppelreihige olivgrüne Uniformjacke, darunter ein schwarzes T-Shirt. Die goldene Plakette hing an einem schwarzen Nylonband um ihren Hals und passte zum Gold der drei Ringe im linken Ohrläppchen. Das rechte Ohrläppchen war so glatt und nackt wie ihr rasierter Schädel.

Wir standen auf dem Bürgersteig; heiße Luft und morgendliche Feuchtigkeit dampften vom Pflaster hoch. Es war ein früher Sonntagmorgen, wahrscheinlich liefen gerade die Krups-Kaffeemaschinen der Yuppies an und die Gassigeher mit ihren Hunden öffneten die Haustür.

Joella wickelte ihre Rolle Life Savers aus der Folie und nahm eins heraus. »Bonbon?«

Sie hielt mir die Rolle hin, ich nahm mir eins.

»Danke.«

Sie schob die Rolle in ihre Uniformjacke zurück. Dann sah sie in die Seitenstraße, hoch zum Dach.

Ich folgte ihrem Blick. »Ist einer gesprungen?«

Sie schüttelte den Kopf. »Gefallen. War auf 'ner Party und ist aufs Dach gestiegen, um sich 'nen Schuss zu setzen. Setzte sich an den Rand, drückte und guckte hoch zu den Sternen.« Sie lehnte sich zurück. »Muss 'nen Kometen gesehen haben.«

»Autsch«, sagte ich.

Joella Thomas brach ein Stück von ihrem Scone und tunkte es in eine riesengroße Teetasse, bevor sie es in den Mund schob. »Sie wollen also was über Karen Nichols wissen.«

»Ja.«

Sie kaute und nahm noch einen Schluck Tee. »Meinen Sie, es hätte sie jemand geschubst?«

»Hat sie jemand geschubst?«

»Nee.« Sie beobachtete einen alten Mann, der die Tauben draußen mit Brotkrumen fütterte. Der Mann hatte ein verkniffenes kleines Gesicht und eine krumme Nase, so dass er ziemlich viel Ähnlichkeit mit den Vögeln hatte. Wir saßen in Jorge's Café de Jose, einen Häuserblock vom Unfallort entfernt. Bei Jorge gab es neun verschiedene Sorten Scones, fünfzehn Muffin-Sorten, Tofugebäck, außerdem schien er sämtliche Kleievorräte der Stadt aufgekauft zu haben.

Joella Thomas sagte: »Es war Selbstmord.« Sie zuckte mit den Schultern. »Ganz eindeutig: Todesursache war der Aufprall. Keine Zeichen eines Kampfes, keine Abdrücke von anderen Schuhen an und um die Stelle, von der sie gesprungen ist. Echt, eindeutiger kann es gar nicht sein.«

»Ergibt ihr Selbstmord einen Sinn?«

»Wie meinen Sie das?«

»Sie war depressiv, weil ihr Freund einen Unfall gehabt hatte und so weiter?«

»Nimmt man an.«

»Und das reicht?«

»Ach, jetzt versteh ich, was Sie meinen.« Sie nickte und schüttelte den Kopf. »Sehen Sie, Selbstmord, ja? Der ergibt selten einen Sinn. Und noch was: Die meisten, die sich umbringen, hinterlassen keinen Abschiedsbrief. Höchstens zehn Prozent. Der Rest verdrückt sich ganz einfach und alle zerbrechen sich den Kopf.«

»Aber es muss doch ein paar Gemeinsamkeiten geben.«

»Zwischen den Opfern?« Sie nippte wieder am Tee und schüttelte den Kopf. »Alle sind natürlich depressiv. Aber wer ist das nicht? Wachen Sie jeden Morgen auf und denken: ›Wow, macht das Leben Spaß‹?«

Ich schmunzelte und schüttelte ebenfalls den Kopf.

»Hab ich mir gedacht. Ich auch nicht. Und was ist mit Ihrer Vergangenheit?«

»Hä?«

»Ihre Vergangenheit.« Sie wedelte mit dem Löffel in meine Richtung und rührte den Tee um. »Haben Sie sich mit allem abgefunden, was in Ihrer Vergangenheit passiert ist, oder gibt es ein paar Sachen, über die Sie normalerweise nicht reden, die Ihnen zu schaffen machen, bei denen Sie immer zusammenzucken, selbst wenn Sie zwanzig Jahre später daran zurückdenken?«

Ich dachte darüber nach. Einmal, da war ich noch ziemlich klein, sechs oder sieben, da hatte ich ein paar Hiebe mit dem Gürtel meines Vaters bekommen und ging in das Schlafzimmer, das ich mir mit meiner Schwester teilte, sah sie vor ihren Puppen knien und schlug ihr, so fest ich konnte, auf den Hinterkopf. Der Blick in ihrem Gesicht – Schock, Angst, aber auch Resignation – bohrte sich wie ein Nagel in mein Hirn. Selbst heute, fünfundzwanzig Jahre später, sprang mir ihr neunjähriges Gesicht in diesem Café in Back Bay entgegen und ich spürte, dass eine Welle von Scham in mir aufstieg, die mich in ihrer Faust zu zerquetschen drohte.

Und das war nur *eine* meiner Erinnerungen. Die Liste war lang, war angewachsen im Laufe eines Lebens voller Fehler, Irrtümer und Jähzorn.

»Ich sehe es Ihnen an«, meinte Joella Thomas. »In Ihrem Leben gibt es Dinge, mit denen Sie sich nicht versöhnt haben.«

»Und Sie?«

Sie nickte. »Ja, klar.« Sie lehnte sich zurück, blickte zum Ventilator an der Decke hoch und atmete laut aus. »Ja, klar«, wiederholte sie. »Aber das haben wir alle. Wir alle tragen unsere Vergangenheit mit uns herum, verbocken unser Leben und haben Tage, an denen wir keinen Sinn mehr darin sehen weiterzukämpfen. Selbstmörder sind bloß die Menschen, die konsequent sind. Sie sagen sich: ›Immer so weiter? Scheiß drauf. Ich steig aus.‹ Und meistens findet man noch nicht mal heraus, welcher Strohhalm ihnen das Genick gebrochen hat. Ich hab ein paar gesehen, die mir wirklich nicht in den Kopf gehen wollten. Diese junge Mutter letztes Jahr in Brighton: Alles perfekt, liebte ihren Mann, die Kinder, den Hund. Hatte 'nen tollen Job. Super Beziehung zu den Eltern. Keine Geldsorgen. Dann ist sie Trauzeugin auf der Hochzeit ihrer besten

Freundin. Nach der Hochzeit geht sie nach Hause und hängt sich im Badezimmer auf, noch in dem hässlichen Chiffonkleid. Tja, ist irgendwas auf der Hochzeit passiert, das der Auslöser war? War sie vielleicht heimlich in den Bräutigam verliebt? Oder in die Braut? Oder wurde sie an ihre eigene Hochzeit erinnert, an die Hoffnungen, die sie damals hatte, und musste dann erkennen, als sie sah, wie ihre Freunde ihr Eheversprechen aufsagten, wie leer und weit entfernt von ihren Träumen ihre Ehe in Wirklichkeit war? Oder hatte sie einfach nur plötzlich ihr ödes Leben satt?« Joella zuckte leicht mit den Schultern. »Ich weiß es nicht. Keiner weiß es. Ich kann Ihnen versichern, dass niemand, der sie kannte, kein Einziger, das hatte kommen sehen.«

Mein Kaffee war inzwischen kalt, trotzdem trank ich einen Schluck.

»Mr Kenzie«, sagte Joella Thomas, »Karen Nichols hat sich umgebracht. Daran besteht kein Zweifel. Sie verschwenden Ihre Zeit, wenn Sie nach dem Grund suchen – wozu soll das gut sein?«

»Sie kannten sie nicht«, entgegnete ich. »Das war nicht normal.«

»Nichts ist normal«, behauptete Joella Thomas.

»Haben Sie herausbekommen, wo sie in den letzten beiden Monaten vor ihrem Tod wohnte?«

Sie schüttelte den Kopf. »Wird sich schon einer melden, wenn ihm die Miete für die Wohnung fehlt.«

»Und bis dahin?«

»Bis dahin ist sie tot. Ihr ist es doch egal.«

Ich verdrehte die Augen.

Sie verdrehte ihre ebenfalls. Dann beugte sie sich vor und betrachtete mich mit ihren gespenstischen Pupillen.

»Darf ich Sie was fragen?«

»Klar«, erwiderte ich.

»Bei allem Respekt, denn Sie scheinen ganz nett zu sein.«

»Schießen Sie los!«

»Sie haben Karen Nichols, wie oft, einmal getroffen?«

»Einmal, ja.«

»Und wenn ich Ihnen sage, dass sie sich ganz alleine ohne fremde Hilfe umgebracht hat, dann glauben Sie mir?«

»Ja.«

»Warum, um Himmels willen, zerbrechen Sie sich dann den Kopf, was *vor* dem Selbstmord mit ihr war?«

Ich lehnte mich zurück. »Hatten Sie schon mal das Gefühl, einen Fehler gemacht zu haben und ihn wieder gutmachen zu müssen?«

»Sicher.«

»Karen Nichols«, fuhr ich fort, »hinterließ vor vier Monaten eine Nachricht auf meinem Anrufbeantworter. Sie bat mich, sie zurückzurufen. Tat ich aber nicht.«

»Ja, und?«

»Mein Grund, es nicht zu tun, war kein besonders guter.«

Sie schob sich die Sonnenbrille auf die Nase und ließ sie dann den Nasenrücken hinunterrutschen. Über die Gläser beäugte sie mich. »Und Sie glauben, Sie sind so ein toller Kerl – verstehe ich das richtig? –, dass sie noch leben würde, wenn Sie damals zurückgerufen hätten?«

»Nein. Ich denke nur, ich schulde ihr was, weil ich sie ohne guten Grund versetzt habe.«

Sie starrte mich mit leicht geöffnetem Mund an.

»Sie denken, ich spinne.«

»Ich denke, Sie spinnen. Sie war eine erwachsene Frau. Sie ...«

»Ihr Verlobter wurde von einem Auto angefahren. War das ein Unfall?«

Sie nickte. »Hab ich geprüft. Als er fiel, waren 46 Leute in der Nähe und alle sagen übereinstimmend aus, er sei gestolpert. Ein Streifenwagen stand einen Block weiter an der Ecke Atlantic und Congress. Er setzte sich, als das Geräusch des Zusammenstoßes zu hören war, sofort in Bewegung und erreichte den Unfallort ungefähr zwölf Sekunden später. Der Mann, der den Unfallwagen fuhr, war ein Tourist namens Steven Kearns. Er war so erschüttert, dass er Wetterau auch jetzt noch täglich Blumen ins Krankenhaus schickt.«

»Gut«, sagte ich. »Warum brach Karen Nichols völlig zusammen, verlor ihre Arbeit, ihre Wohnung?«

»Die typischen Symptome einer Depression«, erklärte Joella Thomas. »Man lässt sich so hängen, dass man seine Verantwortung gegenüber der Welt da draußen vergisst.«

Zwei Frauen mittleren Alters, die sich ihre Versace-Sonnenbrillen ins Haar geschoben hatten, blieben mit dem Tablett in der Hand neben unserem Tisch stehen und suchten nach zwei freien Plätzen. Eine der beiden warf einen Blick auf meinen fast leeren Kaffeebecher und Joellas Krumen und seufzte deutlich vernehmbar.

»Klasse Seufzer«, bemerkte Joella. »Lange geübt?«

Die Frau tat, als hätte sie sie nicht gehört. Sie sah ihre Freundin an. Die seufzte ebenfalls.

»Ist ansteckend«, sagte ich.

Die eine Frau wandte sich an die andere: »Das Benehmen von manchen Leuten ist einfach unerhört.«

Joella grinste mich an. »Unerhört«, wiederholte sie. »Am liebsten würde sie ›Neger‹ zu mir sagen, aber sie sagt lieber ›unerhört‹.« Sie drehte sich zu den Frauen um, die uns nicht beachteten. »Stimmt's?«

Die Frauen seufzten wieder.

»Hmm«, meinte Joella, als hätten die beiden sie gerade bestätigt. »Sollen wir gehen?« Sie erhob sich.

Ich sah auf die Krumen und unsere beiden Tassen.

»Lassen Sie stehen«, sagte sie. »Die Mädels hier sorgen dafür.« Sie sah ihrer Begleiterin in die Augen. »Stimmt doch, Süße, oder?«

Die Frau sah sich zur Theke um.

»Ja«, sagte Joella mit einem breiten Grinsen. »Das stimmt. Geht doch nichts über Frauenpower, Mr Kenzie.«

Als wir auf die Straße traten, standen die Frauen noch immer mit den Tabletts in der Hand neben dem Tisch. Offenbar warteten sie unter lauten Seufzern auf eine Putzfrau.

Wir gingen die Straße entlang, die Morgenluft roch nach Jasmin. Langsam füllte sich die Straße mit Menschen, die Sonntagszeitungen, weiße Tüten mit Kaffee und Muffins und Becher mit Saft durch die Gegend jonglierten.

»Warum hat sie Sie überhaupt engagiert?«, wollte Joella wissen.

»Sie wurde verfolgt.«

»Haben Sie sich drum gekümmert?«

»Hmm, ja.«

»Und? Glauben Sie, der Kerl hat's kapiert?«

»Damals schon.« Ich blieb stehen, sie ebenfalls. »Detective, wurde Karen in den Monaten vor ihrem Tod vergewaltigt oder Opfer sexueller Übergriffe?«

Joella Thomas suchte etwas in meinem Gesicht – vielleicht Hinweise auf Geisteskrankheit, vielleicht den Wahn eines Menschen, der drauf und dran war, sich selbst zu zerstören.

»Wenn ja«, sagte sie, »würden Sie sich den Mann dann wieder vorknöpfen?«

»Nein.«

»Nein? Was würden Sie denn sonst tun?«

»Ich würde meine Information an einen Beamten weiterleiten.«

Sie grinste breit und entblößte die weißesten Zähne, die ich je gesehen hatte. »Ach so.«

»Wirklich!«

Sie nickte. »Die Antwort lautet nein. Sie wurde weder vergewaltigt noch Opfer sexueller Übergriffe, soweit mir bekannt ist.«

»Okay.«

»Aber, Mr Kenzie?«

»Ja?«

»Wenn das, was ich Ihnen jetzt sage, an die Presse dringt, mache ich Sie fertig.«

»Verstanden.«

»Ich meine, ich lösche Sie aus.«

»Kapiert.«

Sie schob die Hände in die Taschen und lehnte sich mit ihrer schlanken Gestalt gegen einen Laternenpfahl. »Nur damit Sie nicht glauben, ich bin ein Streichelbulle, der jeden Detektiv in der Stadt vollquatscht: Hier, diesen Typen bei der Polizei, den Sie letztes Jahr haben auffliegen lassen, ja?«

Ich wartete.

»Der mochte keine Polizistinnen und ganz besonders hatte er was gegen schwarze Polizistinnen, aber wenn man sich nicht vor ihm klein machte, erzählte er allen, man wär lesbisch. Als Sie ihn hochgehen ließen, wurde bei uns eine Menge umgekrempelt und ich wurde aus seiner Abteilung ins Morddezernat versetzt.«

»Wo Sie auch hingehören.«

»Was ich verdient hatte. Sagen wir einfach, was ich Ihnen gleich anvertraue, ist ein kleiner Dank, okay?«

»Okay.«

»Ihre tote Freundin wurde in Springfield zweimal festgenommen, weil sie Männer angesprochen hatte.«

»Sie schaffte an?«

Sie nickte. »Ja, Mr Kenzie, sie war eine Prostituierte.«

Kapitel 8

Karen Nichols' Mutter und Stiefvater, Carrie und Christopher Dawe, wohnten in Weston in einem weitläufigen Kolonialhaus, das Jeffersons Monticello glich. Es lag an einer Straße voller ähnlich ausladender Häuser mit Rasenflächen von der Größe Vancouvers, auf denen Wassertröpfchen aus leise summenden Rasensprengern glitzerten. Ich hatte den Porsche genommen und ihn vorher waschen und wachsen lassen, hatte mich in die Art sommerlicher Freizeitbekleidung geschält, die die Kids in *Beverly Hills 90210* bevorzugten: ein leichter Kaschmirpullunder über einem brandneuen weißen T-Shirt, dazu Khakis von Ralph Lauren und braune Slipper. In dieser Aufmachung hätten sie mir auf der Dorchester Ave innerhalb von drei oder vier Sekunden in den Arsch getreten, aber hier draußen schien sie sozusagen Vorschrift zu sein. Wenn ich noch eine Sonnenbrille für fünfhundert Mäuse getragen hätte und kein Ire gewesen wäre, hätte man mich wahrscheinlich zu einer Partie Golf eingeladen. Aber so ist Weston halt – man wird nicht zum teuersten Vorort einer teuren Stadt, ohne ein paar Grundsätze zu haben.

Als ich die Schieferplatten zur Haustür der Dawes emporstieg, wurde sie weit geöffnet und da standen die beiden, Arm in Arm, und winkten mir zu wie Robert Young und Jane Wyatt auf meinem kleinen Schwarzweißfernseher.

»Mr Kenzie?«, sagte Dr. Dawe.

»Ja, Sir. Freut mich, Sie kennen zu lernen.« Ich erreichte die Türschwelle, beide gaben mir einen festen Händedruck.

»Wie war die Fahrt?«, erkundigte sich Mrs Dawe. »Sie haben doch hoffentlich den Pike genommen, oder?«

»Ja, Ma'am. Es ging gut. Nicht viel Verkehr.«

»Hervorragend«, meinte Dr. Dawe. »Kommen Sie doch herein, Mr Kenzie! Kommen Sie.«

Er trug ein ausgeblichenes T-Shirt und zerknitterte Khakis. Das dunkle Haar und der säuberlich gestutzte Bart waren von vornehmen grauen Strähnen durchzogen. Er hatte ein gewinnendes Lächeln. Er war nicht gerade das, was man sich unter einem launischen Chefarzt des Mass General mit prall gefülltem Aktien-Portefeuille vorstellte, der sich für einen Halbgott in Weiß hält. Er sah eher aus, als würde er auf dem Inman Square eine Dichterlesung halten, Kräutertee trinken und Ferlinghetti zitieren.

Sie trug eine schwarz-grau karierte Oxfordbluse, eine schwarze Stretchhose und schwarze Sommerschuhe. Ihr Haar glänzte in einem dunklen Preiselbeerrot. Sie musste mindestens fünfzig sein, nach dem, was ich über Karen Nichols wusste, aber sie sah zehn Jahre jünger aus und erinnerte mich in ihrer legeren Kleidung an ein Collegemädchen, das zum ersten Mal an einem Abend der Studentinnenverbindung teilnahm, Wein aus der Flasche trank und im Schneidersitz auf dem Boden hockte.

Sie führten mich schnell durch ein in bernsteinfarbenes Licht getauchtes Marmorfoyer, vorbei an einer weißen Treppe, die sich elegant nach links emporschwang wie ein Schwanenhals, in ein gemütliches Arbeitszimmer mit Kirschbaumbalken unter der Decke, dämpfenden Orientteppichen auf dem Boden und einer Aura betagter Schwerfälligkeit, die von den ledernen Clubsesseln, den dazu passenden Sesseln und dem Sofa ausging. Das Zimmer war groß, aber auf den ersten Blick wirkte es klein, weil es in einem dunklen Lachston gestrichen und bis auf den letzten Winkel mit Büchern, CDs und einem kitschigen, senkrecht aufgestellten halben Kanu voll gestopft war. Man hatte es umfunktioniert zu einem Regal für Krimskrams, Taschenbücher mit abgewetzten Rücken und einer Reihe Langspielplatten, die größtenteils aus den Sechzigern stammten: Dylan und Joan Baez teilten sich die Fläche mit Donovan und den Byrds, Peter, Paul & Mary und Blind Faith. Angelruten, Hüte und detailgetreu nachgebaute Modellboote hingen an der Wand oder thronten auf Regalen und Tischen und hinter der Couch stand ein abgenutzter Bauerntisch. Darüber hingen Bilder, die meiner Meinung nach Originale von Pollock und Basquiat waren, daneben eine Lithographie von Warhol. Mit Pollock und Basquiat hatte ich keine Probleme, obwohl ich das Poster von Marvin dem Marsianer in meinem Schlafzimmer nie gegen einen von beiden eintauschen würde. Glücklicherweise saß ich so, dass ich den Warhol nicht sehen musste. Meiner Meinung nach ist Warhol für die Kunst, was Rush für die Rockmusik ist, will sagen, er ist fürn Arsch.

Der Schreibtisch von Dr. Dawe stand in der rechten Ecke. Auf ihm stapelten sich medizinische Zeitschriften und Texte, daneben zwei Modellschiffe, ein Diktaphon und unzählige kleine Kassetten. Carrie Dawes Tisch stand in der gegenüberliegenden Ecke, er war picobello aufgeräumt, darauf lagen nur ein ledergebundenes Notizbuch mit einem Stift aus Sterlingsilber und rechts daneben ein Stapel cremefarbenes Papier, das mit Schreibmaschine beschrieben war. Auf den zweiten Blick erkannte ich, dass beide Schreibtische Einzelstücke aus nordkalifornischem Redwood oder fernöstlichem Teakholz waren – in dem weichen, schummrigen Licht war das schwer zu sagen. Mit derselben Methode, die man beim Bau von

Holzhütten anwendet, wird dieses Holz von Hand zugeschnitten und aufeinander gelegt. Dann lässt man es ein paar Jahre altern und sich ausdehnen, bis die Einzelteile fester und stärker miteinander verbunden sind, als man es jemals mit Metallblech und Lötlampe erreicht hätte. Erst dann werden sie verkauft. Wahrscheinlich auf einer Privatauktion. Auf den zweiten Blick bemerkte ich, dass der abgenutzte Bauerntisch nicht nachgemacht, sondern ein echtes Bauernmöbel aus Frankreich war.

Das Zimmer hätte gemütlich wirken können, aber vor allem kündete es von exquisitem Geschmack und einer unerschöpflichen Brieftasche.

Ich saß auf der einen Seite des Sofas, Carrie Dawe im Schneidersitz auf der anderen. Gelangweilt kämmte sie die Quasten einer Decke, die über die Rückenlehne des Sofas drapiert war, und begutachtete mich mit weichen grünen Augen.

Dr. Dawe nahm in einem der Clubsessel Platz und rollte damit an den Couchtisch, so dass er uns gegenübersaß.

»Also, Mr Kenzie, meine Frau sagt, Sie seien Privatermittler.«

»Ja, Sir.«

»Ich glaube, ich habe noch nie einen kennen gelernt.« Er strich sich über den Bart. »Oder, Schatz?«

Carrie Dawe schüttelte den Kopf und zeigte mit gekrümmtem Zeigefinger auf mich. »Sie sind der erste.«

»Wow«, sagte ich. »Welche Ehre.«

Dr. Dawe rieb sich die Hände und beugte sich vor. »Was war Ihr tollster Fall?«

Ich lächelte. »Es waren so viele.«

»Tatsächlich? Ach bitte, erzählen Sie uns von einem.«

»Das würde ich wirklich gerne, Sir, aber leider bin ich etwas in Zeitdruck und würde Ihnen daher gerne einige Fragen über Karen stellen, wenn es Ihnen nicht zu viel ausmacht.«

Er machte eine einladende Handbewegung. »Fragen Sie nur, Mr Kenzie. Fragen Sie!«

»Woher kannten Sie meine Tochter?«, flüsterte Carrie Dawe.

Ich drehte mich zu ihr um, sah ihr in die grünen Augen und entdeckte einen Schatten von Trauer, der über ihre schimmernden Pupillen huschte.

»Sie hat mich vor einem halben Jahr engagiert.«

»Und warum?«, wollte sie wissen.

»Sie wurde von einem Mann belästigt.«

»Und das haben Sie unterbinden können?«

Ich nickte. »Ja, Ma'am, konnte ich.«

»Vielen Dank dafür, Mr Kenzie. Damit haben Sie Karen bestimmt geholfen.«

»Mrs Dawe«, sprach ich sie an. »hatte Karen irgendwelche Feinde?«

Sie lächelte mich verdutzt an. »Nein, Mr Kenzie. Karen war nicht der Typ von Mädchen, der sich Feinde machte. Dafür war sie ein viel zu argloses Wesen.«

Ein argloses Wesen, dachte ich bei mir.

Carrie neigte den Kopf ihrem Mann zu, der den Ball aufnahm.

»Mr Kenzie, der Polizei zufolge hat Karen Selbstmord begangen.«

»Ja.«

»Gibt es einen Grund, die Gültigkeit dieser Schlussfolgerung anzuzweifeln?«

Ich schüttelte den Kopf. »Nein, Sir.«

»Hmm.« Er nickte und schien einen Augenblick zu träumen. Sein Blick flog über mein Gesicht und über das Zimmer. Schließlich sah er mir wieder in die Augen. Er lächelte und klopfte sich auf die Knie, als sei er zu einem Entschluss gekommen. »Ich würde sagen, ein Tee käme jetzt gerade recht. Was meinen Sie?«

In dem Zimmer musste eine Gegensprechanlage versteckt sein oder aber die Haushaltshilfe hatte vor der Tür gewartet, denn kaum hatte er ausgesprochen, als sich die Tür öffnete und eine kleine Frau mit einem Tablett eintrat, auf dem drei zierliche Raj-Teetassen aus Messing standen.

Die Frau musste Mitte dreißig sein und trug ein schlichtes T-Shirt und eine kurze Hose. Sie hatte kurzes, dunkelbraunes Haar, das wie Kunstrasen von ihrem Schädel abstand. Ihre Haut war blass und unrein, Akne erstreckte sich über Wangen und Kinn, der Hals war fleckig, die Haut auf den Armen war trocken und rissig.

Sie hielt den Blick gesenkt und stellte das Tablett auf dem Couchtisch zwischen uns ab.

»Vielen Dank, Siobhan«, sagte Mrs Dawe.

»Ja, Ma'am. Ist sonst noch etwas zu tun?«

Ihr irischer Akzent war noch stärker als der meiner Mutter. So breit ist der Akzent nur im Norden, in den kalten grauen Städten, wo die Eisenhütten stehen, über denen der Ruß wie eine Wolke hängt.

Die Dawes antworteten nicht. Konzentriert nahmen sie ihre Raj-Teesets auseinander, die Sahne im obersten Behälter, den Zucker im mittleren und den Tee selbst im untersten, und bereiteten ihre Getränke in den Tassen zu, die so zerbrechlich waren, dass ich nicht gewagt hätte, in ihrer Nähe zu niesen.

Siobhan wartete und warf unter gesenkten Augenlidern einen kurzen, verstohlenen Blick in meine Richtung. Ihre blasse Haut errötete.

Mit einem langen kratzenden Rühren des Löffels am Rand des Porzellans vollendete Dr. Dawe das Ritual der Teezubereitung. Er führte die Tasse an die Lippen und bemerkte dann, dass ich meine noch nicht angerührt hatte und Siobhan links neben mir wartete.

»Siobhan«, sagte er. »Meine Güte, Mädchen, du bist entschuldigt.« Er lachte. »Du siehst ganz schön müde aus, Mädchen. Warum nimmst du dir den Nachmittag nicht frei?«

»Ja, Doktor. Danke.«

»Wir haben zu danken«, gab er zurück. »Der Tee ist köstlich.«

Sie verließ das Zimmer mit vornübergebeugten Schultern und krummem Rücken. Sobald sie die Tür hinter sich geschlossen hatte, sagte Dr. Dawe: »Ein tolles Mädchen. Wirklich toll. Sie ist praktisch bei uns, seit sie damals vor vierzehn Jahren von Bord ging. Ja ...«, sagte er leise. »Nun, Mr Kenzie, wir fragten uns gerade, warum Sie den Tod meiner Stieftochter untersuchen, wenn es da nichts zu untersuchen gibt.« Er zog die Nase kraus und trank einen Schluck Tee.

»Nun, Sir«, antwortete ich und nahm das Sahnetöpfchen herunter. »Eigentlich bin ich mehr an ihrem Leben interessiert, und zwar an den letzten sechs Monaten vor ihrem Tod.«

»Und warum das?«, erkundigte sich Carrie Dawe.

Ich goss mir den dampfenden Tee ein, fügte ein wenig Zucker und Sahne hinzu. Irgendwo drehte sich meine Mutter in ihrem Grab um – Sahne kam in den Kaffee, in den Tee gehörte Milch.

»Sie wirkte auf mich nicht sonderlich selbstmordgefährdet«, antwortete ich.

»Sind wir das nicht alle?«, fragte Carrie Dawe.

Ich sah sie an. »Wie bitte ...?«

»Unter den entsprechenden Umständen sind wir doch alle zum Selbstmord fähig, oder? Eine Tragödie hier, eine Tragödie da ...«

Mrs Dawe beobachtete mich über den Rand ihrer Teetasse hinweg. Bevor ich antwortete, trank ich ebenfalls einen

Schluck. Dr. Dawe hatte Recht, der Tee war tatsächlich vorzüglich, auch mit Sahne. Sorry, Mom.

»Sicher sind wir das«, sagte ich. »Aber Karens Verfall schien mir, nun ja, besonders rasant.«

»Und diese Meinung gründet sich auf intime Kenntnis?«, fragte Dr. Dawe.

»Wie bitte?«

Er zeigte mit der Tasse auf mich. »Waren Sie mit meiner Tochter intim?«

Verdutzt runzelte ich die Stirn, doch er hob mehrmals viel sagend die Augenbrauen.

»Kommen Sie, Mr Kenzie, wir wollen natürlich nichts Schlechtes über die Toten sagen, aber wir wissen doch alle, dass Karens sexuelle Aktivität in den Monaten vor ihrem Tod, nun ja, sehr ausschweifend war.«

»Woher wissen Sie das?«

»Sie wurde anzüglich«, antwortete Carrie Dawe. »Drückte sich plötzlich sehr direkt aus. Sie trank, nahm Drogen. Wenn es nicht so klischeehaft gewesen wäre, hätte es uns noch stärker getroffen. Sie hat selbst meinem Mann Avancen gemacht.«

Ich warf Dr. Dawe einen Blick zu, er nickte und stellte seine Teetasse zurück auf den Couchtisch. »O ja, Mr Kenzie. O ja. Wir fühlten uns jedes Mal wie in einem Stück von Tennessee Williams, wenn Karen vorbeikam.«

»So habe ich sie nicht kennen gelernt«, widersprach ich. »Ich habe sie vor Davids Unfall gesehen.«

»Und was machte sie für einen Eindruck auf Sie?«, wollte Carrie Dawe wissen.

»Sie machte auf mich einen freundlichen, lieben Eindruck, und, ja, vielleicht war sie ein bisschen zu arglos für diese Welt. Ja, ein argloser Mensch, Mrs Dawe. Nicht die Sorte von Frau, die nackt vom Custom House springt.«

Carrie Dawe schürzte die Lippen und nickte. Sie blickte an mir und ihrem Mann vorbei auf einen Punkt oben an der Wand. Sie trank einen Schluck Tee und plötzlich klang es so laut, als würde man mit Stiefeln durch Herbstlaub marschieren.

»Hat er sie geschickt?«, fragte sie schließlich.

»Was? Wer?«

Sie wandte mir wieder den Kopf zu und richtete ihre kalten grünen Augen auf mich. »Wir sind fix und fertig, Mr Kenzie. Können Sie das ausrichten?«

Ganz langsam sagte ich: »Ich habe nicht die geringste Ahnung, wovon Sie sprechen.«

Sie kicherte so hell, dass es wie ein Glockenspiel klang. »Das glaube ich Ihnen nicht.«

Aber Dr. Dawe meinte: »Vielleicht doch, vielleicht doch.«

Sie sah ihn an, dann blickten sie gemeinsam mich an und plötzlich bemerkte ich ein unterdrücktes Fiebern in ihren Blicken, so dass ich am liebsten aus meiner Haut geschlüpft, durch das Fenster gesprungen und wie ein Wahnsinniger durch die Straßen von Weston gerannt wäre.

Dr. Dawe fragte: »Wenn Sie uns nicht erpressen wollen, Mr Kenzie, was wollen Sie dann?«

Ich sah ihn an. Das Licht in seinem Gesicht wirkte kränklich. »Ich glaube, dass nicht alles, was Ihrer Tochter in den Monaten vor ihrem Tod zugestoßen ist, reiner Zufall war.«

Er beugte sich vor und sagte ernst: »Ist das so eine Ahnung? Haben Sie das im Urin, Starsky?« Wieder blitzte es manisch in seinen Augen. Er lehnte sich zurück. »Ich gebe Ihnen achtundvierzig Stunden, um den Fall zu lösen. Und wenn Sie das nicht schaffen, können Sie nächsten Winter wieder in Roxbury auf Streife gehen.« Er klatschte in die Hände. »Na, wie war das?«

»Ich möchte nur herausfinden, warum Ihre Tochter starb.«

»Sie starb«, antwortete Carrie Dawe, »weil sie schwach war.«

»Wie meinen Sie das, Ma'am?«

Sie lächelte mich warm an. »Das ist kein Geheimnis, Mr Kenzie. Karen war schwach. Wenn ein paar Dinge nicht so liefen, wie sie wollte, dann brach sie einfach zusammen. Die Tochter, die ich zur Welt brachte, war ein schwacher Mensch. Ständig musste man ihr gut zureden. Zwanzig Jahre lang war sie in psychiatrischer Behandlung. Sie brauchte immer jemanden, der ihre Hand hielt und ihr sagte, dass alles gut werden würde. Dass die Welt gut sei.« Sie streckte die Hände aus. »Tja, bloß ist die Welt nicht gut. Und das bekam Karen heraus. Und es machte sie fertig.«

»Es gibt Studien«, sagte Christopher Dawe, den Kopf seiner Frau zugeneigt, »die besagen, dass Selbstmord ein Akt von passiver Aggressivität ist. Wussten Sie das, Mr Kenzie?«

»Ja.«

»Dass er nicht in erster Linie dem wehtun soll, der sich umbringt, sondern den Menschen, die zurückbleiben.« Er goss sich Tee nach. »Sehen Sie mich an, Mr Kenzie.«

Ich sah ihn an.

»Ich bin ein Mensch, der mit dem Kopf arbeitet. Das hat mir einen nicht geringen Erfolg eingebracht.« Stolz blitzte in seinen dunklen Augen auf. »Aber da ich ein Verstandesmensch bin, kann ich möglicherweise weniger auf die emotionalen Bedürfnisse anderer Menschen eingehen. Möglicherweise hätte ich Karen in ihrer Kindheit mehr unterstützen und bekräftigen müssen.«

»Du hast dein Bestes gegeben, Christopher«, sagte seine Frau.

Er machte eine abfällige Handbewegung. Er durchbohrte mich mit seinem Blick. »Ich wusste, dass Karen den Tod ihres leiblichen Vaters nie ganz überwunden hat, und aus heutiger

Sicht hätte ich mich vielleicht stärker anstrengen müssen, ihr meine Liebe zu zeigen. Aber wir haben alle unsere Fehler, Mr Kenzie. Wir alle. Sie, ich, Karen. Das Leben besteht aus Reue. Sie können also sicher sein, dass meine Frau und ich in den kommenden Jahren oft bereuen werden, was wir unserer Tochter alles nicht gegeben haben. Aber niemand soll sich an unserer Reue weiden. Diese Reue gehört uns, Sir. So wie das unser Verlust ist. Auf was für einer Mission auch immer Sie sich befinden, ich muss Ihnen ehrlich sagen, sie kommt mir reichlich traurig vor.«

Mrs Dawe sagte: »Mr Kenzie, darf ich Ihnen eine Frage stellen?«

Ich sah sie an. »Klar.«

Sie stellte ihre Teetasse zurück auf den Unterteller. »Ist es Nekrophilie?«

»Was?«

»Dieses Interesse an meiner Tochter.« Sie strich mit den Fingern über die Tischoberfläche.

»Äh, nein, Ma'am.«

»Ganz bestimmt nicht?«

»Nein.«

»Was ist es dann, Sir?«

»Um ganz ehrlich zu sein, Ma'am, ich weiß es nicht genau.«

»Aber bitte, Mr Kenzie, irgendeine Meinung müssen Sie doch dazu haben.« Sie strich den Bund ihrer Bluse glatt.

Ich fühlte mich unwohl. Um mich herum schien der Raum zu schrumpfen. Ich fühlte mich machtlos. Offenbar war ich nicht in der Lage, den Drang in mir in Worte zu fassen, Unrecht sühnen zu wollen, dessen Opfer nicht mehr von meinen Bemühungen profitieren konnte. Wie soll man die Antriebskräfte, die das Leben ausmachen, ja, den Sinn des Lebens darstellen, in wenigen Sätzen definieren?

»Ich warte, Mr Kenzie.«

Hilflos hob ich den Arm; alles war so absurd. »Sie kam mir vor, als halte sie sich an die Regeln.«

»Und welche Regeln meinen Sie?«, wollte Dr. Dawe wissen.

»Die Regeln unserer Gesellschaft, schätze ich. Sie hatte eine Arbeit, eröffnete ein gemeinsames Girokonto mit ihrem Lebensgefährten und sparte für die Zukunft. Sie kleidete sich und sprach so, wie es uns die Leute auf der Madison Avenue vormachen. Sie kaufte sich einen Corolla, obwohl sie lieber einen Camry gehabt hätte.«

»Ich komme nicht mehr mit«, bemerkte Karens Mutter.

»Sie beachtete die Regeln der Gesellschaft«, erklärte ich, »und kam dennoch unter die Räder. Ich möchte eigentlich nur wissen, ob ihr Absturz reiner Zufall war.«

»Hmm«, machte Carrie Dawe. »Verdient man heutzutage eigentlich eine Menge Geld, wenn man gegen Windmühlen kämpft, Mr Kenzie?«

Ich grinste. »Ich kann davon leben.«

Sie warf einen Blick auf das Teeservice rechts von ihr. »Sie wurde in einem geschlossenen Sarg beerdigt.«

»Was ...?«

»Karen«, erklärte sie. »Sie wurde in einem geschlossenen Sarg beerdigt, weil das, was noch von ihr übrig war, nicht öffentlich gezeigt werden konnte.« Sie blickte zu mir auf. Feucht glänzten ihre Augen in dem immer grauer werdenden Zimmer. »Verstehen Sie? Selbst die Art ihres Selbstmords war aggressiv, sollte uns wehtun. Sie hat ihren Freunden und ihrer Familie die Möglichkeit genommen, sie ein letztes Mal zu sehen, auf die allgemein akzeptierte Weise um sie zu trauern.«

Ich hatte keinen Schimmer, was ich darauf sagen konnte, also schwieg ich.

Carrie Dawe machte eine müde Handbewegung. »Als Karen erst David, dann ihre Arbeit und schließlich ihre Wohnung verlor, kam sie zu uns. Wollte Geld. Wollte hier wohnen. Zu dem Zeitpunkt stand sie schon sichtbar unter Drogen. Ich habe mich geweigert, Mr Kenzie – nicht Christopher –, ihr Selbstmitleid und ihren Drogenkonsum finanziell zu unterstützen. Wir zahlten zwar weiterhin die Rechnung ihres Psychiaters, aber ich bestand darauf, dass sie in jeder Hinsicht lernen sollte, auf eigenen Füßen zu stehen. Rückblickend ist das vielleicht ein Fehler gewesen. Aber unter den damaligen Umständen würde ich, glaube ich, wieder dieselbe Entscheidung treffen.« Sie beugte sich vor und winkte mich heran. »Finden Sie das grausam?«, fragte sie.

»Nicht unbedingt«, erwiderte ich.

Dr. Dawe klatschte ein zweites Mal in die Hände. In der Stille klang es, als sei eine Schrotladung abgefeuert worden.

»Na, das war ja wirklich toll! Weiß gar nicht, wann ich das letzte Mal so großen Spaß hatte!« Er erhob sich und streckte mir die Hand entgegen. »Tja, aber alle schönen Dinge haben mal ein Ende. Mr Kenzie, vielen Dank, dass Sie uns beehrt haben. Ich hoffe, es ziehen nicht zu viele Jahre ins Land, bevor es Sie und Ihre Minnesänger wieder in unsere Gefilde verschlägt.«

Er öffnete die Tür und stellte sich daneben.

Seine Frau blieb sitzen. Sie goss sich noch etwas Tee ein. Den Zucker verrührend, sagte sie: »Passen Sie auf sich auf, Mr Kenzie.«

»Auf Wiedersehen, Mrs Dawe.«

»Auf Wiedersehen, Mr Kenzie«, erwiderte sie in einem trägen Singsang und goss sich Sahne in den Tee.

Dr. Dawe führte mich in die Eingangshalle und mir fielen zum ersten Mal die Fotos auf. Sie hingen an der hinteren Wand, hatten sich also zu meiner Linken befunden, als ich ins Haus geführt worden war. Da mich die Dawes aber in die

Mitte genommen hatten, sehr schnell gegangen waren und ich von ihrer Freundlichkeit und ihrem Elan so eingenommen gewesen war, hatte ich sie nicht bemerkt.

Es hingen mindestens zwanzig Bilder dort; auf allen war ein kleines dunkelhaariges Mädchen zu sehen. Es gab ein paar Babyfotos, auf den anderen war das Kind schon etwas größer. Mr und Mrs Dawe in jüngeren Jahren waren ebenfalls abgebildet; sie hielten das Kind im Arm, küssten es, lachten mit ihm. Auf keiner Aufnahme schien das Mädchen älter als vier Jahre zu sein.

Auch Karen war auf einigen Fotos – klein und mit Zöpfen, immer ein Lächeln im Gesicht. Ihr blondes Haar, die makellose Haut, gehobenes Bürgertum, perfekt in Szene gesetzt, das alles schien nun aus heutiger Sicht eine markerschütternde Verzweiflung in sich zu tragen. Auf mehreren Bildern war ein großer, schlanker junger Mann zu sehen. Er bekam bereits dünnes Haar, der Haaransatz rückte immer weiter nach hinten, je älter das kleine Mädchen wurde, daher war das Alter des Mannes schlecht zu bestimmen. Er musste Mitte zwanzig sein. Der Bruder des Vaters, nahm ich an. Sie besaßen das gleiche herzförmige Gesicht und den hellen, verwunderten Blick, der immer auf der Suche war, selten stehen blieb, so dass der junge Mann auf den Fotos den Eindruck vermittelte, die Kamera habe ihn immer gerade in dem Moment aufgenommen, als er den Blick abwandte.

Ich beäugte die Aufnahmen. »Haben Sie noch eine Tochter, Dr. Dawe?«

Er trat neben mich und schob mir eine Hand unter den Ellenbogen. »Muss ich Ihnen erklären, wie Sie zurück zum Pike finden, Mr Kenzie?«

»Wie alt ist sie denn?«, erkundigte ich mich.

»Das ist ein herrlicher Kaschmirpullover«, sagte Dr. Dawe. »Von Neiman's?« Er schob mich zur Tür.

»Von Saks«, korrigierte ich. »Wer ist der junge Mann? Ihr Bruder? Ihr Sohn?«

»Von Saks«, wiederholte er mit beifälligem Nicken. »Hätte ich mir denken können.«

»Von wem werden Sie erpresst, Dr. Dawe?«

Seine fröhlichen Augen tanzten umher. »Fahren Sie vorsichtig, Mr Kenzie. Sind 'ne Menge Spinner auf der Straße.«

Sind 'ne Menge Spinner in diesem Haus, dachte ich, als er mich sanft durch die Tür nach draußen schob.

Kapitel 9

Dr. Christopher Dawe blieb in der Tür stehen und sah zu, wie ich zum Auto ging, das hinter einem grünen Jaguar am Anfang der Auffahrt stand. Ich weiß nicht, was er damit bezwecken wollte; vielleicht hatte er Angst, dass ich zurück ins Haus rennen und das Bad nach kleinen parfümierten Seifenkugeln durchsuchen würde, wenn er nicht den Aufpasser spielte. Ich stieg in den Porsche und spürte Papier unter mir, als ich mich hinters Steuer setzte. Ich griff unter mein Gesäß, zog ein Blatt Papier hervor und legte es auf den Beifahrersitz, während ich auf die Straße bog. Dr. Dawe schloss die Haustür und ich fuhr am Haus vorbei bis zum Stoppschild eine Ecke weiter. Dort sah ich mir den Zettel auf dem Sitz neben mir an.

SIE LÜGEN.
WESTON HIGH SCHOOL. SCHNELL.

Es war eine weibliche Handschrift, verkrampft und kritzelig. Ich fuhr noch eine Ecke weiter, holte den Plan von Ost-Massachusetts unter dem Beifahrersitz hervor und blätterte so lange, bis ich Weston fand. Die High School war ein halbes Quadrat von meinem jetzigen Standort entfernt, vielleicht acht Häuserblöcke nach Osten und zwei nach Norden.

Ich entdeckte Siobhan unter einem Baum am hinteren Ende

der Tennisplätze, die an den Parkplatz grenzten. Mit gesenktem Kopf eilte sie zum Auto herüber und setzte sich auf den Beifahrersitz.

»Fahren Sie vom Parkplatz herunter und dann links«, befahl sie. »Und geben Sie Gas, ja?«

Ich gehorchte. »Wo fahren wir hin?«

»Einfach nur weg. Diese Stadt hat Augen, Mr Kenzie.«

Also ließen wir Weston hinter uns. Siobhan hielt den kleinen Kopf gesenkt und kaute an ihrer Nagelhaut. Hin und wieder blickte sie auf und wies mich an, rechts oder links abzubiegen, dann sah sie wieder nach unten. Als ich sie etwas fragen wollte, schüttelte sie den Kopf – als könnten wir in einem Cabrio bei vierzig Meilen pro Stunde auf einer halb leeren Straße abgehört werden. Nach ein paar knappen Anweisungen landeten wir auf dem Parkplatz hinter Saint Regina's College. Regina's war ein katholisches Mädcheninternat in privater Hand, wo die Eltern der Mittelklasse und die frommen Christen ihre Töchter in der Hoffnung verwahrten, sie würden dort vergessen, was Sex ist. Natürlich hatte es den gegenteiligen Effekt; als ich auf dem College war, waren wir manchmal freitagabends hierher gepilgert und danach übel zugerichtet und ein wenig benommen zurückgekehrt, so stürmisch waren die braven katholischen Mädchen mit ihrem ungezügelten Appetit.

Als ich geparkt hatte, stieg Siobhan aus. Ich stellte den Motor ab und folgte ihr einen Weg entlang, der zum Eingang des größten Schlafsaals führte. Eine Weile liefen wir schweigend über das stille, leere Schulgelände. Das Gras und die Bäume waren verdorrt und färbten sich gelb. Die mächtigen schokoladenbraunen Gebäude und niedrigen Kalksteinmauern wirkten irgendwie mitgenommen, als würden sie schwächer werden und in der Hitze zerschmelzen, sobald keine Stimmen mehr von ihren Fassaden widerhallten.

»Das sind böse Menschen.«

»Die Dawes?«

Sie nickte. »Er hält sich echt für einen Gott.«

»Tun das nicht alle Ärzte?«

Sie lächelte. »Wahrscheinlich schon.«

Wir erreichten eine kleine Steinbrücke, die sich über einen Teich spannte, der silbrig in der Hitze glänzte. Siobhan blieb auf der Mitte der Brücke stehen und legte die Ellbogen auf die Brüstung. Ich gesellte mich zu ihr. Gemeinsam blickten wir auf das Wasser hinunter, unsere Spiegelbilder starrten uns von der metallischen Oberfläche an.

»Böse«, wiederholte Siobhan. »Er foltert gerne – seelisch. Er zeigt den Leuten gerne, wie intelligent er ist und wie dumm die anderen sind.«

»Und bei Karen?«

Sie beugte den zierlichen Oberkörper über die Brüstung und betrachtete ihr Spiegelbild im Wasser, als wisse sie nicht, wie es dahingekommen sei und zu wem es gehöre. »Ach«, rief sie, als wäre damit alles gesagt. Dann schüttelte sie den Kopf. »Er hat sie wie ein Haustier behandelt. Hat sie immer ›kleines Dummerchen‹ genannt.« Sie schürzte die Lippen und stieß die Luft aus. »Sein süßes kleines Dummerchen.«

»Haben Sie Karen lange gekannt?«

Sie zuckte mit den Schultern. »Seit ich vor dreizehn Jahren herkam, klar. Sie war wirklich nett, nur zum Schluss nicht mehr.«

»Was war dann?«

»Dann«, wiederholte sie ausdruckslos, den Blick auf einen Schwarm Stockenten gerichtet, die am anderen Ufer den Abhang herunterwatschelten. »Dann wurde sie ein bisschen verrückt, glaube ich. Ach, sie wollte wirklich sterben, Mr Kenzie. Unbedingt.«

»Wollte sterben oder wollte gerettet werden?«

Sie sah mich an. »Ist das nicht das Gleiche? Wenn man gerettet werden will? In *dieser* Welt, was? Das ist …« Ihre Gesichtszüge verdunkelten sich. Mehrmals schüttelte sie den Kopf.

»Was ist das?«, hakte ich nach.

Sie schaute mich an, als sei ich ein Kind, das gefragt hatte, warum Feuer brennt oder die Jahreszeiten wechseln.

»Das ist doch so, als würde man um Regen beten, oder, Mr Kenzie?« Sie hob die Hand in den klaren weißen Himmel. »Als würde man mitten in der Wüste um Regen beten.«

Wir verließen die Brücke, spazierten über ein großes Fußballfeld und schließlich durch ein kleines Gehölz und einen kleinen Hang hinunter, bis wir vor den Schlafsälen innehielten. Siobhan wies mit dem Kopf auf die hohen Gebäude.

»Ich war immer gespannt, wie es wohl auf der Universität ist.«

»Haben Sie zu Hause keine besucht?«

Sie schüttelte den Kopf. »Kein Geld. Und außerdem war ich nicht die Hellste, wenn Sie verstehen.«

»Erzählen Sie mir von den Dawes«, schlug ich vor. »Sie meinten, sie seien böse. Nicht einfach nur gemein, sondern böse.«

Sie nickte und setzte sich auf eine Kalksteinbank, zog eine zerdrückte Zigarettenschachtel aus der Hemdtasche und bot mir eine an. Als ich den Kopf schüttelte, fischte sie eine verbogene Zigarette aus der Schachtel, strich sie mit den Fingern glatt und zündete sie an. Bevor sie antwortete, zupfte sie sich einen Fitzel Tabak von der Zungenspitze.

»Einmal haben die Dawes eine Weihnachtsparty gegeben«, fing sie an. »An dem Abend hat es richtig gestürmt, deshalb kamen nicht viele Gäste und es wurde zu viel Essen aufgetragen. Mrs Dawe hatte mich einmal erwischt, wie ich nach einer Feier die Reste aß, und hatte mir eingebläut, dass ich das ganze Essen nach einer Party in den Müll werfen sollte. Das machte ich also nach dieser einen Feier. Um drei Uhr morgens kam Dr. Dawe mit der Truthahnpelle in mein Zimmer. Er warf sie auf mein Bett. Er beschimpfte mich, weil ich Essen weggeschmissen hätte. Er schrie, er käme aus einer armen Familie, seine Familie hätte eine Woche lang von dem leben können, was ich weggeschmissen hätte.« Sie zog an der Zigarette und zupfte noch einen Tabakkrümel von der Zunge. »Ich musste sie essen.«

»Was?«

Sie nickte. »Er setzte sich auf den Bettrand und fütterte mich damit, ein Stück nach dem anderen, bis die Sonne aufging.«

»Das ist ...«

»Bestimmt ungesetzlich, klar. Aber haben Sie schon mal versucht, eine Stelle als Haushaltshilfe zu bekommen, Mr Kenzie?«

Ich hielt ihrem Blick stand. »Sie sind illegal hier, Siobhan, stimmt's?«

Sie starrte mich mit ihrem ausdruckslosen, störrischen Blick an. Er besagte, wenn sie jemals irgendwelche Erwartungen gehabt hatte, so hatte sie sie vor langer Zeit auf ihrer Reise aufgegeben.

»Ich denke, Sie sollten Ihre Fragen auf die Dinge beschränken, die Sie etwas angehen, Mr Kenzie.«

Ich hob die Hand und nickte.

»Sie mussten also etwas essen, das schon im Müll gewesen war.«

»Oh, er hat es vorher abgewaschen«, sagte sie sarkastisch. »Er wies mich extra darauf hin. Er hat die Pelle zuerst gewaschen und sie dann an mich verfüttert.« Sie grinste breit. »Immer der gute Doktor, Mr Kenzie.«

»Diese Belästigung«, sagte ich schließlich, »ging die jemals über den Bereich des rein Psychischen hinaus?«

»O nein«, erwiderte sie. »Bei mir nicht. Und bei Karen wohl auch nicht. Er verachtet Frauen, Mr Kenzie. Ich glaube, er hält uns für unwürdig.« Sie dachte noch länger darüber nach und schüttelte dann nachdrücklich den Kopf. »Nein, am Ende habe ich viel Zeit mit Karen verbracht. Wir haben viel getrunken, um die Wahrheit zu sagen. Ich glaub, das hätte sie mir erzählt. Sie war nicht gerade ein Fan von ihrem Stiefvater.«

»Erzählen Sie mehr von ihr.«

Siobhan legte ein Bein über das andere und paffte ihre Zigarette. »Sie war ein Wrack, Mr Kenzie. Sie hat ihre Eltern angefleht, sie wenigstens für ein paar Wochen zu sich zu nehmen, wissen Sie? Gefleht! Lag auf den Knien vor ihrer Mutter. Und ihre Mutter sagte: ›Oh, das können wir auf gar keinen Fall, mein Liebes. Du musst lernen, mehr Selbstvertrauen zu bekommen.‹ So hat sie sich ausgedrückt. Du musst lernen, mehr Selbstvertrauen zu bekommen, mein Liebes. Karen hockte vor ihren Füßen und schrie irgendwas Schreckliches und ihre Mutter ließ mich Tee reinbringen. Also, ich hab mich ein paarmal mit Karen zum Trinken getroffen, aber danach zog sie los und traf sich mit irgendwelchen Fremden.«

»Wissen Sie, wo sie wohnte?«

»In einem Motel«, antwortete Siobhan. »Aber ich weiß den Namen nicht. Sie meinte, es wäre in ... in der Pampa, so hat sie gesagt.«

Ich nickte.

»Mehr hat sie nicht erzählt. Ein Motel in der Pampa. Ich glaube ...« Sie blickte auf ihre Knie und schnippte die Zigarette fort.

»Was?«

»In den letzten beiden Monaten hatte sie plötzlich wieder Geld. Bargeld. Hab nicht gefragt, wo sie es herhatte, aber ...«

»Sie hatten einen Verdacht?«

»Prostitution«, entgegnete sie. »Sie war plötzlich sehr vulgär, was Sex anging. Sah ihr nicht ähnlich.«

»Deswegen verstehe ich es ja nicht«, sagte ich. »Vor sechs Monaten war sie noch ein völlig anderer Mensch. Sie war ...«

»Die Unschuld in Person, stimmt's?«

Ich nickte.

»Man hätte nicht geglaubt, dass sie auch nur einen schlechten Gedanken hat.«

»Genau.«

»Ja, so war sie immer. Das war wohl ihre Reaktion auf den ganzen Wahnsinn in dem verrückten Haus. Sie wurde so. Ich glaub aber nicht, dass das von innen kam, verstehen Sie? Ich glaube, sie wollte gerne so sein und deshalb wurde sie so.«

»Was ist mit den ganzen Bildern in der Eingangshalle?«, fragte ich. »Da ist ein junger Mann drauf, der könnte der kleine Bruder vom Doktor sein, und dann das kleine Mädchen.«

Sie seufzte. »Naomi. Ihr einziges gemeinsames Kind.«

»Ist sie tot?«

Siobhan nickte. »Schon lange her. Sie wäre jetzt, glaube ich, vierzehn oder fünfzehn. Sie ist kurz vor ihrem vierten Geburtstag gestorben.«

»Wie?«

»Hinter dem Haus ist ein kleiner Teich. Es war Winter und sie lief einem Ball hinterher, der auf die Eisfläche rollte.« Siobhan zuckte mit den Schultern. »Sie brach ein.«

»Wer passte auf sie auf?«

»Wesley.«

Kurz sah ich vor mir das kleine Kind auf der weißen Eisfläche nach dem Ball greifen und dann ...

Ein Schauer lief mir über den Rücken.

»Wesley«, fragte ich, »ist das Dr. Dawes jüngerer Bruder?«

Sie schüttelte den Kopf. »Sein Sohn. Dr. Dawe war Witwer, als er Carrie kennen lernte. Er hatte einen Sohn. Sie war Witwe mit einer Tochter. Sie heirateten, bekamen ein eigenes Kind und es starb.«

»Und Wesley ...?«

»Er hatte nichts zu tun mit Naomis Tod«, erklärte sie mit einem Anflug von Trotz in der Stimme. »Aber man gab ihm die Schuld daran, weil er hätte aufpassen müssen. Er hat einen Augenblick nicht hingeguckt, da war sie schon auf den Teich gelaufen. Dr. Dawe gab seinem Sohn die Schuld, Gott konnte er es ja wohl schlecht in die Schuhe schieben, oder?«

»Wissen Sie, wie ich Wesley erreichen kann?«

Sie zündete sich eine neue Zigarette an und schüttelte den Kopf. »Er ist vor langer Zeit verschwunden. Der Doktor hat verboten, dass sein Name im Haus ausgesprochen wird.«

»Hatte Karen Kontakt zu ihm?«

Erneutes Kopfschütteln. »Er ist schon seit, weiß nicht, zehn Jahren verschwunden, glaube ich. Keiner weiß, was aus ihm geworden ist.« Sie zog kurz an der Zigarette. »Und was wollen Sie jetzt als Nächstes tun?«

Ich zuckte mit den Schultern. »Keine Ahnung. Hey, Siobhan, die Dawes meinten, Karen wäre regelmäßig zum Psychiater gegangen. Wissen Sie, zu welchem?«

Sie wollte den Kopf schütteln.

»Na, los!«, drängte ich sie. »Den Namen müssen Sie im Laufe der Jahre doch mal gehört haben.«

Ihre Lippen öffneten sich leicht, doch dann schüttelte sie wieder den Kopf. »Tut mir Leid, aber der fällt mir wirklich nicht mehr ein.«

Ich stand auf. »Schon gut, ich finde es schon heraus.«

Siobhan sah mir lange in die Augen. Zwischen uns stieg der Qualm ihrer Zigarette empor. Sie war so ernüchtert, so bar jeder Leichtigkeit, dass ich mich fragte, ob bei ihr zwischen einem Lachen und dem nächsten Monate oder Jahre lagen.

»Wonach suchen Sie überhaupt, Mr Kenzie?«

»Nach einem Grund für ihren Tod«, erwiderte ich.

»Sie ist gestorben, weil sie aus einer Horrorfamilie kam. Sie ist gestorben, weil David einen Unfall hatte. Sie ist gestorben, weil sie nicht damit klarkam.«

Ich lächelte sie hilflos an. »Das höre ich immer wieder.«

»Und warum reicht Ihnen das nicht, wenn ich fragen darf?«

»Vielleicht muss ich mich letztendlich damit zufrieden geben.« Ich zuckte mit den Schultern. »Ich spiele nur mein Blatt aus, Siobhan. Ich versuche nur, etwas zu finden, damit ich sagen kann: ›Gut, jetzt verstehe ich es. Vielleicht würde ich unter diesen Umständen das Gleiche tun.‹«

»Ha«, machte sie. »Sie sind ein richtiger Katholik. Immer auf der Suche nach dem Sinn.«

Ich schmunzelte. »Aber vom Glauben abgefallen, Siobhan. Ich bin nicht mehr dabei.«

Sie verdrehte die Augen, lehnte sich zurück und rauchte, ohne eine Wort zu sagen.

Die Sonne verschwand hinter schmutzig weißen Wolken. Siobhan sagte: »Wenn Sie nach einem Grund suchen, dann fangen Sie doch mal mit dem Typen an, der sie vergewaltigt hat.«

»Wie bitte?«

»Sie wurde vergewaltigt, Mr Kenzie. Sechs Wochen vor ihrem Tod.«

»Hat sie Ihnen das erzählt?«

Siobhan nickte.

»Hat sie Ihnen seinen Namen genannt?«

Siobhan schüttelte den Kopf. »Sie meinte nur, ihr hätte jemand versprochen, der Typ würde sie nicht mehr belästigen, und er hätte es doch getan.«

»Cody Arschloch Falk«, flüsterte ich.
»Wer ist das?«
»Ein Gespenst«, erwiderte ich. »Er weiß es nur noch nicht.«

Kapitel 10

Am nächsten Morgen stand Cody Falk um halb sieben auf und stellte sich mit einem Handtuch um die Hüften auf die hintere Veranda, wo er seinen Morgenkaffee trank. Auch jetzt schien er für imaginäre Bewunderer zu posieren: das markante Kinn nach oben gereckt, die Kaffeetasse fest im Griff, die Augen ein wenig verklärt. Er ließ den Blick über seinen Garten schweifen, als begutachtete er sein Reich. Ich war überzeugt, dass in seinem Kopf gerade der Text einer Calvin-Klein-Werbung ablief.

Er gähnte in die Faust, als begänne ihn der Werbefilm zu langweilen, schlenderte dann ins Haus, schloss die Glasschiebetür hinter sich und verriegelte sie.

Ich ließ das Fernglas sinken, verließ meinen Platz, stieg ins Auto und fuhr um den Häuserblock. Ich parkte zwei Häuser von Cody entfernt und ging zu Fuß zurück. Vor drei Stunden hatte ich seine Ersatzschlüssel in einem magnetischen Schlüsselversteck unter dem Abflussrohr gefunden. Jetzt schloss ich damit die Tür auf.

Das Haus roch nach diesen Duftmischungen, die man bei Crate & Barrel kaufen kann, und sah aus, als hätte Cody auch den Rest der Einrichtung aus dem Katalog bestellt. Konsequent rustikaler Ethno-Schick. Links von mir stand eine Essgarnitur aus Kirschholz. Die Sitzkissen hatten ein Indianermuster, das zum Teppich passte. Eine Eichentruhe und eine Kiste mit aztekischem Aufdruck diente Cody als gut bestückte Bar. Die meisten Flaschen waren nur zu einem Drittel gefüllt. Die Wände waren in einem dunklen Goldton gestrichen. Der Raum sah aus, als wäre er die Ausstellungsfläche eines Innenarchitekten. Mensch, verlass Boston und zieh nach Texas, Cody. Da wirst du dich viel wohler fühlen.

Ich hörte, dass oben die Dusche angedreht wurde, und verließ das Esszimmer.

In der Küche standen vier Barhocker mit hohen Lehnen um einen Massivholztisch in der Mitte des Raumes. Die hellen Eichenschränke waren nur teilweise gefüllt mit einigen Wein- und Martinigläsern, ein paar Dosen Gemüse und asiatischen Reismischungen. Nach dem Stapel von Mitnahmemenüs aus Delikatessengeschäften und Restaurants zu urteilen, kochte Cody offenbar nicht oft zu Hause. In der Spüle standen zwei saubere Teller, eine Kaffeetasse und zwei Gläser.

Ich öffnete den Kühlschrank. Vier Flaschen Tremont Ale, ein Karton Kaffeesahne, eine Packung Reis mit Schweinefleisch. Keine Soßen. Keine Milch, Natron oder Gemüse. Kein Anzeichen, dass hier jemals etwas anderes gestanden hatte als Bier, Kaffeesahne und das vorabendliche Essen vom Chinesen.

Ich ging zurück durch Esszimmer und Eingangshalle und roch das Leder im Wohnzimmer bereits, bevor ich eintrat. Wieder ein Stillleben aus dem Südwesten: dunkle Eichensessel mit harten, geraden Lehnen, gepolstert mit preiselbeerfarbenem Leder. Ein Couchtisch auf Stummelfüßen. Alles roch frisch geölt und neu. Der Stapel Zeitschriften und Hochglanzpostillen auf dem Couchtisch war symptomatisch für den Besitzer: *GQ, Men's Health, Details* – meine Güte –, daneben Kataloge von Brookstone, Sharper Image und Pottery Barn. Der Holzboden glänzte.

Man hätte das Erdgeschoss des Hauses fotografieren und in einem Magazin veröffentlichen können. Alles passte, doch nichts gab den leisesten Hinweis auf seinen Bewohner. Der glänzende Holzboden unterstrich nur noch die dunkle, warme Kälte des Ortes. In diesen Zimmern sollte man sich nicht wohl fühlen, man sollte sie betrachten.

Oben ging die Dusche aus.

Ich verließ das Wohnzimmer, stieg rasch die Treppe hoch und streifte mir im Gehen Handschuhe über. Oben angekommen, zog ich den bleiernen Totschläger aus der Hosentasche und lauschte vor der Badezimmertür, wie Cody Falk aus der Duschkabine stieg und sich abtrocknete. Mein Plan war simpel: Karen Nichols war vergewaltigt worden, Cody Falk war der Täter – ich wollte sicherstellen, dass Cody Falk es nie wieder tun konnte.

Ich kniete mich hin und lugte durch das Schlüsselloch ins Bad. Cody stand vornübergebeugt und trocknete sich die Füße ab. Sein Kopf wies in meine Richtung. Er war ungefähr einen Meter entfernt.

Als ich die Tür eintrat, traf ich Cody Falk am Kopf. Er stolperte und fiel auf den Hintern. Er sah zu mir auf und ich schlug zu. Ungefähr eine Viertelsekunde darauf wurde mir klar, dass der Mann auf dem Boden nicht Cody Falk war.

Er war blond und groß, die Muskeln an Armen und Oberkörper waren ein wenig zu stark definiert. Er klatschte rücklings auf den italienischen Marmor, krümmte und wand sich wie ein Thunfisch, der frisch gefangen auf das Verladedock geworfen wird.

Das Badezimmer hatte zwei Türen – die eine, die ich benutzt hatte, und eine zweite links von mir. Cody Falk stand in der Tür links von mir. Er war komplett angekleidet und hielt einen Schraubenschlüssel in der Hand. Grinsend ging er auf mich los.

Ich machte einen Schritt nach hinten, doch umklammerte der Mann auf dem Boden meinen Knöchel. Cody verfehlte mein linkes Auge um Haaresbreite, streifte mich aber am Ohr. Eine ganze Stadt voller Kirchenglocken läutete in meinem Kopf.

Der Typ am Boden war kräftig. Selbst in seinem geschwächten Zustand riss er mir heftig am Bein. Ich trat ihm gegen den Kopf und schlug Cody auf die Lippe.

Es war kein besonders guter Schlag. Ich war aus dem Gleichgewicht, mein Ohr summte und ich bin noch nie ein besonders guter Boxer gewesen. Immerhin erwischte ich Cody unvorbereitet. In seinen Augen leuchteten Überraschung und Selbstmitleid. Doch der Schlag schien ihm nur Auftrieb zu geben.

Der Kerl auf dem Boden schrie auf, als ich ihm ein zweites Mal gegen den Kopf trat. Es gelang mir das Bein freizubekommen und ich machte einen Schritt auf Cody zu. Der befühlte seine Lippen und schwang den Schraubenschlüssel zum Angriff.

Der andere bekam mein Hosenbein gerade noch zu fassen. Er drehte es herum und ich stolperte.

Cody keuchte überrascht, als sich ihm mein Kopf wie auf dem Servierteller darbot.

Beim zweiten Schlag nahm der ganze Raum eine schmutzig graue Farbe an. Meine Schultern prallten gegen die Wand.

Der Mann am Boden kniete sich hin und rammte mir den Kopf in den Rücken und mit strahlendem Lächeln erhob Cody erneut den Schraubenschlüssel.

An den dritten Schlag erinnere ich mich nicht.

☆ ☆ ☆

»Was sollen wir jetzt machen, Leonard?«

»Was ich gesagt habe, Mr Falk. Die Polizei rufen.«

»Ach, Leonard, die Sache ist ein bisschen komplizierter.«

Ich schlug die Augen auf und sah alles doppelt. Zwei Cody Falks, einer aus Fleisch und Blut und ein durchsichtiger Geist, schritten durch die Küche. Mit den Fingern trommelten sie auf die Arbeitsfläche und fuhren sich mit der Zunge über die Wunde auf der geschwollenen Oberlippe.

Ich saß auf dem Boden, den Rücken gegen die Wand gelehnt, die Füße vor dem Sockel der Küchentheke aus Massivholz. Die Arme waren an den Handgelenken auf meinem Rücken zusammengebunden. Ich tastete mit den Fingern herum. Irgendein Garn oder Zwirn. Nicht unbedingt das beste Material zum Fesseln, aber es erfüllte seinen Zweck.

Cody und Leonard beachteten mich nicht. Cody lief vor der Arbeitsfläche mit der eingebauten Spüle auf und ab. Leonard saß auf einem Barhocker und drückte sich ein mit Eis gefülltes Handtuch gegen den Hinterkopf. Am Hals hatte er ein paar rote Pickel und sein Kiefer stach aus seinem schmalen Gesicht hervor wie der von Lincoln auf dem Mount Rushmore. Ein Anabolikakonsument, vermutete ich, der seine Muskeln modellierte und seine Rage unter Kontrolle hielt, bis seine Gelenke nicht mehr mitmachten. Und das alles nur, um Mädeln zu imponieren, die er, wenn die Spielrunde endlich eingeläutet wurde, gar nicht flachlegen konnte, weil er längst impotent war.

»Der Typ ist bei Ihnen eingebrochen, Mr Falk. Er hat uns beide angegriffen.«

»Hmm.« Cody berührte vorsichtig seine Oberlippe. Er blickte zu mir herunter. Seine beiden Köpfe bewegten sich schnell, mein Magen drehte sich.

Ich sah ihm in die Augen, er grinste mich breit an und machte eine einladende Handbewegung. »Herzlich willkommen, Mr Kenzie.«

Ich presste die Lippen zusammen, mein Mund schmeckte

wie in Säure getunkte Watte. Er kannte meinen Namen, das bedeutete, er hatte wahrscheinlich meine Brieftasche. Schlechte Nachricht.

Cody hockte sich neben mich, sein durchsichtiger Schatten verschmolz ein Stück weit mit ihm, so dass ich jetzt nur noch eineinhalb Codys vor mir hatte.

»Wie geht's?«

Ich verzog das Gesicht.

»Nicht so gut, was? Musst du kotzen?«

Ich schluckte Galle herunter. »Hoffentlich nicht.«

Er wies mit dem Kopf nach oben. »Leonard musste kotzen. Und er hat eine hässliche Prellung auf dem Rücken, weil er auf den Boden gefallen ist. Er ist reichlich genervt, Patrick.«

Leonard glotzte mich böse an.

»In welcher Eigenschaft ist Leonard hier tätig?«

»Er ist mein Leibwächter.« Cody tätschelte meine Wange, nicht sehr fest, aber auch nicht gerade zärtlich. »Nachdem du mit deinem Freund zu Besuch hier warst, dachte ich, ich könnte einen Beschützer gebrauchen.«

»Und der Tierschutzbund machte gerade Ausverkauf?«, fragte ich.

Leonard beugte sich über die Theke und spannte die Muskeln an seinem Unterarm an. »Red ruhig weiter, du Schwein.«

Cody winkte ab. »Und? Wo ist dein Freund, Pat? Der große Trottel, der Leute gerne mit Tennisschlägern verprügelt?«

Ich wollte mit dem Kopf in Richtung Eingangstür nicken, doch tat es zu sehr weh und verschlimmerte die Übelkeit.

»Draußen auf der Straße, Cody.«

Cody schüttelte den Kopf. »Nein, nein. Wir sind spazieren gegangen, während du hier geschlafen hast. Draußen ist keiner.«

»Sicher?«

Ein Anflug von Zweifel flackerte in seinen Augen und verschwand wieder. »Dann wär er inzwischen schon hier reingepoltert, denke ich.«

»Und was machst du, wenn es so weit ist, Cody?«

Cody zog eine .38er aus dem Hosenbund und wedelte mir damit vor dem Gesicht herum. »Ich erschieß ihn, was sonst?«

»Ja, klar«, erwiderte ich, »mach ihn ruhig wütend.«

Cody kicherte und schob mir den Lauf der Pistole in das linke Nasenloch. »Seitdem du mich gedemütigt hast, Pat, habe ich hiervon geträumt. Dabei geht mir einer ab, wenn ich ehrlich sein soll. Was hältst du davon?«

»Dass deine erogenen Zonen 'ne Generalüberholung brauchen.«

Mit dem Daumen spannte er den Hahn und drückte noch fester zu.

»Und? Willst du mich jetzt abknallen, Cody?«

Er zuckte mit den Achseln. »Wenn ich ehrlich sein soll: Ich dachte, ich hätte dich oben im Badezimmer erledigt. Hab bis jetzt noch keinen umgelegt. Hab's noch nicht mal versucht.«

»Dann war's Anfängerglück. Hut ab!«

Er grinste und schlug mir noch einmal ins Gesicht. Ich blinzelte, und als ich die Augen wieder aufschlug, war der zweite, der durchsichtige Cody zurückgekehrt und stand rechts neben dem echten.

»Mr Falk«, meldete sich Leonard zu Wort.

»Hmm?« Cody betrachtete meinen Kopf von der Seite.

»Wir stecken in der Klemme. Entweder rufen wir die Bullen oder wir bringen ihn irgendwohin und machen ihn kalt.«

Cody nickte, dann beugte er sich vor, um meinen Kopf besser in Augenschein nehmen zu können. »Du blutest ganz schön schlimm.«

»An der Schläfe?«

Er schüttelte den Kopf. »Eher am Ohr.«

Zum ersten Mal bemerkte ich ein entferntes, hohes Summen. »Innen oder außen?«

»Beides.«

»Tja, du hast ja auch ordentlich zugeschlagen.«

Er schien geschmeichelt. »Danke. Ich wollte auf Nummer sicher gehen.«

Er nahm den Pistolenlauf aus meiner Nase und setzte sich vor mir auf den Boden, hielt die .38er jedoch weiterhin auf meinen Kopf gerichtet.

Während er mich ansah, überlegte er sich etwas; eine eiskalte Idee ließ seine Augen aufleuchten.

Ich wusste, was er sagen würde, noch bevor er den Mund öffnete.

»Was ist, wenn wir ihn wirklich umbringen?«, fragte Cody Leonard.

Leonards Augen weiteten sich. Er legte das mit Eis gefüllte Handtuch vor sich auf die Theke.

»Hmm ...«

»Du würdest natürlich einen Bonus erhalten«, meinte Cody.

»Mr Falk, sicher, klar, aber darüber müssen wir erst mal gründlich nachdenken.«

»Wieso?« Cody zwinkerte mir zu. »Wir haben seine Brieftasche und die Schlüssel. Sein Porsche steht vor dem Haus von den Löwensteins. Wir fahren das Auto in die Garage, stecken ihn in den Kofferraum und fahren ihn dann irgendwohin.« Er beugte sich vor und strich mir mit dem Pistolenlauf über die Lippen. »Und dann erschießen wir ihn – nein: Wir erstechen ihn!«

Leonard sah mich mit weit aufgerissenen Augen an.

»Verstehst du, Leonard«, sagte ich, »ihr macht mich kalt. Genau wie im Film.«

Cody schlug mich erneut. Langsam ging mir das auf den Sack.

»Mr Falk«, brachte Leonard heraus, »man bringt nicht einfach so jemanden um.«

»Warum nicht?«

»Weil ... ähm, tja ...«

»Weil es nicht so einfach ist«, erklärte ich Cody. »Weil man immer irgendwas vergisst.«

»Zum Beispiel?« Cody wirkte nicht sonderlich interessiert.

»Zum Beispiel, wer alles weiß, dass ich hier bin. Oder wer herausbekommen könnte, dass ich hier war, beides. Wer dich besuchen kommen könnte.«

Cody lachte. »Und dann – mal sehen, ob es mir noch einfällt –, dann brennen wir deine Kneipen ab und stecken dich bis zum Lebensende in den Rollstuhl. War das richtig?«

»Fürs Erste.«

Cody dachte kurz darüber nach. Er lehnte den Kopf gegen die Küchentheke, seine Lider fielen auf Halbmast. Er betrachtete mich mit wachsender Anspannung. Er wirkte zappelig, wie ein Zwölfjähriger kurz vor seiner ersten Peepshow.

»Ich hätte echt Bock drauf«, bemerkte er.

»Super, Cody.« Ich nickte ihm verständnisvoll zu. »Freut mich für dich.«

Er riss die Augen auf und beugte sich zu mir vor. Ich konnte seinen Atem riechen, eine bittere Mischung aus Kaffee und Zahnpasta.

»Ich kann dich jetzt schon schreien hören.« Er fuhr sich mit der schmalen Zunge über die Wunde auf seiner Lippe. »Du liegst auf dem Rücken und krümmst dich und ich steche dir in die Brust.« Er ließ die geballte Faust durch die Luft schnellen. »Dann ziehe ich das Messer wieder raus und steche nochmal zu.« Seine Augen leuchteten. »Dann ein drittes Mal. Und ein viertes Mal. Du schreist wie von Sinnen und das Blut spritzt aus deiner Brust und ich steche einfach weiter.« Noch ein paarmal fuhr er mit der Faust durch die Luft. Sein Mund verzerrte sich zu einem breiten Grinsen.

»Das geht nicht …«, sagte Leonard, doch versagte ihm die Stimme. Er schluckte mehrmals. »Mr Falk, wenn wir das machen, bekommen wir ihn auf keinen Fall vor Sonnenuntergang hier raus. Und bis dahin dauert es noch ziemlich.«

Cody wandte den Blick nicht von mir ab. Er studierte mich wie eine Ameise, die bei einem Picknick die Serviette klauen will. »Wir tragen ihn in die Garage und stecken ihn in den Kofferraum von seinem Auto.«

»Und dann?«, fragte Leonard. Er warf mir einen kurzen Blick zu und richtete die Augen wieder auf Cody. »Sollen wir ihn den ganzen Tag spazieren fahren? In einem 63er Porsche? Sir! Wir können ihn nicht bei Tageslicht kaltmachen. Das klappt nicht.«

Cody bekam einen Gesichtsausdruck, als wäre es Heiligabend und ihm wäre gerade gesagt worden, er dürfe seine Geschenke erst am nächsten Morgen öffnen. Er drehte sich zu Leonard um. »Kriegst du Muffensausen, Leonard?«

»Nein, Mr Falk. Versuche nur, Ihnen zu helfen.«

Cody sah auf die Uhr an der Wand über mir. Dann nach draußen in seinen Garten. Dann auf mich. Schließlich schlug er mehrmals mit der flachen Hand auf den Boden und schrie: »Scheiße! Scheiße! Scheiße!«

Er ließ sich auf die Knie fallen und trat die Schranktür unter der Küchentheke aus den Angeln.

Er bäumte sich auf wie ein Tier. Die Sehnen am Hals traten hervor. Er kam so nah an mich heran, dass sich unsere Nasen berührten.

»Du«, sagte er, »wirst sterben. Verstanden, du Wichser?«

Ich antwortete nicht.

Cody stieß mich mit der Stirn an. »Ich hab gefragt, ob du das verstanden hast.«

Ich blickte ihn ausdruckslos an.

Wieder schlug er mit der Stirn gegen meine.

Ich biss die Zähne zusammen, denn der Schmerz stach scharf durch meinen Kopf, sagte aber nichts.

Cody schlug mir ins Gesicht und rappelte sich dann auf. »Was ist, wenn wir ihn direkt hier umbringen? Jetzt sofort?«

Leonard streckte die großen Hände aus. »Beweise, Mr Falk. Dann gibt's Beweise. Sagen wir mal, jemand weiß oder vermutet nur, dass er hier vorbeigekommen ist, und plötzlich ist er tot. Diese Forensiker, ja, die finden Stücke von ihm an Stellen, an die man vorher nie gedacht hätte. Die finden Stücke von seinem Schädel in kleinen Rissen in den Fußleisten, von denen man noch nicht mal wusste, dass sie überhaupt da sind.«

Cody lehnte sich gegen die Theke. Mehrmals fuhr er sich mit der Hand über den Mund und atmete dabei schwer durch die Nase.

Schließlich meinte er: »Wir sollen ihn also bis zum Abend hier behalten, ja? Das ist dein Vorschlag?«

Leonard nickte. »Ja, Sir.«

»Und wohin fahren wir ihn dann?«

Leonard zuckte mit den Achseln. »Ich kenn so 'ne Müllhalde in Medford, die wird's schon tun.«

»Eine Müllhalde?«, wiederholte Cody. »Meinst du so 'ne Bruchbude, wo einer wohnt, oder 'ne richtige Müllhalde mit allem drum und dran?«

»Eine richtige Müllkippe.«

Cody dachte lange darüber nach. Ein paarmal umkreiste er den Tresen. Er ließ Wasser in die Spüle laufen, doch anstatt sich die Hände und das Gesicht zu waschen, beugte er sich nur vor und schnüffelte daran. Er streckte sich, dass die Knochen in seinem Rücken krachten. Immer wieder blickte er zu mir herüber und biss auf seiner Backentasche herum.

»Na gut«, sagte er schließlich. »Meinetwegen.« Er grinste Leonard an. »Aber ist 'ne geile Sache, oder?«

»Wie bitte, Sir?«

Er klatschte laut in die Hände, ballte die Fäuste und hob sie in die Luft. »Das hier! Leonard, wir können hier was Weltbewegendes machen! Etwas scheiß Weltbewegendes!«

»Ja, Sir. Und bis dahin?« Leonard lehnte sich gegen die Theke und schaute drein, als trüge er eine schwere Last auf seinen Schultern.

Cody winkte ab. »Bis dahin ist es mir scheißegal. Er kann mit uns im Wohnzimmer Pornos gucken. Ich koch ein paar Eier und fütter ihn damit. Mäste den Braten und so.«

Leonard sah aus, als hätte er nicht den geringsten Schimmer, wovon Cody sprach, doch nickte er und sagte: »Ja, Sir. Gute Idee.«

Cody ließ sich vor mir auf die Knie fallen. »Magst du Eier, Pat?«

Ich blickte in seine vergnügten Augen. »Hast du sie vergewaltigt?«

Er legte den Kopf ein wenig schräg und starrte in die Leere. »Wen?«

»Du weißt genau, wen, Cody.«

»Was meinst du denn?«

»Ich glaube, du stehst ganz oben auf der Liste der Verdächtigen. Sonst wäre ich nicht hier.«

»Sie hat mir Briefe geschrieben«, erklärte er.

»Was?«

Er nickte. »Das hast du nicht gewusst, hm? Sie hat mir Briefe geschrieben, warum ich nicht auf ihre Signale reagiere. Ob ich kein richtiger Mann wär.«

»Schwachsinn.«

Er kicherte und schlug sich auf den Oberschenkel. »Nein, nein. Das war ja das Geile daran.«

»Briefe«, wiederholte ich. »Warum sollte Karen Nichols dir Briefe schreiben, Cody?«

»Weil sie drauf aus war, Pat. Weil sie total geil war. Genauso notgeil wie alle anderen.«

Ich schüttelte den Kopf.

»Glaubst du mir nicht? Ha! Warte, ich hole sie runter.«

Er stand auf und gab Leonard seine Waffe.

»Was soll ich denn ...?« stotterte Leonard.

»Erschieß ihn, wenn er sich bewegt.«

»Er ist doch gefesselt.«

»Hey, du wirst von mir bezahlt, Leonard. Also keine Widerrede!«

Cody verließ die Küche, kurz darauf hörte man seine Schritte auf der Treppe.

Leonard legte die Waffe auf die Theke und seufzte.

»Leonard«, sagte ich.

»Quatsch mich nicht an, du Schwein.«

»Ihm wird die Idee langsam sympathisch. Der beruhigt sich auf keinen Fall ...«

»Ich hab gesagt ...«

»... bis heute Mittag, falls du das hoffst.«

»... halt deine Scheißfresse!«

»Der denkt nämlich, es wär total cool, jemanden zu töten. Eine neue Erfahrung.«

»Halt's Maul!« Leonard drückte die Handballen auf die Augen.

»Und wenn er das macht, Leonard, ich meine, jetzt mal ehrlich, glaubst du, er ist schlau genug, sich nicht erwischen zu lassen?«

»Viele werden nicht erwischt.«

»Sicher«, bestätigte ich, »aber das hier ist die oberste Liga. Das versaut er. Vielleicht nimmt er was als Andenken mit oder erzählt einem Freund oder einem Fremden in der Kneipe davon. Und was dann, Leonard? Glaubst du im Ernst, der hält durch, wenn der Staatsanwalt vorbeikommt?«

»Ich hab dir gesagt, du sollst dein verfluchtes ...«

»Der knickt ein wie ein Strohhalm im Schneesturm, Leonard. Der verrät dich, ohne mit der Wimper zu zucken.«

Leonard nahm die Waffe in die Hand und richtete sie auf mich. »Halt's Maul oder ich erledige dich selbst. Und zwar jetzt!«

»Okay«, willigte ich ein. »Nur noch eins, Leonard. Nur ...«

»Hör auf, meinen Namen zu sagen!« Er ließ die Pistole sinken und legte wieder die Hände vor die Augen.

»... noch eins und das ist jetzt kein Scheiß. Ich habe wirklich gemeine Freunde. Bete lieber, dass die Bullen euch zuerst erwischen.«

Er hob den Kopf und ließ die Hände sinken. »Glaubst du, ich hab Angst vor deinen Freunden?«

»Langsam glaube ich, schon. Und das ist klug, Leonard. Hast du schon mal gesessen?«

Er schüttelte den Kopf.

»Quatsch! Ich schätze, du hast sogar zu der einen oder anderen Gang gehört. Aber nur Nordküste, würd ich sagen.«

»Halt's Maul!«, gab er zurück. »Meinst du, dein Scheißgelaber kann mir Angst einjagen? Ich hab 'nen schwarzen Gürtel, du Arschloch. Ich hab den siebten Dan ...«

»Und wenn du eine Kreuzung aus Bruce Lee und Jackie Chan wärst, würden Bubba Rogowski und seine Leute trotzdem über dich herfallen wie Ratten über eine Tüte Hackfleisch, Leonard.«

Als er Bubbas Namen hörte, griff Leonard wieder zur Waffe. Doch richtete er sie nicht auf mich. Er nahm sie nur in die Hand.

Oben hämmerten Codys Schritte über den Boden des Schlafzimmers.

Leonard atmete laut aus. »Bubba Rogowski«, flüsterte er und räusperte sich. »Nee. Nie gehört.«

»Ja, klar, Leonard«, erwiderte ich. »Klar.«

Leonard betrachtete die Pistole in seiner Hand. Dann sah er mir ins Gesicht.

»Echt, ich ...«

»Erinnerst du dich an die Sache mit Billyclub Morton, Leonard? Na, komm. Der gehörte doch zur Nordküsten-Clique.«

Leonard nickte und seine linke Wange begann zu zucken.

»Du weißt, wer Billyclub kaltgemacht hat, stimmt's? Ich meine, das war einer von seinen berüchtigten Einsätzen. Ich hab gehört, der Kopf von Billyclub sah hinterher aus wie eine zerplatzte Tomate. Hab gehört, er musste über die Zahnabdrücke identifiziert werden. Hab gehört ...«

»Okay, okay«, sagte Leonard. »Ist gut. Scheiße.«

Oben wurde eine Schublade aus den Schienen gerissen und Cody schrie: »Hab sie!«

Ich widerstand dem Drang, mich panisch umzusehen oder zur Decke hochzublicken. Ich sprach mit ruhiger, weicher Stimme weiter: »Hau ab, Leonard. Nimm die Pistole mit und geh. Und zwar jetzt. Beeil dich.«

»Ich ...«

»Leonard«, zischte ich, »entweder die Bullen oder Bubba Rogowski. Sie kriegen dich. Das weißt du. Um Cody kümmern wir uns eigenhändig. Schluss jetzt mit dem Rumgewichse, du kleines Stück Scheiße. Entweder steckst du bis zum Hals drin oder du haust jetzt ab.«

»Ich will dich doch gar nicht umlegen, Mann«, lenkte Leonard ein. »Ich wollte nur ...«

»Dann geh jetzt«, sagte ich leise. »Die Zeit ist um. »Jetzt oder nie.«

Leonard richtete sich auf. Er legte seine verschwitzte Hand auf die Küchentheke und atmete mehrmals tief ein.

Ich drückte den Rücken durch und stemmte mich auf. Als ich aufrecht stand, hatte ich für einen Augenblick ein taubes Gefühl in Nase und Mund.

»Nimm die Pistole«, sagte ich. »Los!«

Leonard sah mich an, in seinem Gesicht standen Dummheit, Angst und Verwirrung geschrieben.

Ich nickte.

Er fuhr sich mit der Hand über den Mund.

Ich sah ihm in die Augen.

Und dann nickte Leonard.

Ich riss mich zusammen, keinen riesengroßen Seufzer der Erleichterung auszustoßen.

Er ging an mir vorbei und schlüpfte durch die Glastür auf die hintere Veranda. Er blickte sich nicht um. Als er draußen war, ging er schneller, senkte den Kopf und rannte quer durch den Garten auf das Seitentor zu, durch das er verschwand.

Einer weniger, dachte ich, schüttelte den Kopf und blies die Wangen auf, um mich zu konzentrieren.

Ich hörte Codys Schritte auf dem Treppenabsatz.

Einer war noch übrig.

Kapitel 11

Ich ging ein paarmal in die Hocke, damit meine Beine wieder durchblutet wurden, und atmete ein, so tief ich konnte.

Codys Schritte ertönten auf der Treppe; er kam herunter.

Zentimeterweise rückte ich an der Wand entlang in die Ecke.

Als Cody den Treppenabsatz erreicht hatte, rief er wieder: »Ich hab sie!« Er kam um die Ecke und stolperte über meinen Fuß. Ein Satz grellbunter Blätter fiel ihm aus den Händen, er stürzte über einen Barhocker und schlug mit der rechten Hüfte und den Schultern hart auf dem Boden auf.

Ich glaube, ich habe noch nie im Leben jemanden so schlimm getreten wie Cody. Ich trat ihm in die Rippen, in die Eier, den Magen, den Rücken, auf den Kopf. Ich stampfte auf seine Kniekehlen, seine Schultern und auf beide Füße. Ein Knöchel brach mit einem harschen Knacken. Cody drückte den Kopf auf den Fußboden und schrie.

»Wo sind die Messer?«, fragte ich.

»Mein Knöchel! Verdammt, mein Knöchel, du ...«

Ich bohrte den Absatz seitlich in seinen Kopf und er schrie wieder.

»Wo, Cody? Oder ich trete dir noch mal auf den Fuß.« Ich dachte an die Waffe, die er mir in die Nase geschoben hatte, an den Blick in seinen Augen, als er auf die Idee gekommen war, mich umzubringen, und trat ihm erneut in die Rippen.

»Oberste Schublade. Unter der Theke.«

Ich ging um die Theke herum und zog die Schublade auf, wobei ich Cody nicht aus den Augen ließ. Mit dem ersten Messer schnitt ich mir in die Finger, tastete mich aber bis zum Griff hoch und holte es heraus.

Cody erhob sich auf die Knie.

Ich stellte mich wieder vor ihn und bugsierte das Messer zwischen meine Hände.

»Bleib liegen, Cody!«

Er drehte sich auf die Seite und zog ein Knie an die Brust. Dann fühlte er nach seinem Knöchel, zischte durch die Zähne und legte sich auf den Rücken.

Ich bewegte das Messer auf und ab, um die Schnur zu durchtrennen, und merkte, wie sich meine Handgelenke langsam voneinander lösten. Zu meinen Füßen krümmte sich Cody auf dem Boden.

Plötzlich lösten sich die Schnüre, meine Hände waren frei.

Ich legte das Messer auf die Arbeitsfläche und schüttelte eine Minute lang die Hände, damit sie wieder durchblutet wurden.

Ich blickte auf Cody hinunter, der den Fuß in die Höhe hielt, das Knie umfasste und stöhnte, und spürte einen Überdruss, der mich in letzter Zeit ständig begleitete. Eine Verbitterung über das, was ich tat und was aus mir geworden war, die sich in meinem Gehirn eingenistet hatte.

Irgendwann früher hatte ich doch mal gehofft, anders zu sein. Oder nicht? Was für ein Leben führte ich eigentlich? Ich setzte mich mit Menschen wie Leonard und Cody Falk auseinander, brach in Häuser ein und beging schwere Körperverletzung, zertrat die Knöchel von Menschen, auch wenn sie noch so abstoßend waren.

Cody atmete jetzt, da der Schock nachließ und die Schmerzen stärker wurden, laut zischend ein und aus.

Ich stieg über ihn hinweg und hob die bunten Blätter auf, die ihm aus der Hand gefallen waren. Es waren insgesamt zehn. Sie waren an Cody gerichtet und in einer Mädchenhandschrift verfasst.

Alle waren mit ›Karen Nichols‹ unterschrieben.

Cody,
im Studio habe ich immer den Eindruck, du bewunderst deinen Körper ebenso sehr wie ich. Ich sehe dich an den Gewichten mit den Schweißperlen auf der Haut und stelle mir vor, wie ich mit der Zunge an der Innenseite deiner Oberschenkel hochfahre. Ich frage mich, wann du dein Versprechen endlich einlöst. Damals auf dem Parkplatz, hast du es nicht in meinen Augen gesehen? Bist du noch nie so richtig heißgemacht worden, Cody? Manche Frauen wollen nicht umgarnt werden, sie wollen genommen werden. Sie wollen zu Boden geworfen und festgehalten werden. Sie wollen, dass du sie aufreißt, aber nicht auf die sanfte Tour. Sei brutal, du Sau. Willst du es? Dann hol es dir!
Bringst du das, Cody?
Oder ist das alles nur Gerede?

Ich warte,
Karen Nichols

Die anderen Briefe liefen auf das Gleiche heraus: Sie verhöhnten Cody, bettelten ihn an und forderten ihn auf, sich ihr aufzudrängen.

Dazwischen fand ich auch das Blatt, welches Karen an Codys Auto geklemmt und das ich zusammengeknüllt und ihm in den Mund gestopft hatte. Cody hatte es geglättet und als Erinnerung behalten.

Er sah zu mir hoch. Als er sprach, hatte er Blut im Mund, ein oder zwei Zähne waren offenbar abgebrochen.

»Siehste? Sie wollte es doch. Hat buchstäblich drum gebettelt.«

Ich faltete neun der Blätter zusammen und schob sie in meine Tasche. Den zehnten Zettel und die kleine Notiz, die ich Cody in den Mund geschoben hatte, behielt ich in der Hand. Ich nickte.

»Wann hast du letztendlich doch mit Karen, äh, geschlafen?«

»Letzten Monat. Sie hat mir ihre neue Adresse geschickt. Steht in einem von den Briefen.«

Ich räusperte mich. »Und, Cody, war es gut?«

Er verdrehte kurz die Augen. »Es war fies. Richtig fies. Der beste fiese Sex, den ich lange Zeit hatte.«

Ich wollte meine Knarre aus dem Handschuhfach holen und ihn einfach nur abknallen. Ich wollte sehen, wie ihm das Fleisch von den Knochen flog.

Ich lehnte mich gegen die Wand und schloss die Augen. »Hat sie sich gewehrt? Wurde sie handgreiflich?«

»Ja, klar!«, antwortete er. »Das gehörte doch dazu. Sie hat erst aufgehört, als ich gegangen bin. Hat sogar geheult. Die Alte war total abgedreht, die fuhr voll drauf ab. Genau so, wie's mir gefällt.«

Ich öffnete die Augen wieder, richtete den Blick aber auf die hintere Theke und den Kühlschrank. Ich konnte Cody einfach nicht ansehen.

»Du hast diesen Zettel aufbewahrt, den sie dir ans Auto geklemmt hat, Cody.« Ich wedelte mit dem Papier.

Aus den Augenwinkeln sah ich, dass er trotz des Blutes grinste und zur Andeutung eines Nickens den Kopf auf dem Boden bewegte.

»Klar. Damit fing das Ganze doch an. Der erste Kontakt.«

»Ist dir irgendein Unterschied zwischen diesem Zettel und den Briefen aufgefallen?«

Jetzt sah ich ihm ins Gesicht. Ich musste mich dazu zwingen.

»Nee«, erwiderte er. »Sollte es?«

Ich hockte mich neben ihn und er wandte den Kopf, damit er mich ansehen konnte.

»Ja, Cody, das sollte es.«

»Und warum?«

Den Brief in der linken, den Zettel in der rechten Hand, hielt ich ihm beide vor die Augen.

»Weil das nicht die gleiche Handschrift ist, Cody. Noch nicht mal annähernd.«

Er versuchte sich wegzudrehen, vor Entsetzen traten ihm beinahe die Augen aus dem Kopf. Dann zuckte er zusammen, als ob ich ihn wieder geschlagen hätte.

Als ich mich erhob, rollte er sich weg und streckte sich unter der Spüle aus.

Ich blieb stehen und beobachtete ihn, als er versuchte, sich im Schrank zu verkriechen. Dann holte ich ein Schlachtermesser und ging ins Wohnzimmer. Ich fand eine Lampe mit einem langen Kabel, schnitt es ab, ging zurück in die Küche und fesselte ihm damit die Hände auf dem Rücken.

»Was hast du vor?«, fragte er.

Ich antwortete nicht. Ich riss seine Arme nach hinten und befestigte die Enden des Kabels am Bein des Kühlschranks.

»Wo ist meine Brieftasche, die Autoschlüssel und so weiter?«

Er wies mit dem Kopf auf den Schrank über dem Herd. Ich öffnete ihn und fand meine Wertsachen dort.

Als ich sie mir in die Taschen packte, meinte Cody: »Du willst mich foltern.«

Ich schüttelte den Kopf. »Ich tu dir nicht mehr weh, Cody.«

Er drückte den Kopf gegen den Kühlschrank und schloss die Augen.

»Aber ich rufe gleich jemanden an.«

Cody öffnete ein Auge.

»Weißt du, ich kenne da so einen Typen ...«

Cody drehte mir den Kopf zu und sah mich an.

»Egal, erzähl ich dir gleich.«

»Was?«, fragte er. »Nein, los, erzähl! Was für ein Typ?«

Ich ging nicht weiter auf ihn ein, sondern betrat die Veranda durch die Glasschiebetür. Durch das hohe Holztor verließ ich den Hinterhof und ging am Haus vorbei nach vorne. Ich nahm die *Trib* von der Treppenstufe, hielt kurz inne und lauschte den Geräuschen in der Nachbarschaft. Es war still. Keiner unterwegs. Da ich scheinbar eine Glückssträhne hatte, beschloss ich, das Beste daraus zu machen. Ich ging zu meinem Porsche, sprang hinein und fuhr zu Codys Auffahrt, wo ich vor der Garage parkte. Hier war ich durch Codys Haus rechts und die Reihe dicker Eichen und Pappeln, die sein Grundstück zur linken Seite begrenzten, vor neugierigen Blicken geschützt.

Ich betrat die Garage durch die Tür, die Bubba und ich beim letzten Mal hinter uns geschlossen hatten, und holte in der kühlen Dunkelheit neben Codys Audi mein Handy heraus.

»McGuire's«, meldete sich eine Männerstimme.

»Bis du's, Big Rich?«

»Ja.« Die Stimme klang müde.

»Hey, Big Rich, hier ist Patrick Kenzie. Ist Sully da?«

»Ach, hey, Patrick! Wie läuft's?«

»Wie immer.«

»Schon gehört, Junge. Ja, warte, ich hol Sully.«

Ich wartete kurz, doch da war Martin Sullivan im Hinterzimmer vom McGuire's bereits am Telefon.

»Hier Sully.«

»Alles klar, Sul?«

»Patrick! Was liegt an?«

»Ich hab einen für dich.«

Seine Stimme verdunkelte sich. »Ohne Scheiß? Ganz sicher?«

»Absolut sicher.«

»Und hat schon einer versucht, mit ihm zu sprechen?«

»Hmm, ja. Aber der Herr ist nicht zu Gesprächen aufgelegt.«

»Tja, das funktioniert nur selten«, sagte Sully. »Die Krankheit ist wie Ebola, Mann.«

»Ja.«

»Wartet er?«

»Ja. Er kann nicht weg.«

»Ich hab einen Stift.«

Ich nannte ihm die Adresse.

»Hör zu, Sul, hier gibt's ein paar mildernde Umstände. Nicht viel, aber immerhin.«

»Ja, und?«

»Also nur schwere Bestrafung, keine bleibenden Schäden.«

»In Ordnung.«

»Danke, Mann.«

»Kein Problem. Bist du dabei?«

»Ich bin dann längst weg«, antwortete ich.

»Danke für den Tipp, Junge. Bin dir was schuldig.«

»Du bist niemandem irgendwas schuldig, Mann.«

»Peace.« Er legte auf.

In einem Regal fand ich eine Rolle Isolierband. Durch die andere Tür in der Garage ging ich zurück ins Haus, gelangte dort in einen leeren Fitnessraum, in dem in der Mitte lediglich ein Stepper stand und einige Curling-Bars auf dem Boden lagen. Ich durchquerte das Zimmer und öffnete eine andere Tür zur Küche, nahm zwei Stufen und stand wieder über Cody Falk.

»Was für ein Typ?«, fragte er sofort. »Du hast gesagt, du kennst da einen. Wen meinst du denn?«

Ich antwortete: »Cody, das ist jetzt sehr wichtig.«

»Was für ein Kerl?«

»Hör mal auf mit dem Typ. Zu dem komme ich noch, Cody. Jetzt hör mir mal zu.«

Er blickte zu mir auf, jetzt plötzlich nett, harmlos und eifrig. In seinem Hirn schien die Angst zu rasen.

»Ich will eine ehrliche Antwort, sonst nichts. Ich werde mich dafür nicht an dir rächen. Ich muss nur die Antwort wissen. Hast du Karen Nichols' Auto demoliert oder nicht?«

Ihm stand die gleiche Verwirrung ins Gesicht geschrieben wie an dem Abend, als ich mit Bubba hier gewesen war.

»Nein«, erwiderte er mit fester Stimme. »Ich ... ich meine, so was mache ich doch nicht. Warum sollte ich ein ganz normales Auto versauen?«

Ich nickte. Er sagte die Wahrheit.

Schon damals mit Bubba in der Garage war eine kleine Alarmglocke in meinem Kopf angegangen, aber damals war ich zu sauer gewesen wegen Codys Vergewaltigungen und seinen Belästigungen, als dass ich sie beachtet hätte.

»Hast du wirklich nicht, stimmt's?«

Er schüttelte den Kopf. »Nein.« Er blickte auf seinen Knöchel. »Könnte ich etwas Eis haben?«

»Willst du nichts mehr von diesem Typen wissen?«

Er schluckte, sein Adamsapfel hüpfte. »Wer ist das denn?«

»Das ist eigentlich ein netter Kerl. Ganz normal, hat einen Job, normales Leben. Aber vor zehn Jahren, als er nicht zu Hause war, brachen zwei kranke Schweine bei ihm ein und vergewaltigten seine Frau und seine Tochter. Sie wurden nie gefasst. Seine Frau erholte sich, so gut das Frauen nach einer Begegnung mit so einem Arschloch wie dir eben können, aber seine Tochter, Cody, ja? Die hat jeden Kontakt zur Außenwelt abgebrochen und vegetiert vor sich hin. Sie lebt heute, zehn Jahre danach, in einer Pflegeeinrichtung. Sie redet nicht. Sie starrt einfach nur vor sich hin. Ist 23 Jahre alt und sieht aus wie 40.« Ich hockte mich vor Cody. »Und dieser Typ? Wenn er seitdem von einem Vergewaltiger hört, ruft er seine, weiß nicht, seine Clique zusammen, so nennt ihr das ja wohl, und dann ... Hier, hast du zum Beispiel vor ein paar Jahren diese Geschichte über den Mann aus der Sozialbausiedlung auf der D Street gehört? Der aus jedem Loch blutete, als er gefunden wurde, und seinen Schwanz hatten sie ihm abgeschnitten und in den Mund gestopft?«

Cody drückte den Hinterkopf gegen den Kühlschrank und würgte.

»Also kennst du die Geschichte«, sagte ich. »Das ist nämlich keine Großstadtlegende, das ist die Wahrheit, Cody. Das war mein Kumpel mit seinen Leuten.«

Cody flüsterte: »Bitte.«

»Bitte?« Ich hob die Augenbrauen. »Das ist gut. Versuch das mal bei den Leuten, die gleich kommen.«

»Bitte«, wiederholte er. »Bitte nicht.«

»Üb noch ein bisschen, Cody«, sagte ich. »Bald hast du's raus.«

»Nein«, stöhnte Cody.

Ich rollte ein Stück Isolierband von der Rolle und riss es mit den Zähnen ab. »Hier, ich schätze, bei Karen war es vielleicht ein halbes Missverständnis. Du hast ja die ganzen Briefe bekommen, und weil du dumm bist ...« Ich zuckte mit den Achseln.

»Bitte«, bettelte er. »Bitte, bitte, bitte.«

»Aber vorher gab's ja schon andere Frauen, Cody, oder?

Frauen, die nie darum gebeten haben. Die aber auch keine Anklage erhoben haben.«

Cody senkte schnell den Blick, bevor ich die Wahrheit darin sehen konnte.

»Warte«, flüsterte er. »Ich hab Geld.«

»Das kannst du deinem Therapeuten geben. Wenn mein Kumpel mit seinen Freunden hier fertig ist, wirst du nämlich einen brauchen.«

Ich klebte ihm das Isolierband über den Mund, seine Augen quollen hervor.

Er wollte schreien, doch kam nur ein hilfloser, gedämpfter Ton heraus.

»Bon voyage, Cody.« Ich ging zur Glastür. »Bon voyage.«

Kapitel 12

Der Pfarrer las die Mittagsmesse in der Kirche von Saint Dominick of Sacred Heart, als hätte er Karten für das Spiel der Sox um eins. Schlag zwölf betrat Father McKendrick mit zwei Messdienern die Kirche, die laufen mussten, um mit ihm Schritt halten zu können. Er ratterte Eröffnung, Schuldbekenntnis und Begrüßung herunter, als stünde die Bibel in Flammen. Paulus' Brief an die Römer hakte er in Windeseile ab. Als er das Lukas-Evangelium durchhechelte und die Gemeindemitglieder zum Hinsetzen aufforderte, war es sieben Minuten nach zwölf. Die meisten Leute in den Bänken wirkten wie kalt erwischt.

Er umfasste das Lesepult mit beiden Händen und betrachtete die Bankreihen mit einer Kälte, die an Verachtung grenzte. »Paulus hat geschrieben: ›Darum lasst uns ablegen die Werke der Finsternis und anlegen die Waffen des Lichts.‹ Was soll das bedeuten, frage ich euch: die Werke der Finsternis ablegen und die Waffen des Lichts anlegen?«

Als ich noch mehr oder weniger regelmäßig zur Kirche ging, hatte ich diesen Teil der Messe immer am wenigsten gemocht. Wenn der Pfarrer versuchte, hochgradig symbolische Texte zu erklären, die vor fast zweitausend Jahren niedergeschrieben worden waren, und seine Erklärung dann auf die Berliner Mauer, den Vietnamkrieg, aktuelle Gerichtsfälle oder auf die Chancen der Bruins im Stanley Cup bezog. Solche Auslegungen waren ermüdend.

»Nun, es bedeutet genau das, was da steht«, fuhr Father McKendrick fort, als spräche er mit einem Haufen ABC-Schützen, die gerade mit dem Kleinbus hergefahren worden waren. »Es heißt, kommt aus dem Bett. Lasst eure materiellen Wünsche, eure nichtigen Streitigkeiten, den Hass auf euren Nachbarn oder das Misstrauen gegenüber eurem Partner hinter euch und lasst nicht mehr zu, dass eure Kinder vom Fernsehen erzogen und verdorben werden. Kommt nach draußen, sagt Paulus, nach draußen an die frische Luft! Ans Licht! Gott ist der Mond und die Sterne und vor allem ist er die Sonne. Fühlt die Wärme der Sonne! Gebt die Wärme weiter. Tut Gutes! Spendet heute ein bisschen mehr. Spürt Gott in euch wirken! Spendet die Kleider, an denen ihr hängt! Spürt Gott in euch! Er ist die Waffe des Lichts. Geht heraus und tut, was recht ist.« Zur Bekräftigung hämmerte er auf das Pult. »Tut, was licht ist. Versteht ihr?«

Ich sah mich um. Einige nickten. Alle sahen aus, als hätten sie nicht die geringste Ahnung, wovon Father McKendrick gesprochen hatte.

»Nun gut«, sagte er. »Erhebt euch.«

Wir standen wieder auf. Ich warf einen Blick auf meine Uhr. Knapp zwei Minuten. Die kürzeste Predigt, die ich je gehört hatte. Father McKendrick hatte mit Sicherheit Karten für die Red Sox.

Die Gemeinde sah benommen, aber zufrieden aus. Das Einzige, was Katholiken noch mehr lieben als Gott, ist ein kurzer Gottesdienst. Dafür verzichten sie gerne auf Orgelmusik, Chor, Weihrauch und Prozessionen. Gib ihnen einen Pfarrer, der ein Auge auf der Bibel und das andere auf der Uhr hat, und sie strömen in den Tempel, als gäb's dort eine Woche vor Thanksgiving einen Truthahn zu gewinnen.

Während die Messhelfer mit den Körbchen für die Kollekte rückwärts den Gang hinuntergingen, ratterte Father McKendrick die Gabenbereitung und das Agnus Dei mit einem Gesichtsausdruck herunter, der seinen beiden elfjährigen Helfern signalisierte, das hier war kein Kindergeburtstag, sondern die oberste Liga, also ein bisschen dalli, Jungs, und zack, zack!

Nachdem Reverend McKendrick gute dreieinhalb Minuten später das Vaterunser hinter sich gebracht hatte, ließ er uns den Friedensgruß austauschen. Schien ihm nicht besonders viel Spaß zu machen, aber Vorschrift war Vorschrift, nehme ich an. Ich schüttelte die Hände des Ehepaars neben mir, die von drei alten Männern in der Bank hinter mir und von zwei alten Frauen vor mir.

Dabei konnte ich Angie einen Blick zuwerfen. Sie saß neun Reihen vom Altar entfernt. Als sie sich umdrehte, um einem dicklichen Teenager hinter sich die Hand zu reichen, entdeckte sie mich. Etwas, vielleicht ein wenig Überraschung und ein wenig Freude, dazu ein kleiner Schmerz, huschte über ihr Gesicht und sie hob das Kinn ein wenig als Zeichen, dass sie mich erkannt hatte. Ich hatte sie seit sechs Monaten nicht mehr gesehen, konnte jedoch mannhaft dem Drang widerstehen, zu winken und laut zu jubeln. Schließlich befanden wir uns in der Kirche, wo lautstarke Äußerungen von Zuneigung mit Stirnrunzeln quittiert werden. Außerdem waren wir in Father McKendricks Kirche, will sagen, wahrscheinlich schickte er mich zur Hölle, wenn ich jubelte.

Noch einmal sieben Minuten und wir waren erlöst. Wenn es nach McKendrick gegangen wäre, hätten wir schon nach vier Minuten wieder auf der Straße gestanden, aber einige der älteren Gemeindemitglieder hatten bei der Kommunion gebummelt und Father McKendrick hatte zugesehen, wie sie sich ihm auf Krücken humpelnd näherten, als wollte er sagen, Gott hat vielleicht den ganzen Tag Zeit, aber ich nicht.

Draußen auf der Straße sah ich Angie aus der Kirche kommen und auf der Treppe stehen bleiben, um mit einem älteren Herrn in einem Seersucker-Anzug zu sprechen. Sie schüttelte seine zitternde Hand mit beiden Händen, beugte sich vor, als er etwas erwiderte, und lachte dann freundlich. Ich erwischte den dicklichen Dreizehnjährigen dabei, wie er hinter dem Arm seiner Mutter den Hals reckte, um Angie in den Ausschnitt zu sehen, während sie sich zu dem Mann im Anzug hinunterbeugte. Der Junge spürte meinen Blick und drehte sich zu mir um. Augenblicklich ließ das gute alte katholische Gewissen das Aknefeld auf seinem Gesicht erröten. Ich schüttelte streng den Finger und er bekreuzigte sich schnell und sah auf seine Schuhe. Am nächsten Samstag saß er bestimmt im Beichtstuhl und gestand lüsterne Gefühle.

Angie wand sich durch die Menge, die auf den Steinstufen stand. Mit den Fingern schob sie sich die Locken aus den Augen. Sie hielt den Kopf gesenkt, als sie auf mich zukam. Vielleicht hatte sie Angst, ich könne in ihrem Gesicht etwas sehen, das mir den Tag rettete oder das Herz zerbrach.

Sie hatte sich das Haar schneiden lassen. Kurz. All ihre üppigen dunkelbraunen Locken, die im Spätfrühling und Sommer kastanienbraun leuchteten, ihre wollige Mähne, die ihr bis tief auf den Rücken reichte und sich über ihr Kopfkissen bis auf meins ergoss, ihr Haar, das sie manchmal eine Stunde lang bürsten musste, wenn sie sich am Abend zum Ausgehen fertig machte, es war nicht mehr da. Stattdessen trug sie einen kinnlangen Bob, der auf ihren Wangenknochen wippte und abrupt im Nacken endete.

Bubba würde heulen, wenn er das erfuhr. Vielleicht auch nicht. Sondern jemanden erschießen. Zum Beispiel den Friseur.

»Sag bloß nichts über meine Frisur«, drohte sie, als sie den Kopf hob.

»Welche Frisur?«

»Danke.«

»Nein, ehrlich: Welche Frisur?«

Ihre karamellbraunen Augen glänzten. »Warum bist du hier?«

»Hab gehört, die Predigt ist der Bringer.«

Sie verlagerte das Gewicht vom rechten Fuß auf den linken. »Ha.«

»Kann ich nicht mal vorbeikommen?«, fragte ich. »Ne alte Freundin besuchen?«

Sie presste die Lippen aufeinander. »Nachdem du das letzte Mal vorbeigekommen bist, hatten wir uns eigentlich geeinigt, dass das Telefon reicht, oder?«

In ihren Augen lag Schmerz, Scham und verletzter Stolz.

Das letzte Mal war im Januar gewesen. Wir hatten uns zum Kaffee getroffen. Aßen zusammen zu Abend. Tranken dann was. So wie alte Kumpel. Dann lagen wir in ihrer neuen Wohnung plötzlich auf dem Wohnzimmerteppich, flüsterten mit rauer Stimme, die Kleidung lag im Esszimmer. Es war wütender, düsterer, heftiger, leerer Sex. Als wir hinterher im Esszimmer unsere Klamotten zusammensuchten und spürten, wie die winterliche Kälte im Raum unsere erhitzte Haut abkühlte, hatte Angie gesagt: »Ich bin mit jemandem zusammen.«

»Mit jemandem?« Unter einem Stuhl fand ich mein Thermosweatshirt und zog es mir über den Kopf.

»Ja. Wir können das nicht machen. Das muss aufhören.«

»Dann komm zurück zu mir. Schieß den Jemand in den Wind!«

Von der Hüfte aufwärts nackt und deutlich genervt deshalb, sah sie mich an und fummelte die Träger ihres BHs auseinander, der unter dem Esszimmertisch gelegen hatte. Ich als Mann hatte es einfacher: Ich war schneller angezogen. Boxershorts, Jeans und Sweatshirt gefunden, und fertig war ich zur Abreise.

Wie Angie da an ihrem BH herumfummelte, sah sie verloren aus.

»Wir passen nicht zusammen, Patrick.«

»Doch, sicher!«

Sie hakte den Verschluss des BHs auf dem Rücken mit einem entschiedenen Ausdruck von Endgültigkeit zu und suchte auf den Stühlen nach ihrem Sweat-Shirt.

»Nein, tun wir nicht. Wir würden gerne, aber es klappt nicht. Bei all den kleinen Dingen, da passt es, aber bei den wichtigen? Da klappt gar nichts.«

»Und bei dir und dem Jemand?«, fragte ich und schlüpfte in die Schuhe. »Mit dem ist von vorne bis hinten alles super, ja?«

»Schon möglich, Patrick, schon möglich.«

Ich sah ihr zu, wie sie den Pullover über den Kopf zog und ihr üppiges Haar unter dem Kragen hervorholte.

Ich hob meine Jacke hoch. »Wenn dieser Jemand so simpatico ist, Ange, was haben wir dann gerade im Wohnzimmer gemacht?«

»Geträumt«, erwiderte sie.

Ich sah durch den Flur auf den Teppich. »Schöner Traum.«

»Vielleicht«, sagte sie mit ausdrucksloser Stimme. »Aber jetzt bin ich aufgewacht.«

Es war früher Abend, als ich Angies Haus verließ. Die Stadt lag farblos in der Dämmerung. Ich rutschte auf dem Eis aus und hielt mich an einem schwarzen Baumstamm fest. Lange blieb ich mit einer Hand am Baum stehen. Stand dort und wartete, dass irgendwas die Leere in mir füllte.

Schließlich ging ich weiter. Es wurde dunkel und kalt und ich hatte keine Handschuhe. Ich hatte keine Handschuhe und der Wind wurde stärker.

»Du hast bestimmt von Karen Nichols gehört«, sagte ich zu Angie, als wir zusammen unter den sonnenbeschienenen Bäumen von Bay Village spazierten.

»Wer hat das nicht?«

Es war ein wolkiger Nachmittag; eine feuchte Brise streichelte die Haut und schmolz wie Seife in die Poren. Es roch nach heftigen Regengüssen.

Angie warf einen kurzen Blick auf die dicke Bandage über meinem Ohr. »Was hast du denn da gemacht?«

»Hat mich einer mit 'nem Schraubenschlüssel geschlagen. Nichts gebrochen, aber wirklich schlimm geprellt.«

»Innere Blutungen?«

»Ein bisschen.« Ich zuckte mit den Achseln. »Haben sie in der Notaufnahme ausgespült.«

»Hat bestimmt Spaß gemacht.«

»Und wie.«

»Du steckst 'ne Menge Prügel ein, Patrick.«

Ich verdrehte die Augen und versuchte, von meinen körperlichen Mängeln abzulenken.

»Ich muss mehr über David Wetterau erfahren.«

»Warum?«

»Du hast ihm meine Adresse für Karen Nichols gegeben. Stimmt's?«

»Ja.«

»Woher kanntest du ihn überhaupt?«

»Er wollte eine kleine Firma eröffnen. Sallis & Salk haben für ihn und seinen Partner die Angestellten überprüft.«

Sallis & Salk war die Firma, in der Angie jetzt arbeitete, eine riesige High-Tech-Sicherheitsfirma, die vom Schutz für Staatsoberhäupter bis zur Installation und Wartung von Diebstahlsicherungen alles im Programm hatte. Die meisten Angestellten waren ehemalige Bullen oder Angestellte des FBI und sie sahen alle wirklich cool aus in ihren dunklen Anzügen.

Angie blieb stehen. »Was hast du damit zu tun, Patrick?«

»Eigentlich nichts.«

»Eigentlich.« Sie schüttelte den Kopf.

»Ange«, sagte ich, »ich hab Grund zu der Annahme, dass das ganze Pech, das Karen in den Monaten vor ihrem Tod hatte, kein Zufall war.«

Sie lehnte sich gegen den Handlauf eines schmiedeeisernen Geländers vor einem braunen Sandsteingebäude. Sie fuhr sich mit der Hand durch das kurze Haar und schien in der Hitze kurz zusammenzusacken. Der Tradition ihrer Eltern aus der Alten Welt folgend, zog sich Angie für die Kirche immer gut an. Heute trug sie eine beige, gebügelte Leinenhose, eine weiße ärmellose Seidenbluse und einen blauen Leinenblazer, den sie ausgezogen hatte, als wir losgingen.

Selbst mit dem Geschnippel, das sie ihrem Haar angetan hatte (ja, gut, es war kein Geschnippel; in Wirklichkeit war es ganz gut, wenn man sie vorher nicht gekannt hatte), sah sie noch immer um Klassen besser aus als andere schöne Frauen.

Sie sah mich an, den Mund fragend geöffnet.

»Gleich sagst du, ich ticke nicht mehr richtig«, meinte ich.

Langsam schüttelte sie den Kopf. »Du bist ein guter Detektiv. So was würdest du dir nicht einfach ausdenken.«

»Danke«, erwiderte ich leise. Es war eine größere Erleichterung, als ich gedacht hatte, endlich jemanden zu haben, der die Seriosität meiner Ermittlungen nicht anzweifelte.

Wir gingen weiter. Bay Village liegt im South End und wird von Homophoben und Menschen, die das christliche Familienbild verteidigen, oft verächtlich als Gay Village beschimpft, weil dort auffallend viele gleichgeschlechtliche Paare leben. Angie war letztes Jahr im Herbst hergekommen, kurz nachdem sie aus meiner Wohnung ausgezogen war. Bay Village liegt ungefähr drei Meilen von Dorchester entfernt, aber es hätte genauso gut auf der Rückseite des Pluto sein können. Mit seinen Blocks aus schokoladenbraunen Sandsteinhäusern und rotem Kopfsteinpflaster liegt Bay Village gequetscht zwischen Columbus Avenue und dem Mass Pike. Während das restliche South End immer schicker wird – überall schossen Kunstgalerien, Cappuccino-Bars und In-Cafés im L. A.-Stil wie Unkraut aus dem Boden und die Bewohner, die das Viertel in den Siebzigern und Achtzigern vor dem Verfall gerettet hatten, wurden jetzt von Investoren verdrängt, die sich billig einkauften und einen Monat später für teures Geld verkauften –, blieb Bay Village das letzte Überbleibsel einer vergangenen Zeit, in der man seinen Nachbarn noch persönlich kannte. Wie um seinem Ruf gerecht zu werden, kamen uns fast nur schwule oder lesbische Pärchen entgegen, mindestens zwei Drittel von ihnen führte den Hund aus und alle winkten Angie zu, tauschten ein freundliches Hallo, Kommentare zum Wetter, Nachbarschaftsklatsch aus. Ich hatte den Eindruck, dass dies viel eher eine Nachbarschaft im eigentlichen Sinne war als alle anderen Ecken, die ich in dieser Stadt kannte, meine eingeschlossen. Ein Mann erzählte sogar, er hätte am Abend zuvor beobachtet, wie zwei Jugendliche Angies Auto begutachteten, und hätte sie weggescheucht. Er schlug ihr vor, sich eine Diebstahlsicherung zuzulegen. Vielleicht entgingen mir ja irgendwelche Feinheiten, doch schien mir dieser Ort der Inbegriff gelebten Familiensinnes zu sein. Mir wollte nicht in den Kopf, wie sich die vorbildlichen Christen, verschanzt hinter der Sterilität und Künstlichkeit ihrer Vorstadtsiedlungen, als Aushängeschilder ihrer Geisteshaltung verstehen konnten, wenn sie noch nicht einmal den Namen der Familie vier Häuser weiter auf Anhieb wussten.

Ich erzählte Angie alles, was ich bisher über die letzten Monate von Karen Nichols erfahren hatte – die plötzliche Hinwendung zu Alkohol und Drogen, die in ihrem Namen geschriebenen Briefe an Cody Falk, meine Überzeugung, dass Cody ihr Auto nicht demoliert hatte, die Vergewaltigung und die Festnahme wegen Prostitution.

»O Gott«, stieß sie aus, als ich zur Vergewaltigung kam, ansonsten schwieg sie, während wir durch das South End wanderten, die Huntington Avenue überquerten und an dem Komplex der Unitarierkirche mit dem glitzernden Teich und den kuppelförmigen Gebäuden vorbeikamen.

Als ich fertig war, fragte Angie: »Und warum interessierst du dich jetzt für David Wetterau?«

»Weil es mit ihm anfing. Das war der Anfang von Karens Ende.«

»Und du glaubst, er wurde vor das Auto gestoßen?«

Ich zuckte mit den Achseln. »Bei 46 Zeugen würde ich das normalerweise bezweifeln, aber angesichts der Tatsache, dass er an diesem Tag ganz woanders hätte sein müssen und dass Cody diese Briefe bekommen hat, bin ich ziemlich sicher, dass sich da jemand ganz gehörig angestrengt hat, um Karen Nichols zu zerstören.«

»Um sie in den Selbstmord zu treiben?«

»Nicht unbedingt, obwohl ich das nicht ausschließen will. Fürs Erste würde ich nur sagen, dass jemand sich zum Ziel gesetzt hatte, ihr Leben in Raten zu zerstören.«

Sie nickte und wir setzten uns an den Rand des Teiches. Sie plätscherte mit den Fingern im Wasser herum.

»Wetterau und Ray Dupuis haben ihren Filmequipment-Verleih aufgemacht und Sallis & Salk hat ihre Angestellten und Praktikanten überprüft. Waren alle sauber.«

»Und Wetterau?«

»Was soll mit ihm sein?«

»War der auch sauber?«

Sie betrachtete ihr Spiegelbild auf der Wasseroberfläche. »Der war unser Auftraggeber.«

»Aber das Geld kam nicht von ihm. Er fuhr einen VW und Karen erzählte mir, sie hätten einen Corolla gekauft, weil sie sich keinen Camry leisten konnten. Hat Ray Dupuis seinen Partner überprüfen lassen?«

Sie folgte mit den Augen den kleinen Wellen, die ihre Finger erzeugten. »Ja.« Sie nickte, den Blick aufs Wasser gerichtet. »Wetterau kam durch. Mit erstklassigem Ergebnis.«

»Habt ihr jemand bei Sallis & Salk, der Handschriften analysiert?«

»Klar. Wir haben mindestens zwei Experten für Unterschriftsfälschung. Warum?«

Ich gab ihr die beiden Proben von Wetteraus Unterschrift – die mit dem ›P‹ und die ohne.

»Könntest du mir bitte einen Gefallen tun und nachsehen, ob die beiden Unterschriften aus derselben Hand stammen?«

Sie nahm sie entgegen. »Denke schon.«

Dann drehte sie sich zu mir um, zog ein Knie an die Brust, stützte das Kinn darauf und sah mich an.

»Was ist?«, fragte ich.

»Nichts. Guck bloß.«

»Sieht gut aus?«

Sie wandte den Kopf wieder der Unitarierkirche zu, eine abweisende Geste, die besagte, dass ihr heute nicht nach Flirten zumute war.

Ich stieß gegen die steinerne Einfassung des knietiefen Teiches und versuchte für mich zu behalten, wie ich mich seit den letzten Monaten fühlte. Dann knickte ich ein.

»Ange«, sagte ich, »es macht mich langsam kaputt.«

Sie sah mich verdutzt an. »Karen Nichols?«

»Alles. Die Arbeit, die ... Es ...«

»Macht keinen Spaß mehr?« Sie lächelte mich an.

Ich lächelte zurück. »Ja. Genau.«

Sie senkte den Blick. »Wer hat denn gesagt, das Leben soll Spaß machen?«

»Wer hat denn gesagt, es soll keinen Spaß machen?«

Wieder huschte ein Lächeln über ihre Lippen. »Ja. Ich seh's ein. Willst du aufhören?«

Ich zuckte mit den Schultern. Noch war ich relativ jung, irgendwann würde sich das ändern.

»Machen dir die ganzen kaputten Knochen zu schaffen?«

»Die kaputten Leben«, entgegnete ich.

Sie nahm das Knie wieder herunter und steckte die Hand ins Wasser. »Was hast du vor?«

Ich stand auf und reckte mich trotz der Schmerzen und Krämpfe, die ich seit dem Morgen bei Cody Falk im Rücken hatte. »Keine Ahnung. Ich bin einfach nur ... müde.«

»Und Karen Nichols?«

Ich sah sie wieder an. Wie sie da auf den Steinen am gläsernen Teich saß, die Haut vom Sommer honigfarben gebräunt, die dunklen Augen so groß und beängstigend intelligent wie immer, brach mir jeder Zentimeter von ihr das Herz.

»Ich möchte für sie Partei ergreifen«, antwortete ich. »Ich möchte beweisen, vielleicht dem Typen, der ihr Leben zerstören wollte, dass ihr Leben nicht wertlos war. Klingt das logisch?«

Ihr Blick war zärtlich und offen. »Ja. Ja, klingt es, Patrick.« Sie schüttelte das Wasser von der Hand und stellte sich neben mich auf den Weg. »Ich schlag dir was vor.«

»Erzähl!«

»Wenn du beweisen kannst, dass man sich David Wetteraus Unfall mal genauer ansehen muss, mache ich bei der Sache mit. Umsonst.«

»Was ist mit Sallis & Salk?«

Sie seufzte. »Weiß nicht. So langsam bekomme ich das Gefühl, dass die ganzen Scheißfälle, die sie mir übertragen, mehr sind als das normal Übliche. Es ist …« Sie zögerte. »Egal. Ich arbeite mir bei denen nicht gerade den Arsch ab. Ich kann dir helfen, kann hier und da einen Tag Urlaub nehmen, wenn es sein muss, und vielleicht macht es …«

»Spaß?«

Sie lächelte. »Ja.«

»Also, wenn ich beweise, dass Wetteraus Unfall stinkt, machst du bei dem Fall mit. Abgemacht?«

»Ich meinte nicht, dass ich ständig dabei bin. Ich helfe dir hier und da, wenn ich kann.« Sie erhob sich.

»Hört sich gut an.«

Ich reichte ihr die Hand. Sie ergriff sie. Die Berührung unserer Hände fuhr mir in Brust und Magen. Ich sehnte mich nach ihr. Wenn sie es verlangte, würde ich an Ort und Stelle zerschmelzen.

Sie zog die Hand zurück und stopfte sie in die Tasche.

»Ich …«

Sie wich vor dem Ausdruck zurück, den sie in meinem Gesicht erkannte. »Sag nichts.«

Ich zuckte mit den Achseln. »Okay. Stimmt aber trotzdem.«

»Psst.« Sie legte einen Finger auf die Lippen und lächelte, doch ihre Augen schimmerten feucht. »Psst«, sagte sie noch einmal.

Kapitel 13

Das Holly Martens Inn lag fünfzig Meter abseits eines zugewucherten, gelblichen Grasstreifens an der Route 147 in Mishawauk, einem kleinen Ort in der Nähe von Springfield, der lediglich einen schwarzen Klecks auf der Karte darstellte. Das Holly Martens, ein einstöckiges, T-förmiges Gebäude aus Löschbeton, zog sich an einem weitläufigen braunen Feld entlang, an dessen Ende eine riesige Pfütze war. Das Holly Martens sah aus, als wäre es in den Fünfzigern Teil eines Armeestützpunkts oder ein Luftschutzbunker gewesen. Die Außenansicht forderte den müden Wandersmann nicht gerade zu einem zweiten Besuch auf. Ich hielt vor dem Hauptgebäude. Links von mir befand sich ein leeres Schwimmbecken, das mit einem stacheldrahtbewehrten Maschendraht umzäunt war. Im Becken lagen zersplitterte grüne und braune Bierflaschen, verrostete Liegestühle, Einwickelpapiere von Hamburgern und ein Einkaufswagen mit drei Rädern. Auf einem am Draht angebrachten, abblätternden Schild stand: KEIN RETTUNGSSCHWIMMER IM EINSATZ – SCHWIMMEN AUF EIGENE GEFAHR. Vielleicht hatte man das Wasser ablaufen lassen, weil die Leute immer Bierflaschen hineinwarfen. Oder es waren Bierflaschen reingeworfen worden, weil das Wasser abgelassen worden war. Oder der Rettungsschwimmer hatte das Wasser mitgenommen. Vielleicht sollte ich aufhören, mir Gedanken über Dinge zu machen, die mich nichts angingen.

Das Büro roch nach verfilztem Tierfell, Hobelspänen, Desinfektionsspray, nach köttel- und urinverschmutztem Zeitungspapier. Hinter dem Empfangstresen standen nämlich mindestens sieben Käfige, in denen Nagetiere hockten. In erster Linie Meerschweinchen, aber auch ein paar Hamster quietschten in ihren Laufrädern, rannten wie von Sinnen mit himmelwärts gerichteten Nasen, so als fragten sie sich, warum sie nie oben ankamen.

Bloß keine Ratten, dachte ich. Bitte nicht.

Die Frau hinter dem Tresen hatte wasserstoffblondes Haar und war rappelmager. Ihr Körper sah aus, als bestünde er lediglich aus Knochen, als hätten sich die Fettreserven mit dem Rettungsschwimmer aus dem Staub gemacht und gleich noch die Brüste und den Hintern mitgenommen. Sie konnte 28 oder 38 sein. Sie vermittelte den Eindruck, als hätte sie schon vor ihrem 25. Geburtstag einiges im Leben mitgemacht.

Sie schenkte mir ein hübsches, breites Lächeln, das ein wenig herausfordernd war. »Hey! Bist du der Typ, der angerufen hat?«

»Angerufen?«, fragte ich. »Weswegen?«

Die Zigarette zwischen ihren Lippen wippte. »Wegen dem Zimmer.«

»Nein«, antwortete ich. »Ich bin Privatdetektiv.«

Sie lachte mit der Zigarette zwischen den Zähnen. »Ohne Scheiß?«

»Ohne Scheiß.«

Sie nahm die Zigarette in die Hand und aschte auf den Boden. Dann beugte sie sich vor. »So wie Magnum?«

»Genau wie Magnum«, erwiderte ich und hob mehrmals die Augenbrauen auf die typische Art von Tom Selleck.

»Ich guck mir die Wiederholungen an«, erklärte sie.

»Mann, war der süß! Hm?« Sie hob eine Augenbraue und senkte die Stimme. »Wieso tragen Männer keine Schnauzer mehr?«

»Weil die Leute sie dann entweder für schwul oder für reaktionär halten?«, schlug ich vor.

Sie nickte. »Ja, so ist das. Ach, ist schon schade!«

»Auf jeden Fall«, bestätigte ich.

»Geht doch nichts über ’nen Mann mit ’nem schönen Schnauzer.«

»Stimmt.«

»Also, was kann ich für dich tun?«

Ich zeigte ihr das Führerscheinfoto von Karen Nichols, das ich aus der Zeitung geschnitten hatte. »Kennst du die?«

Sie sah das Bild lange an und schüttelte dann den Kopf. »Aber das ist doch diese Frau, oder?«

»Welche Frau?«

»Die von dem Turm in der Stadt gesprungen ist.«

Ich nickte. »Hab gehört, sie hat hier vielleicht ’ne Weile gewohnt.«

»Nee.« Sie senkte die Stimme. »Die sieht ein bisschen zu, ähm, brav für uns hier aus, verstehste?«

»Was für Leute wohnen hier denn?«, fragte ich, als ob mir das nicht schon klar wäre.

»Ach, nette Leute«, erwiderte sie. »Tolle Leute. Die mitten im Leben stehen, verstehste? Aber die sehen vielleicht schon ein bisschen härter aus als andere. Und viele Biker.«

Überprüfen, dachte ich.

»Fernfahrer.«

Auch überprüfen.

»Und Leute, die irgendwo unterkommen müssen, um einen klaren Kopf zu bekommen, die sich über ihr Leben klar werden müssen.«

Sprich: Junkies und Knackis auf Bewährung.

»Viele allein stehende Frauen?«

Ihr Blick umwölkte sich. »Na gut, mein Lieber, kommen wir zur Sache. Was suchst du hier?«

Die abgebrühte Gangsterbraut. Magnum wäre beeindruckt gewesen.

»Hat hier 'ne Frau gewohnt, die ihre Miete schon länger nicht bezahlt hat?«, fragte ich zurück. »Über eine Woche, sag ich mal?«

Sie blickte auf das große Buch vor sich. Dann stützte sie sich mit dem Ellenbogen auf die Theke und ihre Augen blitzten wieder lebhaft. »Vielleicht.«

»Vielleicht?« Ich stützte meinen Ellenbogen neben ihren.

Sie lächelte mich an und schob ihren Arm näher heran. »Ja, vielleicht.«

»Kannst du mir was über sie erzählen?«

»Ja, klar«, sagte sie und lächelte. Sie hatte ein tolles Lächeln, es verriet das Kind in ihr, bevor sie in Berührung mit dem harten Leben, mit Zigaretten und Sonnenstrahlen gekommen war. »Mein Alter kann dir sogar noch mehr erzählen.«

Mir war nicht klar, ob ›Alter‹ Vater oder Mann bedeutete. In dieser Gegend konnte es beides heißen. Scheiße, in dieser Gegend konnte es sogar beides gleichzeitig heißen.

Ich zog den Ellenbogen nicht fort. Gefährliche Begegnung in der Pampa. »Zum Beispiel?«

»Zum Beispiel, warum stellen wir uns nicht zuerst mal vor? Wie heißt du?«

»Patrick Kenzie«, antwortete ich. »Meine Freunde nennen mich Magnum.«

»Blödsinn.« Sie kicherte in sich hinein. »Ich wette, das stimmt nicht.«

»Schätze, da hast du Recht.«

Sie öffnete die Hand. Ich tat es ihr nach. So schüttelten wir uns die Hände mit den Ellenbogen auf dem Tresen, als wollten wir gleich zum Armdrücken übergehen.

»Bin Holly«, sagte sie.

»Holly Martens?«, fragte ich. »Wie der Mann in dem Film?«

»Wer?«

»Der dritte Mann«, erwiderte ich.

Sie zuckte mit den Achseln. »Hier, mein Alter, ja? Als er dies Ding hier übernommen hat, hieß das Molly Martenson's Lie Down. Hatte ein echt hübsches Neonschild auf dem Dach, leuchtet nachts sehr schön. Und mein Alter, Warren, der hat 'nen Freund geholt, Joe, der ist so 'n richtiger Tüftler. Joe hat das M weggenommen und dafür ein H eingesetzt und das O, N, Häkchen und S hat er schwarz angemalt. Ist jetzt nicht mehr in der Mitte, aber nachts sieht's trotzdem schön aus.«

»Was ist mit dem ›Lie Down‹ passiert?«

»Das stand nicht auf dem Dach.«

»Gott sei Dank!«

Sie schlug mit der Hand auf die Theke. »Hab ich auch gesagt!«

»Holly!«, rief jemand von hinten. »Die scheiß Wüstenmaus hat auf meine Papiere geschissen!«

»Hab keine Wüstenmäuse!«, rief sie zurück.

»Egal, dann halt die kleine Meersau. Hab dir doch gesagt, du sollst sie nicht aus dem Käfig lassen!«

»Ich züchte Meerschweinchen«, erklärte sie leise, als teilte sie mir ihr größtes Geheimnis mit.

»Schon gesehen. Hamster auch.«

Sie nickte. »Hatte auch ein paar Frettchen, aber die sind gestorben.«

»Blöd«, bemerkte ich.

»Magst du Frettchen?«

»Kein bisschen.« Ich grinste.

»Hey, du musst locker werden. Frettchen sind lustig.« Sie schnalzte mit der Zunge. »Sind echt superlustig.«

Hinter ihr vernahm ich ein schweres Klappern und Quietschen, das nicht von den Hamsterrädern stammte, und dann kam Warren in einem Rollstuhl aus schwarzem Leder und blitzendem Chrom zum Empfang gerollt.

Seine Beine reichten nur bis zu den Knien, aber der Rest seines Körpers war gewaltig. Er trug ein ärmelloses schwarzes T-Shirt. Sein Brustkorb darunter war so breit wie der Rumpf eines kleinen Bootes. Dicke rote Adern erstreckten sich angriffslustig über Unterarm und Bizeps. Wie Holly hatte er blond gefärbtes Haar, das an den Schläfen kurz geschoren war, über der Stirn aber war es lang und hinten fiel es ihm bis auf die Schultern. Enorme Kiefermuskeln arbeiteten in seinem Gesicht und die Hände in den fingerlosen schwarzen Lederhandschuhen schienen einen Eichenzaunpfahl knicken zu können, als wäre er aus Sperrholz.

Ohne mich zu beachten, rollte er auf Holly zu. »Schatz?«, sagte er.

Sie drehte sich um und sah ihn mit einer so ehrlichen tiefen Zuneigung an, dass der Raum plötzlich schrumpfte.

»Ja, Baby?«

»Weißt du, wo ich diese Tabletten hingetan hab?« Warren rollte neben den Schreibtisch und sah in den unteren Schubladen nach.

»Die weißen?«

Er hatte mich noch immer nicht beachtet. »Nee. Die gelben, Schatzi. Die für drei Uhr.«

Sie legte den Kopf schräg, als versuchte sie sich zu erinnern. Dann erschien wieder das wunderbare Lächeln auf ihrem Gesicht und sie klatschte in die Hände. Warren lächelte ebenfalls, er war von ihr verzaubert.

»Klar, Baby!« Sie fasste unter den Tresen und holte ein

bernsteingelbes Pillenfläschchen hervor. »Ist mir wieder eingefallen.«

Sie warf ihm das Fläschchen zu und er fing es in der Luft, den Blick noch immer auf sie gerichtet.

Dann steckte er sich zwei Tabletten in den Mund und kaute sie. Er sah ihr noch immer in die Augen, als er fragte: »Was suchst du hier, Magnum?«

»Die letzten Habseligkeiten einer Toten.«

Er griff nach Hollys Hand. Mit dem Daumen fuhr er über ihren Handrücken und betrachtete die Haut, als müsste er sich jede Sommersprosse einprägen.

»Warum?«

»Sie ist tot.«

»Sagtest du schon.« Er drehte ihre Hand um und untersuchte mit dem Finger die Linien auf der Handfläche. Holly fuhr ihm mit der anderen Hand durchs Haar.

»Sie ist tot«, erklärte ich, »und allen ist es scheißegal.«

»Ach, aber dir nicht, ja? Du bist so ein richtig toller Typ, wa?« Jetzt fuhren seine Finger über ihr Handgelenk.

»Ich versuch's.«

»Diese Frau – ist die klein und blond und ab sieben Uhr morgens zugedröhnt mit Quaaludes und Midori?«

»Sie war klein und blond, ja. Über den Rest weiß ich nichts.«

»Komm mal her, Schatz.« Er zog Holly zärtlich auf seinen Schoß und schob ihr Haar nach hinten. Holly kaute auf der Unterlippe und sah ihm in die Augen. Ihr Kinn zitterte.

Warren drehte den Kopf, so dass sein Ohr an Hollys Brust lag, und sah mir zum ersten Mal ins Gesicht. Ich war erstaunt, wie jung er aussah. Ende zwanzig vielleicht, dazu die blauen Augen eines Kindes, die weichen Wangen eines Erstklässlers, die sonnengebräunte Reinheit eines Surfers.

»Mal gelesen, was Denby über *Der dritte Mann* geschrieben hat?«, fragte mich Warren.

Denby musste David Denby sein, nahm ich an, lange Zeit Filmkritiker beim *New York Magazine*. Dessen Namen aus Warrens Mund zu hören, hatte ich kaum erwartet, schon gar nicht, nachdem seine Frau behauptet hatte, nicht einmal den Film zu kennen.

»Kann ich nicht behaupten.«

»Hat geschrieben, kein Erwachsener in der Nachkriegswelt hat das Recht, so unschuldig wie Holly Martens zu sein.«

»Hey!«, rief seine Frau.

Er stupste sie an der Nase. »Der aus dem Film, Schatz, nicht du.«

»Ach. Na gut.«

Er sah mich wieder an. »Finden Sie das auch, Mr Detective?«

Ich nickte. »Ich fand immer, Calloway war der einzige Held in dem Film.«

Er schnippte mit den Fingern. »Trevor Howard. Ich auch.« Er sah zu seiner Frau hoch, die das Gesicht in seinem Haar vergrub und seinen Duft einsog. »Die Habseligkeiten von dieser Frau – du suchst doch nicht etwa irgendwas Wertvolles, oder?«

»Meinst du Schmuck?«

»Schmuck, Fotoapparat, was man halt so ins Pfandhaus schleppen kann.«

»Nein«, erwiderte ich. »Ich suche nach Gründen für ihren Tod.«

»Die Frau, die du suchst«, sagte er, »hat in 15 B gewohnt. Klein, blond, nannte sich Karen Wetterau.«

»Das muss sie sein.«

»Komm mit!« Er winkte mich durch die schmale Holztür neben dem Tresen. »Wir gucken zusammen nach.«

Ich ging los und Holly drehte sich um und sah mich mit schläfrigen Augen an.

»Warum seid ihr so hilfsbereit?«, fragte ich Warren.

Er zuckte mit den Schultern. »Weil ... Karen Wetterau, ja? Zu der ist nie einer nett gewesen.«

Kapitel 14

Ungefähr dreihundert Meter vom Motel entfernt, vorbei an einem verfaulten Gehölz krummer oder zerborstener Bäume und einer von Motoröl schwarz gefärbten kleinen Lichtung, stand eine Scheune. So als glitt er über eine frisch geteerte Straße, rangierte Warren Martens seinen Rollstuhl über alte Zweige und den Mulch vermoderten Laubs mehrerer Jahre, über weggeworfene Flachmänner und verstreute Autoteile, über die zerfallenen Überreste eines Gebäudes, das wahrscheinlich zusammen mit Abraham Lincoln das Zeitliche gesegnet hatte.

Holly war im Büro geblieben, falls jemand vorbeischauen sollte, denn das Ritz war ausgebucht. Warren hatte mich durch die Hintertür über eine Holzrampe auf die verrottete Scheune zugeführt, in der er das Inventar verlassener Apartments aufbewahrte. Auf dem Weg durch das kleine Gehölz fuhr er mir voran, er kurbelte an den Reifen, dass sie durch das knisternde Laub surrten. Mitten auf der Rücklehne war ein Harley-Davidson-Adler ans Leder genäht, der von Aufklebern eingerahmt wurde: RIDERS ARE EVERYWHERE; ONE DAY AT A TIME; BIKE WEEK, LACONIA, NH; LOVE HAPPENS.

»Wer ist dein Lieblingsschauspieler?«, rief er mir über die Schulter zu, mit den mächtigen Armen die Räder antreibend.

»Momentan oder aller Zeiten?«

»Momentan.«

»Denzel«, antwortete ich. »Und deiner?«

»Kevin Spacey, muss ich sagen.«

»Der ist gut.«

»Seit *Wiseguy* bin ich sein größter Fan. Weißt du noch?«

»Als Mel Profitt«, lieferte ich das Stichwort, »und seine durchtriebene Schwester Susan.«

»Ja, genau.« Er hielt eine Hand nach hinten und ich schlug ein. »Okay«, meinte er und freute sich jetzt richtig, dass er hier zwischen den abgestorbenen Bäumen einen zweiten Kinofreak gefunden hatte. »Momentane Lieblingsschauspielerin, aber Michelle Pfeiffer gilt nicht.«

»Warum nicht?«

»Die hat 'nen zu hohen Geilheitsfaktor. Könnte die Objektivität der Umfrage beeinträchtigen.«

»Aha«, gab ich zurück. »Dann Joan Allen. Und du?«

»Sigourney. Mit und ohne Automatik.« Er warf mir einen Blick zu, ich ging nun neben ihm. »Bester Schauspieler aller Zeiten?«

»Lancaster«, erwiderte ich. »Keine Frage.«

»Mitchum«, sagte er. »Keine Frage. Schauspielerin?«

»Ava Gardner.«

»Gene Tierney«, gab er an.

»Unsere Lieblingsschauspieler stimmen vielleicht nicht überein, Warren, aber ich würde sagen, wir haben beide einen exzellenten Geschmack.«

»Tja, das kann man wohl sagen.« Er kicherte, legte den Kopf in den Nacken und betrachtete die schwarzen Zweige über seinem Kopf. »Aber das stimmt, was man über gute Filme sagt.«

»Was sagt man denn?«

Mit dem Kopf im Nacken rollte er den Stuhl weiter, so als kannte er jeden Zentimeter dieses Brachlandes. »Sie bringen einen weiter. Ich meine, wenn ich einen guten Film sehe, ja? Dann vergesse ich nicht einfach, dass ich keine Beine habe. Dann hab ich plötzlich welche. Die gehören dann Mitchum, weil ich Mitchum bin, und meine Hände streicheln über Jane Greers nackte Arme. Mann, gute Filme, die geben dir ein neues Leben. Die geben dir 'ne Weile eine neue Zukunft.«

»Zwei Stunden lang«, korrigierte ich.

»Ja.« Wieder schmunzelte er, doch diesmal nachdenklicher. »Ja«, wiederholte er noch versonnener und ich spürte, dass sein schweres Leben über uns hinwegrollte – das heruntergekommene Motel, die verfaulten Bäume, die Phantomschmerzen in den Beinen, die in ihren Rädern laufenden und wie verrückt quiekenden Hamster im Büro.

»Das war kein Motorradunfall«, sagte er, als beantwortete er eine Frage, die ich hatte stellen wollen. »Wenn die Leute mich sehen, denken alle, ich hätte meinen Bock auf 'ner Fahrt versenkt.« Er sah mich über die Schulter an und schüttelte den Kopf. »Ich hab hier mal 'ne Nacht verbracht, als das Teil noch Molly Martenson's Lie Down hieß. Und zwar mit 'ner anderen Frau als meiner eigenen. Da kommt Holly hier vorbei – stinksauer und am Rumfluchen –, wirft den Ehering ins Zimmer und haut ab. Ich ihr hinterher. Damals war noch kein Zaun um den Swimmingpool, aber es war kein Wasser drin. Da bin ich reingefallen. Am tiefen Ende.« Er zuckte mit den Achseln. »Bin in der Mitte durchgebrochen.« Er streckte die Arme aus. »Durch den Prozess hab ich das alles hier bekommen.«

Er blieb vor der Scheune stehen und öffnete das Schloss an der Tür. Die Scheune war offenbar einmal rot gewesen, hatte jedoch durch Sonne und mangelnde Pflege ein blasses Rosa angenommen. Sie sackte nach links ab, stützte sich auf die schwere Erde, als würde sie sich jeden Moment auf die Seite rollen und einschlafen.

Ich fragte mich, wieso man bei einer zerbrochenen Wirbelsäule beide Unterschenkel verlor, sagte mir jedoch, er würde es schon erzählen, wenn er wollte. Dann fragte ich mich, warum er es nicht tat.

»Das Komische ist«, meinte er, »dass Holly mich jetzt doppelt so sehr liebt. Vielleicht weil ich jetzt nicht mehr um die Häuser streichen kann. Hm?«

»Vielleicht«, erwiderte ich.

Er grinste. »Hab ich vorher auch gedacht. Aber weißt du, woran es wirklich liegt? Der echte Grund?«

»Nein.«

»Holly ist einer von den Menschen, die erst richtig glücklich sind, wenn einer sie braucht. So wie ihre Minischweine da. Die dummen Dinger würden verrecken, wenn sie allein gelassen würden.« Er sah zu mir auf, nickte sich zu und öffnete die Scheunentür. Ich folgte ihm hinein.

Drinnen sah es aus wie auf einem Flohmarkt: dreibeinige Beistelltische, zerrissene Lampenschirme, zersprungene Spiegel und Fernseher mit zertretenen oder zertrampelten Bildröhren. Verrostete Warmhalteplatten hingen an ihren Kabeln an der Wand, daneben drittklassige Bilder von leeren Feldern, Clowns und Blumen in Vasen, beschmiert mit Orangensaft, Schmutz oder Kaffee.

Doch im vorderen Drittel befand sich eine Sammlung aus vergessenen Koffern und Kleidungsstücken, Büchern, Schuhen und Modeschmuck, der aus Pappschachteln quoll. Zu meiner Linken hatten Holly oder Warren mit einem gelben Band eine Fläche abgetrennt, wo sich ein unbenutzter Mixer, Tassen, Gläser und Porzellan fanden, teilweise noch in der Originalverpackung. Dort stand auch eine Servierplatte aus Zinn, in die »LOU & DINA, FÜR IMMER, 4. APRIL 1997« eingraviert war.

Warren bemerkte meinen Blick.

»Tja. Frisch verheiratet. Kamen in der Hochzeitsnacht her, packten ihre Geschenke aus und hatten dann einen Riesenstreit um drei Uhr nachts. Sie ist im Auto abgehauen, die Dosen hingen noch an der Stoßstange. Er ist halb nackt hinter ihr hergerannt. Hab sie nie wieder gesehen. Holly will nicht, dass ich den Kram verkaufe. Sie meint, die kommen zurück. Ich sag: ›Schatz, das ist schon zwei Jahre her.‹ Aber Holly meint, die kommen zurück. So ist das.«

»So ist das«, wiederholte ich, ein wenig benommen von diesen Geschenken und der Servierplatte, dem halb nackten Bräutigam, der seiner Frau um drei Uhr nachts hinterherrannte. Von den Dosen, die die Straße entlangrasselten.

Warren stellte sich rechts neben mich. »Das hier ist ihr Kram. Karen Wetteraus Sachen. Ist nicht viel.«

Ich ging zu einem Pappkarton von Chiquita und nahm den Deckel ab. »Wann hast du sie das letzte Mal gesehen?«

»Letzte Woche. Dann hab ich nur gehört, dass sie vom Custom House gehüpft ist.«

Ich sah ihn an. »Also wusstest du Bescheid.«

»Klar.«

»Und Holly?«

Er schüttelte den Kopf. »Sie hat dich nicht angelogen. Sie ist so eine Frau, die *alles* positiv sehen will. Wenn das nicht geht, ist es halt nicht passiert. Irgendwie schafft sie es nicht, die Sachen im Kopf miteinander in Verbindung zu bringen. Aber ich hab das Bild in der Zeitung gesehen. Hat ein paar Minuten gedauert, aber dann hab ich's verstanden. Sie sah echt anders aus, aber es war schon dieselbe.«

»Wie war sie denn?«

»Traurig. Der traurigste Mensch, den ich seit langer Zeit kennen gelernt hab. Sie ging an Traurigkeit zugrunde. Ich trinke nicht mehr, aber manchmal hab ich ihr abends beim Trinken Gesellschaft geleistet. Früher oder später hat sie sich immer an mich rangemacht. Einmal, als ich sie wieder abblitzen ließ, wurde sie tierisch sauer und hat behauptet, mein Ding würde nicht mehr funktionieren. Ich meinte: ›Karen, bei dem Unfall ist 'ne Menge kaputtgegangen, aber das nicht.‹ Mensch, in der Hinsicht bin ich immer noch achtzehn; der Soldat steht Gewehr bei Fuß, wenn Wind aufkommt. Jedenfalls meinte ich: ›Nimm's nicht persönlich, aber ich liebe meine Frau.‹ Und sie lachte und meinte: ›Niemand liebt wirklich. Niemand.‹ Und ich sag dir was, Mann, die hat das echt geglaubt.«

»Niemand liebt wirklich«, wiederholte ich.

»Niemand.« Er nickte.

Er kratzte sich am Kopf und sah sich in der Scheune um, während ich ein gerahmtes Bild aus der Kiste nahm. Das Glas war zersplittert, in der Kerbe des Rahmens steckten Scherben. Das Foto zeigte Karens Vater in seiner Paradeuniform, die Tochter an der Hand, beide blinzeln in die helle Sonne.

»Karen«, begann Warren erneut, »ich glaube, die saß in einem schwarzen Loch. Deshalb war die ganze Welt für sie ein schwarzes Loch. Wenn man nur mit Leuten zu tun hat, die Liebe für Schwachsinn halten, dann *ist* Liebe auch Schwachsinn.«

Noch ein Foto, ebenfalls mit zersprungenem Glas. Karen und ein gut aussehender Mann mit schwarzem Haar. David Wetterau, nahm ich an. Beide braun gebrannt und in helle Farben gekleidet, stehen sie auf dem Deck eines Kreuzfahrtschiffes. Ihr Blick ist ein wenig glasig, sie halten Daiquiris in den Händen. Breites Lächeln. Damals war die Welt noch in Ordnung.

»Sie hat mir erzählt, sie war mit einem Typ verlobt, der von einem Auto angefahren wurde.«

Ich nickte. Noch eine Aufnahme von ihr und Wetterau. Wieder fielen mir Splitter in die Hand, als ich es aufhob. Wieder ein breites Lächeln, diesmal auf einer Fete geknipst. Hinter ihren Köpfen hängen Bänder mit ›Happy Birthday‹ an der Wohnzimmerwand.

»Wusstest du, dass sie anschaffte?«, fragte ich, als ich das Bild zu den anderen beiden auf den Boden legte.

»Hab ich mir gedacht«, erwiderte er. »Kamen 'ne Menge Männer vorbei, nur ein paar waren öfter hier.«

»Hast du mit ihr drüber geredet?« Ich nahm einen Stapel Mahnungen in die Hand, die an ihre alte Adresse in Newton gerichtet waren, und noch ein Polaroid von ihr und David Wetterau.

»Sie hat es abgestritten. Dann hat sie angeboten, mir für fünfzig Mäuse einen zu blasen.« Er zuckte mit den Schultern und sah auf die Bilder. »Ich hätte sie rausschmeißen sollen, aber Mann, sie sah schon mitgenommen genug aus.«

Ich fand zurückgesendete Post – alles Rechnungen mit dem roten Aufdruck: ›Unterfrankiert – zurück an Absender‹. Ich legte sie zur Seite, holte zwei T-Shirts heraus, eine Shorts, weiße Slips und Socken und eine stehen gebliebene Armbanduhr.

»Du meintest, die meisten Männer wären nie wiedergekommen. Und die anderen?«

»Das waren nur zwei. Einen hab ich oft gesehen – eine kleine rothaarige Rotznase ungefähr in meinem Alter. Der hat das Zimmer bezahlt.«

»Bar?«

»Ja.«

»Und der andere?«

»Sah besser aus. Blond, vielleicht 35 Jahre. Kam immer nur abends.«

Unter den Kleidungsstücken fand ich eine ungefähr 15 Zentimeter hohe weiße Pappschachtel. Ich zog die rosa Schleife ab und öffnete sie.

Warren sah mir über die Schulter. »Scheiße! Davon hat mir Holly gar nichts erzählt.«

Hochzeitseinladungen. Vielleicht zweihundert Stück. Kalligraphie auf blassrosa Bütten: »DR. UND MRS CHRISTOPHER DAWE FREUEN SICH, SIE ZUR HOCHZEIT IHRER TOCHTER, MISS KAREN ANN NICHOLS, MIT DAVID WETTERAU AM 10. SEPTEMBER EINLADEN ZU DÜRFEN.«

»Nächsten Monat«, bemerkte ich.

»Scheiße«, wiederholte Warren. »Ist es nicht ein bisschen früh für die Karten? Die muss sie ja acht, neun Monate vor der Hochzeit bestellt haben.«

»Meine Schwester hat sie elf Monate im Voraus bestellt. Sie ist so 'ne richtige Musterschülerin.« Ich zuckte mit den Achseln. »Das war Karen auch, als ich sie kennen lernte.«

»Ohne Scheiß?«

»Ohne Scheiß, Warren.«

Ich legte die Einladungen in die Schachtel zurück und band die Schleife wieder ordentlich darum. Vor sechs oder sieben Monaten hatte sie an einem Tisch gesessen, das Bütten gerochen und war mit dem Finger über die Buchstaben gefahren. War glücklich gewesen.

Unter einem Buch mit Kreuzworträtseln fand ich ein paar andere Fotos. Sie waren nicht gerahmt, sondern lagen in einem schlichten weißen Briefumschlag mit Bostoner Poststempel vom 15. Mai dieses Jahres. Es stand kein Absender drauf. Der Brief war an Karens Wohnung in Newton adressiert. Wieder Fotos von David Wetterau. Nur dass diesmal nicht Karen Nichols die Frau auf den Bildern war. Es war eine ganz in Schwarz gekleidete Brünette mit der schmalen Figur eines Models, die mit ihrer schwarzen Sonnenbrille einen distanzierten Eindruck machte. Auf den Bildern saß sie mit David Wetterau vor einem Café. Einmal hielten sie Händchen. Einmal küssten sie sich.

Warren sah zu, während ich sie durchblätterte. »Oh, das sieht nicht gut aus.«

Ich schüttelte den Kopf. Die Bäume um das Café herum waren kahl. Ich datierte die Aufnahme auf Februar dieses milden Winters, kurz nachdem Bubba und ich Cody Falk einen Besuch abgestattet hatten und kurz bevor David Wetterau am Kopf verletzt wurde.

»Meinst du, die hat sie selbst gemacht?«, wollte Warren wissen.

»Nein. Diese Bilder sind von einem Profi. Die wurden mit Zoom-Objektiv von einem Dach herunter geschossen, die Motive sind genau in der Mitte.« Ich zeigte sie ihm langsam, damit er sah, was ich meinte. »Nahaufnahmen von ihren verschränkten Händen.«

»Also meinst du, damit ist jemand beauftragt worden.«

»Ja.«

»Einer wie du?«

Ich nickte. »Einer wie ich, Warren.«

Warren betrachtete erneut die Bilder in meiner Hand. »Aber eigentlich tut er doch nichts *richtig* Schlimmes mit der Frau.«

»Stimmt«, bestätigte ich. »Aber, Warren, wenn du solche Fotos von Holly und einem Fremden bekommen würdest, was ginge dann in dir vor?«

Sein Gesicht verdunkelte sich. Eine Zeit lang sagte er nichts. »Ja«, gab er schließlich zu. »Du hast Recht.«

»Die Frage ist, *warum* jemand Karen diese Fotos geschickt hat.«

»Um sie fertig zu machen, meinst du?«

Ich zuckte mit den Achseln. »Möglich ist das jedenfalls.«

Die Kiste war fast leer. Als Nächstes fand ich ihren Reisepass und die Geburtsurkunde, dann eine Glasflasche Prozac. Ich beachtete sie kaum. Nach Davids Unfall war Prozac wohl das Mindeste, was sie zur Beruhigung hatte nehmen dürfen. Doch dann fiel mir das Datum des Rezepts ins Auge: 23.10.98. Sie hatte schon Antidepressiva genommen, bevor ich sie kennen lernte.

Ich las den Namen des verordnenden Arztes auf dem Etikett: D. Bourne.

»Kann ich die mitnehmen?«

Warren nickte. »Bedien dich.«

Ich ließ das Glasfläschchen in die Tasche gleiten. Jetzt lag nur noch ein Blatt Papier in der Kiste. Ich nahm es heraus.

Auf dem Briefpapier von Dr. Diane Bourne befand sich das Protokoll einer Sitzung vom 6. April 1994. Es ging um Karen Nichols. Der Text lautete folgendermaßen:

> ... die repressive Haltung der Patientin ist äußerst auffallend. Sie lebt offenbar in einem Zustand ständiger Verdrängung – verdrängt die Auswirkung des Todes ihres Vaters, verdrängt die quälende Beziehung zu Mutter und Stiefvater, verdrängt die eigenen sexuellen Neigungen, die nach Meinung der Therapeutin bisexuell sind und inzestuöse Veranlagung zeigen. Die Patientin weist klassische passiv-aggressive Verhaltensmuster auf und verweigert sich jeglicher Aufforderung zur Selbsterkenntnis. Die Patientin besitzt ein bedrohlich geringes Selbstwertgefühl, keine klare sexuelle Identität und vertritt eine nach Meinung der Therapeutin potentiell destruktive Weltsicht. Sollten in weiteren Sitzungen keine Fortschritte erzielt werden, muss möglicherweise eine freiwillige Einweisung in eine qualifizierte psychiatrische Anstalt angedacht werden ...
>
> D. Bourne

»Was ist das?«, wollte Warren wissen.

»Aufzeichnungen von Karens Psychiaterin.«

»Wieso liegen die denn hier bei ihr?«

Ich blickte in sein verdutztes Gesicht. »Das ist die große Preisfrage, was?«

Mit Warrens Genehmigung behielt ich die Aufzeichnungen und die Bilder von David Wetterau und der anderen Frau, dann sammelte ich die übrigen Fotos, die Kleidungsstücke, die zerbrochene Uhr, Reisepass und Hochzeitseinladungen zusammen und legte sie in die Kiste zurück. Ich betrachtete alles, die Beweise für die Existenz von Karen Nichols, fasste mir mit Daumen und Zeigefinger an die Nase und schloss einen Moment die Augen.

»Manchmal macht es einen fertig, was?«, bemerkte Warren.

»Ja, das stimmt.« Ich stand auf und ging zur Tür.

»Mann, du musst ja ständig fertig sein.«

Als er die Scheune von außen wieder verschloss, fragte ich: »Diese beiden Männer, die immer bei Karen waren, ja?«

»Ja.«

»Kamen die zusammen?«

»Manchmal ja, manchmal nein.«

»Kannst du mir irgendwas über sie sagen?«

»Der Rothaarige, hab ich ja schon gesagt, das war 'ne Rotznase. Ein Wiesel. So 'n Typ, der meint, er wär schlauer als alle andern. Als er sie hergebracht hat, hat er die Hunderter hingeblättert, als wären das Eindollarscheine. Verstehste? Karen hängte sich an ihn ran und er glotzt sie an, als wär sie ein Tier, und zwinkert Holly und mir zu. So 'n richtiger Kotzbrocken.«

»Größe, Gewicht und so weiter?«

»Ich würd sagen, der war ungefähr 1,70 bis 1,75. Das ganze Gesicht voller Sommersprossen, Streberhaarschnitt. Wog so ungefähr 70, 72 Kilo. Angezogen wie ein Möchtegernkünstler: Seidenhemd, schwarze Jeans, glänzende Docs.«

»Und der andere?«

»Aalglatt. Fuhr einen schwarzen 68er Shelby Mustang GT-

500 Cabrio. Davon wurden doch höchstens vierhundert oder so hergestellt, oder?«

»So ungefähr, ja.«

»Kleidung teuer, aber unauffällig: Jeans mit kleinen Rissen, Sweatshirt mit V-Ausschnitt über weißem T-Shirt. Sonnenbrille für zweihundert Dollar. Kam nie ins Büro, hab ihn nie sprechen hören, hab aber das Gefühl, der hatte das Sagen.«

»Warum?«

Er zuckte mit den Achseln. »Hatte so was an sich. Der Schleimige und Karen gingen immer hinter ihm her, und wenn er was sagte, liefen sie ganz schnell. Keine Ahnung. Ich hab den Kerl vielleicht fünfmal gesehen, immer von weitem, aber irgendwie machte der mich nervös. So als ob ich ihn nicht angucken darf, weil ich es nicht wert bin.«

Er rollte den Weg zurück durch die schwarzen Felder und ich folgte ihm. Die Luft wurde drückender und feuchter. Anstatt mich zur Rampe hinter dem Büro zu schicken, zeigte er auf einen Picknicktisch, von dessen Oberfläche kleine Holzsplitter abstanden wie Haare. Warren blieb stehen, ich setzte mich auf den Tisch und hoffte, meine Jeans würde mich vor den Splittern schützen.

Er sah mich nicht an. Mit gesenktem Kopf betrachtete er die Kerben im knorrigen Holz.

»Einmal hab ich nachgegeben«, sagte er.

»Nachgegeben?«

»Bei Karen. Sie redete immer von geheimnisvollen Gottheiten und dunklen Reisen, und was sie mir alles zeigen könnte und ...« Er sah sich über die Schulter nach dem Motel um, wo die Silhouette seiner Frau an einer Gardine vorbeiging. »Ich meine, wenn ein Mann die beste Frau der Welt hat, was bringt ihn dann dazu ...?«

»... herumzuhuren?«, ergänzte ich.

Er sah mich an, sein Blick war niedergeschlagen, beschämt. »Ja.«

»Weiß ich nicht«, erwiderte ich sanft. »Du?«

Er trommelte mit den Fingern auf die Armlehnen seines Stuhls und sah an mir vorbei auf das Ödland aus zerborstenen Bäumen und schwarzer Erde. »Es ist die Dunkelheit, verstehst du? Diese Möglichkeit, an wirklich böse Orte abzutauchen, während man was macht, das sich supergut anfühlt. Manchmal will man nicht nur auf einer Frau liegen, die einen mit Liebe in den Augen ansieht. Man will auch mal auf einer Frau sein, die dich ansieht und dich durchschaut. Die deine schlechten Seiten kennt, das Böse in dir.« Er sah mich an. »Und die das an dir mag. Die genau das will.«

»Also hast du mit Karen ...«

»... die ganze Nacht gefickt, Mann. Wie die Karnickel. Es war echt super. Sie war verrückt. Hatte keine Hemmungen.«

»Und danach?«

Er sah zur Seite, atmete tief ein und langsam wieder aus. »Danach meinte sie: ›Siehst du?‹«

»Siehst du?«

Er nickte. »Siehst du? Niemand liebt wirklich.«

Eine Weile blieben wir noch draußen beim Picknicktisch, ohne etwas zu sagen. Zikaden zirpten in den kahlen Baumwipfeln, ein paar Waschbären kletterten durch das Gestrüpp auf der anderen Seite der Lichtung. Die Scheune schien noch einen Zentimeter nach links zu sinken und Karen Nichols' Stimme flüsterte in die abgeschiedene Trostlosigkeit:

Siehst du? Niemand liebt wirklich.

Niemand.

Kapitel 15

Ich hatte meine Unterlagen mit in eine Kneipe genommen, wo mich Angie später treffen wollte. Die Kneipe gehörte Bubba, sie lag an der Grenze zwischen Dorchester und Southie und hieß Live Bootleg. Obwohl Bubba im Ausland weilte – man erzählte sich, er sei in Nordirland, um dort die Waffen einzusammeln, die angeblich niedergelegt worden waren –, gingen meine Getränke aufs Haus.

Das wäre klasse, wenn ich in Trinklaune gewesen wäre – war ich aber nicht. So nuckelte ich eine Stunde lang an einem Bier herum, und als mir Shakes Dooley, der offizielle Inhaber, ein neues hinstellte, war das alte noch halb voll.

»Das ist 'ne Sünde«, sagte Shakes, als er den Inhalt des Glases in die Spüle goss, »wenn man sieht, wie ein gesunder Mann wie du ein absolut ordentliches Bier verkommen lässt.«

»Hmm«, machte ich und widmete mich wieder meinen Aufzeichnungen.

Manchmal fällt es mir leichter, mich zu konzentrieren, wenn ich unter Menschen bin. Allein bei mir in der Wohnung oder im Büro merke ich, wie die Zeit verrinnt – wieder ein Tag vergangen. Aber wenn ich an einem späten Sonntagnachmittag in einer Kneipe sitze und aus der Ferne höre, wie die Schläger der Red Sox im Fernseher aufeinander krachen, aus dem

Hinterzimmer das Ploppen der in die Taschen plumpsenden Billardkugeln vernehme, das gelassene Gemurmel von Männern und Frauen beim Kartenspielen höre, wenn ich spüre, wie sich alle bemühen, den Montag mit seinen plärrenden Hupen, meckernden Chefs und dem stumpfsinnigen Alltag vor sich herzuschieben, dann merke ich, dass die Geräusche zu einem unablässigen leisen Summen verschwimmen, und mein Kopf wird ganz klar, so dass ich mich auf die Notizen konzentrieren kann, die jetzt neben einem Bierglas und einem Schälchen Erdnüsse vor mir lagen.

Ich hatte die vielen ungeordneten Informationen über Karen Nichols auf einem gelben Schreibblock in eine grobe chronologische Reihenfolge gebracht. Darunter kritzelte ich meine Vermutungen und Gedanken. In der Zwischenzeit verloren die Red Sox und es wurde ein wenig leerer, obwohl es nie richtig voll gewesen war. Aus der Musikbox erklang Tom Waits und im Hinterzimmer stritten sich zwei erhitzte Stimmen.

K. Nichols
(geboren: 16.11.70, gestorben: 4.8.99)

1976 – Tod des Vaters
1979 – Mutter heiratet Dr. Christopher Dawe, zieht nach Weston
1988 – Abschluss an der Mount Avernia High School
1992 – Abschluss Johnson & Wales, Hotelfachschule
1992 – Anstellung im Four Seasons, Boston, Catering
1996 – Beförderung zur stellvertretenden Leiterin der Abteilung Catering
1998 – Verlobung mit D. Wetterau
Februar 1999 – wird von C. Falk verfolgt. Auto wird demoliert. Erste Kontaktaufnahme mit mir

15. März 1999 – Unfall von D. Wetterau (Oscar oder Devin anrufen und nach Polizeibericht fragen)
Autoversicherung kündigt wegen der unterbliebenen Zahlungen
Mai – erhält Fotos von D. Wetterau mit anderer Frau
18. Mai 1999 – verliert Arbeit wegen Unpünktlichkeit und unentschuldigten Fehlens
30. Mai 1999 – verlässt Wohnung
15. Juni 1999 – zieht ins Holly Martens Inn (Wo war sie in den zwei Wochen dazwischen?)
Juni-August 1999 – wird im HM Inn mit Rothaarigem und reichem Blonden gesehen
März-Juli 1999 – C. Falk erhält neun Briefe mit KNs Unterschrift
Datum? – Karen erhält Aufzeichnungen ihrer Psychiaterin
Juli 1999 – wird von C. Falk vergewaltigt
Juli 1999 – Festnahme wegen Prostitution, Busdepot Springfield
4. August 1999 – Selbstmord

Bemerkungen: Gefälschte Briefe an C. Falk können bedeuten, dass ein Dritter Einfluss auf K. Nichols »Pechsträhne« nahm. C. Falk hat ihren Wagen *nicht* demoliert. Dritter könnte der Rothaarige oder der Reiche sein oder beide (oder keiner von beiden). Zusendung der psych. Aufzeichnungen weist darauf hin, dass Dritter beim Psychiater arbeitet. Oder: Angestellter im Psychiatriewesen, der in der Lage ist, sich persönliche Infos über Privatpersonen zu beschaffen – hat dadurch Gelegenheit, sich in K. Nichols' Leben zu schmuggeln. Motiv nicht erkennbar. Weitere Vermutungen ...

☆ ☆ ☆

»Motiv wofür?«, fragte Angie.

Ich legte eine Hand über das Geschriebene und sah mich über die Schulter nach ihr um. »Hat dir deine Mama nicht beigebracht …?«

»Dass es unhöflich ist, anderen über die Schulter zu gucken? Ja.« Sie warf ihre Tasche auf den leeren Stuhl links von ihr und setzte sich neben mich. »Wie läuft's?«

Ich seufzte. »Wenn die Toten reden könnten!«

»Dann wären sie nicht tot.«

»Beeindruckend«, sagte ich, »deine Intelligenz!«

Sie schlug mir auf die Schulter und legte Zigaretten und Feuerzeug vor sich auf die Theke.

»Angela!« Shakes Dooly lief ihr quer durch die Kneipe entgegen, ergriff ihre Hand und beugte sich vor, um sie auf die Wange zu küssen. »Na, das ist aber lange her!«

»Hey, Shakes. Sag bloß nichts über die Haare, ja?«

»Welche Haare?«, fragte Shakes.

»Sag ich schon die ganze Zeit!«

Wieder stieß mich Angie an. »Krieg ich 'nen Wodka pur, Shakes?«

Shakes drückte ihr herzlich die Hand. »Endlich, ein echter Trinker!«

»Bringt dich mein Freund hier an den Rand des Ruins?« Angie zündete sich eine Zigarette an.

»Trinkt momentan wie 'ne Nonne. Die Leute reden schon.« Shakes goss ein großzügiges Glas eisgekühlten Finlandia ein und stellte es vor Angie.

»Also«, sagte ich, nachdem Shakes gegangen war, »kommst du nun wieder angekrochen, was?«

Sie schmunzelte und trank einen Schluck Wodka. »Red nur weiter! Dann macht es mir hinterher umso mehr Spaß, dich zu foltern.«

»Okay, schon gut. Was führt dich her, sizilianisches Gift?«

Sie verdrehte die Augen und nahm noch einen Schluck. »Mit David Wetterau gibt's ein paar Ungereimtheiten.« Sie hob den Zeigefinger. »Genau genommen zwei. Das Erste war einfach. Der Brief an die Versicherung, ja? Der ist hundertprozentig gefälscht, sagt mein Gewährsmann.«

Ich drehte mich auf dem Barhocker zu ihr um: »Du hast dich schon darum gekümmert?«

Sie griff nach der Zigarettenschachtel und zog eine heraus.

»Am Sonntag?«, fügte ich hinzu.

Sie zündete die Zigarette an und hob die Augenbrauen.

»Und hast schon was rausgefunden?«, staunte ich.

Sie tat, als pustete sie den Lack auf ihren Fingernägeln trocken, und polierte eine imaginäre Medaille an ihrer Brust. »Zwei Sachen.«

»Okay«, sagte ich. »Du bist supergeil.«

Sie legte eine Hand hinters Ohr und beugte sich vor.

»Du bist Spitze! Du bist der Hammer! Du bist die Härteste von allen! Du bist supergeil!«

»Sagtest du schon.« Sie kam noch weiter vor, die Hand noch immer hinter dem Ohr.

Ich räusperte mich. »Du bist ohne Frage und ohne Einschränkung der klügste, findigste und scharfsinnigste Privatdetektiv in ganz Boston.«

Ihr Mund verzog sich zu einem breiten, leicht schiefen Grinsen, das mir schwer an die Nieren ging.

»War das so schwer?«, fragte sie.

»Hätte mir eigentlich leicht über die Lippen gehen müssen. Weiß nicht, was mit mir los ist.«

»Zu wenig Übung im Arschkriechen, nehme ich an.«

Ich lehnte mich zurück und warf einen sehnsüchtigen Blick auf ihre kurvige Hüfte und ihren Hintern auf dem Barhocker.

»Wenn wir schon von Ärschen reden«, meinte ich, »dann

darf ich wohl bemerken, dass deiner noch immer umwerfend aussieht.«

Sie deutete mit der Zigarette auf mein Gesicht. »Fahr deine Ausrüstung wieder ein, du perverses Schwein.«

Ich legte die Hände auf die Theke. »Zu Befehl.«

»Die zweite Auffälligkeit.« Angie holte einen Stenoblock hervor und schlug ihn auf. Sie drehte sich auf dem Hocker, so dass sich unsere Knie fast berührten. »Am Tag seines Unfalls ruft David Wetterau um kurz vor fünf bei Greg Dunne an, dem Typ mit der Steadicam, und sagt ab. Behauptet, seine Mutter wär krank.«

»War sie das denn?«

Angie nickte. »Vor fünf Jahren schon. Krebs. Starb 1994.«

»Also gelogen ...«

Sie hob die Hand. »Bin noch nicht fertig.« Sie drückte die Zigarette aus, ein paar Funken glühten weiter. Sie rückte vor, unsere Knie berührten sich. »Um zwanzig vor fünf wird Wetterau auf dem Handy angerufen. Das Gespräch dauert vier Minuten. Der Anruf kommt aus einer Telefonzelle auf der High Street.«

»Nur eine Straße weiter.«

»Um genau zu sein: einen Häuserblock südlich auf der anderen Seite. Aber das ist noch nicht mal das Auffälligste. Unser Kontaktmann bei Cellular One erzählte uns, wo sich Wetterau befand, als ihn der Anruf erreichte.«

»Ich kann's kaum erwarten!«

»Auf dem Pike kurz vor Natick.«

»Also will er um zwanzig vor fünf noch die Steadicam holen.«

»Und um zwanzig nach fünf steht er mitten auf der Kreuzung Congress und Purchase.«

»Und wenig später wird ihm der Kopf eingedrückt.«

»Genau. Er parkt in einem Parkhaus auf der South Street,

geht die Atlantic zur Congress hoch und überquert die Purchase, wo er stolpert.«

»Hast du mit den Bullen darüber gesprochen?«

»Na ja, du weißt ja, was die Polizei momentan von uns im Allgemeinen und von mir im Besonderen hält.«

Ich nickte. »Vielleicht denkst du das nächste Mal nach, bevor du ’nen Bullen umlegst.«

»Haha«, machte sie. »Gott sei Dank haben Sallis & Salk hervorragende Beziehungen zur Polizei von Boston.«

»Also hast du einen dort anrufen lassen.«

»Nee. Ich hab Devin angerufen.«

»Du hast Devin angerufen?«

»Hmm. Ich hab ihn gefragt und zehn Minuten später hat er zurückgerufen.«

»Zehn Minuten später?«

»Vielleicht fünfzehn. Jedenfalls hab ich jetzt die schriftlichen Zeugenaussagen. Alle 46.« Sie klopfte auf die weiche Ledertasche auf dem Hocker zu ihrer Linken. »Ta-ta!«

»Noch was zu trinken?« Shakes Dooley leerte Angies Aschenbecher und wischte das Kondenswasser unter ihrem Glas fort.

»Klar«, sagte Angie.

»Und für die Dame?«, fragte er mich.

»Im Moment nichts, Shakes. Danke.«

»So ein Weichei«, murmelte Shakes und machte sich daran, Angie den nächsten Wodka einzuschenken.

»Also, noch mal langsam«, sagte ich zu Angie. »Du hast Devin angerufen und fünfzehn Minuten später bekommst du etwas, hinter dem ich seit vier Tagen her bin?«

»Kommt ungefähr hin.«

Shakes stellte das Glas vor ihr ab. »Bitte sehr, Puppe.«

»Puppe?«, fragte ich, als er wieder weg war. »Wer sagt denn heute noch ›Puppe‹?«

»Bei ihm klingt's aber nicht schlimm«, meinte Angie und nippte am Wodka. »Warum auch immer.«

»Mann, jetzt bin ich aber sauer auf Devin.«

»Wieso? Du nervst ihn alle Nase lang mit 'nem Gefallen. Ich hab ihn seit fast einem Jahr nicht mehr angerufen.«

»Stimmt.«

»Außerdem seh ich besser aus.«

»Darüber lässt sich streiten.«

Sie schnaubte verächtlich. »Hör dich mal um, Junge!«

Ich trank einen Schluck Bier. Es war warm. In Europa trinkt man es so, ich weiß, aber da isst man ja auch Blutwurst und hört Steven Seagal.

Als Shakes wieder vorbeikam, bestellte ich ein neues.

»Klar, und als Nächstes kassier ich deine Autoschlüssel.« Er stellte ein eisiges Becks vor mich, warf Angie einen Blick zu und ging weiter.

»In letzter Zeit muss ich mir zu viele Sprüche anhören.«

»Vielleicht weil du mit 'ner Staatsanwältin rumbumst, die meint, tolle Klamotten ersetzen den Grips im Kopf.«

Ich sah Angie an. »Ach, du kennst sie also?«

»Nein. Aber die Hälfte der Männer im Knast, hab ich gehört.«

»Fauch!«, machte ich.

Sie lächelte mitleidig und zündete sich noch eine Zigarette an. »Die Katze muss Krallen haben, um kämpfen zu können. Ich hab gehört, sie hat 'ne tolle Kiste, geiles Haar und bezahlt monatlich ihre Titten ab.« Ihr Lächeln wurde breiter, sie sah mich an. »Okay, Schnucki?«

»Wie geht's dem Jemand?«, erkundigte ich mich.

Ihr Lächeln verschwand und sie griff in die Tasche. »Kümmern wir uns wieder um David Wetterau und Karen ...«

»Hab gehört, er heißt Trey«, meinte ich. »Du machst mit 'nem Kerl rum, der Trey heißt, Ange.«

»Woher weißt du ...«

»Wir sind Detektive, vergessen? Du hast ja auch rausgekriegt, dass ich was mit Vanessa hab.«

»Vanessa«, wiederholte sie, als hätte sie den Mund voller Zwiebeln.

»Trey«, gab ich zurück.

»Halt's Maul.« Sie wühlte in ihrer Tasche herum.

Ich trank einen Schluck Becks. »Du machst dich über meinen Ruf lustig und pennst selber mit einem, der Trey heißt.«

»Ich penn nicht mehr mit ihm.«

»Tja, ich auch nicht mehr mit ihr.«

»Glückwunsch.«

»Ebenfalls.«

Eine Minute lang herrschte Schweigen, dann zog Angie mehrere Seiten Faxpapier aus der Tasche und rollte sie auf der Theke aus. Ich nahm noch einen Schluck Becks, fummelte am Bierdeckel herum und merkte, dass sich ein Grinsen auf meinem Gesicht breit machen wollte. Ich warf einen heimlichen Blick zu Angie hinüber. Auch ihre Mundwinkel zuckten.

»Guck weg«, sagte sie.

»Warum?«

»Ich hab gesagt ...« Sie gab auf, schloss die Augen und lachte.

Ich fiel in ihr Lachen ein.

»Weiß gar nicht, was daran komisch ist«, meinte Angie.

»Ich auch nicht.«

»Wichser!«

»Dumme Kuh!«

Sie lachte und drehte sich mit dem Glas zu mir um. »Hast du mich vermisst?«

Und wie.

»Überhaupt nicht.«

Wir setzten uns an einen langen Tisch im hinteren Teil und bestellten Club-Sandwiches. Beim Essen brachte ich sie auf den neusten Stand, schilderte ihr detailliert das erste Treffen mit Karen Nichols, die beiden Zusammenstöße mit Cody Falk und meine Gespräche mit Joella Thomas, Karens Eltern, Siobhan und Holly und Warren Martens.

»Das Motiv«, sagte Angie. »Wir kehren immer wieder zum Motiv zurück.«

»Ich weiß.«

»Wer hat das Auto in Wirklichkeit demoliert und warum?«

»Genau!«

»Wer hat die Briefe an Cody Falk geschrieben und warum?«

»Warum«, ergänzte ich, »meinte jemand, er müsse das Leben dieser Frau so gründlich versauen, dass sie lieber von einem Haus sprang, als so weiterzumachen?«

»Und ging das so weit, dass sogar der Unfall von David Wetterau eingefädelt wurde?«

»Die Zugangsmöglichkeiten sind auch wichtig«, bemerkte ich.

Sie kaute ihr Sandwich und betupfte sich mit der Serviette die Mundwinkel. »Wieso?«

»Wer hat Karen die Fotos von David mit der anderen Frau geschickt? Scheiße: Wer hat die Fotos gemacht?«

»Die sehen mir profimäßig aus.«

»Find ich auch.« Ich schob mir eine kalte Pommes in den Mund. »Und wer hat Karen die Aufzeichnungen von ihrer Psychiaterin gegeben? Das ist auch 'ne große Frage.«

Angie nickte. »Und warum?«, wiederholte sie. »Warum, warum, warum?«

Es wurde ein langer Abend. Wir lasen alle 46 Zeugenaussagen über David Wetteraus Unfall. Gut die Hälfte hatte nichts gesehen, die übrigen zwanzig stützten die Annahme der Polizei: Wetterau war in ein Schlagloch getreten und wurde von einem Auto am Kopf getroffen, dessen Fahrer alles in seiner Macht Stehende versuchte, ihm auszuweichen.

Angie zeichnete eine grobe Skizze des Unfallhergangs. Darauf waren die Standorte aller 46 Zeugen zum Zeitpunkt des Unfalls vermerkt. Es sah aus wie die flüchtige Wiedergabe eines vermurksten Footballspiels. Die Mehrheit der Zeugen – nämlich 26 – stand an der südwestlichen Ecke der Kreuzung Purchase und Congress. Hauptsächlich Börsenmakler auf dem Weg zur South Station nach einem harten Tag im Finanzgeschäft. Sie warteten, dass die Ampel umsprang. Dreizehn weitere Zeugen standen auf der Straßenecke im Nordwesten, direkt gegenüber von David Wetterau, der quer über die Straße auf sie zukam. Zwei Zeugen standen auf der nordöstlichen Ecke und ein dritter fuhr im Auto hinter Steven Kearns, dem Fahrer, der Wetterau schließlich am Kopf traf. Von den restlichen fünf Zeugen waren zwei an der südwestlichen Ecke gerade auf die Straße getreten und drei liefen wie Wetterau quer über die Straße – zwei in Richtung Börsenviertel, einer in östliche Richtung.

Der Mann, der die Straße in östliche Richtung überquerte, war am nächsten dran. Er hieß Miles Brewster. David Wetterau war in das Schlagloch getreten, kurz nachdem Brewster an ihm vorbeigegangen war. Der Wagen befand sich bereits auf der Kreuzung, und als Wetterau fiel, riss Steven Kearns unwillkürlich das Lenkrad herum. Die anderen Fußgänger auf der Kreuzung liefen in alle Richtungen auseinander.

»Außer Brewster«, stellte ich fest.

»Hä?« Angie sah sich die Aufnahmen von David Wetterau und der anderen Frau an.

»Warum hat sich dieser Brewster nicht auch erschrocken?«

Sie rutschte mit dem Stuhl neben mich und betrachtete die Skizze.

»Er ist hier«, erklärte ich und zeigte auf das Strichmännchen, das sie Z 7 genannt hatte. »Er ist an Wetterau vorbei, das heißt, er hat dem Auto den Rücken zugewandt.«

»Stimmt.«

»Er hört Reifen quietschen. Er dreht sich um, sieht das Auto auf ihn *zuschleudern* und trotzdem ...« Ich suchte nach seiner Aussage und las sie vor: »Er war, ich zitiere, keinen halben Meter von dem Mann entfernt, reichte ihm die Hand und stand wie angewurzelt da.«

Angie nahm mir das Blatt aus der Hand und las es. »Ja, aber in so einer Situation kann man schon erstarren.«

»Stimmt. Aber er ist nicht erstarrt, er reicht ihm die Hand.« Ich rückte mit dem Stuhl näher an den Tisch und zeigte auf Z 7. »Er stand mit dem Rücken zu dem Unfall, Ange. Er musste sich umdrehen und zusehen. Seine Beine sind wie festgefroren, aber die Arme will er bewegen können? So wie er sagt, ist er nur einen halben Meter von Autoreifen und Stoßstange entfernt und er bleibt trotzdem stehen?«

Sie betrachtete die Skizze und rieb sich das Gesicht. »Diese Aussagen dürften gar nicht in unseren Händen sein. Wir können also Brewster nicht einfach befragen und durchsickern lassen, dass wir seine erste Aussage kennen.«

Ich seufzte. »Das macht die Sache noch haariger.«

»Und wie!«

»Aber der Typ muss mal überprüft werden, meinst du nicht?«

»Auf jeden Fall.«

Sie lehnte sich auf dem Stuhl zurück und wollte mit beiden Händen das Haar zurückschieben, das gar nicht mehr vorhanden war. Sie merkte es im gleichen Moment wie ich und reagierte auf mein breites Grinsen mit einem ausgestreckten Mittelfinger.

»Okay«, sagte sie und pochte mit dem Stift auf den Block. »Wie sieht unsere Prioritätenliste aus?«

»Erstens: mit Karens Psychiater sprechen.«

Sie nickte. »Das ist unglaublich, was aus ihrer Praxis durchgesickert ist.«

»Zweitens: mit Brewster sprechen. Hast du seine Adresse?«

Sie zog ein Blatt unter dem Stapel Faxpapier hervor. »Miles Brewster«, las sie vor, »Landsdowne Street 12.« Sie blickte mit offenem Mund hoch.

»Ei, sieh mal, was ist falsch auf diesem Bild?«, fragte ich.

»Landsdowne Nr. 12, das wäre doch mitten ...«

»... im Fenway Park Stadion.«

Sie stöhnte. »Wie kann das dem Bullen entgangen sein?«

Ich zuckte mit den Achseln. »War vielleicht ein Anfänger, der die Zeugen am Tatort befragte. 46 Leute, das macht müde. Was weiß ich.«

»Scheiße.«

»Aber Brewster hat jetzt offiziell Dreck am Stecken«, erklärte ich.

Angie ließ das Fax sinken. »Das war kein Unfall.«

»Sieht nicht so aus.«

»Wie du vermutet hast.«

»Brewster geht Richtung Osten, Wetterau Richtung Westen. Brewster stellt ihm ein Bein. Bumm.«

Sie nickte. Die Aufregung vertrieb die Müdigkeit aus ihrem Gesicht. »Brewster behauptet, er hätte nach Wetterau gegriffen, um ihn hochzuziehen.«

»Aber in Wirklichkeit hat er ihn unter die Räder gebracht.«

Angie zündete sich eine Zigarette an und blinzelte durch

den Qualm auf ihre Skizze. »Kumpel, da sind wir über was richtig Hässliches gestolpert.«

Ich nickte. »Was verdammt noch mal ganz schön Hässliches.«

Kapitel 16

Die Praxis von Dr. Diane Bourne war in der ersten Etage eines braunen Sandsteingebäudes auf der Fairfield Street untergebracht, zwischen einer auf ostafrikanische Töpferware des frühen 13. Jahrhunderts spezialisierten Galerie und einer Firma, die Aufkleber auf Leinen nähte und diese auf Magnete zog, damit man sie an den Kühlschrank kleben konnte.

Die Praxiseinrichtung war eine Mischung aus Laura Ashley und Spanischer Inquisition. Schwerfällige Sessel und Sofas mit Blumenmuster sollten ein Gefühl von Behaglichkeit vermitteln, doch machten die Farben jede Gemütlichkeit zunichte: blutrot und pechschwarz. Dazu passende Teppiche und Gemälde von Bosch und Blake an den Wänden. Ich war bisher immer der Meinung, die Praxis eines Psychiaters solle dem Patienten das Gefühl vermitteln, seine Probleme in aller Ruhe erzählen zu können, und ihm nicht die Parole eintrichtern: Wehe, wenn du schreist!

Diane Bourne war Ende dreißig und so dünn, dass ich mich tierisch zusammenreißen musste, nicht auf der Stelle Essen zu bestellen und es ihr mit Gewalt einzuflößen. Gekleidet in ein weißes, ärmelloses Etuikleid, das hoch am Hals schloss und ihr bis zum Knie reichte, stand sie in der dunklen Umgebung wie ein Gespenst im Moor. Ihr Haar und ihre Haut waren so blass, dass der Übergang vom einen zum andern kaum zu erkennen war. Ihre Augen waren so durchscheinend grau wie ein Hagelsturm. Das enge Kleid unterstrich das wenige Weiche an ihr: die leichten Rundungen an Waden, Hüften und Schultern. Als sie sich an ihren Schreibtisch aus Rauchglas setzte, erinnerte sie mich an einen Motor – schnittig, gut eingestellt, auf Hochtouren laufend.

Kaum hatten wir ebenfalls Platz genommen, schob Dr. Diane Bourne ein kleines Metronom zur Seite, so dass ihr Blick auf uns nicht verstellt wurde, und zündete sich eine Zigarette an.

Sie lächelte Angie düster an. »Nun? Was kann ich für Sie tun?«

»Wir untersuchen den Tod von Karen Nichols«, antwortete Angie.

»Ja«, erwiderte sie und sog eine kleine weiße Rauchwolke ein. »So viel erwähnte Mr Kenzie schon am Telefon.« Sie streifte die Zigarette an einem Kristallaschenbecher ab. »Er war ziemlich« – ihre nebelgrauen Augen sahen in meine –, »reserviert, was weitere Informationen anging.«

»Reserviert«, wiederholte ich.

Sie zog kurz an der Zigarette und schlug die langen Beine übereinander. »Gefällt Ihnen das?«

»O ja.« Ich hob mehrmals die Augenbrauen.

Sie schenkte mir ein flüchtiges Lächeln und wandte sich wieder an Angie: »Wie ich Mr Kenzie gegenüber hoffentlich klargestellt habe, besitze ich nicht die geringste Neigung, Fragen zu erörtern, die mit Miss Nichols' Therapie zu tun haben.«

Angie schnippte mit den Fingern. »Super.«

Diane Bourne wandte sich wieder an mich. »Jedoch insinuierte Mr Kenzie am Telefon ...«

»Er insinuierte?«, wiederholte Angie.

»Ja, er insinuierte am Telefon, dass er im Besitz von Informationen sei, die – habe ich Sie da richtig verstanden, Mr Kenzie? –, möglicherweise Fragen aufwerfen könnten hinsichtlich der moralischen Integrität meines Umgangs mit Ms Nichols.«

Ich sah sie mit erhobenen Augenbrauen an. »Ich möchte behaupten, ich war nicht ganz so ...«

»Artikuliert?«

»... so wortgewaltig«, berichtigte ich, »aber ansonsten, Dr. Bourne, ging es genau darum, ja.«

Dr. Bourne schob den Aschenbecher ein wenig nach links, so dass wir den kleinen Rekorder dahinter sehen konnten. »Ich bin gesetzlich verpflichtet, Ihnen mitzuteilen, dass dieses Gespräch aufgezeichnet wird.«

»Cool«, meinte ich. »Darf ich fragen, wo Sie das Teil gekauft haben? Bei Sharper Image, oder? So einen schicken hab ich noch nie gesehen.« Ich sah Angie an. »Du?«

»Ich verarbeite immer noch das Insinuieren,« erwiderte sie.

Ich nickte. »Der war gut. Mir sind schon viele Sachen vorgeworfen worden, aber das ...«

Diane Bourne streifte ein wenig Asche am edlen Kristall ab. »Sie beide haben wirklich 'ne nette Nummer drauf.«

Angie schlug mir auf die Schulter und ich wollte ihr einen kleinen Schlag auf den Hinterkopf verpassen, doch duckte sie sich rechtzeitig. Dann grinsten wir beide Diane Bourne an.

Wieder zog sie kurz an der Zigarette. »A la Butch Cassidy und Sundance Kid, nur ohne den homosexuellen Unterton.«

»Normalerweise kommen die Leute mit Nick und Nora«, sagte ich zu Angie.

»Oder mit Chico und Groucho«, erinnerte Angie mich.

»Aber dann mit homosexuellem Unterton. Aber der Spruch mit Butch und Cassidy ...«

»... ist ein richtiges Kompliment«, ergänzte Angie.

Ich stemmte die Ellenbogen auf den Schreibtisch und sah am schwingenden Metronom vorbei in ihre bleichen, blassen Augen. »Wie kommen Ihre Gesprächsprotokolle in den Besitz eines Ihrer Patienten, Dr. Bourne?«

Sie sagte nichts. Sie saß ganz still, die Schultern leicht vorgebeugt, als rechnete sie mit einem kalten Luftzug.

Ich lehnte mich zurück. »Können Sie mir das erklären?«

Sie legte den Kopf nach links. »Könnten Sie Ihre Frage bitte wiederholen?«

Angie tat es. Ich übersetzte in Zeichensprache.

»Ich verstehe nicht ganz, worauf Sie hinauswollen.« Wieder strich sie die Asche ab.

Angie fragte: »Haben Sie die Angewohnheit, während einer Sitzung Notizen zu machen?«

»Ja, das machen die meisten ...«

»Und haben Sie die Angewohnheit, Dr. Bourne, diese Notizen an die betreffenden Patienten zu schicken?«

»Natürlich nicht.«

»Wie gelangten dann Ihre Aufzeichnungen von einer Sitzung mit Karen Nichols am 6. April 1994 in Miss Nichols' Besitz?«, fragte Angie.

»Das weiß ich nicht«, sagte Dr. Bourne wie eine ungeduldige Mutter zu einem Kind. »Vielleicht hat sie sie selbst bei einem Besuch mitgenommen.«

»Schließen Sie Ihre Akten nicht ein?«, hakte ich nach.

»Doch.«

»Wie sollte Karen dann daran kommen?«

Ihre ebenmäßigen Gesichtszüge erschlafften, die Lippen öffneten sich. »Konnte sie nicht«, antwortete sie schließlich.

»Das würde bedeuten«, fuhr Angie fort, »dass Sie oder jemand aus Ihrer Praxis vertrauliche, potentiell gefährdende Informationen an eine erkennbar instabile Patientin weitergab.«

Dr. Bourne schloss den Mund und streckte das Kinn vor. »Wohl kaum, Ms Gennaro. Ich scheine mich zu erinnern, dass wir hier einen Einbruch hatten ...«

»Wie bitte?« Angie beugte sich vor. »Sie *scheinen* sich an einen Einbruch zu erinnern?«

»Ja.«

»Dann gibt es ja bestimmt einen Polizeibericht.«

»Einen was?«

»Einen Polizeibericht«, wiederholte ich.

»Nein. Es schien nichts Wertvolles zu fehlen.«

»Nur vertrauliche Unterlagen«, gab ich zurück.

»Nein. Ich hab nie behauptet ...«

»Denn ich nehme an, Ihre Patienten würden erwarten, benachrichtigt zu werden, wenn ...«

»Ms Gennaro, ich glaube nicht, dass ...«

»... wenn vertrauliche Unterlagen in Bezug auf die intimsten Seiten ihres Lebens in die Hand eines unbekannten Dritten gelangten.« Angie sah mich an. »Meinst du nicht auch?«

»Wir können es ihnen ja sagen«, schlug ich vor. »Kleiner Dienst an der Allgemeinheit.«

Dr. Bournes Zigarette war im Kristallascher zu einem gekrümmten weißen Finger heruntergebrannt. Er sackte zusammen.

»Logistisch gesehen wär das schwer«, bemerkte Angie.

»Nee«, widersprach ich. »Wir setzen uns einfach draußen ins Auto. Wenn wir einen auf das Haus zugehen sehen, der ein bisschen neben der Kappe aussieht, fragen wir ihn, ob er Patient von Dr. Bourne ist, und ...«

»Das tun Sie nicht.«

»... und erzählen ihm von dem Einbruch.«

»Im Interesse der Allgemeinheit«, sagte Angie. »Die Menschen haben ein Recht auf Information. Mann, wir sind ganz schön sozial, oder?«

Ich nickte. »Diesmal haben wir Weihnachten keine Kohle in den Strümpfen.«

Diane Bourne zündete sich die nächste Zigarette an und beobachtete uns durch den Qualm mit ausdruckslosem Blick, offenbar verwirrt. »Was wollen Sie?«, fragte sie und ich bemerkte ein kaum wahrnehmbares Pochen in ihrer Stimme, das an das Ticken des Metronoms erinnerte.

»Zuerst mal«, begann ich, »möchten wir wissen, wie diese Aufzeichnungen aus Ihrer Praxis verschwinden konnten.«

»Ich hab nicht die geringste Ahnung.«

Angie zündete sich nun ebenfalls eine Zigarette an. »Dann denken Sie mal scharf nach, Lady.«

Diane Bourne stellte die Beine nebeneinander und legte sie dann auf diese nebensächliche Art schräg zur Seite, wie es nur Frauen können und Männer nicht im entferntesten. Sie hielt die Zigarette auf Kopfhöhe und streifte mit dem Blick kurz Blakes *Los* an der nach Osten gerichteten Wand, ein Gemälde so beruhigend wie ein Flugzeugabsturz.

»Ich hatte vor ein paar Monaten mal kurz eine Sekretärin. Ich spürte – ich hatte keinen Beweis, nur so ein Gefühl –, dass sie die Akten durchgesehen hatte. Sie war nur eine Woche hier, deshalb hab ich hinterher nicht mehr dran gedacht.«

»Wie heißt sie?«

»Das weiß ich nicht mehr.«

»Aber Sie haben es schriftlich.«

»Aber sicher. Ich lasse Miles die Unterlagen holen, wenn Sie gehen.« Dann lächelte sie. »Ach, ich hab vergessen, er ist heute gar nicht hier. Egal, ich schreibe ihm einen Zettel, dass er Ihnen die Informationen schicken soll.«

Angie saß einen halben Meter entfernt, aber ich fühlte, dass ihr Herz schneller schlug und ihr Blut in den Schläfen pochte.

Ich wies mit dem Daumen hinter mich in Richtung Vorzimmer. »Und Miles wäre wer?«

Plötzlich sah sie aus, als bereute sie, ihn erwähnt zu haben. »Er ist nur, ach, nur jemand, der hier zeitweise im Sekretariat arbeitet.«

»Zeitweise«, wiederholte ich. »Dann hat er also noch eine andere Arbeit?«

Sie nickte.

»Wo?«

»Warum?«

»Neugier«, erklärte ich, »ist eine Berufskrankheit. Ach, tun Sie mir doch den Gefallen!«

Sie seufzte. »Er arbeitet im Evanton Hospital in Wellesley.«

»In der Nervenheilanstalt?«

»Ja.«

»Was macht er da?« fragte Angie.

»Er arbeitet im Archiv.«

»Seit wann arbeitet er hier?«

»Warum fragen Sie?« Wieder neigte sie den Kopf zur Seite.

»Ich versuche festzustellen, wer Zugang zu Ihren Akten hat, Frau Doktor.«

Sie beugte sich vor, aschte in den Aschenbecher. »Miles Lovell ist seit dreieinhalb Jahren bei mir angestellt, Mr Kenzie, und um Ihre nächste Frage gleich vorwegzunehmen: Nein, er könnte keinen Grund haben, Aufzeichnungen aus Karen Nichols' Akte zu entwenden und sie ihr zuzuschicken.«

Lovell, dachte ich. Nicht Brewster. Ändert nur den Nachnamen, behält den Vornamen aus Bequemlichkeit. Keine dumme Idee, wenn man John heißt. Aber ziemlich dämlich, wenn man einen weniger geläufigen Namen hat.

»Okay.« Ich lächelte und gab den zufriedenen Detektiv. Keine Fragen mehr über den alten Miles Lovell. Aber, Lady, den Namen hab ich mir gemerkt.

»Er ist der vertrauenswürdigste Assistent, den ich je hatte.«

»Da bin ich mir sicher.«

»Nun«, sagte sie, »habe ich all Ihre Fragen beantwortet?«

Mein Grinsen wurde breiter. »Nicht mal ansatzweise.«

»Erzählen Sie uns von Karen Nichols«, forderte Angie sie auf.

»Da gibt es nicht viel zu erzählen ...«

Eine halbe Stunde später sprach sie noch immer; mit der Regelmäßigkeit und Emotionslosigkeit ihres Metronoms arbeitete sie ein Merkmal von Karens Psyche nach dem anderen ab.

Nach Aussage von Dr. Diane Bourne hatte Karen eine klassische bipolare manische Depression. Im Laufe der Jahre waren ihr Lithium, Depakote und Tegretol verordnet worden, dazu natürlich das Prozac, das ich in Warrens Scheune gefunden hatte. Die Frage, ob eine genetische Prädisposition für diese Krankheit bestand, erübrigte sich angesichts des Umstands, dass ihr Vater starb und sein Mörder sich vor Karens Augen erschoss. Karen habe ihre Gefühle als Kind und Jugendliche nicht ausgelebt, sondern ein unnatürlich angepasstes Verhalten wie aus dem Lehrbuch an den Tag gelegt, erklärte Dr. Bourne. Sie habe die Rolle der perfekten Tochter, Schwester und später die der perfekten Freundin gespielt.

»Sie hat sich wie viele Mädchen an Fernsehvorbildern orientiert«, sagte Dr. Bourne. »In Karens Fall an Serienheldinnen. Das gehört zu der Krankheit – möglichst tief in die Vergangenheit eines idealisierten Amerika abzutauchen. Deshalb war ihr Idol Mary Tyler Moore als Mary Richards und die ganzen Mütter aus den Sitcoms der fünfziger und sechziger Jahre: Barbara Billingsley, Donna Reed, Mary Tyler Moore als die Frau von Dick Van Dyke. Sie las Jane Austen, doch entging ihr vollkommen die Ironie und Gesellschaftskritik in Austens Werk. Sie betrachtete die Bücher als ideale Darstellung, wie man als gutes Mädchen erfolgreich im Leben sein konnte, wenn man ordentlich lebte und den richtigen Mann wählte wie Emma oder Elinor Dashwood. Das war also das Ziel und David Wetterau, ihr Darcy oder Rob Petrie, wenn man so will, war das i-Tüpfelchen auf ihrem glücklichen Leben.«

»Und als er durch den Unfall zu einem lebenden Toten wurde ...«

»... kamen ihre ganzen Dämonen zurück, die sie zwanzig Jahre lang verdrängt hatte. Ich war schon lange davon ausgegangen, dass sich Karens Zusammenbruch auf sexueller Ebene manifestieren würde, sollte ihr vorbildliches Leben jemals einen ernsthaften Riss erleiden.«

»Warum gingen Sie davon aus?«

»Sie müssen wissen, dass es die sexuelle Liaison von Karens Vater mit der Frau von Lieutenant Crowe war, die zu dem gewalttätigen Eingreifen des Lieutenants und damit zum Tod von Karens Vater führte.«

»Karens Vater hatte also eine Affäre mit der Frau seines besten Freundes?«

Sie nickte. »Darum ging es ja bei der Schießerei. Wenn man dann noch den Elektra-Komplex berücksichtigt, der bei einer Sechsjährigen sicherlich virulent war, wenn nicht sogar voll ausgebrochen, dazu Schuldgefühle über den Tod des Vaters und die widersprüchlichen sexuellen Gefühle für ihren Bruder, schon hat man ein Rezept für ...«

»Sie hatte eine sexuelle Beziehung zu ihrem Bruder?«, hakte ich nach.

Diane Bourne schüttelte den Kopf. »Nein. Ganz bestimmt nicht. Aber wie viele Frauen mit einem älteren Stiefbruder richtete sie die ersten Symptome ihres sexuellen Erwachens auf Wesley. In Karens Welt war der ideale Mann ein sehr dominanter. Ihr leiblicher Vater war beim Militär, ein Krieger. Ihr Stiefvater dominierte auf seine Weise. Wesley Dawe neigte zu gewalttätigen psychotischen Ausbrüchen und wurde bis zu seinem Verschwinden mit Antidepressiva behandelt.«

»Sie haben Wesley behandelt?«

Sie nickte.

»Erzählen Sie von ihm!«

Sie spitzte die Lippen und schüttelte den Kopf. »Ich glaube nicht.«

Angie sah mich an. »Gehen wir zum Auto?«

Ich nickte. »Müssen uns noch ’ne Thermoskanne Kaffee besorgen, dann sind wir so weit.«

Wir standen auf.

»Setzen Sie sich, Ms Gennaro, Mr Kenzie.« Diane Bourne winkte uns zurück. »Mann, Sie wissen wirklich nicht, wann es genug ist.«

»Deshalb verdienen wir so viel Geld«, gab Angie zurück.

Dr. Bourne lehnte sich in ihrem Stuhl zurück, teilte den schweren Vorhang hinter sich und blickte auf die von der Sonne erwärmte Backsteinfassade des Hauses auf der anderen Seite der Fairfield Street. Das Metalldach eines großen Lkws warf das Sonnenlicht zurück in ihr Gesicht. Sie ließ den Vorhang fallen und blinzelte in die Dunkelheit.

»Wesley Dawe«, begann sie und drückte mit den Fingern auf die Augenlider, »war ein sehr verwirrter, zorniger junger Mann, als ich ihn zum letzten Mal sah.«

»Wann war das?«

»Vor neun Jahren.«

»Wie alt war er da?«

»23. Er hasste seinen Vater über alles. Sich selbst hasste er nur geringfügig weniger. Nach dem Angriff auf Dr. Dawe empfahl ich, ihn zu seinem eigenen Wohl und dem seiner Familie zwangseinweisen zu lassen.«

»Was für ein Angriff?«

»Er stach auf seinen Vater ein, Mr Kenzie. Mit einem Küchenmesser. Aber typisch für Wesley: Er verpatzte es. Er zielte auf den Hals, denke ich, aber Dr. Dawe hob noch rechtzeitig die Schulter. Wesley lief davon.«

»Und als man ihn fand, haben Sie ...«

»Man fand ihn nicht. Er verschwand an dem Abend. Das war übrigens der Abend von Karens Abschlussball.«

»Und welche Auswirkungen hatte das auf Karen?«

»Damals? Gar keine.« Ein Lichtstrahl fiel durch einen Spalt im Vorhang auf Diane Bournes Augen und erhellte das blasse Grau zu einem glänzenden Alabaster. »Karen Nichols war eine große Verdrängerin. Das war ihre wichtigste Verteidigungs- und Angriffswaffe. Damals sagte sie, glaube ich, irgendetwas wie: ›Ach, Wesley kann sich einfach nicht zusammenreißen‹, und schilderte dann den Ballabend in allen Einzelheiten.«

»Genau wie Mary Richards es getan hätte«, bemerkte Angie.

»Sehr scharfsinnig, Ms Gennaro. Genau wie Mary Richards. Das Positive sehen. Selbst zum Schaden der eigenen Psyche.«

»Zurück zu Wesley«, sagte ich.

»Wesley Dawe«, fuhr sie fort, erschöpft von unseren Fragen, »hatte den IQ eines Genies, aber ein schwaches, gequältes Ich. Eine potentiell tödliche Kombination. Hätte er die Möglichkeit gehabt, unter fachmännischer Aufsicht heranzuwachsen, wäre seine Psychose vielleicht von seiner Intelligenz in Zaum gehalten worden, so dass er ein so genanntes normales Leben hätte führen können. Aber als sein Vater ihm die Schuld am Tod seiner kleinen Schwester gab, drehte er durch und verschwand kurz darauf. Das war wirklich eine Tragödie. Er war ein sehr kluger Mann.«

»Hört sich an, als bewunderten sie ihn«, bemerkte Angie.

Dr. Bourne lehnte sich zurück, den Kopf zur Decke gehoben. »Mit neun Jahren gewann Wesley ein nationales Schachturnier. Machen Sie sich das mal klar. Mit neun Jahren war er besser als jedes andere Kind unter fünfzehn im ganzen Land. Den ersten Nervenzusammenbruch hatte er mit zehn. Danach spielte er nie wieder Schach.« Sie senkte den Kopf und sah uns mit ihren blassen Augen an. »Er hat *nie wieder* gespielt. Punkt.«

Sie erhob sich und überragte uns in ihrem schimmernden weißen Kleid. »Mal sehen, ob ich den Namen von dieser Sekretärin finden kann.«

Sie führte uns in ein anderes Zimmer, in dem ein Aktenschrank und ein kleiner Schreibtisch standen, öffnete den Schrank mit einem Schlüssel und wühlte darin herum, bis sie ein Blatt Papier fand. »Pauline Stavaris. Anschrift – hören Sie?«

»Hab einen Stift«, erwiderte ich.

»Anschrift: Medford Street 35.«

»In Medford?«

»In Everett.«

»Telefonnummer?«

Sie nannte sie mir.

»Ich nehme an, das wär's«, sagte Diane Bourne.

»Stimmt«, pflichtete Angie ihr bei. »War uns ein Vergnügen.«

Sie führte uns durch ihr Sprechzimmer in den Eingangsbereich und schüttelte uns dort die Hand.

»Karen wäre das nicht recht gewesen, wissen Sie?«

Ich trat einen Schritt zurück. »Nein?«

Sie machte eine ausschweifende Handbewegung. »Was Sie hier alles aufwirbeln. Wie Sie ihren Ruf beflecken. Sie legte großen Wert auf ihr Äußeres.«

»Was glauben Sie denn, wie sie aussah, als sie nach dem Sprung aus dem 26. Stockwerk gefunden wurde? Können Sie mir das verraten, Frau Doktor?«

Sie lächelte verkniffen. »Leben Sie wohl, Mr Kenzie, Ms Gennaro. Ich hoffe, ich sehe keinen von Ihnen noch einmal wieder.«

»Hoffen Sie ruhig«, meinte Angie.

»Aber wetten Sie nicht drauf«, ergänzte ich.

Kapitel 17

Ich rief Bubba vom Auto aus an. »Was machst du gerade?«

»Bin gerade mit dem Flugzeug aus Irland zurückgekommen«, antwortete er.

»War nett?«

»'ne Horde angenervter Zwerge und frag mich nicht, was die da für 'ne Sprache sprechen, wie Englisch hört sich das jedenfalls nicht an.«

Ich grub meinen besten nordirischen Porridge-Akzent aus: »Haste ne richtig goile Sause gemacht, Alder?«

»Was?«

»O Mann, Rogowski, haste vielleicht Bohnen inne Ohren?«

»Hör auf damit«, sagte Bubba. »Scheiße noch mal.«

Angie legte mir die Hand auf den Arm. »Hör auf, den armen Jungen zu quälen.«

»Angie ist bei mir«, erklärte ich.

»Scheiße, nein. Wo?«

»Back Bay. Wir brauchen einen Zusteller.«

»'ne Bombe?« Bubba klang erfreut, so als hätte er ein paar davon herumliegen, die er dringend loswerden müsse.

»Äh, nein. Nur ein Kassettenrekorder.«

»Oh.« Er klang enttäuscht.

»Na komm«, meinte ich. »Denk dran, Angie ist dabei. Hinterher gehen wir zusammen einen trinken.«

Er grunzte. »Shakes Dooley meint, du hättest vergessen, wie das geht.«

»Na, dann zeig's mir, Bruder. Zeig's mir.«

»Wir folgen Dr. Bourne also bis zu ihrer Wohnung«, sagte Angie, »und schmuggeln dann irgendwie ein Aufnahmegerät bei ihr rein?«

»Ja.«

»Dämliche Idee.«

»Hast du 'ne bessere?«

»Im Moment nicht.«

»Meinst du, sie hat Dreck am Stecken?«, wollte ich wissen.

»Auf jeden Fall wirkt sie verdächtig.«

»Also führen wir meinen Plan durch, bis uns ein besserer einfällt.«

»Es gibt auf jeden Fall 'nen besseren. Mir fällt schon einer ein. Glaub mir. Es gibt 'nen besseren.«

Um vier Uhr parkte ein schwarzer BMW vor Dr. Bournes Praxis. Der Fahrer blieb sitzen, rauchte, stieg dann aus und stellte sich an die Straße, lehnte sich mit dem Rücken gegen die Motorhaube. Er war klein und trug ein grünes Seidenhemd, das er in seine enge schwarze Jeans gestopft hatte.

»Er hat rote Haare«, bemerkte ich.

»Was?«

Ich wies auf dem Mann.

»Ja, und? Gibt viele Leute mit rotem Haar. Besonders in dieser Stadt.«

Diane Bourne erschien auf dem Treppenabsatz vor der Eingangstür. Der Rothaarige hob den Kopf, als er sie erkannte. Sie schüttelte kaum merklich den Kopf. Der Mann hob verwirrt die Schultern, als sie mit gesenktem Kopf die Treppe herunter und an ihm vorbeiging. Ihre Schritte waren schnell und entschlossen.

Der Typ sah ihr hinterher, drehte sich dann langsam um und schaute die Straße hoch und runter, als spürte er plötzlich, dass er beobachtet wurde. Er warf die Zigarette auf den Bürgersteig und stieg in seinen BMW.

Ich meldete mich bei Bubba, der mit seinem Van in der Newbury Street wartete. »Neuer Plan«, erklärte ich. »Wir verfolgen einen schwarzen BMW.«

»Auch gut.« Er legte auf. Schwer zu beeindrucken, der Mann.

»Wieso fahren wir jetzt hinter dem Typen her?«, wollte Angie wissen. Ich ließ zwei Autos zwischen uns und den BMW, bevor ich selbst losfuhr.

»Weil er rote Haare hat«, erwiderte ich. »Weil Bourne ihn kannte und so getan hat, als ob sie ihn nicht kannte. Weil er umpfelig aussieht.«

»Umpfelig?«

Ich nickte. »Umpfelig.«

»Was soll das bedeuten?«

»Keine Ahnung. Hab ich mal in *Mannix* gehört.«

Wir folgten dem BMW in südlicher Richtung aus der Innenstadt. Bubbas schwarzer Van klebte an unserer Stoßstange. Wir saßen im Feierabendverkehr fest. Hinter der Albany Street krochen wir im Schneckentempo durch Southie, Dorchester, Quincy und Braintree. Für die zwanzig Meilen brauchten wir gerade mal eine Stunde und fünfzehn Minuten. Willkommen in Boston: Wir leben und sterben fürs Autofahren!

In Hingham bog er von der Schnellstraße ab und führte uns

eine weitere halbe Stunde über die feuchte, ungemütliche Route 228. Bubba klebte nach wie vor an unserer Stoßstange. Wir fuhren durch Hingham – weiße Kolonialhäuser, weiße Zäune und weiße Menschen –, dann vorbei an E-Werken, gewaltigen Öltanks und Hochspannungsdrähten, bis der schwarze BMW Nantasket erreichte.

Nantasket Beach war früher einmal ein versifftes Strandbad mit einer schmutzig sinnlichen Atmosphäre, das eine Menge Biker und Frauen mit nacktem Schwabbelbauch und strähnigen Haaren anzog, doch nachdem der Vergnügungspark abgerissen worden war, der früher am Strand lag, war es zu einem sterilen Postkartenidyll geworden. Fort waren die alten Kettenkarussells und die schäbigen Holzclowns, die man mit einem Softball umwerfen musste, um einen anämischen Guppy in einer Plastiktüte zu gewinnen. Das verdrehte Stahlskelett einer Achterbahn, die zu ihrer Zeit als gefährlichste des Landes galt, war von Abrissbirnen zertrümmert und mit Stumpf und Stiel aus der Erde gerissen worden, damit man dort Eigentumswohnungen mit Blick auf die Promenade bauen konnte. Das Einzige, was noch an die alten Tage erinnerte, war das Meer selbst und ein paar in klebrig oranges Licht getauchte Spielhöllen an der Promenade.

Bald würden die Spielhöllen durch Cafés ersetzt werden, würde man strähniges Haar verbieten, und wenn dann keiner mehr auch nur das kleinste bisschen Spaß hatte, konnte man es Fortschritt nennen.

Als wir die Strandstraße am Gelände des ehemaligen Freizeitparks entlangfuhren, kam mir in den Sinn, dass ich, wenn ich jemals Kinder hätte und ihnen die Orte zeigen wollte, die mir einmal etwas bedeutet hatten, ihnen nur noch die Häuser würde zeigen können, die die alten ersetzt hatten.

Am Ende der Strandpromenade bog der BMW nach links ab, dann nach rechts und wieder nach links und fuhr schließlich in die sandige Auffahrt eines kleinen weißen Häuschens mit grüner Markise und Zierleisten. Wir rollten weiter, Angie sah in den Seitenspiegel.

»Was macht der da hinten?«

»Wer?«

Sie schüttelte den Kopf, die Augen auf den Spiegel gerichtet. »Bubba.«

Ich sah in den Rückspiegel und entdeckte, dass Bubba seinen schwarzen Van ungefähr fünfzig Meter vor dem Haus des Rothaarigen am Straßenrand geparkt hatte. Er stieg aus und rannte zwischen zwei Häusern hindurch, die dem des Rothaarigen täuschend ähnlich sahen, und verschwand irgendwo im Hof.

»Das gehörte nicht zu unserem Plan«, bemerkte ich.

»Feuermelder ist zu Hause«, verkündete Angie.

Ich wendete und fuhr wieder zurück, vorbei am Haus des Roten, der gerade die Haustür hinter sich zuzog, und an Bubbas Van. Nach weiteren zwanzig Metern parkte ich am rechten Fahrbahnrand vor einer Baustelle, wo bereits das Skelett des nächsten Häuschens auf braunem Erdboden wartete.

Angie und ich stiegen aus und gingen zu Bubbas Auto.

»Ich kann es nicht ab, wenn er so was macht«, erklärte sie.

Ich nickte. »Ich vergesse manchmal einfach, dass er einen eigenen Kopf hat.«

»Das weiß ich schon«, gab Angie zurück, »aber wie er ihn manchmal einsetzt, das raubt mir nachts den Schlaf.«

Gerade als wir den Van erreichten, kam Bubba zwischen den beiden Häusern hervorgelaufen, schob uns zur Seite und öffnete die Hecktüren.

»Bubba«, sagte Angie, »was hast du gemacht?«

»Psst. Ich arbeite gerade.« Er warf eine Heckenschere auf die Ladefläche, griff nach einer Sporttasche und schlug die Türen wieder zu.

»Was hast du ...«

Er legte mir einen Finger auf die Lippen. »Pssst. Vertrau mir. Das ist gut.«

»Hat es etwas mit Sprengstoff zu tun?«, erkundigte sich Angie.

»Nein, sollte es?« Bubba wollte die Türen wieder öffnen.

»Nein, Bubba. Ganz bestimmt nicht.«

»Ach.« Er ließ die Hand fallen. »Keine Zeit. Bin gleich wieder da.«

Er drängte uns zur Seite und rannte geduckt über den Rasen auf das Haus des Feuermelders zu. Selbst in geduckter Haltung ist Bubba so einfach zu übersehen wie ein Sputnik. Er wiegt etwas weniger als ein Klavier, aber mehr als ein Kühlschrank, und zwischen dem braunem Stachelhaar und dem Hals vom Körperumfang eines Nashorns prangt das unwissende Gesicht eines Neugeborenen. Genau genommen bewegt er sich sogar wie ein Nashorn: schwerfällig mit leichtem Rechtsdrall, aber ungeheuer schnell.

Mit leicht geöffnetem Mund beobachteten wir ihn, wie er sich neben dem BMW auf die Knie fallen ließ. Er knackte das Schloss mit dem Dietrich in ungefähr der Zeit, die ich zum Aufschließen mit einem normalen Schlüssel gebraucht hätte, und öffnete die Autotür.

Angie und ich zuckten zusammen, weil wir auf die Sirene warteten, doch herrschte absolute Stille. Bubba griff ins Wageninnere, holte etwas heraus und ließ es in die Tasche seines Trenchcoats gleiten.

»Was für einen Scheiß macht er da?«, fragte Angie.

Bubba fasste hinter sich und öffnete den Reißverschluss der Reisetasche zwischen seinen Beinen. Mit der Hand tastete er darin herum, bis er das Gesuchte fand. Er holte einen kleinen schwarzen rechteckigen Gegenstand hervor und deponierte ihn im Wagen.

»Das ist eine Bombe«, bemerkte ich.

»Er hat's versprochen«, sagte Angie.

»Ja«, meinte ich, »aber er ist, äh, verrückt. Hast du das vergessen?«

Mit dem Ärmel des Trenchcoats wischte Bubba über die Flächen, die er in und am Auto berührt hatte. Dann drückte er die Tür vorsichtig zu und rannte wieder über den Rasen zu uns zurück.

»Ich bin so obergeil«, lachte er.

»Stimmt«, sagte ich. »Was hast du gemacht?«

»Ich meine, ich bin die Krönung, Junge! Manchmal überrasche ich mich selbst.« Er öffnete die Hecktüren des Van und warf die Reisetasche hinein.

»Bubba«, versuchte es Angie, »was ist in der Tasche?«

Bubba war kurz vorm Platzen. Er nahm die Tasche und winkte uns heran. »Handys!«, stieß er mit der Freude eines Zehnjährigen hervor.

Ich warf einen Blick in die Tasche. Es stimmte. Zehn oder zwölf Handys: von Nokia, Ericson, Motorola, die meisten schwarz, ein paar grau.

»Toll«, meinte ich. Ich sah in sein strahlendes Gesicht. »Warum genau ist das toll, Bubba?«

»Weil dein Plan Kacke war und ich hab mir einen neuen ausgedacht.«

»Mein Plan war nicht schlecht.«

»Der war Kacke!«, freute er sich. »Ich meine, der war 'ne Niete, Junge. Eine Wanze in einer Kiste verstecken, die der Typ – oder war es zuerst nicht sogar die Alte? – mit ins Haus nimmt.«

»Ja, und?«

»Und was ist, wenn er die Kiste auf dem Esszimmertisch stehen lässt und dann hochgeht ins Schlafzimmer, wo er dann das tut, was du gerne hören möchtest?«

»Wir hofften irgendwie, das würde er nicht tun.«

Er streckte mir seinen Daumen entgegen. »Supergeil überlegt, die Sache.«

»Nun«, meinte Angie. »Was ist denn deine Idee?«

»Sein Handy austauschen«, erwiderte Buba. Er zeigte auf die Sporttasche. »Die sind schon alle verwanzt. Ich musste nur eins von meinen finden, das genauso aussieht wie seins.« Er zog ein dunkelgraues Nokia aus der Tasche.

»Das ist seins?«

Er nickte.

Ich nickte ebenfalls, erwiderte sein Grinsen und machte dann plötzlich ein ernstes Gesicht. »Bubba, nimm's nicht persönlich, aber was soll das? Der Typ ist drinnen im Haus!«

Bubba wippte auf seinen Absätzen und hob mehrmals die Augenbrauen. »Ja?«

»Ja«, wiederholte ich. »Also – wie soll ich das sagen? – warum braucht er ein beschissenes Handy, wenn er drinnen im Haus mit Sicherheit drei oder vier Telefone hat, hä?«

»Telefone«, wiederholte Bubba langsam und runzelte die Stirn. Das Grinsen verschwand. »Hab ich gar nicht dran gedacht. Dann kann er also einfach eins nehmen und irgendwo anrufen, ja?«

»Genau, Bubba. Darum geht's bei den Dingern. Und genau das macht er wahrscheinlich im Moment.«

»Scheiße«, meinte Bubba. »Schade, dass ich die Telefonleitungen hinten durchgeschnitten habe, was?«

Angie prustete los. Sie nahm sein Engelsgesicht zwischen die Hände und küsste ihn auf die Nase.

Bubba errötete und sah mich dann mit einem langsam breiter werdenden Grinsen an.

»Ähm ...«

»Ja?«

»Tut mir Leid«, sagte ich.

»Und was?«

»Dass ich dir nicht vertraut hab, okay? Zufrieden?«

»Und dass du mich wie einen Blödmann behandelt hast.«

»Und dass ich dich wie einen Blödmann behandelt habe, ja.«

»Und dass du in einem verächtlichen Tonfall gesprochen hast«, ergänzte Angie.

Ich warf ihr einen bösen Blick zu.

»Was sie grad meinte.« Bubba zeigte mit dem Daumen auf Angie.

Angie sah sich über die Schulter um. »Er kommt zurück.«

Wir kletterten in den Van und Bubba schloss die Tür hinter uns. Durch das verspiegelte Glas sahen wir, wie der Rothaarige gegen seinen Vorderreifen trat, die Wagentür öffnete, sich über den Sitz lehnte und sein Handy von der Ablage nahm.

»Warum hat er denn nicht auf der Rückfahrt telefoniert?«, fragte Angie. »Wenn der Anruf so wichtig war ...«

»Roaming: wenn man in verschiedenen Netzen telefoniert«, erklärte Bubba. »Wenn einer unterwegs telefoniert, ist es viel leichter, sich in das Gespräch einzuklinken, zuzuhören oder Daten abzurufen – alles.«

»Stationär hingegen?«, fragte ich nach.

Er verzog das Gesicht. »Hä, meinst du damit, wie im Krankenhaus? Aber was hat das mit ...?«

»Stationär«, erklärte ich, »also unbeweglich.«

»Ach so.« Er sah Angie an und verdrehte die Augen. »Muss er wieder das College raushängen lassen.« Er wandte sich mir zu. »Na gut, das Wort des Tages: Wenn er ›stationär‹ ist, ist es ein ganzes Stück schwerer, sich einzuklinken. Dann muss man über Landleitungen und Blechdächer und Antennen und Satellitenschüsseln gehen, über den ganzen Kram, wenn du weißt, was ich meine.«

Der Feuermelder ging zurück ins Haus.

Mit einem Finger tippte Bubba etwas in den Laptop, der

zwischen uns auf dem Boden stand. Er zog einen verschmierten Zettel aus der Tasche. In seiner Grundschülerschrift hatte er dort die Handytypen mit Seriennummern und den zugehörigen Frequenzangaben für seine Abhöranlage aufgelistet. Er gab eine Frequenzzahl in den Computer ein.

»Mach ich auch das erste Mal«, bemerkte er. »Hoffe, es klappt.«

Ich verdrehte die Augen und lehnte mich gegen die Seitenwand.

»Ich kann nichts hören«, meldete ich nach ungefähr einer halben Minute.

»Ups.« Bubba hob einen Finger. »Die Lautstärke.«

Er beugte sich vor und drückte auf den Lautstärkeregler unten am Laptop und einen Moment darauf hörten wir Diane Bournes Stimme aus den kleinen Boxen.

»... bist du betrunken, Miles? Selbstverständlich ist das wichtig. Die haben alle möglichen Fragen gestellt.«

Ich grinste Angie an. »Und du wolltest den Feuermelder nicht verfolgen.«

Sie verdrehte die Augen und sagte zu Bubba: »Einmal in drei Jahren hat er den richtigen Riecher gehabt und schon hält er sich für Gott.«

»Was für Fragen?«, wollte Miles wissen.

»Wer du bist, wo du arbeitest.«

»Wie sind sie auf mich gekommen?«

Diane Bourne überging die Frage. »Sie wollten alles über Karen wissen, über Wesley und wie die verfluchten Aufzeichnungen in Karens Besitz gelangen konnten, Miles.«

»Schon gut, schon gut, reg dich ab.«

»Ich reg mich nicht ab! Reg du dich ab. O Gott«, sagte sie mit einem Riesenseufzer. »Die beiden sind unglaublich clever. Verstehst du das?«

Bubba stieß mich an. »Redet die über euch?«

Ich nickte.

»Scheiße«, meinte Bubba. »Clever. Ja, klar.«

»Ja«, bestätigte Miles Lovell. »Die sind clever. Das wussten wir.«

»Wir wussten nicht, dass sie mir auf die Spur kommen würden. Bring das in Ordnung, Miles. Ruf ihn an!«

»Mach ...«

»Bring das in Ordnung!«, rief sie und legte auf.

Sobald das Gespräch beendet war, wählte Miles eine neue Nummer.

Ein Mann meldete sich. »Ja?«

»Heute haben zwei Leute rumgeschnüffelt«, erzählte Miles.

»Von der Polizei?«

»Nein, Detektive. Sie haben die Aufzeichnungen gefunden.«

»Hat jemand vergessen, die abzuholen?«

»Jemand war betrunken. Was soll man da sagen?«

»Klar.«

»Sie ist durch den Wind.«

»Die gute Frau Doktor?«

»Ja.«

»Zu sehr durch den Wind?«, fragte die ruhige Stimme.

»Ganz bestimmt.«

»Muss man sich mit ihr unterhalten?«

»Vielleicht sogar noch mehr. Sie ist das schwache Glied.«

»Das schwache Glied. Aha.«

Es gab eine lange Pause. Ich konnte Miles atmen hören, am anderen Ende rauschte es.

»Bist du noch dran?«, fragte Miles.

»Ich finde es langweilig.«

»Was?«

»So zu arbeiten.«

»Für deine Arbeitsweise haben wir vielleicht nicht genug Zeit. Guck mal, wir ...«

»Nicht am Telefon.«

»In Ordnung. Dann wie immer.«

»Wie immer. Mach dir keine Sorgen.«

»Ich mach mir keine Sorgen. Ich möchte nur, dass die Sache schneller erledigt wird als sonst.«

»Auf jeden Fall.«

»Das meine ich ernst.«

»Das habe ich verstanden«, sagte die ruhige Stimme und brach die Verbindung ab.

Miles legte auf und rief sofort die nächste Nummer an.

Beim vierten Klingeln nahm eine Frau ab. Sie sprach schwerfällig und schleppend.

»Ja?«

»Ich bin's«, meldete sich Miles.

»Aha.«

»Weißt du noch, als wir bei Karen was abholen sollten?«

»Was?«

»Die Aufzeichnungen. Weißt du noch?«

»Hey, das war deine Sache.«

»Er ist sauer.«

»Ja, und? Es war *deine* Sache.«

»Das sieht er aber anders.«

»Was meinst du damit?«

»Ich meine, er könnte auch einen andere Marschrichtung einschlagen. Sei vorsichtig.«

»O Scheiße«, sagte die Frau. »Willst du mich verarschen? Mensch, Miles!«

»Beruhige dich.«

»Nein! Verstanden? Du meine Güte, Miles! Er hat uns in der Hand.«

»Er hat alle in der Hand«, erwiderte Miles. »Mach ...«

»Was? Was soll ich machen, Miles? Hä?«

»Keine Ahnung. Sieh dich vor!«

»Danke. Vielen Dank. Scheiße.« Sie legte auf.

Wir saßen im Van und beobachteten sein Haus, warteten, dass er nach draußen kam und uns zu seinem nächsten Ziel führte.

»Meinst du, die Frau gerade war Dr. Bourne?«

Angie schüttelte den Kopf. »Nein. Die hier war jünger.«

Ich nickte.

Bubba meinte: »Also, der Typ im Haus, der hat also was verbrochen?«

»Ja, denke schon.«

Bubba fasste unter seinen Trenchcoat, zog eine .22er hervor und schraubte den Schalldämpfer auf. »Okay. Lass uns losgehen!«

»Was?«

Er sah mich an. »Treten wir die Tür ein und erschießen ihn.«

»Warum?«

Er zuckte mit den Achseln. »Du hast gesagt, er hat was verbrochen. Also erschießen wir ihn. Los! Das macht Spaß.«

»Bubba«, sagte ich und legte meine Hände auf seine, damit er die Waffe senkte, »wir wissen noch nicht genau, womit wir es hier zu tun haben. Wir brauchen den Typen noch, damit er uns zu seinem Komplizen führt.«

Bubbas Augen weiteten sich, sein Kinn fiel herunter und er starrte auf die Wand des Wagens, als wäre er ein Kind, dessen Luftballon gerade vor seinen Augen geplatzt war.

»Mann«, sagte er zu Angie. »Warum nehmt ihr mich überhaupt mit, wenn ich keinen erschießen kann?«

Angie legte einen Arm um ihn. »Och, schon gut, Junge. Man muss auch warten können.«

Bubba schüttelte den Kopf. »Weißt du, was mit jemand passiert, der wartet?«

»Was denn?«

»Er wartet, bis er schwarz wird.« Er runzelte die Stirn. »Und dann wird immer noch keiner erschossen.« Er zog eine Flasche Wodka aus seinem Trenchcoat, nahm einen kräftigen Schluck und schüttelte den riesigen Kopf. »Das ist manchmal nicht gerecht.«

Armer Bubba. Immer falsch angezogen für die Party.

Kapitel 18

Kurz nach Sonnenuntergang, als der Himmel einen satten tomatenroten Farbton annahm und der Geruch der Ebbe mit dem Wind ins Land wehte, verließ Miles Lovell sein Haus.

Wir gaben ihm ein paar Straßen Vorsprung, bevor wir auf die Küstenstraße fuhren. In der Nähe der Öltanks bei der Industriemüllverwertung auf der 228 holten wir ihn wieder ein. Es war nicht viel Verkehr und die wenigen Autos fuhren nicht in unsere Richtung, sondern uns entgegen zum Strand. Daher ließen wir ihm eine Viertelmeile Vorsprung und warteten, dass es dunkler wurde.

Der Himmel nahm lediglich einen tieferen Rotton an, der von dunkelblauen Schlieren umwölkt wurde. Angie saß mit Bubba im Van, ich fuhr im Porsche voran. Lovell führte uns zurück durch Hingham wieder auf die Route 3 in Richtung Süden.

Es war keine lange Fahrt. Er nahm die Ausfahrt bei Plymouth Rock einige Minuten später und bog nach einer Meile auf unbefestigte Landstraßen ab, die immer kleiner wurden und immer mehr Staub aufwirbelten. Wir ließen uns weit zurückfallen und ich hoffte, dass wir ihn nicht an einer unübersichtlichen Kreuzung oder an einem kleinen Weg verloren, der hinter dickem Gestrüpp und Geäst nicht zu erkennen sein würde.

Ich hatte das Fenster heruntergekurbelt und das Radio ausgeschaltet, so dass ich ihn gelegentlich hören konnte, wenn seine Reifen über den ausgefurchten Weg knirschten oder wenn ein paar Takte Jazz aus seiner Anlage durch sein Schiebedach wehten. Soweit ich wusste, befanden wir uns im Miles-Standish-Forest. Über uns ragten Kiefern, Ahornbäume und Lärchen in den roten Himmel und ich roch die Preiselbeeren, lange bevor ich sie erblickte.

Es war ein süßer, scharfer, würziger Geruch, erst später nahm man das Aroma gärender Beeren wahr, die den ganzen Tag lang in der Sonne gelegen hatten. Die Kühle der Nacht ließ weißen Nebel aus dem morastigen Teich aufsteigen und durch die Bäume schweben. Ich parkte auf der letzten Lichtung vor dem Sumpf und sah Lovells Rücklichtern nach, die sich den schmalen Weg zum Ufer hinunterwanden.

Bubba parkte den Van neben mir, dann stiegen wir aus und schlossen vorsichtig die Türen, so dass man nur ein sanftes Klicken hörte, als sie ins Schloss fielen. Fünfzig Meter weiter hörten wir, wie Miles Lovell die Tür öffnete und mit einem lauten Knall hinter sich zuschlug. Die Geräusche hier draußen wurden über die nebligen Sümpfe und durch den nur dünn bewachsenen Wald kilometerweit getragen.

Wir liefen den feuchten, dunklen Weg zum Sumpf hinunter und erhaschten durch die Baumreihen einem Blick auf das Meer aus Preiselbeeren, noch grün in diesem Stadium. Die knotenförmigen Fruchtstände wippten in den weißen Schwaden über dem Brackwasser sanft gegeneinander.

Schritte liefen über Holz und eine Krähe krächzte in der dunkler werdenden Nacht. Die Äste raschelten in der feuchten Brise. Am Ende des Baumbestandes war der BMW geparkt. Vorsichtig schob ich den Kopf hinter dem letzten Baumstamm hervor.

Wogend lag das Preiselbeerfeld vor mir. Wie kalter Atem

hing weißer Dunst über den Früchten. Die gesamte Oberfläche wurde durch ein Kreuz aus dunklen Holzplanken in vier lange Rechtecke geteilt. Miles Lovell ging über einen der kürzeren Stege. In der Mitte des Kreuzes befand sich eine kleine Pumpenhütte aus Holz, deren Tür Lovell nun öffnete. Er ging hinein und schloss sie hinter sich.

Ich kroch am Ufer entlang und hoffte, dass mir Lovells Wagen Sichtschutz bot, falls jemand am hinteren Ufer des Teiches stand. Ich betrachtete die Hütte. Sie war gerade groß genug, um als Baustellentoilette durchzugehen, und hatte ein Fenster auf der rechten Seite, das auf den langen Steg ging, der sich in nördlicher Richtung über das Wasser spannte. Ein Vorhang aus schwerem Baumwollstoff hing vor dem Fenster. Im nächsten Augenblick leuchtete das Fenster in einem gedämpften Orange auf. Lovells verschwommene Silhouette zeigte sich und verschwand.

Außer dem Auto gab es hier draußen keinen Schutz – nur sumpfiges Gelände und morastiger Boden um mich herum. Da summte es nur so vor Bienen, Mücken und Grillen, die sich gerade für die Nachtschicht rüsteten. Ich kroch zu den Bäumen zurück. Zu dritt arbeiteten wir uns bis zu den dünnen Stämmen vor, die die letzte Baumreihe vor dem Wasser bildeten. Von dort aus konnten wir die Hütte von vorne und von links sehen sowie einen Teil des Steges, der zum gegenüberliegenden Ufer führte und dort in schwarzem Dickicht verschwand.

»Scheiße«, sagte ich, »ich hätte ein Fernglas mitnehmen sollen.«

Bubba seufzte, zog eins aus seinem Trenchcoat und reichte es mir. Bubba und sein Trenchcoat – manchmal hätte ich schwören können, er hätte einen ganzen Kiosk dabei.

»Mit dem Mantel bist du wie Harpo Marx. Hab ich dir das schon mal gesagt?«

»Ungefähr sieben- bis achthundertmal.«

»Oh.« Mein Coolnessfaktor sank beständig.

Ich richtete das Fernglas auf die Hütte, stellte es scharf, bekam aber nur den Wald einigermaßen klar vor die Linse. Wir konnten im Moment wohl nicht mehr tun, als darauf zu warten, dass der geheimnisvolle Mann zu seinem Treffen mit Lovell auftauchte, und zu hoffen, dass die Mücken und Bienen nicht in großer Zahl herauskamen. Für den Fall hatte Bubba jedoch wahrscheinlich eine Dose Mückenspray dabei, vielleicht sogar einen Infrarotgrill.

Der Himmel um uns herum verlor seine rote Farbe und tönte sich langsam dunkelblau und die grünen Preiselbeeren leuchteten vor dem neuen Hintergrund, während der Nebel moosgrau, und die Bäume schwarz wurden.

»Meinst du, der Typ, mit dem sich Miles treffen will, war zuerst da?«, fragte ich Angie nach einer Weile.

Sie blickte auf die Hütte. »Ist alles möglich. Dann hätte er aber aus einer anderen Richtung kommen müssen. Die einzigen Spuren hier stammen von Lovell und wir haben weiter nördlich geparkt.«

Ich schwenkte mit dem Fernglas herum zum südlichen Ende des Plankenkreuzes, wo es zwischen hohen Halmen vertrockneter gelber Pflanzen verschwand, die aus dem Morast aufragten. Hier wimmelte es nur so vor Mücken. Das war auf jeden Fall der am wenigsten einladende und schwierigste Zugang, es sei denn, man wollte unbedingt an Malaria erkranken.

Hinter mir schnaubte Bubba verächtlich, trat in den Boden und brach ein paar dickere Zweige von einem Baum ab.

Ich schwenkte mit dem Fernglas zum gegenüberliegenden Ufer, der Ostspitze des Kreuzes. Dort schien das Ufer besser befestigt, die Bäume standen dicht und hoch. Sie standen so dicht, dass ich auf fünfzig Meter außer schwarzen Stämmen und grünem Moos nichts anderes sehen konnte, sosehr ich auch am Fokus drehte.

»Wenn er schon da ist, ist er von der anderen Seite gekommen.« Ich zeigte in die entsprechende Richtung und zuckte mit den Achseln. »Ich schätze, wir können auf dem Rückweg einen Blick auf ihn werfen. Hast du 'ne Kamera?«

Angie nickte und zog die kleine Pentax mit dem eingebauten Autofokus und der Blitzzuschaltung für Nachtaufnahmen aus der Tasche.

Ich lächelte. »Mein Weihnachtsgeschenk!«

»Weihnachten '97.« Sie schmunzelte. »Das Einzige, was ich mit ruhigem Gewissen in der Öffentlichkeit vorzeigen kann.«

Ich sah ihr in die Augen und sie hielt meinem Blick einen Moment lang stand. Plötzlich spürte ich eine überwältigende Sehnsucht. Dann senkte sie den Blick, mir stieg die Röte ins Gesicht und ich widmete mich wieder dem Fernglas.

»Und so einen Scheiß macht ihr beiden jeden Tag, ja?«, fragte Bubba nach weiteren zehn Minuten. Er nahm noch einen Schluck aus der Wodkaflasche und rülpste.

»Oh, manchmal haben wir auch Verfolgungsjagden«, erwiderte Angie.

»Was für 'n stinklangweiliges, beschissenes Leben!« Bubba zappelte herum und boxte geistesabwesend gegen einen Baumstamm.

Aus der Hütte hörte ich einen unterdrückten Schlag und ein paar Schindeln zitterten. Miles Lovell trat gegen die Wände, ebenso gelangweilt wie Bubba.

Eine Krähe, vielleicht dieselbe wie zuvor, krächzte im Gleitflug über dem Sumpf, beschrieb eine elegante Kurve vor der Hütte, tauchte kurz den Schnabel ins Wasser und schwang sich wieder zu den schwarzen Bäumen auf.

Bubba gähnte. »Ich hau ab.«

»Gut«, erwiderte Angie.

Er streckte die Hand aus. »Ich meine, ist ja alles toll hier und so, aber heute Abend gibt's im Fernsehen Profi-Wrestling.«

»Ja, klar«, bestätigte Angie.

»Ugly Bob Brutal gegen Sweet Sammy Studbar.«

»Würd ich mir auch gerne ansehen«, erklärte Angie, »tja, aber ich hab ja einen Job zu erledigen.«

»Ich nehm's dir auf«, versprach Bubba.

Angie lächelte. »Ehrlich? Wow, das wär wirklich toll.«

Bubbba entging die Ironie vollkommen. Seine Laune besserte sich merklich, er rieb sich die Hände. »Ja, klar. Hier, ich hab 'ne Menge alter Kämpfe auf Band. Wir können uns ja mal ...«

»Pssst«, machte Angie plötzlich und legte den Finger auf die Lippen.

Ich wandte den Kopf der Hütte zu und hörte auf der Rückseite eine Tür leise ins Schloss fallen. Durch das Fernglas beobachtete ich, wie ein Mann die Hütte auf der hinteren Seite verließ und über den Holzsteg zu den dicht stehenden Bäumen ging.

Ich konnte ihn nur von hinten sehen. Er hatte blondes Haar und war ungefähr eins fünfundachtzig groß. Er war schlank und bewegte sich mit betonter Lässigkeit, eine Hand in der Hosentasche, die andere locker neben sich herschwingend. Gekleidet war er in eine hellgraue Hose und ein weißes langärmeliges Hemd, das bis zu den Ellenbogen aufgerollt war. Den Kopf hatte er leicht in den Nacken gelegt, sein leises Pfeifen wurde durch den Nebel über den Sumpf bis zu uns getragen.

»Hört sich an wie ›Camp Town Ladys‹«, meinte Bubba.

»Nee«, widersprach Angie. »Ist es nicht.«

»Und was ist es dann?«

»Keine Ahnung. Ich weiß nur, was es nicht ist.«

»Ja, klar«, gab Bubba zurück.

Der Mann hatte bereits die Mitte des Steges erreicht. Ich

wartete darauf, dass er sich umdrehte, damit ich sein Gesicht sehen konnte. Schließlich waren wir hier herausgefahren, um zu sehen, mit wem sich Miles traf.

Ich hob einen Stein vom Boden und warf ihn durch die Bäume über den Sumpf. Ungefähr zwei Meter links von dem Blonden fiel er mit einem deutlich hörbaren Plopp zwischen die wippenden Fruchtstände ins Wasser.

Der Mann schien das nicht zu bemerken. Er ging zügig weiter. Er pfiff vor sich hin.

»Ich sag's euch«, meinte Bubba und griff ebenfalls nach einem Stein, »das ist ›Camp Town Ladys‹.«

Bubba warf einen Stein, der mindestens ein Kilo auf die Waage brachte. Er flog nur halb so weit, machte dafür aber beim Eintauchen doppelt so viel Lärm. Anstelle eines Plopps gab es ein lautes Klatschen, doch immer noch zeigte der Blonde keine erkennbare Reaktion.

Als er das Ende des Steges erreichte, fasste ich einen Entschluss. Wenn er merkte, dass er verfolgt wurde, würde er sich verdrücken, aber da er im nächsten Augenblick verschwunden sein würde, musste ich die letzte Chance nutzen, sein Gesicht zu sehen.

»Hey!«, schrie ich und meine Stimme zerriss den Nebel und die schwere Luft über dem Morast. Vögel flatterten zwischen den Bäumen auf.

Direkt vor dem Bäumen blieb der Mann stehen. Er drückte den Rücken durch. Ganz leicht bewegte er die Schultern nach links. Dann hob er den Arm, so dass seine Hand in einem 90-Grad-Winkel zum Körper stand. Es sah aus, als sei er ein Verkehrspolizist, der den Autos Einhalt gebietet, oder ein Gast, der sich beim Verlassen der Party winkend verabschiedet.

Er hatte die ganze Zeit gewusst, dass wir da waren. Und er wollte, dass wir das kapierten.

Er ließ die Hand sinken und verschwand zwischen den dunklen Bäumen.

Ich schoss hinter unserem Versteck hervor und lief auf das matschige Ufer zu, Angie und Bubba folgten mir auf den Fuß. Ich hatte so laut gerufen, dass Miles Lovell mich gehört haben musste, unsere Deckung war also in jedem Fall aufgeflogen. Unsere einzige Hoffnung war nun, Lovell zu erwischen, bevor er verschwinden konnte, und die Wahrheit aus ihm herauszuprügeln.

Als unsere Füße über die Holzplanken hämmerten und der scharfe Geruch der Preiselbeeren in meiner Nase biss, sagte Bubba: »Los, helf mir mal, Mann! Das war ›Camp Town‹, oder?«

»Das war ›We're the Boys of Chorus‹«, erklärte ich.

»Was?«

Ich lief noch schneller. Die Hütte schwankte von links nach rechts, während wir auf sie zupolterten; die Planken fühlten sich an, als würden sie unter uns nachgeben.

»Aus den *Looney Tunes*«, fügte ich hinzu.

»Ah, ja!«, rief Bubba und dann sang er es: *»Oh, we're the boys of chorus. We hope you like our show. We know you're rooting for us. But now we have to go-oh-oh.«*

Als der Liedtext aus Bubbas Mund über den schweigenden Sumpf hallte, stellten sich mir alle Nackenhaare auf.

An der Hütte angekommen, griff ich nach der Klinke.

»Patrick!«, rief Angie.

Ich sah sie an und erstarrte unter ihrem bösen Blick. Ich konnte nicht glauben, was ich beinahe getan hätte – nachdem ich auf eine geschlossene Tür zugelaufen war, hinter der sich ein potentiell bewaffneter Fremder verbarg, hatte ich gerade die Tür aufdrücken wollen, als kehrte ich nach Hause zurück.

Angies Mund stand noch immer offen. Sie hatte den Kopf zur Seite gelegt und sah mich mit glühenden Augen an. Ich glaube, sie war wie vor den Kopf gestoßen von meinem fast kriminellen Fehler.

Ich schüttelte den Kopf über meine eigenen Dummheit und trat einen Schritt zurück, während Angie ihre .38er hervorzog, sich nach links stellte und die Pistole auf die Tür richtete. Bubba hatte seine Waffe – eine abgesägte Schrotflinte mit einem Pistolengriff – bereits herausgeholt. Er stand rechts und richtete sie mit der gleichen Gelassenheit auf die Tür wie ein Erdkundelehrer, der die Lage von Burma auf der veralteten Landkarte im Klassenzimmer erklärt.

»Äh, wir wären dann so weit, du Genie«, meinte er.

Ich zog meine Colt Commander, stellte mich links neben den Türrahmen und klopfte gegen das Holz. »Miles, mach auf!«

Nichts.

Ich klopfte erneut. »Hey, Miles, ich bin Patrick Kenzie. Ich bin Privatdetektiv. Ich will nur reden.«

Drinnen hörte ich etwas gegen billiges Holz schlagen, gefolgt von dem Geklapper von Werkzeug oder Metall in einer Ecke.

Ich klopfte ein letztes Mal. »Miles, wir kommen jetzt rein. In Ordnung?«

Irgendetwas drinnen schlug gegen die Bodenbretter.

Ich drückte mich gegen die Wand, griff um den Türrahmen nach dem Knauf und sah Angie und Bubba an. Sie nickten beide. Irgendwo draußen im Sumpf quakte ein Ochsenfrosch. Die Brise erstarb, die Bäume ragten still und dunkel empor.

Ich drehte den Türknauf und warf die Tür auf. Angie stieß aus: »Du meine Güte!«

»Wow!«, sagte Bubba mit einem Anflug von Bewunderung, wenn nicht Ehrfurcht in der Stimme und senkte die Schrotflinte.

Angie ließ ihre .38er ebenfalls sinken und ich trat einen

Schritt vor und sah mich in der Hütte um. Ich brauchte ein paar Sekunden, um mir darüber klar zu werden, was ich da vor mit hatte, denn es war etwas, das eigentlich niemand sehen wollte.

In der Mitte der Hütte saß Miles Lovell an den Motor einer Fäulnispumpe gefesselt. Ein dickes Kabel war fest um seinen Rumpf gewickelt und auf dem Rücken verknotet.

Der Knebel in seinem Mund war dunkel vor Blut, das an seinen Mundwinkeln bis zum Kinn herunterlief.

Arme und Beine waren nicht gefesselt. Mit den Fersen trat er gegen die Bodenbretter, sein Körper wand sich.

Seine Arme hingen unbeweglich an ihm herunter. Der Mann, der ihn bearbeitet hatte, hatte sich keine Sorgen gemacht, dass Miles sich selbst befreien würde, denn Miles war nicht mehr im Besitz seiner Hände.

Sie lagen links neben dem schweigenden Motor auf dem Boden, säuberlich auf die Handflächen gedreht, abgetrennt an den Handgelenken. Der Blonde hatte beide Armstümpfe abgebunden und die Axt zwischen den Händen im Boden stecken lassen.

Wir näherten uns Lovell. Er verdrehte die Augen, so dass nur das Weiße zu sehen war. Seine Fersen hämmerten mittlerweile nicht mehr nur wegen der Schmerzen auf den Boden. Er bekam einen Schock. Ich bezweifelte, dass er noch lange zu leben hatte. Mit aller Willenskraft verdrängte ich seine schreckliche Verstümmelung in die hinterste Ecke meines Kopfes, denn ich wollte ihn zur Beantwortung der einen oder anderen Frage bewegen, bevor ihn der Schock oder der Tod davon abhielt.

Ich zog ihm den Knebel aus dem Mund und sprang zurück, denn eine ganze Ladung dunklen Blutes ergoss sich auf seine Brust.

»O nein«, stöhnte Angie. »Das kann nicht sein. Das muss ein Witz sein.«

Mein Magen drehte sich, dann erfüllte ein leises, warmes Rauschen meinen Kopf.

»Wow«, sagte Bubba noch einmal, diesmal konnte ich die Ehrfurcht in seiner Stimme deutlich erkennen.

Miles würde meine Fragen nicht beantworten. Er würde lange Zeit überhaupt keine Fragen mehr beantworten.

Und selbst wenn er überleben sollte, war ich nicht überzeugt, dass ihn das glücklich machte.

Während wir zwischen den Bäumen gewartet hatten, der Nebel sich sanft über den Preiselbeerteich senkte und sein BMW am Ufer stand, hatte Miles Lovells Zunge das Schicksal seiner Hände ereilt.

Kapitel 19

Drei Tage nach Miles Lovells Einlieferung auf die Intensivstation betrat Dr. Diane Bourne ihr Haus auf dem Admiral Hill, wo Angie, Bubba und ich in ihrer Küche ein verfrühtes Thanksgiving-Essen zubereiteten.

Ich war für den sechs Kilo schweren Truthahn zuständig, weil ich der einzige von uns war, der gern kochte. Angie aß nur außer Haus und Bubba lebte ausschließlich vom Lieferservice, ich hingegen kochte seit meinem zwölften Lebensjahr. Nichts Spektakuläres – nicht umsonst kommen die Wörter »irisch« und »Küche« nur selten im selben Satz vor –, aber ich beherrsche die meisten Geflügel-, Fleisch- und Pastagerichte und brate jeden erdenklichen Fisch auf Cajun-Art so richtig schwarz.

Ich säuberte und würzte also den Truthahn, briet ihn an, begoss ihn mit Fett und machte mich dann an das Kartoffelpüree mit gehackten Zwiebeln, während sich Angie der Zubereitung der Füllung von Stove Top widmete und über dem Rezept für grüne Bohnen mit Knoblauch brütete, das sie auf der Rückseite der Banderole einer Dosensuppe entdeckt hatte. Bubba hatte keine offiziellen Aufgaben, hatte aber eine Menge Bier und mehrere Tüten Chips für uns und eine Flasche Wodka für sich mitgebracht. Er war sogar nett zu Diane Bournes reinrassiger Perserkatze und drehte ihr nicht den Hals um.

Einen Truthahn zu braten dauert eine Weile und in der Zwischenzeit ist relativ wenig zu tun, deshalb begaben Angie und ich uns in die oberen Gemächer und durchforsteten Diane Bournes Zimmer, bis wir etwas höchst Interessantes fanden.

Nicht lange nachdem wir den Krankenwagen gerufen hatten, hatte Miles Lovell einen Schock bekommen. Er war ins Jordan Hospital in Plymouth gefahren worden, dort hatte man ihn stabilisiert und dann mit dem Hubschrauber ins Mass General geflogen. Nach einer neunstündigen Operation war er auf die Intensivstation verlegt worden. Seine Hände hatten sie ihm nicht mehr annähen können, mit der Zunge hätten sie es wohl versucht, wenn der Blonde sie nicht entweder mitgenommen oder in den Sumpf geworfen hätte.

Ich hatte das Gefühl, der Blonde hatte die Zunge eingesteckt. Ich wusste nicht viel über ihn – weder seinen Namen noch wie er aussah –, bekam aber langsam ein Gespür für seine Gedankengänge. Ich war überzeugt, dass es der Mann war, den Warren Martens im Motel gesehen und als Drahtzieher bezeichnet hatte. Er hatte Karen Nichols zerstört und nun hatte er dasselbe mit Miles Lovell getan. Seine Opfer einfach nur zu töten schien ihn zu langweilen – er bearbeitete sie lieber so lange, bis sie ihren eigenen Tod herbeiwünschten.

Mit dem Schmankerl, das wir in Dr. Bournes Schlafzimmer gefunden hatten, kehrten wir nach unten zurück, und gerade als das Plastikthermometer aus dem Truthahn sprang, schloss Diane Bourne die Tür zu ihrem Haus auf.

»Na, wenn das kein Timing ist«, sagte ich.

»Typisch«, meinte Angie, »wir machen die ganze Arbeit und sie setzt sich an den gedeckten Tisch.«

Diane Bourne betrat das Esszimmer, das nur durch einen

Türbogen von der Küche getrennt war, und Bubba winkte ihr mit den Fingern der Hand zu, in der er die Flasche Absolut hielt.

»Was geht ab, Schwester?«, fragte er.

Diane Bourne ließ die Ledertasche fallen und öffnete den Mund, als wollte sie schreien.

»Schon gut. Psst«, machte Angie. Sie ging in die Knie und gab der Videokassette, die wir im Schlafzimmer gefunden hatten, einen Stoß, so dass sie über den Boden ins Esszimmer glitt, wo sie vor Diane Bournes Füßen liegen blieb.

Sie blickte nach unten und schloss den Mund.

Angie hievte sich auf die Küchentheke und zündete sich eine Zigarette an. »Korrigieren Sie mich, wenn ich mich irre, Frau Doktor, aber ist es nicht unmoralisch, mit einer Patientin ins Bett zu gehen?«

Ich hätte Dr. Bourne mit fragend hochgezogenen Augenbrauen angesehen, war aber zu sehr damit beschäftigt, die Bratpfanne vom Herd zu ziehen.

»Scheiße«, meinte Bubba, »riecht das gut.«

»Verflucht«, sagte ich.

»Was ist?«

»Hat einer an Preiselbeersauce gedacht?«

Angie schnippte mit den Fingern und schüttelte den Kopf.

»Obwohl ich nicht besonders viel drum gebe. Du, Ange?«

»Preiselbeersauce mochte ich noch nie«, gab sie zurück, den Blick nicht von Diane Bourne abwendend.

»Du, Bubba?«

Er rülpste. »Verträgt sich nicht mit Alkohol.«

Ich drehte mich um. Diane Bourne stand wie angewurzelt mitten im Esszimmer vor ihrer Ledertasche und der Videokassette.

»Dr. Bourne?«, sprach ich sie an. Sie blickte zu mir herüber. »Mögen Sie Preiselbeeren?«

Sie atmete tief ein und schloss beim Ausatmen die Augen. »Was tun Sie hier überhaupt?«

Ich hielt die Bratpfanne hoch. »Wir kochen.«

»Wir rühren«, ergänzte Angie.

»Und trinken.« Bubba zeigte mit der Flasche auf Dr. Bourne. »Auch 'n Schluck?«

Diane Bourne schüttelte leicht den Kopf und schloss wieder die Augen, als hoffte sie, wir seien verschwunden, wenn sie sie wieder aufschlug.

»Sie sind in mein Haus eingebrochen«, bemerkte sie. »Das ist eine Straftat.«

»Genau genommen«, korrigierte ich, »ist das Öffnen der Haustür allein nur Vandalismus, also ein minderes Vergehen.«

»Aber stimmt«, meinte Angie, »das Betreten des Hauses ist auf jeden Fall falsch.«

»Böse«, stimmte Bubba zu und drohte uns mit dem Zeigefinger. »Böse, böse, böse.«

Ich stellte den Vogel auf den Herd. »Aber wir haben was zu essen mitgebracht.«

»Und Chips«, ergänzte Bubba.

»Genau.« Ich nickte ihm zu. »Die Chips allein machen die Sache mit dem Einbruch schon wieder wett.«

Diane Bourne sah auf die Kassette zu ihren Füßen hinunter und hielt eine Hand hoch. »Was machen wir jetzt?«

Ich sah Bubba an. Er warf Angie einen verwirrten Blick zu. Angie gab ihn an Diane Bourne weiter. Diane Bourne sah wieder mich an.

»Wir essen«, verkündete ich.

Diane Bourne half mir sogar, den Truthahn zu zerlegen, und zeigte uns, wo die ganzen Porzellanschalen und Servierschüsseln standen, nach denen wir ansonsten wohl die ganze Wohnung abgesucht hätten.

Als wir alle gemeinsam um ihren Esszimmertisch aus getriebenem Kupfer saßen, war die Farbe in ihr Gesicht zurückgekehrt. Sie hatte sich sogar ein Glas Weißwein eingegossen und die Flasche mit an den Tisch gebracht.

Bubba hatte Anspruch auf beide Schenkel und einen Flügel angemeldet, so dass der Rest von uns das Brustfleisch aß. Höflich reichten wir die Schüsseln mit grünen Bohnen und Kartoffeln herum und spreizten den kleinen Finger ab, wenn wir die Brötchen mit Butter bestrichen.

»Hab gehört, sie brauchen 'ne neue Teilzeitkraft, Frau Doktor«, bemerkte ich, um Bubbas geräuschvolles Essen zu übertönen.

Sie trank einen Schluck Wein. »Leider ja.« Sie aß ein winziges Stück Truthahn und trank dann noch einen Schluck.

»Hat die Polizei mit Ihnen gesprochen?«, erkundigte sich Angie.

Sie nickte. »Meinen Namen hatte sie ja wohl von Ihnen.«

»Was haben Sie denen erzählt?«

»Ich hab gesagt, Miles sei ein geschätzter Angestellter gewesen, aber ich hätte nur sehr wenig über sein Privatleben gewusst.«

»Aha«, machte Angie und nahm einen Schluck Bier aus dem Weinpokal. »Haben Sie auch Lovells Anruf gut eine Stunde vor seiner Verstümmelung erwähnt?«

Diane Bourne zuckte nicht mit der Wimper. Sie lächelte, das Weinglas in der Hand, und nahm noch einen kleinen Schluck. »Nein, das ist mir leider entfallen.«

Bubba goss sich einen halben Liter Soße über den Teller und würzte großzügig mit Salz nach. »Sie trinken«, bemerkte er.

Diane Bournes Gesicht wurde so weiß wie eine Billardkugel. »Was haben Sie gesagt, bitte?«

Mit der Gabel zeigte Bubba auf ihre Weinflasche. »Sie trinken, Schwester. Zwar nur kleine Schlücke, aber davon ’ne ganze Menge.«

»Ich bin nervös.«

Bubba grinste sie an wie ein Hai, der einen Artgenossen trifft. »Jaja, Schwester. Klar. Du bist ’ne Alkoholikerin. So was kann ich sehen.« Er trank einen Schluck Absolut und sah mich an. »Schließ sie in einem Zimmer ein, Kumpel. Nach spätestens 36 Stunden schreit sie nach Stoff. Die würd ’nem Orang-Utan einen blasen, wenn sie dafür was zu trinken kriegt.«

Ich beobachtete Diane Bourne. Die Videokassette hatte sie nicht verunsichert. Dass wir von ihrem Telefongespräch wussten, hatte sie nicht gestört. Selbst dass wir hier in ihrem Haus waren, hatte sie relativ gleichmütig hingenommen. Aber Bubbas Worte erzeugten ein Zittern an ihrem dünnen Hals, ihre Finger zuckten kaum merklich.

»Keine Sorge«, fuhr Bubba fort, die Augen auf den Teller gerichtet. Messer und Gabel in seinen Händen kreisten über dem Schlachtfeld wie Geier, die sich jeden Moment herabstürzen wollten. »Hab nichts gegen Frauen, die trinken. Hab auch nichts gegen die lesbische Nympho-Aktion, die ihr da auf dem Band abzieht.«

Bubba widmete sich wieder seinem Essen und eine Weile war nichts anderes zu hören als sein Schnaufen und Schmatzen.

»Wegen des Videos«, begann ich.

Diane wandte den Blick von Bubba ab und trank den Rest des Weins in einem Zug. Sie goss sich den Pokal wieder halb voll und sah mich an. Unverhüllter Stolz vertrieb die von Bubba gestiftete Verwirrung aus ihrem Gesicht.

»Sind Sie böse auf mich, Patrick?«

»Nein.«

Sie aß einen kleinen Happen Truthahnfleisch. »Aber ich dachte, Karen Nichols' Tod sei Ihr persönlicher Kreuzzug, Patrick.«

Ich lächelte. »Klassische Befragungstechnik, Diane. Hut ab.«

»Was denn?« Sie riss die Augen unschuldig auf.

»Das Gegenüber so oft wie möglich mit dem Vornamen ansprechen. Bringt ihn angeblich aus dem Gleichgewicht, schafft Vertrautheit.«

»Tut mir Leid.«

»Nein, tut's Ihnen nicht.«

»Na ja, vielleicht nicht, aber ...«

»Frau Doktor«, meinte Angie, »auf dem Band ficken Sie mit Karen Nichols und mit Miles Lovell. Möchten Sie das erklären?«

Sie sah Angie mit ruhigem Blick an. »Hat Sie das angetörnt, Angie?«

»Nicht besonders, Diane.«

»Hat es Sie abgestoßen?«

»Nicht besonders, Diane.«

Bubba sah vom zweiten Truthahnschenkel auf. »Aber ich hatte 'n Riesenrohr, Schwester. Denk dran!«

Sie ignorierte ihn, obwohl ihr Hals erneut kurz zitterte. »Kommen Sie, Angie, haben Sie nicht den latenten Wunsch, einmal mit einer Frau zu experimentieren?«

Angie trank einen Schluck Bier. »Und wenn, Frau Doktor, dann würde ich mir eine Frau mit 'nem schöneren Körper suchen. Klingt oberflächlich, ich weiß.«

»Stimmt«, bemerkte Bubba, »Sie brauchen ein bisschen Fleisch auf die Rippen, Doc.«

Diane Bourne wandte sich wieder mir zu, aber ihre Augen waren nun nicht mehr so ruhig und selbstsicher. »Und Sie, Patrick, hat es Ihnen gefallen?«

»Zwei Frauen mit einem Kerl?«

Sie nickte.

Ich zuckte mit den Achseln. »Die Beleuchtung war ziemlich mies. Da lob ich mir meine anständig produzierten Pornos, um ehrlich zu sein.«

»Plus die Sache mit den Haaren am Arsch«, erinnerte mich Bubba.

»Stimmt, Herr Kritiker«, ich lächelte Diane Bourne an. »Lovells Arsch war so richtig zugewachsen. Wir stehen nicht auf Arschhaare. Doc, wer hat das Video aufgenommen?«

Sie trank etwas. Nach diesen Offenbarungen über unsere Psyche waren wir deutlich in ihrer Achtung gesunken. Mit einem von uns wäre sie vielleicht zurechtgekommen, aber wir drei zusammen waren noch abartiger als die Marx Brothers, die drei Stooges und Neil Simon zusammen.

»Frau Doktor?«, fragte ich.

»Das Video stand auf einem Stativ. Wir haben uns selbst gefilmt.«

Ich schüttelte den Kopf. »Tut mir Leid. Geht nicht durch. Das Video ist aus vier verschiedenen Winkeln aufgenommen, und ich glaube nicht, dass einer von euch dreien aufgestanden ist und das Stativ umgestellt hat.«

»Vielleicht haben wir ...«

»Und es ist ein Schatten drauf«, ergänzte Angie. »Der Schatten eines Mannes, Diane. Während des Vorspiels auf der rechten Wand.«

Diane Bourne schloss den Mund und griff nach dem Weinglas.

»Wir können Sie festnageln, Diane«, sagte ich. »Und das wissen Sie genau. Also hören Sie jetzt auf, uns zu verarschen. Wer hat das Video gedreht? Der Blonde?«

Kurz blickte sie auf.

»Wer ist das?«, fragte ich. »Wir wissen, dass er Lovell verstümmelt hat. Wir wissen, dass er eins fünfundachtzig groß ist, ungefähr 85 Kilo wiegt, sich gut kleidet und beim Gehen pfeift. Wir wissen, dass er mit Karen Nichols und Lovell im Holly Martens Inn war. Wenn wir dort die richtigen Fragen stellen, bekommen wir mit Sicherheit auch eine Beschreibung von Ihnen. Wir brauchen seinen Namen.«

Sie schüttelte den Kopf.

»Sie sind in keiner guten Verhandlungsposition, Diane.«

Wieder schüttelte sie den Kopf, dann leerte sie ihren Weinpokal. »Ich werde unter gar keinen Umständen über diesen Mann sprechen.«

»Sie haben gar keine Wahl.«

»O doch, Patrick, die habe ich. Die habe ich. Es ist vielleicht keine leichte Entscheidung, aber es ist eine. Ich werde diesen Mann nicht verärgern. Niemals. Und wenn mich die Polizei verhören sollte, werde ich seine Existenz einfach leugnen.« Mit zitternder Hand füllte sie den Rest der Weinflasche in den Pokal. »Sie haben keine Vorstellung, wozu dieser Mann fähig ist.«

»O doch, das haben wir«, entgegnete ich. »Wir haben Lovell gefunden.«

»Das war eine spontane Idee«, sagte sie mit einem verbitterten Grinsen. »Sie sollten mal sehen, was er fertig bringt, wenn er Zeit zum Planen hat.«

»Wie bei Karen Nichols?«, fragte Angie. »So was kann er also fertig bringen?«

Das verbitterte Grinsen von Diane Bourne wurde jetzt verächtlich, als sie Angie ansah. »Karen war schwach. Beim nächsten Mal sucht er sich jemand Starkes. Macht das Ganze spannender.« Sie warf Angie ein leeres, verächtliches Lächeln zu, das ihr beinahe verging, als Angie ihr ins Gesicht schlug.

Der Weinpokal zerbrach am Servierteller und ein roter

Fleck in Form eines Steaks breitete sich auf dem linken Kieferknochen und Ohr von Diane Bourne aus.

»Scheiße«, meinte ich, »das war's mit den Resten.«

»Damit du keinen falschen Eindruck von uns bekommst, du falsche Schlange«, zischte Angie. »Nur weil du 'ne Frau bist, heißt das ja nicht, dass wir hier nicht handgreiflich werden können.«

»Sehr handgreiflich«, ergänzte Bubba.

Diane Bourne betrachtete die Glassplitter, die in dem weißen Fleisch auf dem Servierteller steckten. Der Wein verteilte sich in den Mulden des Kupfertisches.

Sie zeigte mit dem Daumen auf Bubba. »Er würde mich foltern, vielleicht sogar vergewaltigen. Aber du hast dazu nicht die Nerven, Patrick.«

»Ist schon erstaunlich, wie sich die Nerven bei einem kleinen Spaziergang entspannen«, meinte ich. »Und alles ist fertig, wenn man zurückkommt.«

Sie seufzte und lehnte sich in ihrem Stuhl zurück. »Nun, dann müsst ihr das halt machen. Denn ich werde diesen Mann nicht verraten.«

»Aus Angst oder aus Liebe?«, wollte ich wissen.

»Beides. Er erzeugt beides, Patrick. Wie alle verehrungswürdigen Lebewesen.«

»Als Psychiaterin sind Sie am Ende«, sagte ich. »Das wissen Sie doch, oder?«

Sie schüttelte den Kopf. »Ich denke nicht. Wenn Sie das Band irgendjemandem zeigen, zeige ich Sie alle drei wegen Einbruchs an.«

Angie lachte.

Diane Bourne sah sie an. »Das hier ist ein Einbruch!«

»Dann erklären Sie das mal der Polizei«, gab Angie zurück und wies auf den Tisch.

»Officer, die haben bei mir *gekocht*!«, sagte ich.

»Den Braten begossen!«, fiel Angie ein.

»Und wie haben Sie darauf reagiert, Madam?«

»Ich habe den Truthahn zerlegt«, sagte Angie. »Ach ja und ich habe ihnen gezeigt, wo das Geschirr steht.«

»Bevorzugten Sie das helle oder das dunkle Fleisch?«

Diane Bourne senkte den Kopf und schüttelte ihn.

»Letzte Möglichkeit«, sagte ich.

Sie hielt den Kopf gesenkt und schüttelte ihn erneut.

Ich stieß mich mit dem Stuhl vom Tisch ab und hielt das Video hoch. »Wir werden Kopien erstellen und rausschicken, Frau Doktor, und zwar an jeden Psychiater und Psychologen, der in den Gelben Seiten zu finden ist.«

»Und an die Medien«, ergänzte Angie.

»Die werden sich draufstürzen.«

Sie blickte mit Tränen in den Augen auf. Als sie sprechen wollte, brach ihre Stimme. »Sie würden mir meine Karriere nehmen?«

»Sie haben ihr das Leben genommen«, gab ich zurück. »Haben Sie sich das Band schon mal angesehen? Haben Sie ihre Augen gesehen, Diane? Nichts als Selbsthass. Den haben Sie erzeugt. Sie und Miles und der Blonde.«

»Das war ein Experiment«, erklärte sie mit belegter Stimme. »Nur so eine Idee. Ich ging nicht davon aus, dass sie sich umbringen würde.«

»Aber er«, sagte ich. »Der Blonde schon, oder?«

Sie nickte.

»Nennen Sie mir seinen Namen.«

Beim nächsten Kopfschütteln fielen ihre Tränen auf den Tisch.

Ich hielt die Kassette hoch. »Also sein Name oder Ihr Ruf und Ihre Karriere.«

Sie schüttelte weiter den Kopf, wenn auch weniger heftig.

Wir sammelten unsere Sachen in der Küche zusammen,

nahmen den Rest des Biers aus dem Kühlschrank. Bubba fand wiederverschließbare Plastikbeutel und füllte einen davon mit dem Rest der Füllung und den übrigen Kartoffeln. In den nächsten packte er den Truthahn.

»Was machst du da?«, wollte ich wissen. »Da sind Scherben drin.«

Er sah mich an, als sei ich Autist. »Die picke ich raus.«

Wir gingen zurück ins Esszimmer. Diane Bourne betrachtete, die Ellenbogen auf dem Tisch, die Handballen gegen die Stirn gepresst, ihr Spiegelbild auf der Kupferplatte.

Als wir im Eingang waren, sagte sie: »Sie werden es bereuen, ihn in Ihr Leben geholt zu haben.«

Ich sah mich um und blickte in ihre leeren Augen. Plötzlich sah sie doppelt so alt aus und ich konnte mir vorstellen, wie sie vierzig Jahre später in einem Altersheim sitzen würde und ihre letzten Tage im Nebel bitterer Erinnerungen verbrachte.

»Das kann ich schon allein entscheiden«, entgegnete ich.

»Er wird Sie fertig machen. Oder jemanden, den Sie lieben. Aus Spaß.«

»Sein Name, Doc.«

Sie zündete sich eine Zigarette an und atmete laut aus. Dann schüttelte sie den Kopf, die bleichen Lippen aufeinander gepresst.

Ich wollte gehen, aber Angie hielt mich auf. Sie hob einen Finger, sah Diane Bourne in die Augen und wurde ganz ruhig.

»Sie sind wie Eis«, bemerkte Angie. »Stimmt das, Frau Doktor?«

Dianes blasse Augen verfolgten den Qualm.

»Ich meine, diese coole, abgeklärte Tour haben Sie voll drauf.« Angie legte die Hände auf die Rückenlehne eines Stuhls und beugte sich ein wenig vor. »Sie verlieren nie die Beherrschung und Sie zeigen keine Gefühle.«

Diane Bourne zog wieder an ihrer Zigarette. Es sah aus, als

würde eine Statue rauchen. Sie ließ keinen Hinweis darauf erkennen, dass wir noch im Zimmer waren.

»Aber einmal schon, stimmt's«, fragte Angie.

Diane Bourne blinzelte.

Angie sah zu mir hinüber. »In Ihrer Praxis, weißt du noch? Als wir das erste Mal mit ihr sprachen.«

Diane aschte und verfehlte den Aschenbecher.

»Und zwar nicht, als sie über Karen redete«, fuhr Angie fort. »Auch nicht, als sie über Miles redete. Wissen Sie das noch, Diane?«

Sie hob den Kopf. Ihre Augen waren rot und funkelten böse.

»Sondern als Sie über Wesley Dawe sprachen.«

Diane Bourne räusperte sich. »Ihr verlasst jetzt auf der Stelle mein Haus!«

Angie grinste. »Wesley Dawe, der seine kleine Schwester umgebracht hat. Der ...«

»Er hat sie nicht umgebracht«, korrigierte sie. »Das wissen Sie genau. Wesley war gar nicht in ihrer Nähe. Aber man gab ihm die Schuld daran. Er war ...«

»Er ist es, stimmt's?« Angies Grinsen wurde breiter. »Das ist der Mann, den Sie decken. Der Blonde im Preiselbeerfeld. Wesley Dawe.«

Sie erwiderte nichts, sondern sah nur dem Qualm hinterher.

»Warum wollte er Karen vernichten?«

Sie schüttelte den Kopf. »Sie haben den Namen bekommen, Mr Kenzie. Mehr bekommen Sie nicht. Und er weiß bereits, mit wem er es zu tun hat.« Sie sah mich mit ihren blassen, verlassenen Augen an. »Und er hält nichts von dir, Patrick. Er hält dich für einen Eindringling. Er ist der Meinung, du hättest das Ganze auf sich beruhen lassen sollen, als feststand, dass Karen ihren Tod selbst herbeigeführt hat.« Sie streckte die Hand aus. »Mein Video, bitte.«

»Nein.«

Sie ließ die Hand sinken. »Ich hab euch gegeben, was ihr wissen wolltet.«

Angie schüttelte den Kopf. »Ich hab's aus Ihnen rausgequetscht. Das ist nicht dasselbe.«

»Sie sind der Psychoexperte, Frau Doktor, also richten Sie Ihren Blick einmal kurz nach innen. Was ist Ihnen wichtiger: Ihr Ruf oder Ihre Karriere?«

»Ich weiß nicht ...«

»Antworten Sie!«, forderte ich scharf.

Ihr Kiefer rastete ein, als würde er von Stahlschrauben gehalten. Sie antwortete durch die zusammengebissenen Zähne. »Mein Ruf.«

Ich nickte. »Sie können das Video behalten.«

Ihr fiel das Kinn herunter. Mit verwirrtem Blick nahm sie einen langen Zug von der glühenden Zigarette. »Wo ist der Haken?«

»Ihre Karriere ist vorbei.«

»Die können Sie nicht beenden.«

»Tu ich auch nicht. Das machen Sie selbst.«

Sie lachte, doch klang es nervös. »Überschätzen Sie sich nicht, Mr Kenzie. Ich habe nicht die Absicht ...«

»Morgen werden Sie Ihre Praxis schließen«, erklärte ich. »Sie werden all Ihre Patienten an andere Ärzte verweisen und nie wieder im Staat Massachusetts praktizieren.«

Sie stieß ein lautes Lachen aus, doch klang es unsicher.

»Wenn Sie das tun, werden Sie Ihren Ruf behalten. Vielleicht können Sie dann Bücher schreiben oder in einer Talk-Show auftreten. Aber nie wieder werden Sie unter vier Augen mit einem Patienten sprechen.«

»Oder?«, fragte sie.

Ich hob das Video in die Höhe. »Oder das Ding hier macht auf Cocktailpartys die Runde.«

Wir ließen sie dort sitzen. Als wir die Tür öffneten, sagte Angie: »Sagen Sie Wesley, dass wir kommen.«

»Das weiß er schon«, entgegnete sie. »Das weiß er schon.«

Kapitel 20

An dem Nachmittag, als ich Vanessa Moore in einem Straßencafé in Back Bay traf, rieselte Regen auf den von der Sonne aufgeheizten Asphalt. Sie hatte mich angerufen und gefragt, ob wir uns treffen könnten, um den Fall Tony Traverna zu besprechen. Vanessa war Tony Ts Anwältin; wir hatten uns kennen gelernt, als Tony beim letzten Mal die Kaution sausen ließ und verschwand und ich als Zeuge der Staatsanwaltschaft auftrat. Vanessa hatte mich auf die gleiche Weise ins Kreuzverhör genommen, wie sie sich auch im Bett verhielt: emotionslos lüstern und mit scharfen Fingernägeln.

Ich hätte Vanessas Einladung ablehnen können, aber seit dem Abend, als wir für Diane Bourne gekocht hatten, war eine ganze Woche vergangen, in der wir vier Schritte rückwärts gemacht hatten. Wesley Dawe schien nicht zu existieren. Er war weder auf Volkszählungslisten noch bei der Kfz-Meldestelle erfasst. Er besaß keine Kreditkarte. Er hatte weder ein Bankkonto in Boston noch irgendwo sonst im Staate Massachusetts, und als Angie schließlich verzweifelte und nachforschte, fand sie nicht einmal jemanden dieses Namens in New Hampshire, Maine und Vermont verzeichnet.

Wir hatten noch einmal Diane Bournes Praxis aufgesucht, aber sie hatte sich unseren Rat offenbar zu Herzen genommen. Die Praxis war geschlossen. Wie wir kurz darauf feststellten, war ihre Wohnung verlassen. Sie war seit einer Woche nicht mehr da gewesen und eine flüchtige Durchsuchung ergab, dass sie Kleidung für eine Woche mitgenommen hatte. Danach musste sie entweder in den Waschsalon oder neue Klamotten kaufen.

Die Dawes fielen ins Wasser. Im wahrsten Sinne des Worte, wie ich herausfand, als ich mich am Telefon als Patient des Doktors ausgab und mir gesagt wurde, sie seien in ihrem Sommerhaus in Cape Breton, Nova Scotia.

Wir mussten auf Angie verzichten, weil sie von Sallis & Salk beauftragt wurde, einen schmierigen südafrikanischen Diamantenhändler mit einer Mannschaft Bodyguards rund um die Uhr bei seinen Aktivitäten zu überwachen, was auch immer so ein schmieriger Diamantenhändler in unseren Gefilden trieb.

Und Bubba tat wieder das, was er so tat, wenn er außerhalb des Landes Material aufkaufte, mit dem er die ganze Ostküste in die Luft sprengen konnte.

Ich hing also ein wenig in der Luft, ohne rechte Beschäftigung, als ich Vanessa traf, die im Freien unter einem großen Cinzano-Sonnenschirm saß. Der weiche Nieselregen prallte vom Kopfsteinpflaster ab und benetzte ihre Knöchel, doch der schmeideeiserne Tisch und der Rest von Vanessa blieben trocken.

»Hey«, ich beugte mich vor und gab ihr einen Kuss auf die Wange. Sie schob mir zur Erwiderung die Hand unter die Jacke.

»Hi.« Sie beobachtete mich mit ihrem typischen belustigten Blick, mit ihrer kraftvollen Munterkeit, die alles für sich in Beschlag nahm. Ausschlaggebend war, ob sie es haben wollte.

»Wie geht's dir?«

»Gut, Patrick. Du bist nass.« Sie trocknete sich die Hand mit der Serviette.

Ich verdrehte die Augen und wies nach oben zum Himmel. Der Schauer hatte mich auf dem Weg vom Auto zu ihr überrascht, war aus einer Wolke herausgebrochen, die einsam am Bilderbuchhimmel hing.

»Ich beschwer mich ja gar nicht«, sagte sie. »Nichts sieht an einem schönen Mann in einem weißen T-Shirt besser aus als ein bisschen Regen.«

Ich schmunzelte. Das Besondere an Vanessa war, dass sie weitermachte, selbst wenn man wusste, in welche Richtung es gehen würde. Sie überrannte einen einfach, so dass man sich fragte, warum man überhaupt versucht hatte, sie aufzuhalten.

Zwar hatten wir uns schon vor Monaten geeinigt, unsere Bekanntschaft nicht mehr auf sexueller Ebene auszuleben, aber heute schien Vanessa ihre Meinung geändert zu haben. Und wenn Vanessa ihre Meinung änderte, hatte das der Rest der Welt ebenfalls zu tun.

Entweder war es das, oder sie versuchte, mich so heiß auf sich zu machen, dass ich den ersten Schritt tat, nur um mich dann abblitzen zu lassen. Das würde ihr noch mehr Genugtuung verschaffen als Sex. Bei ihr wusste man nie. Ich hatte inzwischen gelernt, dass man auf der sicheren Seite war, wenn man gar nicht erst zu spielen begann.

»Also«, sagte ich, »warum glaubst du, ich könnte dir bei Tony T helfen?«

Mit den Fingern pickte sie ein Stück Ananas von ihrem Früchteteller, steckte es sich in den Mund und antwortete erst, als sie es zu Brei gekaut hatte.

»Ich will auf eingeschränkte Zurechnungsfähigkeit plädieren«, erklärte sie.

»Was?«, fragte ich. »Eurer Ehren, mein Mandant ist ein Trottel, lassen Sie ihn bitte gehen?«

Sie fuhr sich mit der Zungenspitze über die oberen Schneidezähne. »Nein, Patrick. Nein. Ich hatte mir eher folgendes vorgestellt: »Eurer Ehren, mein Mandant ist überzeugt, dass er von Mitgliedern eines russischen Verbrechersyndikats mit dem Tod bedroht wird. Seine Ängste haben diese Reaktion ausgelöst.«

»Ein russisches Syndikat?«

Sie nickte.

Ich lachte.

Sie nicht. »Er hat wirklich ziemliche Angst vor ihnen, Patrick.«

»Warum?«

»Beim letzten Job hat er den falschen Safe geknackt.«

»Der einem Mitglied des Syndikats gehörte?«

Sie nickte.

Ich versuchte, der Logik ihrer potentiellen Verteidigungstaktik zu folgen. »Er hat es also mit der Angst gekriegt, sich aus dem Staub gemacht und in Maine eingenistet?«

Erneutes Nicken.

»Das kann vielleicht die Kautionsflucht erklären, aber was ist mit dem Rest?«

»Ich bilde Abwehrblöcke, Patrick. Für mich ist wichtig, dass der Anklagepunkt der Flucht fallen gelassen wird, dann kann ich meine Verteidigungslinie anders aufbauen. Verstehst du, er hat wieder die Staatsgrenze überschritten. Das ist ein Bundesverbrechen. Ich muss zusehen, dass diese Anklage fallen gelassen wird, alles andere regelt sich dann schon von selbst.«

»Und du willst, dass ich ...«

Sie wischte sich ein Regentröpfchen von der Schläfe und lachte so trocken, dass es staubte. Dann beugte sie sich vor. »Oh, Patrick, es gibt so einiges, was ich vielleicht von dir will, aber was Anthony Traverna betrifft, bräuchte ich eine Aussage unter Eid, dass er sich vor den Russen fürchtet.«

»Das hab ich aber gar nicht gemerkt.«

»Aber jetzt im Nachhinein fällt dir vielleicht wieder ein, wie verängstigt er im Allgemeinen auf der Rückfahrt von Maine war.«

Sie spießte eine Weintraube mit der Gabel auf und saugte sie vom Zinken.

An diesem Nachmittag trug Vanessa einen schlichten schwarzen Rock, ein dunkelrotes Top und schwarze Pumps. Ihr langes braunes Haar hatte sie zu einem Pferdeschwanz gebunden und die Kontaktlinsen gegen eine hauchdünne Brille mit rotem Rand eingetauscht. Und dennoch hätte mich die von ihrem Körper ausgehende Sinnlichkeit überwältigt, wenn ich nicht darauf vorbereitet gewesen wäre.

»Vanessa«, sagte ich.

Sie spießte die nächste Traube auf, stützte die Ellenbogen auf den Tisch und ließ die Traube einen Zentimeter vor ihrem Mund schweben. Sie starrte mich an. »Ja?«

»Du weißt, dass mich der Staatsanwalt anruft.«

»Nun, da die Kautionsflucht ein Bundesverbrechen ist, wird es wohl das Justizministerium sein.«

»Egal, die werden sich jedenfalls bei mir melden.«

»Ja.«

»Und du bekommst im Kreuzverhör sowieso das, was du willst.«

»Stimmt auch.«

»Warum hast du mich dann heute herbestellt?«

Sie betrachtete die Traube, aß sie jedoch noch immer nicht. »Wenn ich dir nun sage, dass Tony Angst hat? Ich meine, richtigen Schiss? Und dass ich ihm glaube, wenn er sagt, jemand hätte es auf ihn abgesehen?«

»Dann würde ich mir denken, dass du seinen Nachlass pfänden lässt und weitermachst, als wär nichts passiert.«

Sie grinste. »Abgebrüht, Patrick. Aber er hat wirklich Angst.«

»Ich weiß. Aber ich weiß genauso gut, dass das kein ausreichender Grund ist, mich herzubestellen.«

»Einverstanden.« Ihre Zunge schnellte vor und die Traube verschwand in ihrem Mund. Sie kaute und schluckte und trank etwas Mineralwasser. »Clarence vermisst dich übrigens.«

Clarence war Vanessas Hund, ein schokoladenbrauner Labrador, den sie sich vor sechs Monaten aus einer Laune heraus angeschafft hatte. Sie hatte nicht die geringste Ahnung gehabt, wie er zu erziehen war. Sagte man: »Sitz, Clarence«, dann lief Clarence fort. Rief man ihn herbei, kackte er auf den Teppich. Doch er hatte etwas Liebenswertes an sich. Vielleicht war es die Welpenunschuld in seinen Augen, der starke Wille zu gefallen in den braunen Pupillen, selbst wenn er einem auf den Fuß pinkelte.

»Wie geht's ihm?«, erkundigte ich mich. »Schon stubenrein?«

Vanessa hielt Zeigefinger und Daumen einen Spalt auseinander. »Fehlt nur noch so viel.«

»Hat er noch ein paar von deinen Schuhen gefressen?«

Sie schüttelte den Kopf. »Die stehen jetzt in einem hohen Regal. Außerdem interessiert er sich momentan mehr für Unterwäsche. Letzte Woche hat er einen BH ausgewürgt, den ich schon vermisst hatte.«

»Wenigstens hat er ihn zurückgegeben.«

Sie lächelte und spießte die nächste Frucht auf. »Weißt du noch, dieser Morgen auf Bermuda, als wir wach wurden und es regnete?«

Ich nickte.

»Wie aus Kübeln. Das war eine richtige Regenwand, die da vor unserem Fenster stand. Man konnte von unserem Zimmer aus noch nicht mal das Meer sehen.«

Ich nickte wieder und wollte, dass sie schnell zum Schluss

kam. »Und wir blieben den ganzen Tag im Bett, tranken Wein und zerwühlten die Laken.«

»Wir haben die Laken verbrannt«, korrigierte sie. »Und den Sessel zerbrochen.«

»Ich hab die Kreditkartenrechnung bekommen, Vanessa«, sagte ich. »Hab ich nicht vergessen.«

Sie schnitt einen Keil von der Wassermelone ab und schob ihn zwischen die Lippen. »Jetzt regnet es.«

Ich betrachtete die kleinen Pfützen auf dem Bürgersteig. Kaum größer als Tränen. Die Oberfläche glänzte golden in der Sonne.

»Das geht vorbei«, sagte ich.

Wieder schmunzelte sie trocken, nahm noch einen Schluck Mineralwasser und erhob sich. »Ich gehe mich kurz frisch machen. Nutz die Zeit und denk noch mal an damals, Patrick. An die Flasche Chardonnay. Davon hab ich noch ein paar zu Hause.«

Sie ging ins Restaurant und ich bemühte mich, ihr nicht hinterherzusehen, weil schon ein kurzer Blick auf ihre nackte Haut reichte, um die Erinnerung an all das lebendig werden zu lassen, was unter ihrer Kleidung verborgen war, um wieder die Tropfen von Weißwein zu sehen, die auf Bermuda über sie rannen, als sie sich auf die weißen Laken gelegt und sich die halbe Flasche über den Körper gegossen und mich gefragt hatte, ob ich nicht kurz vorm Verdursten sei.

Trotzdem sah ich ihr nach und sie hatte es gewusst, doch dann wurde mir der Blick durch einen Mann verstellt, der aus dem Restaurant nach draußen trat und die Hände auf die Rückenlehne von Vanessas Stuhl legte.

Er war schlank und groß, hatte rotblondes Haar und lächelte mich gedankenverloren an, als er Vanessas Stuhl nahm, als wollte er ihn mitnehmen.

»Was tun Sie da?«, fragte ich.

»Ich brauche diesen Stuhl«, erwiderte er.

Ich sah mich zu dem mehr als einen Dutzend Stühlen auf der Terrasse und im Café um, die alle nicht belegt waren.

»Der ist besetzt«, erwiderte ich.

Der Mann blickte auf ihn herunter. »Der ist besetzt? Dieser Stuhl ist besetzt?«

»Er ist besetzt«, wiederholte ich.

Er war sehr elegant gekleidet: cremeweiße Leinenhose, Gucci-Schuhe, schwarzer Kaschmirpullunder und weißes T-Shirt. Seine Uhr war von Movado, seine Hände sahen aus, als hätte er nie in seinem Leben auch nur das kleinste bisschen Schmutz angefasst oder gearbeitet.

»Sind Sie sicher?«, fragte er mit Blick auf den Stuhl. »Ich hab gehört, dieser Stuhl ist nicht besetzt.«

»Ist er aber. Sehen Sie den Teller davor? Er ist besetzt. Glauben Sie mir.«

Nun sah er mich an. In seinen eisblauen Augen glühte etwas Unstetes. »Kann ich ihn also nehmen? Ist das in Ordnung?«

Ich erhob mich. »Nein, Sie können ihn nicht nehmen. Der ist besetzt.«

Der Mann streckte die Hände aus. »Hier stehen doch eine Menge rum. Nehmen Sie sich einen davon. Ich nehme diesen hier. Sie merkt es doch gar nicht.«

»Holen Sie sich selbst einen von denen!«, gab ich zurück.

»Ich will aber diesen.« Er sprach vernünftig und vorsichtig, als erklärte er einem Kind etwas, das jenseits von dessen Vorstellungskraft lag. »Ich nehme ihn, in Ordnung?«

Ich trat auf ihn zu. »Nein. Das tun Sie nicht. Der wird benötigt.«

»Da hab ich was anderes gehört«, widersprach er sanft.

»Dann haben Sie falsch gehört.«

Er blickte wieder auf den Stuhl hinunter und nickte. »Sagen Sie. Das sagen Sie.«

Entschuldigend hob er die Hand, passend zu seinem Lächeln, und ging zurück ins Restaurant, während Vanessa an ihm vorbei nach draußen trat.

Sie sah sich über die Schulter um. »Freund von dir?«

»Nein.«

Sie entdeckte einen Regentropfen auf ihrem Stuhl. »Wieso ist mein Stuhl denn nass?«

»Das ist 'ne lange Geschichte.«

Sie runzelte verwirrt die Stirn, schob ihren Stuhl zur Seite und zog einen anderen vom nächsten Tisch heran.

Durch die kleine Schar der Stammgäste sah ich den Mann an der Theke Platz nehmen und zu mir herübergrinsen, als Vanessa sich den Ersatzstuhl heranzog. Das Lächeln schien zu sagen: Der war ja wohl doch nicht besetzt. Dann wandte er uns den Rücken zu.

Als der Regen stärker wurde, füllte sich das Restaurant und ich verlor den Mann aus den Augen. Als ich das nächste Mal bis zur Theke sehen konnte, war er verschwunden.

Vanessa und ich blieben draußen im Regen und tranken Mineralwasser, während sie in ihrem Obst herumpickte und ich an Rücken und Nacken nass wurde.

Nach ihrem Besuch auf der Toilette waren wir zu harmlosem Small Talk übergegangen – Tony Ts Angst, der Staatsanwalt von Middlesex, der einen Kopf wie ein Frettchen hatte und angeblich Mottenkugeln und sorgfältig gefaltete Damenunterwäsche in seinem Aktenkoffer herumtrug, die Peinlichkeit, in einer Stadt zu leben, die sich Stadt des Sports nannte und nicht in der Lage war, Mo Vaughn an sich zu binden oder eine Footballmannschaft zusammenzuhalten.

Doch hinter dem Geplauder summte unablässig unsere gemeinsame Begierde, das Echo der Brandung und der Regenschauer auf Bermuda, unsere rauen Stimmen im jenem Hotelzimmer, der Geruch des Weins auf ihrer Haut.

»Nun«, meinte Vanessa nach einer besonders stark aufgeladenen Gesprächspause, »Chardonnay und ich oder was?«

Ich hätte heulen können vor Lust, zwang mich aber, mir das Danach vorzustellen, wenn ich ihr steriles Treppenhaus zu meinem Auto hinunterstieg, wenn die leeren Nachbeben unserer Leidenschaft in meinem Kopf verklangen.

»Heute nicht«, sagte ich.

»Das ist aber möglicherweise kein zeitlich unbegrenztes Angebot.«

»Schon verstanden.«

Sie seufzte und hielt ihre Kreditkarte über die Schulter, als die Kellnerin auf die Terrasse trat.

»Hast du ein Mädchen gefunden, Patrick?«, fragte sie, als die Kellnerin wieder verschwunden war.

Ich antwortete nicht.

»Ein braves Frauchen mit soliden Grundsätzen und geringen Unterhaltskosten, das dir keinen Ärger macht? Das für dich kocht und putzt, über deine Witze lacht und keinen anderen Mann ansieht?«

»Klar«, meinte ich, »genau so eine.«

»Aha.« Vanessa nickte und die Kellnerin kam mit Kreditkarte und Rechnung zurück. Vanessa unterschrieb und reichte der Kellnerin die Rechnung, ohne ihr weitere Aufmerksamkeit zu widmen. »Erzähl, Patrick, ich bin neugierig.«

Ich widerstand dem Drang, mich ihrer starken körperlichen Anziehungskraft zu entziehen. »Was möchtest du wissen?«

»Macht deine neue Freundin auch die ganzen ungezogenen Sachen? Du weißt schon, was wir da mit ...«

»Vanessa.«

»Ja?«

»Ich hab keine neue Frau. Ich hab nur kein Interesse.«

Sie legte sich eine Hand auf die Brust. »An mir?«

Ich nickte.

»Wirklich?« Sie streckte die Hand aus in den Regen, sammelte ein paar Tropfen und rieb sie sich über den Hals, den Kopf in den Nacken gelegt. »Das möchte ich gerne noch mal hören.«

»Ich hab's gerade gesagt.«

»Den ganzen Satz.« Sie senkte das Kinn und sah mir direkt in die Augen.

Ich rutschte auf meinem Stuhl herum und wünschte mich ganz weit weg. Als nichts passierte, sprach ich den Satz kühl und ausdruckslos aus.

»Ich hab kein Interesse an dir, Vanessa.«

Die Einsamkeit eines anderen Menschen kann erschreckend sein, wenn sie sich ohne Vorwarnung offenbart.

Vanessas Gesichtszüge fielen zusammen und ich spürte die Verlassenheit, die nichts sagende Kälte ihres schönen Apartments, ihren Schmerz, wenn sie um drei Uhr nachts allein zurückblieb, der Lover hatte sich verabschiedet, Gesetzestexte und Schreibblöcke vor ihr auf dem Esszimmertisch ausgebreitet, sie mit dem Stift in der Hand, die auf dem Kaminsims platzierten Bilder einer sehr viel jüngeren Vanessa wie die Geister eines ungelebten Lebens auf sie hinabstarrend. Ich konnte das winzige Flackern eines hungrigen Lichts in ihrer Brust sehen – nicht der Appetit auf Sex, sondern die widersprüchlichen Träume ihres zweiten Ichs.

In dem Moment wirkte ihr Gesicht wie das eines Skeletts, ihre Schönheit schwand dahin, sie sah aus, als sei sie unter dem Gewicht des Regens auf die Knie gefallen.

»Fick dich selbst, Patrick«, sagte sie lächelnd. Aber ihre Mundwinkel zuckten. »Verstanden?«

»Verstanden«, antwortete ich.

»Hör zu ...« Sie erhob sich und umklammerte den Schulterriemen ihrer Tasche mit der Faust. »Fick dich einfach.«

Sie verließ das Restaurant, ich blieb stehen, drehte den Stuhl um und sah ihr nach, wie sie durch den Nieselregen die Straße hinunterging. Die Tasche schlug ihr gegen die Hüfte, ihre Schritte waren bar jeder Anmut.

Warum musste immer alles so unappetitlich sein?, fragte ich mich.

Mein Handy klingelte, ich holte es aus der Hemdtasche, wischte die Tropfen ab und verlor Vanessa in der Menge.

»Hallo?«

»Hallo«, sagte eine Männerstimme. »Ich nehme an, der Stuhl ist jetzt frei, oder?«

Kapitel 21

Ich drehte mich um und suchte im Restaurant nach dem Mann mit dem rotblonden Haar. Soweit ich erkennen konnte, war er nicht dort.

»Wer ist da?«, fragte ich.

»Was für eine tränenreiche Verabschiedung, Pat. Zwischendurch dachte ich wirklich, sie würde dir das Wasser ins Gesicht schütten.«

Er kannte meinen Namen.

Ich drehte mich wieder um, suchte ihn auf dem Bürgersteig, suchte nach jemandem mit einem Mobiltelefon.

»Stimmt«, sagte ich. »Der Stuhl ist frei. Kommen Sie und holen ihn sich.«

Er sprach genauso sanft und monoton wie zuvor auf der Terrasse, als er den Stuhl hatte nehmen wollen. »Sie hat unglaubliche Lippen, diese Anwältin. Wahnsinn. Und ich glaub noch nicht mal, dass es Implantate sind. Du?«

»Ja«, sagte ich und überflog die andere Straßenseite. »Sie hat nette Lippen. Komm her und hol dir den Stuhl.«

»Und sie bietet dir an, Pat – *sie* bietet *dir* an –, deinen Schwanz zwischen diese Lippe zu schieben, und da sagst du nein? Bist du etwa schwul oder was?«

»Ganz bestimmt«, erwiderte ich. »Komm doch her und fick mich in den Arsch. Mit dem Stuhl.«

Durch den Regen stierte ich auf die Fenster auf der anderen Straßenseite.

»Und sie hat die Rechnung bezahlt«, flüsterte er mit seiner monotonen Stimme. »Sie hat die Rechnung bezahlt, wollte dir einen blasen, bringt mit Sicherheit sechs oder sieben Millionen nach Hause – hat zwar Einbautitten, sehen aber gut aus – nobody's perfect, und du sagst nein. Hut ab vor dir, Kumpel. Da bist du standfester als ich.«

Ein Mann mit einer Baseballkappe und einem Regenschirm über dem Kopf kam durch die diesige Luft auf mich zu. Er hielt ein Handy ans Ohr gedrückt und schritt locker und selbstsicher voran.

»Ich persönlich«, sagte die Stimme, »schätze ja, dass sie dabei schreit: ›O Gott‹ und ›härter, härter‹.«

Ich antwortete nicht. Der Mann mit der Baseballkappe war immer noch zu weit entfernt, als dass ich sein Gesicht hätte sehen können, doch kam er näher.

»Kann ich ehrlich zu dir sein, Pat? So ein Knackarsch wie die läuft einem so selten über den Weg, dass ich mich an deiner Stelle – bin ich natürlich nicht, ich weiß, aber wenn – geradezu gezwungen fühlen würde, mit ihr in ihre Wohnung auf der Exeter zu gehen, und um ehrlich zu sein, Pat, würde ich sie knallen, bis ihr das Blut an den Beinen runterläuft.«

Ich spürte etwas Kaltes hinter meinem Ohr herunterrinnen, und es war nicht der Regen.

»Ach ja?«, sagte ich.

Der Mann mit der Baseballkappe war jetzt so nah, dass ich seinen Mund sehen konnte. Er bewegte die Lippen.

Der Typ am anderen Ende der Leitung schwieg, aber irgendwo hinter ihm konnte ich einen Lkw schalten und das Platschen von Regen auf einer Motorhaube hören.

»... das kann ich einfach nicht machen, Melvin, wenn du

noch die Hälfte von meinem Scheiß hast.« Der Mann mit der Baseballkappe ging an mir vorbei. Jetzt sah ich, dass er mindestens doppelt so alt war wie der Typ auf der Terrasse.

Ich erhob mich und schaute die Straße hinauf und hinunter.

»Pat«, meldete sich der Mann am Telefon wieder.

»Ja?«

»Dein Leben ist gerade dabei ...«, er hielt inne, ich konnte ihn atmen hören.

»Wobei ist mein Leben gerade?«, fragte ich.

»... interessant zu werden.« Er schmatzte.

Und legte auf.

Ich hüpfte über den schmiedeeisernen Zaun, der die Terrasse vom Rest des Bürgersteigs trennte. Der Regen fiel mir auf Kopf und Brust, während ich zwischen all den Leuten auf dem Bürgersteig stand und gelegentlich angestoßen wurde. Schließlich wurde mir klar, dass es zu nichts führte, dort herumzustehen. Der Kerl konnte überall sein. Er konnte sogar aus dem nächsten Bezirk angerufen haben. Der Lkw, der im Hintergrund geschaltet hatte, war nicht in meiner unmittelbaren Nähe gewesen, sonst hätte ich ihn selbst gehört.

Aber er war doch so nah, dass er wusste, wann Vanessa gegangen war, und weniger als eine Minute nach ihrem übereilten Aufbruch angerufen hatte.

Also war er nicht in einem anderen Bezirk. Er war hier in Back Bay. Aber das war auch nicht gerade ein übersichtliches Gelände.

Ich ging wieder los, suchte die Straße nach ihm ab. Ich wählte Vanessas Nummer und meldete mich mit: »Nicht auflegen!«

»Gut.«

Sie legte auf.

Ich knirschte mit den Zähnen und drückte auf die Wahlwiederholung.

»Vanessa, hör bitte kurz zu. Du bist gerade bedroht worden.«

»Was?«

»Dieser Typ eben auf der Terrasse, den du für einen Freund von mir gehalten hast, ja?«

»Ja ...«, sagte sie zögernd. Im Hintergrund hörte ich Clarence jaulen.

»Er hat mich angerufen, als du weg warst. Ich hab ihn noch nie gesehen, Vanessa, aber er kannte meinen Namen und deinen Beruf und ließ mich wissen, dass er wusste, wo du wohnst.«

Sie schmunzelte wieder auf ihre trockene Art. »Und jetzt musst du rüberkommen und mich beschützen, was? Mensch, Patrick, solche Spielchen haben wir doch nicht nötig. Wenn du mit mir bumsen willst, hättest du eben ja sagen müssen.«

»Vanessa, nein. Ich möchte, dass du eine Zeit lang in ein Hotel ziehst. Jetzt. Die Rechnung kannst du an mich schicken.«

Ein gehässiges Lachen ersetzte das Schmunzeln. »Weil einer von deinen Spinnern weiß, wo ich wohne?«

»Dieser Typ ist kein normaler Spinner.«

Ich bog in die Hereford Street ein und ging bis zur Commonwealth Avenue. Der Regen hatte nachgelassen, doch der Nebel war stärker geworden und verwandelte die Luft in warme Zwiebelsuppe.

»Patrick, ich bin eine Strafanwältin. Warte mal – Clarence, runter! Runter, sofort! –, entschuldigung«, sagte sie. »Wo war ich? Ach ja. Hast du eine Ahnung, wie viele Rudelbumser, Bekloppte und abgedrehte Typen mich schon bedroht haben, weil ich es nicht geschafft habe, ihnen eine ›Sie-kommen-aus-dem-Gefängnis-frei-Karte‹ zu besorgen? Meinst du das ernst?«

»Dies könnte was anderes sein.«

»Laut Aussage eines Schließers aus Cedar Junction, den ich kenne, hat Karl Kroft – den habe ich in einer Anklage wegen Mordes und schwerer Vergewaltigung erfolglos verteidigt –, der hat in seiner Zelle eine Shit-List verfasst – und zwar im wahrsten Sinne des Wortes. Und bevor ...«

»Vanessa.«

»Und bevor sie die Scheiße wegwischten und Karl unter permanente Überwachung gestellt wurde, hat mein Freund, der Wachmann, die Liste noch gesehen, Patrick. Er meinte, mein Name hätte dort an oberster Stelle gestanden. Noch vor Karls Exfrau, und die hat er schon mit einer Säge zu töten versucht.«

Ich wischte mir das Regenwasser aus den Augen und ärgerte mich, dass ich keine Mütze trug. »Vanessa, hör doch bitte mal kurz zu. Ich glaube, dieser ...«

»Ich wohne in einem Haus, das rund um die Uhr überwacht wird und zwei Portiers hat, Patrick. Du hast gesehen, wie schwer es ist, hier reinzukommen. An meiner Wohnungstür sind sechs Schlösser, und selbst wenn jemand bis zum Fenster im dreizehnten Stock kommen sollte, wird er die Scheibe nicht durchbrechen können. Ich habe Pfefferspray, Patrick. Ich hab ein Betäubungsgewehr. Und wenn das alles nicht genug ist, hab ich auch noch eine echte Pistole schussbereit in Reichweite.«

»Hör zu! Dieser Mann, der letzte Woche in den Preiselbeeren gefunden wurde, dem sie Zunge und Hände abgeschnitten hatten, der war ...«

Ihre Stimme wurde lauter. »Und wenn jemand an den ganzen Sicherungen vorbeikommt, Patrick, dann scheiß ich drauf, dann bekommt er mich gratis dazu. Dann soll sich die ganze Mühe auch gelohnt haben.«

»Verstehe ich ja, aber ...«

»Danke, Schätzchen. Viel Glück mit deinem neuesten Spinner.«

Sie legte auf und ich überquerte mit dem Telefon in der Hand die Straße zur Commonwealth Avenue Mall, dem eine Meile langen, mit Gras und Ebenholzbäumen bewachsenen Grünstreifen voller Bänke und hoher Statuen, der die Avenue mittig in eine nach Osten und eine nach Westen führende Fahrbahn unterteilt.

Warren Martens hatte gesagt, Miles Lovells Freund sei nachlässig, aber teuer gekleidet gewesen. Er hätte Macht ausgestrahlt – oder zumindest einen Machtkomplex.

Das beschrieb den Mann auf der Terrasse ziemlich treffend.

Wesley Dawe, dachte ich. Konnte das Wesley sein? Wesley war blond, aber Größe und Figur passten und Haarfärbemittel war billig und leicht zu beschaffen.

Ich hatte das Auto vier Ecken von der Commonwealth entfernt geparkt. Es regnete zwar nur leicht, aber beharrlich und die diesige Luft drohte sich in richtigen Nebel zu verwandeln. Wer dieser Mann auch war, überlegte ich mir, er war losgeschickt worden, um mich zu verunsichern, mich wissen zu lassen, dass er mich kannte, ich ihn jedoch nicht. Das machte mich verletzlich und verlieh ihm den Anschein von Allmacht.

Aber das hatten vor ihm schon andere versucht – richtige Profis wie Mafiosi, Bullen, Straßengangs, in einem Fall sogar ein Paar echte Serienmörder –, deshalb konnte eine körperlose Stimme am anderen Ende des Telefons bei mir kein Zittern und keinen trockenen Mund auslösen. Trotzdem dachte ich jetzt über ihn nach – und vielleicht war das seine Absicht gewesen.

Mein Handy klingelte. Ich stellte mich unter ein schützendes Blätterdach, es klingelte ein zweites Mal. Kein Zittern, kein trockener Mund. Nur der Puls wurde ein wenig schneller. Beim dritten Klingeln ging ich dran.

»Hallo?«

»Hey, Kumpel. Wo bist du?«

Angie. Mein Puls verlangsamte sich.

»Comm Ave, auf dem Weg zum Auto. Und du?«

»Vor einem Büro im Jeweler's Exchange.«

»Macht Spaß mit dem Diamantenhändler?«

»Und wie. Der ist spitze. Wenn er mich nicht gerade anmacht, erzählt er seinen männlichen Bewachern rassistische Witze.«

»Manche Mädels ziehen immer das große Los.«

»Tja. Na ja, ich dachte, ich ruf mal kurz durch. Ich wollte dir was sagen, aber jetzt fällt's mir nicht mehr ein.«

»Sehr hilfreich.«

»Nein, mir liegt's auf der Zunge, aber ... Na, egal, kommt schon wieder zurück. Ich ruf dich an, wenn's mir wieder einfällt.«

»Super.«

»Gut. McGarrett out.« Sie legte auf.

Ich trat unter dem Baum hervor und war gerade vier Schritte gegangen, als es wieder klingelte. Scheinbar hatte sich Angie erinnert.«

»Weißt du's wieder?«, grüßte ich.

»Hi, Pat«, erwiderte der Mann mit dem rotblonden Haar. »Gefällt dir der Regen?«

Mein Herz begann schneller zu schlagen. »Find ihn herrlich, und du?«

»Ich persönlich hab Regen schon immer gern gemocht. Darf ich dich was fragen? War das eben deine Kollegin am Telefon?«

Ich hatte auf der Südseite der Mall unter einem großen Baum gestanden. Von Norden konnte man mich auf gar keinen Fall sehen. Blieben Osten, Westen und Süden.

»Hab keine Kollegin, Wesley.« Ich blickte nach Süden. Der

Bürgersteig auf der anderen Seite war leer, nur eine junge Frau wurde von drei großen Hunden über den nassen Asphalt gezogen.

»Ha!«, rief er. »Du bist gut, Kumpel. Oder hast du nur geraten?«

Ich blickte nach Osten in die Clarendon Street. Ich konnte nur Autos sehen, die über die Kreuzung fuhren, niemand mit einem Handy.

»Halb und halb, Wesley. Halb und halb.«

»Hm, ich bin richtig stolz auf dich, Pat.«

Ganz langsam drehte ich mich nach rechts und durch den dicken Nebel und Niesel sah ich ihn endlich.

Er stand an der südöstlichen Ecke von Dartmouth und Commonwealth und trug einen durchsichtigen Regenmantel. Als sich unsere Blick trafen, grinste er breit und winkte.

»Jetzt kannst du mich sehen ...«, sagte er.

Ich trat vom Bürgersteig auf die Straße und die Autos, die gerade an der Ampel Ecke Dartmouth losgebraust waren, schossen vorbei. Ein Karmann Ghia fuhr mir beinahe die Füße ab, hupte und wich nach rechts aus.

»Oooh«, meinte Wesley. »Das war knapp. Sei vorsichtig, Pat. Vorsichtig.«

Ich ging am Randstreifen der Mall in Richtung Dartmouth und ließ Wesley nicht aus den Augen, der lässig ein paar Schritte rückwärts ging.

»Ich kannte mal 'nen Typen, der wurde von einem Auto angefahren«, sagte Wesley und verschwand um die Ecke.

Ich begann zu laufen und gelangte zur Dartmouth Street. Der Verkehr verpestete die Straße, Regen sprühte unter den Reifen hervor. Wesley stand am Eingang zu einer Gasse, die parallel zur Commonwealth Avenue vom Public Garden zu den Fens eine Meile weiter westlich führte.

»Er stolperte und das Auto traf ihn mit dem Kotflügel am

Kopf, als er auf der Erde lag. Machte Eiersalat aus seinem Stirnlappen.«

Die Ampel sprang auf Gelb, was acht Wagen in zwei Spuren lediglich als Aufforderung verstanden, noch mal Gas zu geben und schnell über die Kreuzung zu flitzen.

Wesley winkte noch einmal und verschwand in der Gasse.

»Immer schön vorsichtig, Pat. Nicht vergessen.«

Ich raste über die Straße. Ein Volvo bog rechts ab auf die Commonwealth und schnitt mir den Weg ab. Der Fahrer, eine Frau, schüttelte den Kopf und brauste weiter.

Ich sprang auf den Bürgersteig und sprach auf dem Weg zur Einmündung der Seitenstraße ins Telefon. »Wesley, bist du noch da, Kumpel?«

»Ich bin nicht dein Kumpel«, flüsterte er.

»Hast du eben aber gesagt.«

»Da hab ich gelogen, Pat.«

Ich rutschte auf dem Kopfsteinpflaster auf der Ecke zur Seitenstraße aus und prallte gegen einen überquellenden Müllcontainer. Eine durchnässte Papiertüte obenauf platzte und eine Ratte stürzte hervor, sprang über den Rand der Tonne und verschwand in der Gasse. Eine Katze, die unter dem Container gelauert hatte, schoss ihr hinterher. Beide legten die Strecke bis zum nächsten Häuserblock in weniger als sechs Sekunden zurück. Die Katze sah fett und gemein aus, aber die Ratte auch. Ich fragte mich, wer bei dem Rennen die Oberhand hatte. Hätte ich wetten müssen, hätte ich die Ratte leicht im Vorteil gesehen.

»Schon mal Rodeo gespielt?«, flüsterte Wesley.

»Was?« Ich sah zu den Feuertreppen hinauf, von deren abblätternden Eisenstufen Wasser heruntertropfte. Nichts.

»Rodeo«, wiederholte Wesley. »Ist ein Spiel. Versuch's mal mit Vanessa Moore. Dafür musst du die Frau von hinten nehmen, wie ein Hund. Kannst du folgen?«

»Klar.« Ich ging die Gasse hinunter, spähte durch Nebel und Nieselregen zu den Hintereingängen der prächtigen Stadthäuser hinüber, zu kleinen Garagen und dunklen Ecken, wo Gebäude aneinander grenzten oder wo sie überstanden.

»Du nimmst sie also von hinten und schiebst ihr deinen Schwanz rein, so dass er richtig schön fest sitzt, so tief es geht. Wie tief wäre das in deinem Fall, Pat?«

»Ich bin Ire, Wesley. Kannst du selbst ausrechnen.«

»Also nicht sehr tief«, sagte er und begleitete sein Flüstern mit einem tiefen »Haha«.

Ich reckte den Kopf, um die seltsame Ansammlung schmaler Holzvorsprünge überprüfen zu können, die aus dem Mauerwerk ragten, als sollte man sich zum Schutz darunterstellen. Ich spähte durch die Risse zwischen den Holzplanken nach etwas, das wie Füße aussah.

»Na, egal«, meinte er. »Sobald ihr beiden ordentlich kuschelig zusammensteckt, flüsterst du der Alten den Namen einer anderen Frau ins Ohr und hältst sie dann fest wie ein Rodeoreiter, wenn sie durchdreht.«

Ich entdeckte ein paar Dachgärten, aber sie waren zu hoch, als dass ich hätte sehen können, ob sich jemand auf ihnen befand.

»Und, würde dir das Spiel gefallen, Pat?«

Ich drehte mich langsam um 360 Grad, bemühte mich, den Blick locker schweifen zu lassen und darauf zu achten, ob mir irgendwas Besonderes auffiel.

»Ich hab gefragt, ob dir das Spiel gefallen würde, Pat.«

»Nein, Wes.«

»Ach, schade. Ähm, Pat?«

»Was denn, Wes?«

»Guck noch einmal nach Osten.«

Ich drehte mich um 180 Grad nach rechts und sah ihn am

hinteren Ende der Seitenstraße. Eine große, im Nebel verschwommene Gestalt, die sich ein Telefon ans Ohr hielt.

»Was meinst du?«, fragte er. »Wollen wir spielen?«

Ich begann zu laufen und im gleichen Augenblick flitzte er los. Ich hörte das Klappern seiner Absätze auf dem nassen Asphalt, dann brach er die Verbindung ab.

Als ich das Ende der Gasse bei der Clarendon Street erreicht hatte, war er verschwunden. Shopper, Touristen und Highschoolschüler drängten sich auf dem Bürgersteig. Ich sah Männer in Trenchcoats und gelben Regenmänteln und durchnässte Bauarbeiter. Aus der Kanalisation stieg Dampf auf und umhüllte die vorbeirollenden Taxis. Ich sah ein Kind auf Rollerblades vor einem Parkplatz auf der Newbury Street. Aber keinen Wesley.

Nur den Nebel und Regen, den er hinter sich gelassen hatte.

Kapitel 22

Am Morgen nach meinem Zusammentreffen mit Wesley im Regen bekam ich einen Anruf von Bubba, ich sollte in einer halben Stunde vor dem Haus warten, er würde mich abholen.

»Wo fahren wir hin?«

»Zu Stevie Zambuca.«

Ich trat einen Schritt zurück und atmete tief durch. Stevie Zambuca? Warum um alles in der Welt wollte der mich sehen? Ich kannte den Mann gar nicht. Eigentlich wäre ich davon ausgegangen, dass der Mann auch noch nie von mir gehört hatte. Irgendwie hatte ich gehofft, das würde auch so bleiben.

»Warum?«

»Keine Ahnung. Er hat mich angerufen und gesagt, ich soll zu ihm kommen und dich mitbringen.«

»Er hat also nach mir verlangt.«

»Wenn du es so nennen willst, ja. Er hat nach dir verlangt.« Bubba legte auf.

Ich ging zurück in die Küche und setzte mich an den Tisch, trank meinen Morgenkaffee und bemühte mich, langsam zu atmen, um keinen Panikanfall zu bekommen. Ja, Stevie Zambuca jagte mir Angst ein, aber das war nichts Besonderes. Stevie Zambuca jagte fast allen Menschen Angst ein.

Stevie »The Pick« Zambuca war der Chef einer Gang aus

East Boston und Revere, die Glücksspiel, Prostitution, Drogenhandel und das Geschäft mit gestohlenen Autos an der Küste nördlich von Boston fast vollständig in der Hand hatte. Stevie hatte den Beinamen »The Pick« nicht bekommen, weil er einen Eispickel mit sich herumtrug, weil er ein Hungerhaken war oder mit Leichtigkeit Schlösser knackte, sondern weil er berühmt dafür war, seine Opfer die Todesart wählen zu lassen. Stevie betrat einen Raum, in dem drei oder vier seiner Gorillas jemanden auf einen Stuhl drückten, legte eine Axt und eine Bügelsäge vor das Opfer und wies es an, zu wählen. Axt oder Säge. Messer oder Schwert. Garrotte oder Hammer. Wenn sich das Opfer nicht entscheiden konnte oder es nicht schnell genug tat, griff Stevie angeblich zum Bohrer, seiner bevorzugten Waffe. Das war einer der Gründe, warum Stevie in der Zeitung manchmal irrtümlich »The Drill«, »der Bohrer« genannt wurde, was, glaubte man den Gerüchten, einem in Somerville einflussreichen Gangster namens Frankie DiFalco tierisch stank, der ein mächtig großes Gerät sein Eigen nannte.

Kurz fragte ich mich, ob Cody Falks Leibwächter Leonard damit zu tun haben könnte. Schließlich hatte ich gedacht, er gehöre zu den Leuten von der Nordküste. Doch dann schob ich es auf meine Panik. Wenn Leonard so viel Einfluss besaß, dass er Stevie Zambuca veranlassen konnte, mich zu sich zu rufen, dann hätte sich Leonard nicht für Cody Falk verdingen müssen.

Das ergab keinen Sinn. Bubba verkehrte in Mafiakreisen. Ich nicht.

Weshalb also wollte mich Stevie Zambuca sehen? Was hatte ich getan? Und wie konnte ich das wieder rückgängig machen? Und zwar schnell. Sehr schnell. Möglichst schon gestern.

Stevie Zambuca wohnte in einem kleinen, wenig anziehenden Haus am Ende einer Sackgasse auf einem Hügel, von dem man auf die Route 1 und den Logan Airport in East Boston hinuntersehen konnte. Man konnte von hier sogar den Hafen erkennen, doch bezweifelte ich, dass Stevie oft in die Richtung blickte. Er brauchte eigentlich nur den Flughafen; denn von dort kam die Hälfte seiner Einkünfte: die Mitgliedsgelder aus den Gewerkschaften der Gepäckabfertiger und Transportarbeiter sowie Ware, die vom Lkw oder aus dem Flugzeug gefallen und irgendwie in Stevies Schoß gelandet war.

Das Haus besaß einen Pool. Ein Maschendrahtzaun umgab den kleinen Vorgarten. Der eigentliche Garten war nicht erheblich größer, dort steckten in drei Metern Abstand Kerosinfackeln in der Erde und flackerten an einem Sommermorgen, der durch den Nebel und die plötzlich gefallene Temperatur, die eher in den Oktober als in den August passte, einen bläulichen Schimmer bekam.

»Das ist sein Samstagsbrunch«, erklärte Bubba, als wir seinen Humvee verließen und uns dem Haus näherten. »Das macht er jede Woche.«

»Ein Mafia-Brunch«, bemerkte ich. »Wie abgefahren.«

»Die Mimosas sind gut«, sagte Bubba. »Aber halt dich von den verfluchten Cannoli fern, sonst hockst du den Rest des Tages auf der Toilette.«

Ein fünfzehnjähriges Mädchen mit aus der Stirn gekämmtem, wallendem schwarzen Haar, in dem orangerote Strähnen blitzten, öffnete die Tür. In ihrem Gesicht spiegelte sich eine Mischung aus der typischen Leck-mich-Haltung einer Fünfzehnjährigen und unterdrücktem Zorn.

Als sie Bubba erkannte, kämpfte sich ein scheues Lächeln auf ihre blassen Lippen. »Mr Rogowski. Hi!«

»Hey, Josephina. Hübsche Strähnen!«

Sie berührte nervös ihr Haar. »Das Orange? Gefällt's Ihnen?«

»Klasse«, erwiderte Bubba.

Josephina blickte auf ihre Füße und verschränkte die Knöchel, so dass sie leicht schwankte. »Mein Dad findet es schrecklich.«

»Hey«, meinte Bubba. »Das müssen Dads doch tun.«

Josephina kaute gedankenverloren auf einer Haarsträhne herum und wiegte sich noch ein wenig unter Bubbas offenem Blick und breitem Grinsen.

Bubba als Sexsymbol. Das gab mir den Rest.

»Ist dein Dad in der Nähe?«, fragte Bubba.

»Er ist hinten?«, antwortete Josephina, als wollte sie von Bubba wissen, ob das okay sei.

»Wir finden ihn schon.« Bubba gab ihr einen Kuss auf die Wange. »Wie geht's deiner Mom?«

»Geht mir auf den Geist«, erwiderte Josephina. »Wie immer.«

»Das müssen Moms doch tun«, sagte Bubba. »Ist lustig mit fünfzehn, hm?«

Josephina blickte zu ihm auf und einen Moment lang befürchtete ich, sie würde sich ihn an Ort und Stelle krallen und ihm einen Kuss auf die riesigen Lippen drücken.

Stattdessen drehte sie sich auf den Zehenspitzen wie eine Tänzerin und sagte: »Muss gehen« – und schon war sie verschwunden.

»Komisches Kind«, bemerkte Bubba.

»Die ist in dich verknallt.«

»Halt's Maul!«

»Na klar, du Idiot. Bist du blind?«

»Halt's Maul oder ich bring dich um.«

»Ups«, machte ich. »In dem Fall war nichts.«

»Schon besser«, sagte Bubba, während wir uns durch die Gäste zur Küche durchkämpften.

»Ist sie trotzdem.«

»Du bist ein toter Mann.«

»Das kannst du auch hinterher erledigen.«

»Wenn noch was übrig ist, wenn Stevie mit dir fertig ist.«

»Danke«, erwiderte ich. »Du bist ein Arschloch.«

Das kleine Haus war gerammelt voll. Wohin man auch blickte, sah man einen Mafioso, eine Mafioso-Frau oder ein Mafioso-Kind. Die Männer trugen Jogginganzüge aus Knittersamt und Sweatshirts von Champion, die Frauen schwarze Leggings und grelle gelb-schwarze, lila-schwarze oder weißsilberne Blusen. Die Kinder trugen in der Mehrzahl Trikots von Sportmannschaften, je knalliger, desto besser. Alles weit und schlabberig und aus einem Guss, so dass die rot-schwarzgestreifte Mütze von den Cincinnati Bengals genau zu dem Trikot und der Jogginghose passte.

Ich hatte noch nie ein dermaßen hässlich eingerichtetes Haus gesehen. Stufen aus weißem Marmor führten von der Küche ins Wohnzimmer, das mit einem weißen Teppich ausgelegt war, der so plüschig war, dass man seine eigenen Schuhe nicht sehen konnte. Durch den weißen Plüsch verliefen dünne Streifen, die wie mit glitzernden Perlen besetzt aussahen. Sofas und Sessel waren aus weißem Leder, der Couchtisch, die Beistelltische und der riesengroße Phonoschrank glänzten metallisch schwarz. Die untere Hälfte der Wände war mit einer Industrieplastikfolie verkleidet, die wie Bruchstein aussah, die obere Hälfte mit roter Seidentapete tapeziert. In der hinteren Ecke fand sich eine passend zum Phonoschrank schwarz angemalte Bar, hinterlegt mit verspiegeltem Glas und von 150-Watt-Birnen beleuchtet. Neben Fotos von Stevie und seiner Familie hatten die Zambucas gerahmte Bilder ihrer Lieblingsitaliener aufgehängt: John Travolta als Tony Manero, Al Pacino als Michael Corleone, Frank Sinatra, Dino, Sophia Loren, Vince Lombardi und unerklärlicherweise Elvis. Ich schätze, mit seinem dunklen Haar und dem fragwürdigen Klamottengeschmack ging der King als ehrenwerter Collega durch, als ein Typ, dem man hätte vertrauen können, wenn er einen Auftrag erledigte, der den Mund gehalten und einem hinterher einen netten Burger mit Würstchen und Paprika gemacht hätte.

Bubba schüttelte eine Menge Hände, küsste einige Wangen, blieb aber nirgends zu einem längeren Gespräch stehen, es sah auch keiner aus, als wollte er sich mit ihm unterhalten. Selbst in einem Raum voller Bankräuber, Buchmacher und Auftragsmörder elektrisierte Bubba die Atmosphäre, umgab ihn eine spürbare Aura von Gefahr und Andersartigkeit. Das Lächeln der Männer wurde brüchig und ein wenig unsicher, wenn sie ihn sahen, und auf den runderneuerten Gesichtern der Frauen lag eine seltsame Mischung aus Angst und Erregung.

Als wir uns dem Wohnzimmer näherten, breitete eine Frau mittleren Alters mit gebleichtem Haar und sonnenbankgegerbter Haut die Arme aus und rief: »Aaah, Bubba!«

Er umarmte sie, hob sie hoch und sie gab ihm einen geräuschvollen Schmatzer auf die Wange.

Er stellte sie sanft auf den Plüschteppich zurück und sagte: »Mira, wie sieht's aus, Schätzchen?«

»Super, großer Junge!« Sie lehnte sich zurück, stützte den Ellenbogen in die Hand und zog an einer unglaublich langen weißen Zigarette, mit der sie jemand umwerfen konnte, wenn sie sich ohne Vorwarnung umdrehte. Sie trug eine knallblaue Bluse zu einer farblich passenden Hose und vorne offene Stöckelschuhe mit zehn Zentimeter hohen Absätzen. Ihr Gesicht und ihr Körper dokumentierten die Wunder der modernen Medizin: winzige Narben zwischen Kieferknochen und Ohren, Brüste, auf die eine Achtzehnjährige neidisch wäre, und die porzellanartigen Hände einer Puppe.

»Wo hast du dich herumgedrückt? Hast du Josephina gesehen?«

Bubba beantwortete nur die zweite Frage. »Sie hat uns aufgemacht, ja. Sie sieht toll aus.«

»Geht mir gehörig auf den Senkel«, bemerkte Mira und lachte durch den Zigarettenqualm. »Steve will sie in ein Kloster stecken.«

»Schwester Josephina?«, fragte Bubba mit erhobenen Augenbrauen.

Miras Kichern erfüllte den Raum. »Das wär doch mal was, oder? Ha!«

Plötzlich sah sie mich an. Ihre leuchtenden Augen verdunkelten sich argwöhnisch.

»Mira«, sagte Bubba, »das ist mein Freund Patrick. Stevie hat was mit ihm zu besprechen.«

Mira schob ihre glatte Hand in meine. »Mira Zambuca. Nett, Sie kennen zu lernen, Pat.«

Ich kann es nicht ausstehen, Pat genannt zu werden, sagte aber lieber nichts.

»Mrs Zambuca«, erwiderte ich. »Ist mir ein Vergnügen.«

Mira sah gar nicht vergnügt aus, einen bleichgesichtigen Iren in ihrem Wohnzimmer zu haben, aber sie schenkte mir dennoch ein höfliches Lächeln, dem ich entnahm, sie würde mich ertragen, solange ich mich nicht an ihrem Familiensilber vergriff.

»Stevie ist draußen am Grill.« Sie wies mit dem Kopf in Richtung des Qualms, der sich vor der nach draußen führenden Glastür staute. »Brät die Kalbs- und Schweinswürstchen, die alle so mögen.«

Besonders zum Frühstück, dachte ich.

»Danke, Schätzchen«, sagte Bubba. »Du siehst übrigens sensationell aus.«

»Oh, danke, mein Lieber. Du bist schon 'ne Nummer!« Sie

wandte sich von uns ab und setzte mit der Zigarette beinahe die Mähne einer anderen Frau in Brand, die ihr jedoch geistesgegenwärtig auswich.

Bubba und ich kämpften uns an den übrigen Gästen vorbei und gingen nach draußen. Wir schlosen die Tür hinter uns und wedelten die Rauchwolken fort, die die hintere Veranda einhüllten.

Hier draußen waren nur Männer. Aus einem auf der Brüstung platzierten Riesengettoblaster ertönte Springsteen, noch ein ehrenwehrter Collega. Die meisten Kerle draußen waren noch fetter als die drinnen, stopften sich jetzt schon den Hals voll mit Cheeseburgern und Hot Dogs, auf die sie Paprika, Zwiebeln und rießige Happen eingelegtes Gemüse türmten.

Ein kleingewachsener Mann, der durch seine pechschwarze Haartolle sieben Zentimeter größer wirkte, bediente den Grill. Er trug Jeans, weiße Joggingschuhe und ein mit der Aufschrift »BESTER DAD DER WELT« auf dem Rücken verziertes T-Shirt. Eine rotweiß karierte Schürze verdeckte seinen Bauch, während er mit einer Zange aus Edelstahl an dem zweistöckigen Grill herumhantierte, der mit Würstchen, Hamburgern, marinierten Hühnerbrüsten, Hot Dogs, roten und grünen Paprikaschoten, Zwiebeln und einer Hand voll Knoblauchzehen in Alufolie belegt war.

»Hey, Charlie!«, rief der Kleingewachsene. »Du isst deinen Burger schwarz, oder?«

»So schwarz wie Michael Jordan«, rief eine schwabbelige Fleischmasse zurück und mehrere Männer lachten.

»Also richtig schwarz.« Der Kurze nickte, nahm eine Zigarre aus dem Aschenbecher neben dem Grill und schob sie sich in den Mund.

»Stevie«, grüßte Bubba.

Der Mann drehte sich um und grinste trotz Zigarre. »Hey, Rogowski! Hey, Jungs, der Polacke ist da!«

Einige riefen »Bub-ba« oder »Rogowski« oder »Killer«, einige klopften Bubba auf den breiten Rücken oder schüttelten ihm die Hand, aber von mir nahm niemand Notiz, da Stevie das auch nicht getan hatte. Es war, als würde ich erst existieren, wenn er es sagte.

»Die Sache letzte Woche«, wandte sich Stevie Zambuca an Bubba. »Irgendwelche Probleme damit?«

»Nein.«

»Hat der Kerl Scheiße erzählt? Hat er dich zugelabert?«

»Nein«, sagte Bubba erneut.

»Hab gehört, bei dem Prozess in Norfolk wirst du noch Ärger kriegen.«

»Hab ich auch gehört«, bestätigte Bubba.

»Brauchst du Hilfe?«

»Nein, danke«, antwortete Bubba.

»Wirklich nicht? Das ist das Mindeste, was wir tun können.«

»Danke«, wiederholte Bubba, »aber ich komm schon klar.«

Stevie Zambuca sah vom Grill auf und grinste Bubba an. »Du bittest nie um irgendwas, Rogowski. Das macht die Leute nervös.«

»Dich auch, Stevie?«

»Mich?« Er schüttelte den Kopf. »Nein. Ich bin von der alten Schule. Davon könnten sich die meisten von diesen Wichsern 'ne Scheibe abschneiden. Du und ich, Rogowski, wir sind fast die Einzigen, die noch übrig sind von damals, und so alt sind wir nicht mal. Aber der Rest von diesen Wichsern?« Er sah sich über die Schulter nach den Fettsäcken um. »Die hoffen aufs große Geld im Filmgeschäft, wollen den Agenten Buchideen andrehen.«

Bubba warf einen völlig teilnahmslosen Blick auf die Männer. »Freddy hat's bös erwischt, hab ich gehört.«

Fat Freddy Constantine war der Chef der Mafia, doch erzählte man sich, dass er es nicht mehr lange machen würde. Der Mann, der als sein Nachfolger gehandelt wurde, saß momentan vor uns und grillte Würstchen.

Stevie nickte. »Seine Prostata sollen sie in einer Tüte ins Brigham and Women's geschickt haben. Hab gehört, als Nächstes sind Magen und Darm dran.«

»Echt schlimm«, meinte Bubba.

Stevie zuckte mit den Schultern. »Mensch, so ist das halt im Leben. Man lebt, man stirbt, die Leute heulen und dann überlegen sie sich, was es zu essen gibt.« Stevie schaufelte fünf Burger auf eine Platte von der Größe eines Gladiatorenschildes und legte noch ein halbes Dutzend Hot Dogs und ein paar Hühnerbrüste dazu. Er hielt die Platte über die Schulter nach hinten und sagte: »Los, bedient euch, ihr fetten Wichser!«

Bubba lehnte sich auf den Absätzen nach hinten und schob die Hände in den Trenchcoat. Einer der Fettsäcke nahm Stevie die Platte aus der Hand und ging damit zum Tisch mit den Grillsoßen.

Stevie schob die Grillabdeckung herunter. Er legte die Zange aufs Tablett und nahm einen langen Zug von seiner Zigarre.

»Bubba, geh mal zu den anderen, hol dir was zu essen. Ich drehe mit deinem Freund eine kleine Runde durch den Garten.«

Bubba zuckte mit den Schultern und blieb stehen.

Stevie Zambuca streckte mir die Hand entgegen. »Kenzie, ja? Komm mal mit.«

Wir verließen die schmale Veranda und gingen hinunter in den Garten, schlängelten uns zwischen den leeren weißen Tischen und den abgestellten Rasensprengern hindurch, bis wir in dem von einer Backsteinmauer umgebenen kleinen Garten standen, in dem zwischen Löwenzahn eine stattliche Anzahl von Krokussen vor sich hin kränkelte.

Neben den Beeten hing eine Holzschaukel zwischen einem Eisenpfosten und einer Stange, die wohl mal eine Wäscheleine gehalten hatte. Stevie Zambuca setzte sich auf die rechte Seite der Schaukel und klopfte auf das Holz neben sich.

»Setz dich, Kenzie.«

Ich tat, wie mir geheißen.

Stevie nahm einen langen Zug von seiner Zigarre, blies den Qualm aus und hob die Füße an. Kurz betrachtete er sie, als faszinierten ihn die weißen Schuhe.

»Seit wann kennst du Rogowski, dein ganzes Leben schon?«

»Ja«, antwortete ich.

»War er schon immer so?«

Ich blickte zu Bubba herüber, der über die Veranda schritt und sich am Tisch einen Cheeseburger baute.

»Er tickte schon immer nach seiner eigenen Uhr«, sagte ich.

Stevie Zambuca nickte. »Ich kenn die ganzen Geschichten«, meinte er. »Lebte auf der Straße, seit er, weiß nicht, acht Jahre oder so war, du und ein paar Freunde brachten ihm Essen. Der ganze Kram. Dann nahm ihn Morty Schwartz, der alte jüdische Buchmacher, zu sich und kümmerte sich bis zu seinem Tod um ihn.«

Ich nickte.

»Angeblich macht er sich nur was aus Hunden, Vincent Patrisos Enkelin, dem Geist von Morty Schwartz und dir.«

Ich beobachtete, wie Bubba sich abseits der anderen Männer setzte und seinen Burger aß.

»Stimmt das?«, fragte Stevie Zambuca.

»Denke schon«, erwiderte ich.

Er tätschelte mir das Knie. »Erinnerst du dich noch an Jack Rouse?«

Jack Rouse war die Schlüsselfigur der irischen Unterwelt gewesen, dann aber vor ein paar Jahren verschwunden.

»Klar.«

»Kurz bevor er verschwand, setzte er ein Kopfgeld auf dich aus. Du warst an der Reihe, Kenzie. Und weißt du, warum nichts passiert ist?«

Ich schüttelte den Kopf.

Stevie Zambuca wies mit dem Kinn Richtung Veranda. »Rogowski. Er platzte mitten in ein Kartenspiel unter Capos und sagte, wenn dir etwas zustoßen würde, würde er in voller Montur auf die Straße gehen und jeden umlegen, der ihm in die Quere kommt – so lange bis man ihn erledigt.«

Bubba verdrückte den Cheeseburger und ging sich mit dem Pappteller einen zweiten holen. Die Männer in der Nähe des Tisches machten ihm Platz und ließen ihn in Ruhe. Bubba war immer alleine. Das hatte er so gewollt und es war der Preis dafür, sich so sehr vom Rest seiner Spezies zu unterscheiden.

»Das nenne ich Loyalität«, fuhr Stevie Zambuca fort. »Das versuche ich meinen Leuten einzutrichtern, aber es klappt nicht. Sie sind nur so lange loyal, wie ihre Brieftaschen gefüllt sind. Loyalität kann man niemandem beibringen. Die kann man nicht erzwingen. Genauso wenig wie Liebe. Geht einfach nicht. Entweder hat man sie in sich oder nicht. Bist du mal erwischt worden, als du ihm was zu Essen brachtest?«

»Von meinen Eltern?«

»Ja.«

»Klar.«

»Hast den Arsch voll gekriegt?«

»Und wie«, sagte ich. »Des Öfteren.«

»Aber trotzdem hast du was für ihn aufgehoben bei Tisch, oder?«

»Ja«, bestätigte ich.

»Warum?«

Ich zuckte mit den Achseln. »Hab ich halt gemacht. Wir waren Kinder.«

»Verstehst du, das meine ich ja. Das ist Loyalität. Das ist Liebe, Kenzie. Die kann man keinem eintrichtern.« Er streckte sich und ergänzte mit einem Seufzer: »Und die kann man auch keinem nehmen.«

Ich wartete. Er musste jetzt bald auf den Punkt kommen.

»Die kann man keinem nehmen«, wiederholte Stevie Zambuca. Er lehnte sich zurück und legte mir den Arm um die Schulter. »Wie haben da einen Mann, der für uns arbeitet. So 'ne Art Privatvereinbarung, wenn du verstehst. Er gehört nicht zur Organisation, aber er besorgt hin und wieder was. Kannst du mir folgen?«

»Denk schon.«

»Und dieser Mann, ja? Der ist mir wichtig. Ich kann gar nicht deutlich genug sagen, wie wichtig er ist.«

Er paffte ein paarmal an seiner Zigarre, behielt den Arm um meine Schultern gelegt und starrte auf seinen kleinen Hof.

»Du hast diesen Mann belästigt«, sagte er schließlich. »Du hast ihn verärgert. Das ärgert mich.«

»Wesley«, meinte ich.

»Der verfluchte Name ist scheißegal. Du weißt, wen ich meine. Und ich sage dir, du hörst auf damit. Du hörst auf der Stelle auf. Wenn es ihm gefällt, dir auf den Kopf zu pissen, dann greifst du noch nicht mal zum Handtuch. Dann sagst du einfach ›danke‹ und wartest, ob er dir noch mehr zu geben hat.«

»Dieser Typ«, sagte ich, »hat das Leben einer Frau ...«

»Halt dein Maul«, sagte Stevie freundlich und verstärkte seinen Griff. »Du und deine Probleme sind mir scheißegal. Das Einzige, was hier zählt, sind meine Probleme. Du bist ein Ärgernis. Ich bitte dich nicht, aufzuhören. Ich befehle es dir. Sieh dir deinen Freund da drüben mal gut an, Kenzie.«

Ich sah zu Bubba hinüber. Er setzte sich hin und biss in seinen Burger.

»Er ist ein guter Mann. So einen wie ihn würd ich vermissen. Aber wenn ich höre, dass du diesen Vertragspartner von mir wieder belästigst, ja? Wenn du Nachforschungen anstellst oder Leute nach ihm befragst. Wenn mir das zu Ohren kommt, dann mach ich deinen Kumpel platt. Dann schneide ich ihm den Kopf ab und lass ihn dir zuschicken. Und dann bring ich dich um, Kenzie.« Er klopfte mir mehrmals auf die Schulter. »Verstanden?«

»Verstanden«, antwortete ich.

Er zog seinen Arm zurück, paffte seine Zigarre und beugte sich vor, die Ellenbogen auf die Knie gestützt. »Super. Wenn er seinen Burger aufhat, siehst du zu, dass dein irischer Arsch aus diesem Haus verschwindet.« Er erhob sich und ging zum Haus zurück. »Und wisch dir die Schuhe auf der Fußmatte ab, bevor du zurück ins Haus gehst. Den Scheißteppich im Wohnzimmer kriegt man kaum wieder sauber.«

Kapitel 23

Bubba kann kaum lesen und schreiben. Er hat auf diesem Gebiet gerade so viel Kenntnisse, dass er Gebrauchsanweisungen von Waffen oder andere einfache, bebilderte Anleitungen entziffern kann. Er ist in der Lage, die Presseberichte über ihn zu lesen, aber er braucht für einen eine halbe Stunde und bekommt Probleme, wenn es ihm nicht gelingt, die Wörter richtig auszusprechen. Er hat keine Vorstellung von den komplexen Zusammenhängen zwischenmenschlichen Miteinanders und weiß so wenig über Politik, dass ich ihm noch letztes Jahr den Unterschied zwischen dem Abgeordnetenhaus und dem Senat erklären musste. Er ist so wenig über aktuelle Ereignisse auf dem Laufenden, dass er das Wort »Lewinsky« für ein Verb hält.

Aber er ist nicht dumm.

Es gibt Menschen, die das geglaubt haben, und immer stellte sich das als tödlicher Irrtum heraus. Zahllose Bullen und Staatsanwälte haben es mit vereinten Kräften nur zwei Mal geschafft, ihn hinter Gitter zu bringen, jeweils wegen Verstoßes gegen das Waffengesetz, doch waren diese Haftstrafen für ihn nicht mehr als ein Urlaub, verglichen mit dem, was er in Wahrheit getan hatte.

Bubba ist schon mehrmals um die ganze Welt gereist und kann einem Dörfer im ehemaligen Ostblock nennen, von denen man noch nie gehört hat, wo man den besten Wodka bekommt, und er kann einem sagen, wie man in Westafrika ein sauberes Bordell und in Laos einen Cheeseburger findet. Auf Tischen in dem dreistöckigen Lagerhaus, das er sein Heim nennt, hat Bubba aus dem Gedächtnis verschiedene Städte, die er besucht hatte, aus Lolli-Stängeln nachgebaut. Einmal überprüfte ich sein Mini-Beirut anhand eines Stadtplans und entdeckte eine kleine Straße in Bubbas Modell, die die Stadtplanmacher vergessen hatten.

Aber am auffälligsten und beunruhigendsten zeigt sich Bubbas Intelligenz in der ihm angeborenen Fähigkeit, Menschen zu durchschauen, die er allem Anschein nach gar nicht wahrgenommen hat. Bubba riecht einen Polizeispitzel eine Meile gegen den Wind. In einem Wimpernschlag durchschaut er eine Lüge, sein Gespür dafür, wenn man ihn hintergehen will, ist so legendär, dass es die Konkurrenz vor langer Zeit einfach aufgab und ihm seinen Teil des Kuchens zugestand.

Bubba, hatte Morty Schwartz mir kurz vor seinem Tod erklärt, sei ein Tier. Für Morty war das ein Kompliment. Bubba hatte fehlerlose Reflexe, einen unerschütterlichen Instinkt und konnte sich auf das Wesentliche konzentrieren und keine dieser Fähigkeiten wurde von Gewissensbissen beeinträchtigt. Wenn Bubba jemals ein Gewissen oder so etwas wie Schuldgefühle besessen hatte, so hatte er sie im Alter von fünf Jahren mit seiner Muttersprache in Polen zurückgelassen.

»Und? Was hat Stevie gesagt?«, fragte Bubba, während wir über den Maverick Square auf den Tunnel zufuhren.

Ich musste vorsichtig sein. Wenn Bubba Wind bekam, dass Stevie ihn als Druckmittel gegen mich einsetzte, würde er Stevie und die Hälfte seiner Mannschaft umlegen, ohne Rücksicht auf Verluste.

»Nicht viel.«

Bubba nickte. »Er hat dich einfach nur bestellt, um dumm rumzuquatschen?«

»Mehr oder weniger.«

»Ja, klar«, meinte Bubba.

Ich räusperte mich. »Er hat mir gesagt, Wesley Dawe genießt diplomatische Immunität. Ich soll ihn in Ruhe lassen.«

Am Gebührenhäuschen vor der Einfahrt zum Sumner Tunnel ließ Bubba das Fenster herunter. »Was hat so ein verrückter Yuppie mit Stevie Zambuca zu tun?«

»Offenbar 'ne Menge.«

Irgendwie gelang es Bubba, seinen Hummer zwischen den Häuschen hindurchzumanövrieren. Er reichte dem Kassierer drei Dollar und fuhr das Fenster wieder hoch, während wir auf die acht Spuren zufuhren, die sich bald auf zwei verengten.

»Aber was?«, fragte er, während er seinen irren überbreiten Wagen durch die Blechlawine steuerte, als wäre es ein Brieföffner.

Wir fuhren in den Tunnel und ich zuckte mit den Schultern. »Wesley hat schon bewiesen, dass er an die Akten eines Psychiaters kommt. Dann kommt er auch an andere Sachen.«

»Und?«

»An Sachen wie vertrauliche Informationen über Richter, Bullen, Vertragspartner und so weiter.«

»Was hast du also vor?«, wollte Bubba wissen.

»Ich zieh mich zurück«, antwortete ich.

Sein Gesicht war in das kränklich gelbe Licht der Tunnelbeleuchtung getaucht, als er sich zu mir umdrehte. »Du?«

»Ja«, sagte ich. »Bin schließlich keine Schießbudenfigur.«

»Hm«, machte Bubba leise und blickte durch die Windschutzscheibe geradeaus.

»Ich warte einfach ab, bis ein bisschen Gras über die Sache gewachsen ist«, sagte ich. Ich hasste den Anflug von Verzweiflung in meiner Stimme. »Überleg mir, wie ich von einer anderen Seite an Wesley rankomme.«

»Da gibt's keine andere Möglichkeit«, erwiderte Bubba. »Entweder machst du diesen Kerl lang oder nicht. Und wenn, bekommt Stevie auf jeden Fall raus, dass du es warst. Da kannst du deine Spuren noch so gut verwischen.«

»Du meinst also, ich soll Wesley langmachen und den Rest meines Lebens Stevie Zambuca schenken?«

»Ich kann mit ihm reden«, schlug Bubba vor. »Ihn zur Vernunft bringen.«

»Nein.«

»Nein?«

»Nein. Wenn du mit ihm redest, ja? Und er sich aber nicht überreden lässt, wie stehst du dann da? Dann hast du um was gebeten, was er dir nicht gibt.«

»Dann setz ich ihn halt auf Grundeis.«

»Und dann? Wenn du so 'ne wichtige Figur kaltmachst, glaubst du, dann sagen alle: Kein Problem?«

Bubba zuckte mit den Achseln. Wir verließen den Tunnel und fuhren ins North End. »Ich denk nicht so weit voraus.«

»Ich aber.«

Wieder zuckte er mit den Schultern, diesmal nachdrücklich. »Du willst dich also einfach raushalten?«

»Ja. Hast du 'n Problem damit?«

»Nee«, sagte er abwesend. »Schon gut, Mann. Egal.«

Als er mich aussteigen ließ, sah er mich nicht an. Er hielt den Blick auf die Straße gerichtet, bewegte den Kopf kaum merklich zum Tuckern des Motors.

Ich stieg aus und Bubba sagte mit Blick auf die Straße: »Vielleicht hörst du besser auf.«

»Womit?«

»Mit deinem Job.«

»Und warum?«

»Angst ist tödlich, Mann. Mach die Tür zu, ja?«

Ich schloss die Tür und sah ihm nach, wie er davonfuhr.

Vor der Ampel trat er auf die Bremse und plötzlich fuhr der Hummer im Rückwärtsgang auf mich zu. Ich blickte in die andere Richtung und entdeckte einen roten Escort, der auf Bubbas Spur fuhr. Die Fahrerin merkte, dass der Hummer rückwärts auf sie zugeschossen kam. Sie riss das Steuer nach links und wich laut hupend auf die Überholspur aus. Mit ungehaltenem Gehupe fuhr sie an Bubba vorbei und streckte ihm den Mittelfinger entgegen.

Bubba zeigte ihr den Vogel, sprang aus dem Wagen und schlug mit der Hand auf die Motorhaube.

»Wegen mir!«

»Was?«

»Wegen mir!«, brüllte er. »Dieser Scheißhaufen benutzt mich, stimmt's?«

»Nein, er ...«

»Angie kann er nicht nehmen, weil sie Connections hat. Also hat er mich genommen.«

»Bubba, er hat *mir* gedroht, ja?«

Er warf den Kopf in den Nacken und schrie in den Himmel: »Schwachsinn!« Dann senkte er den Kopf und kam um das Auto herum. Einen Moment lang dachte ich, er würde mit den Fäusten auf mich einschlagen.

»Du«, schrie er und zeigte mit dem Finger auf mich: »Du hast dich noch nie aus irgendwas rausgehalten! Noch nie und deshalb bin ich auch ständig unterwegs, um deinen Arsch zu retten!«

»Bubba ...«

»Und das ist mir scheißegal!«, kreischte er.

Mehrere Jugendliche kamen um die Ecke. Als sie Bubba in

seiner ganzen Schrecklichkeit sahen, spazierten sie schnurstracks auf die andere Straßenseite.

»Lüg mich, verdammt noch mal, nie wieder an!«, sagte Bubba. »Nie wieder. Wenn du mich anlügst, oder sie, dann tut mir das scheißweh. Dann will ich am liebsten einen abmurksen. Egal, wen!« Er schlug sich so fest auf die Brust, dass jedes andere Brustbein dabei wie Porzellan zersprungen wäre. »Stevie hat mit meinem Leben gedroht, stimmt's?«

»Und wenn?«

Bubba ruderte mit den Armen durch die Luft und spuckte beim Sprechen. »Dann bring ich das Arschloch um. Reiß ihm seinen Scheißdarm raus und erwürg ihn damit. Zerquetsche seine riesige Scheißbirne, bis ...«

»Nein«, unterbrach ich ihn. »Verstehst du das denn nicht?«

»Was?«

»Das ist der Trick. Genau das will Wesley doch. Diese Drohung kam nicht von Stevie, die kam von Wesley. So geht dieses Schwein vor.«

Bubba beugte sich vor und atmete tief ein. Er sah aus wie ein Granitbrocken, der langsam zum Leben erwachte.

»Da komm ich nicht mit«, sagte er schließlich.

»Ich wette«, sagte ich langsam, »Wesley weiß, dass Angie Connections hat und er nur über dich an mich rankommt. Ich sag dir, er hat Stevie die Idee eingetrichtert, dein Leben zu bedrohen, weil er wusste, dass du im Fall der Fälle, wenn du's herausbekommst, durchdrehst und wir hinterher alle tot sind.«

»Hm«, machte er leise. »Der Kerl ist gerissen.«

Ein blauweißes Auto hielt neben uns. Der Bulle auf dem Beifahrersitz ließ die Fensterscheibe herunter.

»Alles in Ordnung, Leute?« Er kam mir irgendwie bekannt vor.

»Ja«, antwortete ich.

»Hey, du, Riesenbaby.«

Bubba drehte sich zu dem Polizisten um und zog eine Grimasse.

»Du bist Bubba Rogowski, stimmt's?«

Bubba blickte die Straße hinunter.

»In letzter Zeit einen umgelegt, Bubba?«

»Gerade vor 'n paar Stunden, Officer.«

Der Bulle schmunzelte. »Ist das dein Hummer?«

Bubba nickte.

»Park den ordentlich, sonst gibt's 'nen Strafzettel.«

»Okay.« Bubba wandte sich wieder mir zu.

»Jetzt, Rogowski«, sagte der Bulle.

Bubba grinste mich an und schüttelte den Kopf. Dann ging er am Streifenwagen vorbei zu seinem Hummer und die Polizisten sahen ihm mit einem breiten, zufriedenen Grinsen zu. Bubba fuhr vor und fand eine ausreichend große Parklücke ungefähr hundert Meter weiter.

»Sie wissen, dass Ihr Freund ein Dreckschwein ist?«, fragte mich der Bulle.

Ich zuckte mit den Achseln.

»Dadurch wird man auch schnell zum Dreckschwein, wenn man nicht aufpasst.«

Jetzt erkannte ich das Gesicht. Mike Gourgouras, ein angeblicher Laufbursche von Stevie Zambuca. Offenbar hatte ihn Stevie vorbeigeschickt, um seiner Botschaft Nachdruck zu verleihen.

»Vielleicht ist es ja besser, wenn Sie sich von so einem Typ fern halten.«

»Okay.« Ich hob die Hand und lächelte. »Guter Tipp.«

Gourgouras verengte die Augen zu Schlitzen. »Ist das 'ne Verarschung?«

»Nein, Sir.«

Er lächelte. »Suchen Sie sich Ihre Freunde gut aus, Mr Kenzie.«

Schwirrend fuhr die Fensterscheibe hoch, dann rollte der Streifenwagen die Straße entlang, hupte kurz, als er an Bubba vorbeikam, der auf dem Weg zurück zu mir war, und verschwand um eine Ecke.

»Stevies Jungs«, bemerkte Bubba.

»Hast du sie erkannt?«

»Ja.«

»Hast du dich beruhigt?«

Er zuckte mit den Achseln. »So langsam.«

»Also gut«, begann ich. »Wie bekommen wir Stevie vom Buckel?«

»Angie.«

»Wird ihr nicht gefallen, um einen Gefallen bitten zu müssen.«

»Sie hat keine Wahl.«

»Was meinst du damit?«

»Weißt du, wie langweilig es für sie ohne uns ist? Scheiße, Mann, die würde verschrumpeln und eingehen.«

Da hatte er Recht.

Ich rief bei Sallis & Salk an, wo man mir mitteilte, Angie würde dort nicht mehr arbeiten.

»Warum nicht?«, fragte ich die Telefonistin.

»Es gab da einen Zwischenfall, glaube ich.«

»Was für ein Zwischenfall?«

»Darüber kann ich nichts sagen.«

»Können Sie mir wenigstens sagen, ob sie gekündigt hat oder ob sie rausgeschmissen wurde?«

»Nein, kann ich nicht.«

»Super. Viel können Sie nicht gerade sagen, was?«

»Ich kann Ihnen sagen, dass dieses Gespräch jetzt beendet ist«, entgegnete sie und legte auf.

Ich rief Angie zu Hause an, aber es meldete sich nur der Anrufbeantworter. Sie konnte trotzdem zu Hause sein. Sie stellte oft die Klingel ab, wenn ihr nicht zum Reden zumute war.

»Ein Zwischenfall?«, fragte Bubba, als wir ins South End rüberfuhren. »So was wie ein Super-GAU?«

Ich zuckte mit den Schultern. »Bei Angie würde ich das nicht ausschließen.«

»Wow!«, machte Bubba. »Das wär ja obercool, was?«

Wie erwartet, war sie zu Hause. Sie hatte geputzt, den Holzboden mit Murphy's Oil Soap gewienert und dabei Patti Smiths *Horses* so laut durch die Wohnung dröhnen lassen, dass wir sie durch ein geöffnetes Fenster rufen mussten, denn die Türglocke hörte sie nicht.

Sie drehte die Musik leiser, öffnete uns die Tür und sagte: »Tretet nicht auf den Boden im Wohnzimmer, sonst liegt ihr auf dem Arsch.«

Wir folgten ihr in die Küche und Bubba fragte: »Ein Zwischenfall?«

»Das war gar nichts«, erwiderte sie. »Hatte eh schon keinen Bock mehr, für die zu arbeiten. Die haben Frauen nur zur Dekoration, weil wir so schick aussehen in unseren Ann-Taylor-Kostümen mit der Knarre.«

»Ein Zwischenfall?«, echote ich.

Sie stieß einen Frustschrei aus und riss den Kühlschrank auf.

»Der Diamantenhändler hat mir in den Arsch gekniffen, okay?«

Sie warf mir eine Dose Cola zu, reichte Bubba ebenfalls eine und ging mit ihrer zum Geschirrspüler und lehnte sich dagegen.

»Krankenhausreif?«, fragte ich.

Sie trank einen Schluck mit erhobenen Augenbrauen. »Eigentlich hätte es nicht sein müssen, die alte Heulsuse. Hab ihm nur einen mit der Hand versetzt. Einen Klaps. Mit den Fingern.« Sie hob die Hand. »Woher sollte ich denn wissen, dass er Bluter ist?«

»Die Nase?«, fragte Bubba.

Sie nickte. »Ein Klaps.«

»Anzeige?«

Sie schnaubte verächtlich. »Das soll er mal versuchen. Ich bin direkt zu meiner Ärztin gegangen, die hat den blauen Fleck fotografiert.«

»Die hat deinen Arsch fotografiert?«, fragte Bubba.

»Ja, Ruprecht, hat sie.«

»Scheiße, hätt ich auch gern getan.«

»Ich auch.«

»Oh, danke, Jungs. Muss ich jetzt in Ohnmacht fallen?«

»Du musst Opa Vincent für uns anrufen«, fiel Bubba mit der Tür ins Haus.

Angie ließ fast die Dose fallen. »Seid ihr total breit oder was?«

»Nein«, entgegnete ich. »Leider meinen wir es ernst.«

»Warum?«

Wir erzählten es ihr.

»Wieso ist euch beiden bis jetzt eigentlich noch nichts passiert?«, fragte sie schließlich.

»Das ist uns selbst ein Mysterium«, gab ich zu.

»Stevie Zambuca«, sagte sie. »Dieser kleine blutrünstige Spinner. Hat er immer noch diese Frankie-Avalon-Frisur?«

Bubba nickte.

Angie trank einen Schluck Cola. »Trägt Einlagen.«

»Was?«, fragte Bubba.

»Doch, ja. Einlagen. In den Schuhen. Spezialanfertigung von seinem alten Schuster in Lynn.«

Angies Großvater, Vincent Patriso, war einmal (manche sagten, er sei es noch immer) Boss der Mafia nördlich von Delaware gewesen. Er hatte immer zu den Unauffälligen gehört, war nie in der Zeitung erwähnt worden, von ernsthaften Journalisten niemals *Don* tituliert worden. Ihm gehörten eine Bäckerei und einige Bekleidungsläden auf Staten Island, die er vor ein paar Jahren verkauft hatte. Nun hielt er sich entweder in seinem neuen Haus in Enfield, New Jersey, oder in dem in Florida auf. Aus diesem Grund kannte sich Angie ziemlich gut in den einschlägigen Kreisen von Boston aus. Wahrscheinlich wusste sie mehr über die meisten Mafiosi zu berichten als deren Chefs.

Angie hievte sich auf die Arbeitsfläche, leerte ihre Coke, stellte einen Fuß auf die Theke und legte das Kinn aufs Knie.

»Meinen Opa anrufen«, sagte sie schließlich.

»Wir würden ja nicht fragen«, meinte Bubba, »aber Patrick hat echt Schiss.«

»Jaja, schieb's nur auf mich!«

»Der hat die ganze Zeit geheult«, erzählte Bubba. »Richtig geflennt. ›Ich will nicht sterben. Ich will nicht sterben.‹ Mann, war das peinlich.«

Angie drehte den Kopf, so dass nun ihre Wange auf dem Knie ruhte, und grinste ihn an. Dann schloss sie kurz die Augen.

Bubba sah mich an. Ich zuckte mit den Schultern. Er zuckte mit den Schultern.

Angie hob den Kopf und nahm das Bein herunter. Sie stöhnte. Strich sich mit den Fingern über die Schläfen. Stöhnte noch einmal.

»Die ganzen Jahre, die ich verheiratet war, als Phil mich schlug, hab ich nie meinen Opa angerufen. Der ganze Horror«, sie sah mich an, »in den wir reingeraten sind – nie hab ich meinen Opa angerufen. Selbst als das passierte« – sie hob das Sonnentop und wies auf die gekräuselte Narbe eines Schusses, der sich durch ihre Gedärme gebohrt hatte –, »hab ich nicht angerufen.«

»Hmm«, machte Bubba. »Aber jetzt ist es wichtig.«

Sie warf ihm die leere Dose an den Kopf.

Sie sah mich an. »Wie ernst klang Stevie?«

»Ernster geht's nicht«, erwiderte ich. »Er will uns beide umbringen.« Ich zeigte mit dem Daumen auf Bubba. »Ihn zuerst.«

Bubba schnaubte durch die Nase.

Angie sah uns beide lange an, dann wurden ihre Gesichtszüge weich.

»Hm, ich hab keinen Job mehr. Das bedeutet, ich kann mir diese Wohnung wahrscheinlich nicht mehr lange leisten. Ich kann keinen Mann halten und mag keine Tiere. Ihr beiden Spinner seid also das Einzige, was ich habe.«

»Hör auf«, meinte Bubba. »Ich hab schon 'nen Kloß im Hals und so.«

Sie sprang von der Theke. »Gut, wer fährt mich zu einem sicheren Telefon?«

Sie benutzte ein Telefon im Foyer des Park Plaza Hotels. Ich ließ sie in Ruhe, wandelte über den Marmorboden, bewunderte die alten Aufzüge mit den Messingtüren und den Messingaschenbechern links daneben und wünschte mir, es wäre immer noch in, Filzhüte zu tragen und zum Mittagessen einen Scotch zu kippen, Streichhölzer mit dem Daumennagel zu entzünden und andere Leute »Ganove« zu nennen.

Wo bist du, Burt Lancaster, und warum hast du den ganzen coolen Kram mitgenommen?

Sie legte auf und kam auf mich zu. Zwischen den Messingarmaturen und den roten Orientteppichen, dem Marmorboden und den in Seide, Leinen und malaysische Baumwolle gekleideten Menschen wirkte sie vollkommen fehlplatziert mit ihrem ausgewaschenen weißen Sonnentop, der grauen kurzen Hose und den Nikes, ohne Make-up und mit dem Geruch nach Murphy's Oil Soap und doch brauchte sie mich nur auf ihre typische Art schief anzugrinsen, und schon war ich überzeugt, niemals jemanden gesehen zu haben, der auch nur halb so umwerfend aussah wie sie.

»Sieht aus, als wärt ihr aus dem Schneider«, sagte sie. »Er meinte, wir sollten ihm das Wochenende Zeit geben. So lange haltet euch von Stevie fern.«

»Was war der Preis?«

Sie zuckte mit den Schultern und ging auf den Ausgang zu. »Ich muss ihm eine Hühnchen-Piccata machen, wenn er das nächste Mal in der Gegend ist, ach ja, und soll dafür sorgen, dass Luca Brasi bei den Fischen schläft.«

»Ja, wie im *Paten*: Jedes Mal, wenn du denkst, du bist draußen ...«, sagte ich.

»... ziehen sie mich wieder rein.«

Kapitel 24

Am Montag machten wir uns ernsthaft an die Arbeit. Angie hatte vor, einen Freund beim Finanzamt in Pittsburgh anzurufen und ihm zu entlocken, wo Wesley Dawe in den Jahren vor seinem Verschwinden Steuern bezahlt hatte. Bubba hatte versprochen, dasselbe bei einem Mann zu versuchen, den er im Finanzamt von Massachusetts kannte, obwohl er sich zu erinnern meinte, etwas Anrüchiges über diesen Freund gehört zu haben, doch wusste er nicht mehr, was.

Ich setzte mich an den Computer im Büro und durchsuchte die im Netz zugänglichen Telefonbücher und alle anderen Datensammlungen, die mir einfielen. Immer wieder tippte ich »Wesley Dawe« ein, aber bekam nichts und wieder nichts heraus.

Angies Freund bei der Steuerbehörde ließ sie den ganzen Nachmittag warten und auch Bubba rief nicht zurück, um von seinen Fortschritten zu berichten, so dass ich schließlich, meiner Ziegelsteinwände überdrüssig, in die Stadt fuhr, um im Stadtarchiv nach Einträgen zu Naomi Dawe zu suchen.

Geburts- und Todesurkunden wiesen keinerlei Unregelmäßigkeiten auf, trotzdem schrieb ich alles in mein Notizbuch und schob es mir auf dem Rückweg vom Rathaus in die Gesäßtasche.

Ich betrat den rückwärtigen Teil von City Hall Plaza und

wurde von zwei schweren Jungs, die beide nur noch wenig Haar hatten und Fliegerbrillen zu dünnen Hawaiihemden und Jeans trugen, in die Mitte genommen.

»Wir machen einen kleinen Spaziergang«, sagte der Mann zu meiner Rechten.

»Klasse«, erwiderte ich. »Wenn wir in den Park gehen, kauft ihr mir dann ein Eis?«

»Der reißt gern Witze«, sagte der Typ zu meiner Linken.

»Klar«, meinte der andere, »der ist hier so was wie Jay Leno.«

Wir überquerten den Platz in Richtung Cambridge Street. Ein kleiner Schwarm Tauben flüchtete vor uns. Ich merkte, dass beide Männer etwas schwer atmeten – ein Verdauungsspaziergang gehörte wohl nicht zu ihren täglichen Angewohnheiten.

Es war heiß, doch der Schweiß, der mir auf die Stirn trat, war kälter als sonst, als ich die dunkelrosa Limousine erkannte, die in zweiter Reihe auf der Cambridge stand. Dieser Lincoln hatte am Samstag in Stevie Zambucas Auffahrt geparkt.

»Stevie hat Lust auf ein kleines Plauderstündchen«, bemerkte ich. »Wie nett.«

»Hast du gemerkt? Den hat er nicht mehr so sicher gebracht«, sagte der Kerl rechts von mir.

»Vielleicht ist ihm das Lachen inzwischen vergangen«, bemerkte der andere und schob mir mit einer für seine Größe erstaunlich raschen und wendigen Bewegung die Hand unter das Hemd, um mir die Pistole abzunehmen.

»Keine Sorge«, sagte er. »Ich bewahr sie sicher auf.«

Als wir uns näherten, öffnete sich die Hintertür des Lincoln und ein dünner junger Mann stieg aus und hielt sie mir auf.

Ich beschloss, es mit Würde über mich ergehen zu lassen.

Ich setzte mich neben Stevie Zambuca ins Auto. Hinter mir schlugen sie die Tür zu.

Die Vordersitze waren leer. Offenbar übernahmen die beiden Fleischklöpse das Steuer.

»Eines Tages«, sagte Stevie Zambuca, »wird der Alte abkratzen. Wie alt ist er, 84, ja?«

Ich nickte.

»Irgendwann ist er tot, dann flieg ich zu seiner Beerdigung, erweis ihm die letzte Ehre, und wenn ich zurückkomme, brech ich dir die Arme, Kenzie. Kannst dich schon auf den Tag vorbereiten, kannst dich drauf verlassen.«

»Okay.«

»Okay?« Er grinste. »Du glaubst wohl, du bist supercool, was?«

Ich antwortete nicht.

»Bist du aber nicht. Dieses eine Mal spiel ich noch mit.« Er warf mir eine braune Papiertüte auf den Schoß. »Da sind acht Riesen drin. Dieser Typ hat mir zehn gegeben, damit ich dich ihm vom Hals halte.«

»Der ist also ein Geschäftspartner von dir?«

»Nein. Nur dieser Auftrag. Zehn Riesen, damit er dich vom Hals hat. Vor Freitagabend hatte ich den noch nie gesehen. Hat einen von meinen Leuten angesprochen.«

»Hat er dir gesagt, du solltest mir mit Bubbas Leben drohen?«

Stevie rieb sich das Kinn. »Ehrlich gesagt: ja. Er weiß 'ne Menge über dich, Kenzie. 'ne Menge. Und er mag dich nicht. Ganz und gar nicht, du Bastard. Ganz und gar nicht.«

»Hast du irgendeine Ahnung, wo er wohnt oder arbeitet, was in der Richtung?«

Stevie schüttelte den Kopf. »Nein. Kenn einen in K. C., der für ihn gebürgt hat. Hab gehört, auf den ist Verlass.«

»Kansas City?«

Stevie sah mir ins Gesicht. »K. C. Stört dich das?«

Ich zuckte mit den Achseln. »Kommt mir nur komisch vor.«

»Na ja, egal. Wenn du ihn siehst, gib ihm die acht Riesen zurück und sag ihm, die anderen zwei hab ich für meine Auslagen abgezogen.«

»Wieso meinst du, dass ich ihn sehe?«

»Der hat dich richtig auf dem Kieker, Kenzie. Hat immer gesagt, du hättest dich ›eingemischt‹. Vincent Patriso kann mich vielleicht aufhalten, aber diesen Macker ganz bestimmt nicht. Der will dich tot sehen.«

»Nein. Er will, dass ich mir wünsche, tot zu sein.«

Stevie kicherte. »Da könntest du Recht haben. Dieser Typ, ja? Der ist gerissen, drückt sich gut aus, hat enorm was auf dem Kasten, aber er ist krank, Kenzie. Ich persönlich glaube, der hat nur Steine im Kopf und drumrum flattern kleine Vögel.« Er lachte und legte mir die Hand aufs Knie. »Und du hast ihn angepisst. Ist das nicht klasse?« Er drückte auf einen Knopf auf seiner Türkonsole und die Schlösser sprangen auf. »Bis dann, Kenzie.«

»Wiedersehn, Stevie.«

Ich öffnete die Tür und blinzelte in die Sonne.

»O ja, du wirst mich wiedersehen«, sagte Stevie, als ich ausstieg. »Nach der Beerdigung von dem Alten. Großaufnahme. In Technicolor.«

Einer der Fleischklöpse reichte mir meine Pistole. »Immer locker bleiben, Scherzkeks. Schieß dir nicht selbst in den Fuß.«

Als ich über die City Hall Plaza zurück zu dem Parkhaus ging, in dem mein Auto stand, klingelte mein Handy.

Noch bevor er sich meldete, wusste ich, dass er es war. »Hallo?«

»Pat, Kumpel. Wie geht's dir?«

»Nicht schlecht, Wes. Und dir?«

»Könnte besser sein, mein Freund. Sag mal, Pat?«

»Ja, Wes?«

»Wenn du zum Parkhaus gehst, kommst du dann aufs Dach, ja?«

»Treffen wir uns, Wes?«

»Bring den Umschlag von Don Guido mit.«

»Aber sicher doch.«

»Und verschwend deine Zeit nicht damit, die Polizei anzurufen, ja, Pat? Du hast nichts in der Hand.«

Er legte auf.

Ich wartete, bis ich mich vor dem Parkhaus befand und weder von drinnen noch vom Dach aus gesehen werden konnte, und rief Angie an.

»Wie schnell kannst du am Haymarket sein?«

»Bei meinen Fahrkünsten?«

»In fünf Minuten«, bestimmte ich. »Ich bin auf dem Parkhausdach am unteren Ende der New Sudbury. Kennst du das?«

»Ja.«

Ich sah mich um. »Ich brauch ein Foto von ihm, Ange.«

»Auf dem Parkhausdach? Wie soll ich denn das anstellen? Die ganzen Häuser drumherum sind kleiner.«

Ich entdeckte eins. »Das Haus mit den Antikläden am Ende der Friend Street ist höher. Da musst du aufs Dach.«

»Und wie?«

»Weiß ich nicht. Sonst gibt es nur noch die scheiß Schnellstraße, wo du Bilder machen könntest.«

»Schon gut. Ich bin auf dem Weg.«

Sie legte auf und ich stieg die acht Stockwerke zum Dach hoch. Das Treppenhaus war dunkel und feucht und stank nach Urin.

Er stand da, die Arme gegen die Wand gelehnt, und sah auf City Hall Plaza, Faneuil Hall und die unvermittelt aufragenden Türme des Börsenviertels zwischen Congress und State Street hinunter. Einen Moment lang fuhr mir der Gedanke durch den Kopf, hinzulaufen, seine Beine zu packen und ihn über die Brüstung zu werfen. Wie es sich wohl anhören würde, wenn er sich mehrmals überschlug und dann auf der Straße aufprallte? Mit ein bisschen Glück ginge es als Selbstmord durch, und wenn er eine Seele besäße, würde sie auf dem Weg hinab in die Hölle an der Ironie dieser Situation zugrunde gehen.

Er drehte sich zu mir um, als ich noch gute fünfzehn Meter entfernt war. Er lächelte.

»Verführerisch, oder?«

»Was denn?«

»Mich hier runterzuwerfen.«

»Schon.«

»Aber die Polizei würde schnell feststellen, dass der letzte Anruf von meinem Handy an dich ging, dann würden sie die Signalquelle orten und wüssten, dass du sechs oder sieben Minuten vor meinem Tod in der City Hall warst.«

»Das wäre schlecht«, meinte ich. Ich zog meine Pistole aus dem Hosenbund. »Auf die Knie, Wes!«

»Och, bitte!«

»Hände hinter dem Kopf verschränken!«

Er lachte. »Oder was? Oder du bringst mich um?«

Ich war noch drei Meter entfernt. »Nein. Aber ich zerschlag dir die Nase mit der Pistole, bis du dich nicht mehr wiedererkennst. Wie wär das?«

Er verzog das Gesicht und sah auf seine Leinenhose und den schmutzigen Boden.

»Kann ich nicht einfach nur die Hände hochnehmen, du filzt mich und ich kann stehen bleiben?«

»Klar«, antwortete ich. »Warum nicht?« Ich trat ihm in die linke Kniekehle und er fiel zu Boden.

»Das wird dir noch Leid tun!« Er sah sich mit puterrotem Gesicht zu mir um.

»Ooh«, machte ich. »Wesley wird böse.«

»Du hast keine Vorstellung.«

»Hey, Irrer, leg die Scheißhände hinter den Kopf. Verstanden?«

Er gehorchte.

»Finger verschränken!«

Er tat, wie ihm geheißen.

Ich fuhr mit der Hand über seine Brust, unter das über der Hose hängende schwarze Seidenhemd, den Hosenbund entlang, über Lenden und Knöchel. Mitten im Sommer trug er schwarze Golfhandschuhe, aber sie waren zu eng um eine Rasierklinge darin zu verstecken, deshalb ließ ich sie aus.

»Das Witzige ist«, sagte er bei der Durchsuchung, »dass du nicht an mich herankommst, Pat, auch wenn du mich am ganzen Körper abtastest.«

»Miles Lovell«, sagte ich. »David Wetterau.«

»Kannst du beweisen, dass ich am Unfallort war?«

Nein. Der Hurensohn.

»Deine Stiefschwester, Wesley«, sagte ich.

»Hat Selbstmord begangen, wie ich gehört habe.«

»Ich kann beweisen, dass du im Holly Martens Inn warst.«

»Als ich meiner klinisch depressiven Schwester Beistand geleistet habe? Meinst du das?«

Ich war fertig mit der Durchsuchung und machte einen Schritt zurück. Er hatte Recht. Ich konnte ihm nichts nachweisen.

Er sah sich über die Schulter nach mir um. »Ach, bist du fertig?«

Er nahm die Hände herunter und erhob sich, wischte sich über die dunklen Flecke unter den Knien. Der ölige, von der Hitze aufgeweichte Teer hatte sich im Leinenstoff festgesetzt.

»Ich schicke dir die Rechnung«, sagte er.

»Tu das.«

Er lehnte sich gegen die Wand und betrachtete mich. Wieder fühlte ich den irrationalen Drang, ihn runterzuwerfen. Nur um ihn schreien zu hören.

Zum ersten Mal spürte ich aus der Nähe die unbestimmte Mischung aus Macht und Grausamkeit, die ihn wie ein Mantel umgab. Sein Gesicht war eine seltsame Kombination aus harten Kanten und weichen Zügen – ein kantiges Kinn, fleischige rote Lippen, teigige, puddingweiche elfenbeinfarbene Haut und stahlblaue, glühende, böse Augen –, kurz, sein Gesicht wirkte ausgesprochen nordisch.

Ich betrachtete ihn, er studierte mich, legte den Kopf ein wenig nach rechts, kniff die blauen Augen zusammen und ein wissendes Grinsen zuckte in seinen Mundwinkeln.

»Deine Kollegin«, sagte er, »ist eine echte Bombe. Fickst du sie auch?«

Das war fast schon eine Aufforderung, ihn vom Dach zu stoßen.

»Da wette ich drauf«, sagte er und sah über die Schulter auf die Stadt hinunter. »Du knallst Vanessa Moore – die ich übrigens letztens im Gericht erwischt hab, nicht schlecht – und du knallst deine geile kleine Kollegin und wer weiß, wen sonst noch. Bist ein richtiger Stecher, Pat.«

Er wandte sich wieder mir zu. Ich steckte die Pistole in das Holster auf meinem Rücken, weil ich Angst hatte, ich könnte Gebrauch von ihr machen.

»Wes?«

»Ja, Pat.«

»Ich heiße nicht Pat.«

»Oh.« Er nickte. »Wunden Punkt gefunden. Das ist immer interessant. Weißt du, man kann nie sicher sein, wo die Schwächen von Menschen liegen, man findet sie erst, wenn man ein bisschen rumbohrt.«

»Das ist keine Schwäche, sondern eine Vorliebe.«

»Klar.« Seine Augen glänzten. »Red dir das nur ein, Pat – äh – rick.«

Ich musste schmunzeln. Er konnte es einfach nicht lassen.

Ein Hubschrauber von einem der Verkehrssender flog über unsere Köpfe hinweg und schwenkte über die Schnellstraße, wo sich links von mir der Feierabendverkehr über die Brücke quälte.

»Ich hasse Frauen«, stellte Wesley ausdruckslos fest, die Augen auf den Hubschrauber gerichtet. »Als Spezies an sich finde ich sie, intellektuell betrachtet ...«, er zuckte mit den Achseln, »... uninteressant. Aber körperlich« – er grinste und verdrehte die Augen –, »Junge, da muss ich mich zusammenreißen, nicht auf die Knie zu fallen, wenn so 'ne Sahneschnitte vorbeikommt. Interessanter Widerspruch, findest du nicht?«

»Nein«, antwortete ich. »Du bist ein Frauenhasser, Wesley.«

Er schmunzelte. »So wie Cody Falk, meinst du?« Er schnalzte mit der Zunge. »Für 'ne Vergewaltigung steh ich nicht auf. Das ist langweilig.«

»Du höhlst die Leute lieber aus, stimmt's?«

Er hob die Augenbraue.

»Wie bei deiner Stiefschwester. Du höhlst sie von innen aus, bis sie ihren Ekel nur noch sexuell ausdrücken kann.«

Er zog die Augenbraue noch höher. »Sie fand das toll. Soll das ein Witz sein? Mensch, Pat – scheißegal, wie du heißt –, darum geht's doch beim Sex! Ums Vergessen! Und komm mir jetzt nicht mit dem ganzen politisch korrekten Gequatsche über spirituelle Vereinigung und Liebe. Sex ist Ficken. Sex heißt, sich in den tierischen Urzustand zurückbegeben. Zurück in die Höhle. Steinzeit. Wir schmatzen, kratzen, beißen und stöhnen wie die Tiere. Und die ganzen Pillen, Ehehelfer, Peitschen und Ketten, mit denen wir's interessanter machen, dienen nur dem einen Zweck: dem Vergessen. Ein regressiver Zustand, der uns Jahrhunderte zurückversetzt und die Evolution rückgängig macht, das ist Ficken, Pat. Das Vergessen.«

Ich klatschte. »Super Rede.«

Er verbeugte sich. »Hat sie dir gefallen?«

»Lange geübt, hm?«

»Klar, im Laufe der Jahre hab ich sie verfeinert.«

»Die Sache ist bloß, Wes ...«

»Was ist die Sache, Pat? Sag's mir!«

»Man kann einem Computer kein Gedicht erklären. Ich kann ihm Reim und Metrum beibringen, aber die Schönheit des Gedichts kann er nicht erkennen. Die Nuancen. Seinen Gehalt. Du kannst Liebe nicht begreifen. Das heißt aber nicht, dass es nicht mehr gibt als Ficken.«

»Daran arbeitest du also mit Vanessa Moore? Du willst mit ihr in andere Sphären aufsteigen? Die spirituelle Einheit der Liebe erfahren?«

»Nein«, erwiderte ich, »wir rammeln bloß.«

Er schmunzelte. »Hast du schon mal geliebt, Pat? Eine Frau?«

»Klar.«

»Hast du schon mal diese spirituelle Einheit erlebt?«

»Ja.«

Er nickte. »Und wo ist sie hin? Oder gab es sogar mehrere? Wo sind sie hin? Ich meine, wenn das so toll war, so eine wahnsinnige Erfahrung, warum bist du dann nicht mehr mit der Frau zusammen, anstatt hier mit mir zu reden oder deinen Docht hin und wieder in Vanessa Moore zu tauchen?«

Darauf hatte ich keine Antwort. Wenigstens keine, die ich Wesley darlegen wollte.

Aber er hatte schon Recht. Wenn die Liebe stirbt, wenn eine Beziehung in die Brüche geht, wenn die gegenseitige Zuneigung wieder auf Sex reduziert wird, war dann überhaupt Liebe vorhanden? Oder ist sie nur etwas, das wir uns einbilden, um uns nicht wie Tiere zu fühlen?

»Als ich in meiner eigenen Schwester kam«, sagte Wesley, »wurde sie gereinigt. Der Sex war freiwillig, Pat, im gegenseitigen Einverständnis. Das kann ich dir versichern. Und sie fand es toll. Sie fand sich selbst dabei. Ihr wahres Ich.« Er wandte mir den Rücken zu und beobachtete den Hubschrauber, der eine große Kurve über der Broadway Bridge beschrieb und wieder auf uns zukam. »Als sie ihr wahres Ich erkannte, platzten alle Illusionen, hinter denen sie sich verschanzt hatte. Und sie zerplatzte auch. Brach zusammen. Es hätte sie aufbauen können, wenn sie stark genug und mutig genug gewesen wäre, aber es gab ihr den Rest.« Er drehte sich wieder zu mir um.

»Oder du«, sagte ich. »Man könnte auch behaupten, dass du Karen zerstört hast, Wes.«

Er zuckte mit den Achseln. »Bei jedem gibt es einen Punkt, an dem er entweder zusammenbricht oder wächst. Karen hatte ihn gefunden.«

»Mit deiner Hilfe.«

»Möglich. Aber wenn sie daran gewachsen wäre, wer sagt dann, dass sie nicht vielleicht ein glücklicherer Mensch geworden wäre? An welchem Punkt brichst du zusammen, Pat? Hast du dir schon mal Gedanken gemacht, welche Bestandteile, aus denen sich dein derzeitiges Glück zusammensetzt, du ertragen könntest zu verlieren, bis du nur noch ein Abklatsch deiner selbst bist? Welche Bestandteile, hä? Deine Familie? Deine Kollegin? Dein Auto? Deine Freunde? Dein Haus? Wie lange würde es dauern, bis du wieder ein nackter Säugling wärst? Ohne etwas, mit dem du dich schmücken kannst? Was wärst du dann, Pat, was wärst du? Was würdest du tun?«

»Bevor oder nachdem ich dich getötet hätte?«

»Warum würdest du mich umbringen?«

Ich streckte die Arme aus und trat auf ihn zu. »Weiß nicht, Wes. Wenn du einem Menschen alles nimmst, könnte er ja auf die Idee kommen, dass er nichts mehr zu verlieren hat.«

»Sicher, Pat. Stimmt.« Er legte die Hand auf die Brust. »Aber glaubst du nicht, dass ich auf solche Eventualitäten vorbereitet bin?«

»Zum Beispiel, indem du Stevie Zambuca anheuerst, um mich abzuschrecken?«

Er senkte den Blick und betrachtete die Tüte in meiner Hand.

»Ich nehme an, Stevies Dienste stehen mir nicht mehr zur Verfügung.«

Ich warf ihm die Tüte vor die Füße. »Kommt ungefähr hin. Übrigens, er hat zwei Scheine für seine Auslagen rausgenommen. Mafia-Typen, Wes, weißt du Bescheid?«

Er schüttelte den Kopf. »Patrick, Patrick. Ich hoffe, du verstehst, dass das alles nur reine Theorie war. Ich hege keine feindlichen Gefühle gegen dich.«

»Stark. Leider kann ich das nicht von mir behaupten, Wes.«

Er senkte den Kopf, bis sein Kinn die Brust berührte. »Patrick, eines kannst du mir glauben: Mit mir zu spielen wird dir keinen Spaß machen.«

Ich schnippte mit den Fingern gegen sein Kinn.

Als er den Kopf hob, lag nicht mehr die ruhige Grausamkeit in seinen Augen, sondern purer Zorn.

»O doch, wird es schon, Wes.«

»Ich sag dir was, Pat: Nimm das Geld.« Er biss die Zähne aufeinander, seine Gesicht war feucht. »Nimm es und vergiss mich. Ich hab keine Lust, mich mit dir zu beschäftigen.«

»Aber ich hab Lust, mich mit dir zu beschäftigen, Wes. Und wie!«

Er lachte. »Nimm mein Geld, Kumpel.«

Ich lachte zurück. »Ich dachte, du könntest mich fertig machen, Kumpel. Was ist damit?«

Die Bösartigkeit blitzte wieder in seinen blauen Augen auf. »Das kann ich, Pat. Das ist momentan nur eine Zeitfrage.«

»Eine Zeitfrage? Wes, Junge, ich habe Zeit genug. Ich hab alles für dich zur Seite geräumt.«

Wesley streckte den Kiefer vor, schürzte die Lippen und nickte sich mehrmals zu.

»Gut«, sagte er. »Okay.«

Ich warf einen kurzen Blick nach links, wo in fünfzig Metern Entfernung auf der Schnellstraße ein Honda mit geöffneter Motorhaube stand. Die Warnblinkleuchten waren an, die anderen Autos hupten und einige Fahrer zeigten Angie den Mittelfinger, die den Kopf unter der Motorhaube hatte und an den Kabeln herumfummelte, in Wirklichkeit aber mit der Kamera auf der Abdeckung des Ölfilters Fotos von Wesley und mir machte.

Wesley hob den Kopf und hielt mir die Hand hin. Hellgrün blitzte die Mordlust in seinen Augen.

»Krieg?«, fragte er.

Ich ergriff die Hand. »Krieg«, erwiderte ich. »Verlass dich drauf.«

Kapitel 25

»Und, wo hast du geparkt, Wes?«, fragte ich, als wir das Dach über das Treppenhaus verließen.

»Nicht im Parkhaus, Pat. Du stehst in der sechsten, glaube ich.«

Wir erreichten die sechste Etage. Wesley wich zurück. Ich lehnte mich gegen den Türrahmen.

»Deine Ebene«, meinte er.

»Ja.«

»Hast du vor, dich an mich dranzuhängen?«

»Hab ich kurz drüber nachgedacht, Wes, ja.«

Er nickte, rieb sich das Kinn und dann bewegte er sich unvermittelt mit unglaublicher Geschwindigkeit. Sein Schuh trat gegen meinen Kiefer. Ich fiel aufs Parkdeck.

Zwischen zwei Autos rappelte ich mich auf, griff nach meiner Pistole, holte sie aus dem Holster und wollte sie gerade auf ihn richten, als er zum zweiten Angriff ansetzte. Ich glaube, ich steckte in ungefähr vier Sekunden sechs Schläge und sechs Tritte ein. Meine Pistole schlitterte über den Boden und blieb unter einem Auto liegen.

»Du konntest mich auf dem Dach nur filzen, weil ich es zugelassen habe, Pat.«

Ich kauerte mich auf Hände und Knie und er trat mir in den Bauch.

»Du lebst nur, weil ich es zulasse. Aber ich weiß nicht, vielleicht überleg ich's mir anders.«

Den nächsten Tritt ahnte ich voraus: Aus dem Augenwinkel sah ich, wie er den Knöchel anwinkelte und sein Fuß den Boden verließ. Ich bekam einen Stoß in die Rippen, konnte Wesley jedoch am Knöchel festhalten.

Ich hörte ein Auto vom fünften Stockwerk die Rampe hinauffahren. Der kaputte Auspufftopf röhrte. Wesley hörte es ebenfalls.

Er trat mir mit dem anderen Fuß gegen die Brust und ich ließ seinen Knöchel los.

Von unten wurde das Scheinwerferlicht gegen die Wand geworfen.

»Wir sehen uns, Pat.«

Er verschwand polternd über die stählernen Treppenstufen und ich versuchte, wieder auf die Beine zu kommen, mein Körper jedoch zog es vor, sich auf den Rücken zu drehen. Das näher kommende Auto kam quietschend zum Stehen.

»O Gott«, sagte die Frau, die auf der Beifahrerseite heraussprang. »Ach, du meine Güte!«

Auf der anderen Seite stieg ein Mann aus und legte die Hände aufs Dach. »Junge, alles klar bei dir?«

Ich hob den Zeigefinger, als sich die Beine der Frau näherten. »Eine Sekunde, ja?« Ich holte das Handy heraus und rief Angie auf ihrem an.

»Ja?«

»Er müsste jetzt jeden Moment rauskommen. Siehst du ihn?«

»Was? Nein. Warte – da kommt er.« Hinter ihr hupte es.

»Kannst du da irgendwo einen schwarzen Mustang sehen?«

»Ja. Er geht drauf zu.«

»Schreib das Kennzeichen auf, Ange.«

»Okay, Kirk. Out.«

Ich schaltete aus und blickte zu dem Pärchen über mir auf. Sie trugen beide schwarze Metallica-T-Shirts.

»Spielt Metallica heute Abend im Fleet Center?«, fragte ich.

»Äh, ja.«

»Dachte, die hätten sich längst aufgelöst.«

»Nein.« Das Gesicht des Mannes wurde bleich, so als hätte ich gerade ein Zeichen der Apokalypse prophezeit. »Nein, nein, nein.«

Ich schob das Handy zurück in die Tasche und streckte die Hände aus. »Helft ihr mir?«

Sie traten neben mich, beugten sich vor und ergriffen meine Hände.

»Vorsichtig«, mahnte ich.

Sie zogen mich auf die Füße. Das Parkhaus kippte ein paarmal hin und her, die Lichter wirkten verschwommen. Ich befühlte meine Rippen, Brust und Schultern, schließlich den Kiefer. Offenbar nichts gebrochen. Aber alles tat weh. Und wie.

»Sollen wir den Wachdienst rufen?«, fragte der Mann.

Ich lehnte mich gegen ein geparktes Auto, prüfte mit der Zunge jeden Zahn. »Nee, schon gut. Aber ihr wollt jetzt bestimmt ganz schnell gehen.«

»Warum?«

»Weil ich hundertprozentig gleich loskotze.«

Sie waren fast so schnell verschwunden wie Wesley.

»Noch mal ganz langsam«, sagte Bubba und betupfte meine zerkratzte Stirn mit Desinfektionsmittel. »Du hast dich von einem langmachen lassen, der aussieht wie Niles Crane.«

»Hmm«, brachte ich heraus, denn auf meinem geschwollenen Kiefer lag ein Eisbeutel von der Größe eines Fußballs.

»Ich weiß nicht«, meinte Bubba zu Angie. »Können wir uns noch mit ihm sehen lassen?«

Angie blickte von den Fotos von Wesley auf, die sie im Foto-Fast hatte entwickeln lassen, während Bubba mich auf Brüche und Quetschungen untersuchte, die geprellten Rippen verband und die Wunden und Kratzer reinigte, die der Parkhausboden und Wesleys Ring verursacht hatten. Bubba war vielleicht nicht sonderlich intelligent, aber er war ein sauguter Feldarzt. Und er hatte bessere Medikamente.

Angie lächelte. »Du wirst wirklich täglich mehr zu einer Belastung für uns.«

»Ha«, erwiderte ich. »Netter Haarschnitt!«

Angie packte sich an den Kopf und guckte böse.

Das Handy neben ihr klingelte, sie ging dran.

»Hey, Devin«, sagte sie nach einem Moment. »Hm?« Sie sah mich an. »Seine Backe sieht aus wie eine rosa Grapefruit, aber ansonsten ist er in Ordnung. Hm? Ja.« Sie ließ das Telefon sinken. »Devin will wissen, seit wann du so 'n Weichei bist.«

»Der Typ konnte Kung-Fu, verdammt noch mal«, sagte ich mit zusammengebissenen Zähnen. »Richtig Judo, die ganze Scheiße mit durch die Luft fliegen und Kopf wegtreten.«

Sie verdrehte die Augen. »Was sagst du?«, fragte sie ins Telefon. »Ja, gut.« Dann sagte sie zu mir: »Devin fragt, warum du ihn nicht einfach erschossen hast.«

»Gute Frage«, bekräftigte Bubba.

»Ich hab's ja versucht«, antwortete ich.

»Er hat's versucht«, sagte Angie zu Devin. Sie lauschte, nickte und richtete mir dann aus: »Beim nächsten Mal sollst du's einfach noch mal versuchen, meint Devin.«

Ich lächelte verbittert.

»Er wird deinen Ratschlag in Erwägung ziehen«, sagte sie

zu Devin. »Und was ist mit den Nummernschildern?« Sie lauschte. »Gut, danke. Ja, machen wir bald. Okay. Ciao.«

Sie legte auf. »Die Nummernschilder wurden gestern Abend von einem Mercury Cougar gestohlen.«

»Gestern Abend«, wiederholte ich.

Sie nickte. »Schätze, unser Wesley plant alle Eventualitäten ein.«

»Und er wirft die Beine hoch wie ein Cheerleader!«, ergänzte Bubba.

Ich lehnte mich zurück und forderte sie mit der freien Hand auf weiterzumachen. »Los, macht weiter, dann haben wir's hinter uns. Macht eure Witze. Los.«

»Spinnst du?«, fragte Angie. »Ganz bestimmt nicht.«

»Darauf«, erklärte Bubba, »reiten wir noch ein paar Monate herum.«

Bubbas Kontaktmann im Finanzministerium war letztes Jahr wegen mehrerer Betrugsdelikte vor Gericht gestellt worden, das war also eine Sackgasse, aber Angie bekam schließlich den Rückruf von ihrem Freund beim Finanzamt. Beim Telefonieren schrieb sie eifrig mit und nickte immer wieder: »Hmm, hmm.« Währenddessen pflegte ich meine geschwollene Backe und Bubba löffelte Cayennepfeffer in Patronenhülsen.

»Hör auf damit«, meckerte ich.

»Was? Mir ist langweilig.«

»Ist dir in letzter Zeit öfter.«

»Tja, vielleicht liegt's ja an den Leuten, mit denen ich rumhänge.«

Angie blickte auf und grinste mich an. »Wir haben ihn.«

»Wesley?«

Sie nickte. »Hat von 1984 bis '89 Steuern bezahlt, dann ist er untergetaucht.«

»Gut.«

»Wird noch besser. Rat mal, wo er gearbeitet hat?«

»Keine Ahnung.«

Bubba schaufelte etwas Cayenne in eine Metallhülse. »Im Krankenhaus.«

Angie warf ihm den Stift an den Kopf. »Du sollst mir nicht meinen Text klauen!«

»Hab geraten. Hör auf.« Bubba runzelte die Stirn, rieb sich den Kopf und widmete sich wieder seinen Patronenhülsen.

»Für Geisteskranke?«, hakte ich nach.

Angie nickte. »Unter anderem. Einen Sommer war er im McLean. Ein Jahr im Brigham and Women's. Ein Jahr im Mass General. Sechs Monate im Beth Isael. Vermittelt den Eindruck, als ob er seine Arbeit nicht besonders gut gemacht hat, aber sein Vater hat ihm wohl immer neue Jobs besorgt.«

»Welche Abteilung?«

Bubba hob den Kopf und wollte etwas sagen, aber als er Angies bösen Blick bemerkte, senkte er ihn wieder.

»Wachdienst«, erwiderte Angie. »Dann im Archiv.«

Ich setzte mich an den Tisch und warf einen Blick auf meine Aufzeichnungen aus dem Stadtarchiv. »Wo hat er '89 gearbeitet?«

Angie sah nach. »Brigham and Women's. Archiv.«

Ich nickte und hielt meinen Zettel hoch, damit sie ihn lesen konnte.

»Naomi Dawe«, las sie vor. »Geboren Brigham and Women's, 11. Dezember 1985. Gestorben Brigham and Women's, 17. November 1989.«

Ich legte den Zettel zur Seite, stand auf und ging zur Küche.

»Was machst du?«

»Jemanden anrufen.«

»Wen?«

»Eine Exfreundin«, antwortete ich.

»Wir arbeiten hier«, sagte Bubba, »und er denkt an nichts anderes, als eine abzuschleppen.«

Ich traf Grace Cole in Brookline auf der Francis Street auf dem Komplex des Longwood Hospital. Es hatte aufgehört zu regnen und wir gingen die Francis Street hinunter, überquerten die Brookline Avenue und spazierten auf den Fluss zu.

»Du siehst ... schlecht aus«, sagte sie und legte den Kopf schräg, um mein Kinn zu begutachten. »Immer noch der gleiche Job, nehme ich an.«

»Du siehst umwerfend aus«, gab ich zurück.

Sie lächelte. »Du kannst nicht aufhören zu flirten.«

»Bin nur ehrlich. Wie geht's Mae?«

Mae war Grace' Tochter. Vor drei Jahren hatten die beiden wegen meines gefährlichen Lebenswandels in einem sicheren Haus des FBI Zuflucht nehmen müssen, was beinahe Grace' Karriere als Ärztin beendet hätte. So war unsere wacklige Beziehung schließlich in die Brüche gegangen. Mae war damals vier gewesen. Sie war klug und hübsch und hatte sich gern zusammen mit mir die Marx Brothers angesehen. Immer wenn ich an sie dachte, rief das ein Ziehen in meiner Brust hervor.

»Der geht's gut. Ist jetzt im zweiten Schuljahr, gefällt ihr gut. Sie mag Mathe und hasst Jungen. Letztes Jahr hab ich dich im Fernsehen gesehen, als diese Männer bei den Steinbrüchen von Quincy starben. Du standest da im Hintergrund.«

»Hmm.«

Regen tropfte von den Trauerweiden entlang des Flusses. Der Fluss selbst glänzte nach dem Schauer wie hartes Chrom.

»Legst du dich immer noch mit gefährlichen Leuten an?« Grace wies auf mein Kinn und die Kratzer auf der Stirn.

»Ich? Nee. Bin in der Dusche gefallen.«

»Und die lag voller Steine?«

Ich grinste und schüttelte den Kopf.

Wir machten ein paar Joggern Platz, die mit stählernen Muskeln und aufgeblasenen Wangen vorbeiliefen.

Wir berührten uns an den Ellenbogen und Grace sagte: »Ich hab eine Stelle in Houston angenommen. In zwei Wochen bin ich weg.«

»Houston«, wiederholte ich.

»Schon mal da gewesen?«

Ich nickte. »Riesig. Heiß. Industrie.«

»Ganz vorn in Medizintechnologie«, ergänzte Grace.

»Glückwunsch«, sagte ich. »Ehrlich.«

Grace kaute auf der Unterlippe herum, betrachtete die Autos, die über die nassen Straßen rutschten. »Ein paarmal hätte ich fast angerufen.«

»Und warum hast du nicht?«

Sie zuckte kaum merklich mit den Schultern, den Blick auf die Straße gerichet. »Wegen der Fernsehbilder, als du bei den Leichen im Steinbruch standest, nehm ich an.«

Ich blickte nun ebenfalls auf die Straße, denn es gab nichts zu sagen.

»Hast du 'ne Freundin?«

»Eigentlich nicht.«

Sie sah mich an und lächelte. »Aber es könnte was werden, oder?«

»Ich hoffe, ja«, erwiderte ich. »Und du?«

Sie drehte sich zum Krankenhaus um. »Ein Kollege, ja. Weiß nicht, wie das mit Houston gehen soll. Ist schon alles unglaublich schwer.«

»Was denn?«

Sie hob die Hand und ließ sie wieder fallen. »Ach, weißt du, arbeiten, eine Beziehung, über jede Entscheidung zigmal nachdenken. Und irgendwann ist es dann entschieden, verstehst du? Dann sind die Würfel gefallen. Wie auch immer, es ist mein Leben.«

Grace in Houston. Grace nicht mehr in dieser Stadt. Seit fast drei Jahren hatte ich nicht mehr mit ihr geredet, aber irgendwie war es doch tröstlich gewesen, sie in der Nähe zu wissen. In einem Monat würde sie nicht mehr da sein. Ich fragte mich, ob ich ihr Fehlen spüren würde, ein kleiner Riss im Gewebe der Stadt.

Grace griff in ihre Tasche. »Hier, wonach du gefragt hast. Mir ist nichts dran aufgefallen. Das Mädchen ist ertrunken. Die Flüssigkeit in ihren Lungen war identisch mit dem Wasser im Teich. Der Zeitpunkt, an dem der Tod eintrat, passt zu einem Mädchen ihres Alters, das in einen eiskalten Teich fällt und dann zu uns gebracht wird.«

»Ist sie zu Hause gestorben?«

Grace schüttelte den Kopf. »Im OP. Ihr Vater hat sie am Unfallort wiederbelebt, das Herz arbeitete wieder. Aber es war zu spät.«

»Kennst du ihn?«

»Christopher Dawe?« Sie schüttelte den Kopf. »Nur vom Hörensagen.«

»Und was sagt man so?«

»Hervorragender Chirurg, komischer Mann.« Sie reichte mir die Akte, sah zum Fluss hinunter, dann auf die Straße. »Also gut, tja ... ich ... ich muss jetzt los. War schön, dich zu sehen.«

»Ich bring dich zurück.«

Sie legte mir eine Hand auf die Brust. »Ich wäre dir dankbar, wenn du das ließest.«

Ich blickte ihr in die Augen und sah Bedauern und eine starke Unruhe, vielleicht weil sie Angst vor ihrer Zukunft hatte. Ich hatte das Gefühl, die Gebäude um uns herum kämen näher.

»Wir haben uns wirklich geliebt, oder?«, fragte sie.

»Doch, wir haben uns geliebt.«

»Ist das nicht furchtbar?«

Ich blieb am Fluss stehen und sah ihr nach, wie sie in ihrer blauen OP-Kleidung und dem weißen Kittel auf die Lichter zuging. Ihr aschblondes Haar war klamm von der Luftfeuchtigkeit.

Ich liebte Angie. Wahrscheinlich schon immer. Aber ein Teil von mir liebte noch Grace Cole. Dieser gespenstische Teil lebte in der Zeit, als wir das Bett teilten und von einer gemeinsamen Zukunft sprachen. Aber unsere Liebe und unser damaliges Leben waren vorbei, lagen in einer Kiste wie alte Fotos und Briefe, die man nie wieder hervorholen würde.

Als sie unter Krankenhauspersonal zwischen den Krankenhausgebäuden verschwand, musste ich ihr zustimmen. Es war wirklich furchtbar. Es war jammerschade.

Als ich zurück nach Hause kam, hatte Bubba seine Patronen in weiße Kisten neben den Stuhl gestellt. Auf dem Esszimmertisch spielten er und Angie Stratego, tranken Wodka und hörten sich auf meiner Anlage Muddy Waters an.

Bubba ist nicht sehr gut in Gesellschaftsspielen. Er wird schnell sauer und schmeißt einem irgendwann das Brett auf den Schoß, aber bei Stratego ist er kaum zu schlagen. Muss an den Bomben liegen. Er platziert sie an Stellen, wo man es am wenigsten erwartet, und schickt seine Spähtrupps in richtige Kamikaze-Einsätze, lässt sie mit Frohlocken in den Tod rennen.

Ich wartete, bis Bubba Angies Fahne eroberte, und las so lange die Unterlagen über die Geburt und den Tod von Naomi Dawe, doch fiel mir nichts Ungewöhnliches auf.

Bubba rief: »Ha! Und jetzt bringt mich zu euren Töchtern!« Angie fegte mit einer Handbewegung die Figuren vom Brett, so dass alles zu Boden fiel.

»Mann, kann die schlecht verlieren.«

»Ich bin ehrgeizig«, verbesserte Angie und hob die Figuren wieder auf. »Das ist ein Unterschied.«

Bubba verdrehte die Augen und warf dann einen Blick auf die Papiere, die ich vor mir auf dem Tisch ausgebreitet hatte. Er stand auf, streckte sich und sah mir über die Schulter. »Was ist das?«

»Krankenhausunterlagen«, erwiderte ich. »Einlieferung der Mutter zur Geburt. Geburt der Tochter. Tod der Tochter.«

Er betrachtete die Papiere. »Das ist doch unlogisch.«

»Sie sind vollkommen logisch. Welches Wort verstehst du nicht?«

Bubba schlug mir auf den Hinterkopf. »Wieso hat sie zwei verschiedene Blutgruppen?«

Angie hob den Kopf. »Was?«

Bubba wies auf Naomis Geburtseintrag und dann auf die Todesurkunde. »Darauf ist sie Null negativ.«

Ich prüfte die Todesurkunde. »Und hier ist sie B positiv.«

Angie kam zu uns herüber. »Worüber sprecht ihr da?«

Wir zeigten es ihr.

»Was soll das bloß bedeuten?«, fragte ich.

Bubba schnaubte verächtlich. »Kann nur eins heißen: Das Kind, das an dem Tag geboren wurde« – er drückte den Finger auf den Geburtseintrag – »ist nicht dasselbe, das an diesem Tag gestorben ist.« Er zeigte auf das andere Blatt. »Mann, ihr seid manchmal ganz schön schwer von Begriff.«

Kapitel 26

»Das ist sie«, sagte ich, als ich Siobhan sah, die die Zufahrt der Dawes herunterkam, den kleinen Kopf und den Körper vornübergebeugt, als rechnete sie jeden Augenblick mit einem Hagelschauer.

»Hi«, sagte ich, als sie am Porsche vorbeikam.

»Hallo.« Ihr ausdrucksloser Blick verriet mir, dass sie nicht sonderlich überrascht war, mich zu sehen.

»Wir müssen mit den Dawes reden.«

Sie nickte. »Er hat von einem Unterlassungsurteil gegen Sie gesprochen.«

»Leeres Gerede«, gab ich zurück. »Ich hab nichts getan.«

»Noch nicht«, stellte sie fest.

»Noch nicht. Ich hab gehört, sie sind in Nova Scotia. Ich bräuchte ihre Adresse da.«

»Und warum sollte ich Ihnen helfen?«

»Weil er Sie wie einen Lakai behandelt.«

»Das bin ich ja auch.«

»Sie arbeiten als Haushaltshilfe«, korrigierte ich, »Sie sind ein Mensch wie jeder andere.«

Sie nickte und blickte Angie an. »Sie sind also die Kollegin?«

Angie hielt ihr die Hand hin und stellte sich vor. Siobhan schüttelte sie und sagte: »Tja, sie sind nicht in Nova Scotia.«

»Nicht?«

Sie schüttelte den Kopf. »Sie sind hier. Im Haus.«

»Sind sie gar nicht gefahren?«

»Das schon.« Sie sah sich über die Schulter zum Haus um. »Sie sind schon wieder zurück. Ich würde sagen, Ihre Kollegin, hübsch wie sie ist, könnte klingeln, dann machen sie auf. Aber Sie dürfen nicht zu sehen sein, Mr Kenzie.«

»Danke«, sagte ich.

»Nichts zu danken. Bloß knallen Sie die nicht um. Ich brauch den Job.«

Sie senkte den Kopf, schob die Schultern vor und ging.

»Ist die hart drauf«, bemerkte Angie.

»Und ihr Akzent erst!«

Angie grinste.

Wir parkten ein Stück weiter die Straße hinunter, gingen zu Fuß zurück zum Haus der Dawes und spazierten zügig über die Auffahrt bis zur Haustür in der Hoffnung, dass gerade niemand aus dem Fenster sah.

An der Haustür drückte ich mich rechts gegen die Wand, Angie zog die Gittertür auf und drückte auf die Klingel.

Es dauerte eine Minute, doch dann wurde die Tür geöffnet. Ich hörte Christopher Dawe sagen: »Ja, bitte?«

»Dr. Dawe?«, fragte Angie.

»Wie kann ich Ihnen helfen, Miss?«

»Ich bin Angela Gennaro. Ich möchte mit Ihnen über Ihre Tochter sprechen.«

»Karen? Ach, du meine Güte, sind Sie von einer Zeitung? Das war eine Tragödie, die vor ...«

»Über Naomi«, korrigierte Angie ihn. »Nicht über Karen.«

Ich trat in die Tür und sah Christopher Dawe in die Augen. Sein Mund stand weit auf, das Gesicht war kalkweiß, mit zitternder Hand strich er sich über den Kinnbart.

»Hi«, grüßte ich. »Kennen Sie mich noch?«

Christopher Dawe führte uns nach draußen auf die eingefasste rückwärtige Veranda, von der aus man einen riesigen Swimmingpool, eine weite Rasenfläche und einen kleinen Teich sehen konnte, der wie eine Goldmünze weit hinten durch mehrere Bäume glänzte. Dr. Dawe verzog das Gesicht, als wir ihm gegenüber Platz nahmen.

Er legte sich eine Hand über die Augen und schielte durch die Ritzen zwischen den Fingern auf uns. Er klang, als hätte er seit einer Woche nicht geschlafen. »Meine Frau ist im Club. Wie viel wollen Sie?«

»Wie viel haben Sie denn?«

»Dann arbeiten Sie also tatsächlich mit Wesley zusammen«, bemerkte er.

Angie schüttelte den Kopf. »Nein. Ganz entschieden gegen ihn.« Sie wies auf meine geschwollene Wange.

Christopher Dawe ließ die Hand fallen. »Das hat Wesley Ihnen angetan?«

Ich nickte.

»Wesley?«, wiederholte er.

»Offenbar hat er fleißig im Dojo trainiert.«

Er betrachtete mein Gesicht. »Wie genau hat er das gemacht, Mr Kenzie?«

»Den Kiefer hat er, glaub ich, mit einem Kicksprung getroffen. Das weiß ich nicht genau. Er hat sich sehr schnell bewegt. Dann hat er mich bearbeitet wie David Carradine, hat mich kurz und klein geprügelt.«

»Mein Sohn kann kein Karate.«

»Wann haben Sie ihn zum letzten Mal gesehen?«, fragte Angie.

»Vor zehn Jahren.«

»Könnte ja sein«, warf ich ein, »dass er es zwischendurch gelernt hat. Aber jetzt zu Naomi.«

Christopher Dawe hielt eine Hand hoch. »Einen kleinen Moment. Beschreiben Sie mir, wie er sich bewegt.«

»Wie er sich bewegt?«

Er streckte die Arme aus. »Ja, wie er sich bewegt. Zum Beispiel, wie er geht.«

»Fließend«, entgegnete Angie. »Man könnte fast sagen, er gleitet.«

Christopher Dawe öffnete den Mund und hielt bestürzt die Hand davor.

»Was?«, fragte Angie.

»Mein Sohn«, antwortete Christopher Dawe, »hatte von Geburt an ein Bein, das volle sechs Zentimeter kürzer war als das andere. Über den Gang meines Sohnes kann man bestimmt einiges sagen, aber nicht, dass er anmutig ist.«

Angie fasste in ihre Tasche und zog die Aufnahme von Wesley und mir auf dem Dach hervor. Sie reichte sie Dr. Dawe. »Das ist Wesley Dawe.«

Dr. Dawe betrachtete das Foto und legte es dann auf den Couchtisch zwischen uns.

»Dieser Mann«, sagte Christopher Dawe, »ist nicht mein Sohn.«

☆ ☆ ☆

Von der Veranda aus sah der Teich hinter den Bäumen, in dem Naomi Dawe ertrunken war, wie eine blaue Pfütze aus. Er wirkte flach und eingeschrumpft durch die Hitze, als würde er jeden Moment verschwinden, in die Erde gesaugt und durch schwarzen Morast ersetzt werden. Eine Pockennarbe auf dem Gesicht der Erde, viel zu belanglos, um ein Leben gekostet zu haben.

Ich wandte mich ab und betrachtete das Foto auf dem Couchtisch. »Wer ist es dann?«

»Ich habe nicht die geringste Ahnung.«

Ich tippte mit dem Zeigefinger auf das Bild. »Ganz bestimmt nicht?«

»Wir sprechen hier über meinen Sohn«, erwiderte Christopher Dawe.

»Aber es ist zehn Jahre her.«

»Mein Sohn«, sagte er, »hat kaum Ähnlichkeit mit dem hier. Höchstens das Kinn, aber das ist auch alles.«

Ich warf die Hände hoch, ging zum Fliegengitter und sah mir das verschwommene Spiegelbild des großen Hauses im Schwimmbecken an.

»Seit wann werden Sie von ihm erpresst?«

»Seit fünf Jahren.«

»Aber er ist schon seit zehn Jahren fort.«

Er nickte. »In den ersten fünf Jahren lebte er von einem Kredit. Als der auslief, meldete er sich bei mir.«

»Wie?«

»Per Telefon.«

»Erkannten Sie seine Stimme?«

Er zuckte mit den Achseln. »Er flüsterte. Aber er erwähnte Dinge aus der Kindheit, die nur Wesley wissen konnte. Er wies mich an, alle zwei Wochen Zehntausend in bar per Post zu schicken. Ich musste es immer an andere Adressen senden, mal an Postfächer, dann wieder an Hotels, manchmal an normale Adressen. Immer andere Städte, Orte, Staaten.«

»Gab es irgendwelche Übereinstimmungen?«

»Nur der Geldbetrag. Vier Jahre lang alle zwei Wochen Zehntausend und die Postfächer, wo ich das Geld deponieren sollte, waren immer irgendwo in Back Bay. Danach nicht mehr.«

»Sie sagten gerade, es sei vier Jahre lang so gewesen«, meinte Angie. »Was passierte im letzten Jahr?«

Er sprach heiser. »Er sagte, er wolle die Hälfte.«

»Die Hälfte Ihres Vermögens?«

Er nickte.

»Und wie viel wäre das, Herr Doktor?«

»Ich habe nicht die Absicht, Ihnen den Umfang meines Familienbesitzes zu enthüllen, Mr Kenzie.«

»Doktor, ich bin im Besitz von Aufnahmeformularen des Krankenhauses, die ziemlich schlüssig darlegen, dass das Mädchen, das in Ihrem Teich ertrank, nicht das Mädchen ist, das Ihre Frau zur Welt gebracht hat. Sie werden mir alles sagen, was ich wissen will.«

Er seufzte. »Rund sechs Komma sieben Millionen. Den Grundstock dazu legte mein Großvater vor 96 Jahren, als er sich in diesen Gestaden ...«

Ich winkte ab. Seine Familiengeschichte und sein Traditionsbewusstsein waren mir scheißegal.

»Beinhaltet das schon den Grundbesitz?«

Er nickte. »Insgesamt sechs Komma sieben in Aktien, Wertpapieren, Schuldverschreibungen, Staatsanleihen und Bargeldreserven.«

»Und Wesley, oder Wesleys Imitator, Mittelsmann oder was immer er auch ist, fordert die Hälfte davon.«

»Ja. Danach würde er uns nicht mehr belästigen.«

»Haben Sie ihm geglaubt?«

»Nein. Seiner Ansicht nach blieb mir jedoch nichts anderes übrig, als auf seine Forderung einzugehen. Leider war ich damit nicht einverstanden. Ich dachte, ich hätte die Wahl.« Er seufzte. »Wir dachten, wir hätten eine Wahl. Meine Frau und ich. Wir riefen den angeblichen Wesley an, Mr Kenzie, Miss Gennaro. Wir sagten, wir hätten uns entschieden, ihm nichts zu geben, keinen einzigen Penny mehr. Wenn er zur Polizei gehen wollte, solle er das tun, er würde doch nichts bekommen. So oder so wollten wir uns nicht mehr verstecken und zahlen.«

»Und wie reagierte Wesley darauf?«, wollte Angie wissen.

»Er hat gelacht«, antwortete Christopher Dawe. »Er meinte, ich zitiere ihn: ›Geld ist nicht der einzige Wert, den ich euch nehmen kann.‹« Er schüttelte den Kopf. »Ich dachte, er meinte dieses Haus oder das Ferienhaus, irgendwelche Antiquitäten oder Kunst, die wir besitzen. Tat er aber nicht.«

»Karen«, warf Angie ein.

Christopher Dawe nickte müde. »Karen«, flüsterte er. »Erst ganz zum Schluss kam uns der Verdacht. Sie war immer so ...« Er hob die Hand, suchte nach einem Wort.

»Schwach?«, schlug ich vor.

»Schwach«, stimmte er zu. »Und dann hatte sie auch noch Pech im Leben. Das mit David war ein Unfall und wir dachten, sie sei einfach nicht stark genug, um damit zurechtzukommen. Ich hasste ihr Versagen. Ich verachtete sie. Je mehr sie abrutschte, desto mehr verachtete ich sie.«

»Und als sie Sie um Hilfe bat?«

»Sie war vollgepumpt mit Drogen. Sie benahm sich wie eine Nutte. Sie ...« Er hob die Hände an den Kopf. »Woher sollten wir wissen, dass Wesley dahintersteckte? Wir wären nie auf die Idee gekommen, dass es Menschen geben könnte, die sich vornehmen, jemand anderen in den Wahnsinn zu treiben. Die eigene Schwester! Wie? Woher sollten wir das wissen?«

Er legte die Hände vor die Augen und sah wieder durch die Finger.

»Naomi«, warf Angie ein. »Nach der Geburt vertauscht.«

Ein Nicken.

»Warum?«

Er ließ die Hände fallen. »Sie hatte eine Herzkrankheit, die sich Truncus Arteriosis nennt. So was merkt man nicht direkt nach der Entbindung, aber sie war meine Tochter, deshalb machte ich meine eigenen Untersuchungen. Ich entdeckte ungewöhnliche Herztöne und machte noch ein paar Tests. Damals hielt man Truncus Arteriosis für inoperabel. Selbst heute verläuft es oft tödlich.«

»Sie haben also ihr Kind gegen ein besseres eingetauscht?«, fragte Angie.

»Die Entscheidung ist mir nicht gerade leicht gefallen«, sagte er mit großen Augen. »Ich hab mich gequält. Wirklich. Aber nachdem mir die Idee einmal gekommen war ... Sie haben keine Kinder. Das kann ich sehen. Sie können sich nicht vorstellen, wie schwer es ist, ein Kind großzuziehen, von einem tödlich kranken Kind ganz zu schweigen. Die Mutter, die leibliche Mutter des vertauschten Kindes, hatte in den Wehen viel Blut verloren. Sie starb bei der Geburt im Krankenwagen. Das Kind hatte keine Verwandten. Mir kam es vor, als sagte Gott zu mir, nein, als befähle er mir, es zu tun. So tat ich es.«

»Wie?«, fragte ich.

Er lächelte mich schief an. »Sie werden betrübt sein, wenn Sie hören, wie einfach es war. Ich bin ein angesehener Kardiologe, Mr Kenzie, und genieße einen internationalen Ruf. Keine Krankenschwester und kein AiP wird meine Anwesenheit auf der Entbindungsstation in Frage stellen, zumal wenn meine Frau gerade entbunden hat.« Er zuckte mit den Schultern. »Ich habe die Krankenblätter vertauscht.«

»Und die Daten im Computer«, ergänzte ich.

Er nickte. »Aber das Aufnahmeformular hab ich vergessen.«

»Und ...«, sagte Angie und hielt leicht zitternd inne. Der Zorn fuhr ihr durch den Körper, sie ballte die Faust auf ihrem Knie. »Und als ihr leibliches Kind adoptiert wurde, was dachten sie, was seine neuen Eltern bei seinem Tod fühlten?«

»Die Kleine überlebte«, sagte er ruhig und Tränen liefen leise unter seiner Hand hervor über die Wangen. »Sie wurde von einer Familie in Brookline adoptiert. Sie heißt«, er erstickte beinahe, »Alexandra. Sie ist dreizehn. Ich habe gehört, dass sie regelmäßig einen Herzspezialisten im Beth Israel besucht, der Unglaubliches geleistet zu haben scheint, denn Alexandra kann schwimmen, Volleyball spielen, laufen, Fahrrad fahren.« Die Tränen strömten nun hervor, doch immer noch lautlos, wie Regen aus einer Wolke am Sommerhimmel. »Sie ist nicht in einem Teich eingebrochen und ertrunken. Verstehen Sie? Sie nicht. Sie hat überlebt.«

Er streckte das Kinn vor und lächelte, während ihm die Tränen in den Mund liefen. »Das ist Ironie, Mr Kenzie, Miss Gennaro. Das ist unbegreifliche Ironie, finden Sie nicht?«

Angie schüttelte den Kopf. »Bei allem Respekt, Dr. Dawe, aber das klingt mir mehr nach Gerechtigkeit.«

Er nickte bitter und wischte sich die Tränen ab. Dann stand er auf.

Wir blickten zu ihm hoch. Schließlich erhoben wir uns ebenfalls.

Er brachte uns zurück durch die Eingangshalle, und wie schon bei meinem ersten Besuch hier hielten wir vor dem Schrein inne, den sie zu Ehren ihrer Tochter errichtet hatten. Diesmal jedoch ging Christopher Dawe darauf ein. Er drückte die Schultern nach hinten, schob die Hände in die Hosentaschen und betrachtete ein Foto nach dem anderen. Sein Kopf bewegte sich so langsam, dass es kaum wahrzunehmen war.

Ich studierte die Bilder, auf denen Wesley zu sehen war, und erkannte, dass er außer der Größe und dem blonden Haar nicht viel Ähnlichkeit mit dem Mann hatte, den ich für ihn gehalten hatte. Der junge Wesley auf diesen Bildern hatte kleine Augen und dünne Lippen und sein Gesicht wirkte so eingefallen, als sackte es unter dem Gewicht von Genie und Wahnsinn zusammen.

»Ein paar Tage vor ihrem Tod«, sagte Christopher Dawe, »kam Naomi morgens in die Küche und fragte mich, was Ärzte eigentlich täten. Ich sagte, wir heilten Kranke. Sie wollte wissen, warum Menschen krank würden. Ob Gott sie bestrafe, weil sie böse gewesen waren? Ich sagte, nein. Sie fragte: ›Warum denn dann?‹« Er sah sich über die Schulter nach uns um und lächelte schwach. »Ich wusste keine Antwort. Ich wich ihr aus. Ich grinste wie ein Schwachsinniger und hatte wohl immer noch das dämliche Grinsen im Gesicht, als sie von ihrer Mutter gerufen wurde und aus dem Zimmer lief.« Er drehte sich wieder zu den Bildern des kleinen dunkelhaarigen Mädchens um. »Ich frage mich nur immer, ob sie das im Kopf hatte, als sich ihre Lungen mit Wasser füllten – dass sie böse gewesen war und Gott sie nun bestrafte.«

Laut sog er Luft durch die Nase ein. Kurz versteifte sich sein Rücken.

»Er ruft nur noch selten an. Meistens schreibt er. Wenn er anruft, flüstert er. Vielleicht ist das nicht mein Sohn.«

»Vielleicht nicht«, meinte ich.

»Ich zahle ihm keinen einzigen Penny mehr. Das hab ich ihm gesagt. Ich hab gesagt, er kann mir keine Angst mehr einjagen.«

»Wie hat er reagiert?«

»Hat aufgelegt.« Dr. Dawe drehte sich um. »Ich schätze, als Nächstes legt er es auf Carrie an.«

»Und was wollen Sie dann tun?«

Er zuckte mit den Schultern. »Es ertragen. Herausfinden, wie stark wir wirklich sind. Verstehen Sie, selbst wenn wir ihn bezahlen, wird er uns zerstören. Ich glaube, er ist berauscht davon, von seiner trügerischen Macht. Ich glaube, er würde es so oder so machen, auch wenn er sich nicht dadurch bereichern könnte. Dieser Mann – wer das auch ist, mein Sohn, sein Freund, sein Aufseher, wer auch immer – sieht darin seine Lebensaufgabe.« Er warf uns ein hoffnungsloses Lächeln zu. »Und es macht ihm richtig Spaß.«

Kapitel 27

Die Informationen über Wesley oder über den Mann, der sich Wesley nannte, hatten viel mit ihm selbst gemeinsam: Sie tauchten hier und dort blitzartig auf, grell und kurz, und verschwanden dann wieder. Drei Tage lang arbeiteten wir im Glockenturm und in meiner Wohnung und durchforsteten unsere Notizen, Fotos und die Protokolle von geführten Gesprächen nach einem Hinweis, wer dieser Mann wirklich war. Wir nutzten unsere Kontakte zur Kfz-Meldestelle, zur Bostoner Polizei, selbst zu Angehörigen des FBI und des Justizministeriums, mit denen wir früher einmal zusammengearbeitet hatten, und ließen Fotos von Wesley durch zig Computer laufen, die an alle bekannten Justizeinrichtungen, darunter auch Interpol, angeschlossen waren – ohne Erfolg.

»Wer dieser Typ auch ist«, meinte Neal Ryerson vom Justizministerium, »seit dem Flugzeugentführer D. B. Cooper ist er der unauffälligste Mensch im Land.«

Über Ryerson erhielten wir ebenfalls eine Liste der Besitzer der letzten Shelby Mustang GT-500 Cabrios von 1968. Es gab drei eingetragene Besitzer in Massachusetts. Eine Frau und zwei Männer. Als angebliche Journalistin einer Autozeitschrift besuchte Angie alle drei zu Hause. Wesley war nicht dabei.

Dieser Mann ließ sich nicht festnageln.

Mir fiel wieder ein, dass Stevie Zambuca gesagt hatte, jemand aus Kansas City habe für ihn gebürgt, aber wenn wir nach unserer Liste gingen, besaß niemand in der ganzen Stadt einen 68er Shelby.

»Weißt du, was am seltsamsten ist?«, fragte Angie am Freitagmorgen und machte eine weit ausholende Geste über den Berg Papier auf meinem Esszimmertisch. »An diesem Kram? Was auffällt?«

»Hm, keine Ahnung«, erwiderte ich. »Alles?«

Angie schnitt mir eine Grimasse und trank einen Schluck Kaffee aus dem Becher von Dunkin' Donuts. Sie nahm die von den Dawes nach bestem Wissen für uns zusammengestellte Adressenliste in die Hand, auf der die Ziele der vierzehntägigen Bargeldlieferungen aufgeführt waren.

»Das wurmt mich«, sagte sie.

»Ja.« Ich nickte. Mich wurmte es auch.

»Anstatt zu versuchen, Wesley zu finden, sollten wir vielleicht mal nachsehen, was uns diese Angaben sagen.«

»Gut. Aber ich schätze, die Adressen sind willkürlich gewählt. Sind wahrscheinlich große Gebäude, von denen er wusste, dass niemand zu Hause war. Der Postbote musste die Lieferung auf der Veranda abstellen, und wenn er weg war, kam Wesley schnell vorbei und schnappte sich den Umschlag.«

»Möglich«, meinte Angie. »Aber wenn nun in einem Haus jemand wohnt, der Wesley kennt – oder wie auch immer er heißt –, was dann?«

»Dann ist es die Mühe wert. Du hast Recht.«

Sie legte das Blatt vor sich auf den Tisch. »Das ist alles ziemlich in der Nähe. Einmal Brookline, zwei Mal Newton, einmal Norwell, Swampscott, Manchester-by-the-Sea ...«

Das Telefon klingelte. Ich hob ab. »Hallo?«

»Patrick«, meldete sich Vanessa Moore.

»Vanessa, was ist los?«

Angie sah auf und verdrehte die Augen.

»Ich glaube, du hattest Recht«, sagte Vanessa.

»Womit?«

»Mit dem Typ vor dem Café.«

»Was ist mit ihm?«

»Ich glaube, er will mir wehtun.«

Ihre Nase war gebrochen und ein fahlbrauner Fleck umrandete ihre linke Augenhöhle. Unter dem Auge zog sich ein tiefschwarzer Streifen entlang. Ihr Haar war ungepflegt, die Spitzen gesplisst und gekräuselt. Der Tränensack unter dem gesunden Auge war fast genauso dunkel wie der Fleck. Ihre sonst elfenbeinfarbene Haut war grau und welk. Sie rauchte Kette, obwohl sie mir einmal erzählt hatte, sie habe vor fünf Jahren aufgehört und es seitdem nie vermisst.

»Was ist heute?«, fragte sie. »Freitag?«

»Ja.«

»Eine Woche«, bemerkte sie. »Eine Woche und mein Leben ist total aus dem Ruder.«

»Was ist mit deinem Gesicht passiert, Vanessa?«

Sie blickte mich an. »Klasse, was?« Sie schüttelte den Kopf, Haarsträhnen fielen ihr ins Gesicht. »Ich hab ihn nicht gesehen. Den, der das gemacht hat. Hab ihn nicht gesehen.« Sie zog an der Hundeleine, die sie in der Hand hielt. »Komm, Clarence, nicht bummeln!«

Wir waren in Cambridge und gingen am Charles entlang. Zweimal wöchentlich unterrichtete Vanessa Jura am Radcliffe. Man hatte ihr die Stelle angeboten, als wir noch zusammen waren, und ich war anfangs erstaunt, dass sie annahm. Das Gehalt von Radcliffe reichte noch nicht einmal, um ihre jährlichen Kosten für die Putzfrau zu decken, und sie hatte auch so genug zu tun. Trotzdem hatte sie begeistert zugesagt. Obwohl sie unheimlich viel arbeitete, hatte dieses Teilzeitangebot etwas in ihr angesprochen, das sie nicht richtig in Worte fassen konnte. Außerdem durfte sie Clarence mit in den Seminarraum bringen und es auf die Exzentrik eines brillanten Geistes schieben.

Von der Uni aus waren wir die Brattle Street hinuntergegangen und hatten den Fluss überquert, damit Clarence ein bisschen auf dem Gras herumlaufen konnte. Vanessa hatte lange Zeit nichts gesagt. Sie war mit dem Rauchen beschäftigt.

Als wir in westlicher Richtung den Laufpfad entlanggingen, begann sie schließlich zu reden. Wir kamen nur langsam voran, weil Clarence an jedem Baum schnüffelte, an jedem abgeknickten Ast kaute und an jedem fortgeworfenen Kaffeebecher und jeder Wasserdose leckte. Als die Eichhörnchen sahen, dass er angeleint war, fingen sie an, ihn zu ärgern. Sie kamen ihm viel näher, als sie sich sonst trauten, und ich schwöre, dass eins von ihnen grinste, als sich Clarence auf es stürzen wollte, aber von der Leine zurückgerissen wurde, mit dem Bauch aufs Gras fiel und die Pfoten über die Augen legte, als schämte er sich ganz furchtbar.

Inzwischen hatten wir die Eichhörnchen hinter uns gelassen. Doch trödelte Clarence herum und kaute Gras wie eine Kuh. Vanessa hatte keine Geduld mehr.

»Clarence«, motzte sie, »komm her!«

Er sah sie an, schien den Befehl zu verarbeiten und lief dann in die andere Richtung.

Vanessa umklammerte die Leine und ruckte so heftig daran, dass sie dem armen Kerl beinahe den Kopf abgerissen hätte.

»Clarence«, sagte ich in einem bestimmten Ton, den ich Bubba bei seinen Hunden hatte benutzen hören, und pfiff dann. »Komm her, Junge. Hör auf mit dem Scheiß.«

Clarence trottete zu uns herüber und dackelte dann ein paar Meter vor Vanessa her. Er wackelte mit seinem kleinen Hinterteil wie eine Pariser Nutte am Nationalfeiertag.

»Wieso hört er auf dich?«, staunte Vanessa.

»Er hört die Anspannung in deiner Stimme. Das macht ihn unsicher.«

»Tja, ich hab ja auch Grund genug, nervös zu sein. Er ist ein Hund, worüber regt der sich schon auf. Dass er ein Nickerchen verpasst?«

Ich legte ihr eine Hand in den Nacken und knetete die Muskeln und Sehnen. Sie waren so steif und hart wie die Baumstämme um uns herum.

Vanessa seufzte. »Danke.«

Ich knetete weiter und merkte, wie sich die Muskeln ein wenig lockerten. »Weitermachen?«

»Solange du willst.«

»Na gut.«

Sie lächelte ein wenig. »Du wärst ein guter Freund, Patrick, meinst du nicht?«

»Ich bin ein guter Freund«, sagte ich, wusste aber nicht, ob es wirklich stimmte. Aber manchmal muss man etwas aussprechen, damit der Same wachsen kann, der die Aussage schließlich bewahrheitet.

»Gut«, meinte sie. »Ich kann einen gebrauchen.«

»Was war mit dem Typ, der dich geschlagen hat?«

Sofort bildeten sich wieder Knoten unter der Haut an ihrem Nacken.

»Ich ging auf die Tür eines Cafés zu. Offensichtlich wartete er auf der anderen Seite. Die Tür hatte geschwärztes Glas. Er konnte hinaussehen, ich aber nicht hinein. Als ich gerade nach der Klinke griff, schlug er mir die Tür ins Gesicht. Dann sprang er über mich hinweg und war verschwunden. Ich lag auf dem Bürgersteig.«

»Zeugen?«

»Im Café, ja. Zwei konnten sich erinnern, einen großen, schlanken Mann mit einer Baseballmütze und einer Sonnenbrille von Ray-Ban gesehen zu haben. Über das Alter waren sie sich nicht einig, aber die Sonnenbrille konnten sie genau beschreiben. Er stand neben der Tür und las ein Flugblatt, das er in der Hand hielt.«

»Konnten sie sich sonst noch an etwas erinnern?«

»Ja. Er trug Handschuhe. Schwarze. Mitten im Sommer trägt der Typ Handschuhe und keiner findet das komisch. Mein Gott.«

Sie hielt inne, um sich die mittlerweile dritte Zigarette anzuzünden. Clarence verstand das als Aufforderung, wieder seiner Wege zu gehen, und schnüffelte an dem Haufen eines anderen Hundes. Der Hauptgrund, warum ich mir nie einen Hund angeschafft habe, ist wahrscheinlich dieser faszinierende Wesenszug. Wenn wir jetzt noch dreißig Sekunden warteten, würde Clarence ihn fressen.

Ich schnippte mit den Fingern. Clarence sah mich mit einem halb verwirrten, halb schuldigen Blick an, der meiner Meinung nach für seine Spezies charakteristisch ist.

»Lass das«, sagte ich wieder in dem Ton, den ich von Bubba kannte.

Clarence wandte sich traurig ab und wackelte dann wieder mit seinem Hinterteil vor uns her.

Es war ein typisch trüber Augusttag: feucht und klamm, aber ohne besonders heiß zu sein. Die Sonne versteckte sich irgendwo hinter den schiefergrauen Wolken, das Quecksilber kam nicht über fünfundzwanzig Grad hinaus. Die Fahrradfahrer, Jogger, Power-Walker und Rollerblader schienen sich durch ein Gespinst durchsichtiger Spinnweben zu kämpfen.

Der Fußweg entlang des Flusses führte immer wieder durch kleine Tunnel. Sie waren nie länger als zwanzig und nie breiter als viereinhalb Meter und bildeten die Brückenköpfe von Fußgängerüberwegen, den Verbindungen zur Soldiers Field Road und dem Storrow Drive auf der anderen Seite des Charles. Wenn man, leicht vornübergebeugt, durch die Tunnel lief, fühlte man sich wie in Liliput. Ich kam mir riesengroß und ziemlich blöd vor.

»Mein Auto wurde gestohlen«, sagte Vanessa.

»Wann?«

»Sonntagabend. Ich kann noch immer nicht glauben, dass erst eine Woche vergangen ist. Willst du wissen, was von Montag bis Donnerstag passierte?«

»O ja.«

»Montagabend«, begann sie, »konnte sich jemand am Sicherheitsdienst vorbei ins Haus schmuggeln und legte im Keller den Schalter für die Stromversorgung um. Ungefähr zehn Minuten lang gab es keinen Strom. Eigentlich kein Problem, es sei denn, man hat einen elektrischen Wecker, der am nächsten Morgen nicht anspringt, so dass man über eine Stunde zu spät zum Eröffnungsplädoyer in einem scheiß Mordprozess kommt.« Sie keuchte kaum merklich, riss sich zusammen und wischte sich mit dem Handrücken über die Augen.

»Dienstagabend komme ich nach Hause und habe eine ganze Reihe sexueller Belästigungen auf dem Anrufbeantworter.«

»Eine Männerstimme, nehm ich mal an.«

Sie schüttelte den Kopf. »Nein. Der Anrufer hatte das Telefon vor einen Fernseher gestellt, in dem Pornofilme liefen. 'ne Menge Gestöhne und Sachen wie: ›Nimm das, du Sau‹ oder ›Spritz mir ins Gesicht‹ – so 'n Scheiß halt.« Sie schnippte die Zigarette in den feuchten Sand neben dem Weg. »Normalerweise hätte ich mich nicht weiter drüber aufgeregt, aber ich hatte schon so langsam ein Angstgefühl im Magen. Im Ganzen waren es zwanzig Nachrichten.«

»Zwanzig«, wiederholte ich.

»Ja. Zwanzig unterschiedliche Aufnahmen von Pornos. Am Mittwoch«, sagte sie mit einem langen Seufzer, »stahl mir jemand das Portemonnaie aus der Tasche, als ich im Hof des Bundesgerichts zu Mittag aß.« Sie klopfte auf die Tasche, die ihr über der Schulter hing. »Jetzt habe ich nur noch Bargeld dabei und die paar Kreditkarten, die ich zu Hause in der Schublade gelassen hatte, weil mein Portemonnaie sonst so dick wird.«

Links von mir blieb Clarence plötzlich stehen und legte den Kopf schräg.

Vanessa hielt inne, war zu müde, ihn hinter sich herzuzerren. Auch ich blieb stehen.

»Und, wurden sie benutzt, bevor du sie sperren lassen konntest?«

Sie nickte. »In einem Jagd- und Anglergeschäft in Peabody. Ein Mann – die bescheuerten Verkäufer wussten, dass es ein Mann war, aber dass er die Kreditkarte einer Frau hatte, haben sie nicht gerafft – kaufte mehrere Meter Seil und ein Taschenmesser.«

Ungefähr 150 Meter vor uns kamen drei Jugendliche auf Rollerblades aus einem Tunnel, gekonnt setzten sie einen Fuß vor den anderen, hielten den Oberkörper gesenkt, schwangen die Arme parallel zu den Füßen. Es sah aus, als blödelten sie herum, sie lachten und stachelten sich gegenseitig an.

»Donnerstag«, fuhr Vanessa fort, »wurde ich mit der Tür geschlagen. Musste mit einem Eisbeutel auf der Nase ins Gericht gehen und um Aufschub bis Montag bitten.«

Ein Eisbeutel, dachte ich und berührte vorsichtig meinen Kiefer. Das hätte sich Wesley patentieren lassen sollen.

»Heute Morgen«, sagte Vanessa, »bekam ich mehrere Anrufe, Briefe von mir hätten nie ihren Bestimmungsort erreicht.«

Clarence stieß ein lautes Knurren aus. Er hatte den Kopf noch immer schräg gelegt. Sein Körper war angespannt.

»Was hast du gerade gesagt?« Ich wandte mich von Clarence ab und sah Vanessa an. Mir dämmerte langsam die Verbindung, die Angie und ich nicht gefunden hatte.

»Ich hab gesagt, ein paar Briefe von mir sind nie angekommen. An und für sich keine große Sache, aber zusätzlich zu all dem ...«

Als sich die Rollerblader näherten, traten wir zur Seite. Die Blades zischten über den Asphalt. Ich behielt mit einem Auge Vanessa, mit dem anderen Clarence im Blick, weil der Hund bekannt dafür war, ohne Vorwarnung hinter allem herzuhetzen, was schneller war als er.

»Deine Post kam also nicht an«, bemerkte ich.

Clarence bellte, aber er meinte nicht die Rollerblader; er hatte die Schnauze in die Ferne gerichtet, wo es zum Tunnel hinunterging.

»Nein.«

»Wo hast du sie eingeworfen?«

»In den Briefkasten vor meinem Haus.«

»Back Bay«, sagte ich, erstaunt, dass ich so lange dafür gebraucht hatte.

Die ersten beiden Jugendlichen sausten an uns vorbei und dann sah ich, wie der dritte den Ellbogen hob. Ich griff nach Vanessa und zog sie zu mir herüber. Dann sah ich ein Grinsen auf dem Gesicht des Jungen, als er den Arm sinken ließ und am Riemen von Vanessas Tasche riss.

Die Geschwindigkeit des Bladers, sein kräftiges Zerren und die ungeschickte Art, wie ich Vanessa zu mir herüberzog, brachten uns aus dem Gleichgewicht. Wir ruderten mit den Armen. Als ihr die Tasche von der Schulter gerissen wurde, griff sie instinktiv danach, so wurde ihr Arm nach oben gedreht. Ich stellte das Bein vor, damit der Junge darüber fiel. All das geschah in weniger als einer Sekunde. Dann prallte Vanessa wieder nach vorne und fiel gegen mich, so dass ich auf dem Rücken landete.

Die Blades des Jungen hoben vom Boden ab und sprangen über meine Hand und Vanessa traf mit der Seite auf dem Asphalt auf und fiel mit dem Bauch auf mein Knie. Da ließ sie die Leine los. Ich hörte, wie ihr die Luft mit einem Keuchen entwich. Ihr Schrei wurde erstickt. Der Junge sah sich über die Schulter nach mir um und landete wieder. Er lachte.

Vanessa rollte sich von mir herunter.

»Alles okay?«

»Keine Luft«, brachte sie heraus.

»Bleib hier. Bin gleich wieder da.«

Sie nickte, rang nach Luft. Ich machte mich auf, dem Jungen nachzulaufen.

Er war schon wieder bei den anderen, die zwanzig Meter Vorsprung hatten, als ich endlich loslief. Wenn ich zehn Meter zurücklegte, schafften sie weitere fünf Meter. Ich rannte, so schnell ich konnte, und ich bin am Anfang immer ziemlich schnell, aber als sie eine Strecke ohne Kurven und Tunnel erreichten, verlor ich an Boden.

Ich streckte beim Laufen die Hand nach unten, ergriff einen Stein und machte noch vier Schritte, wobei ich auf den Rücken des Jungen zielte, der Vanessas Tasche hielt. Ich holte aus und legte mein ganzes Gewicht in den Wurf. Ich hob vom Boden ab wie Ripken, wenn er den Ball über das ganze Feld schleudert.

Der Stein traf ihn oben auf dem Rücken zwischen den Schulterblättern und er klappte zusammen, als hätte ihn jemand in den Magen geboxt. Sein schlaksiger Körper kippte nach links, der eine Blade hob vom Boden ab. Er wirbelte mit den Armen, Vanessas Tasche hüpfte in seiner linken Hand und dann war es vorbei. Er fiel vornüber, der Kopf bewegte sich auf den Asphalt zu und er bekam die Hände nicht mehr schnell genug vors Gesicht. Er machte einen dreifachen Purzelbaum. Die Tasche wurde weggeschleudert und fiel neben ihm ins Gras.

Seine Freunde sahen sich erschrocken über die Schulter um und gaben Gas. Sie erreichten die nächste Kurve und waren im selben Moment verschwunden, als ich den Fahrkünstler einholte.

Selbst mit Knie- und Ellbogenschonern sah er aus, als sei er aus einem Flugzeug gefallen. Arme, Beine und Kinn waren aufgeschürft, zerkratzt und geprellt. Er drehte sich auf den Rücken und ich war froh darüber, dass er doch älter war, als zunächst angenommen – mindestens zwanzig.

Ich hob Vanessas Tasche auf und der Typ sagte: »Ich blute überall, du Arsch.«

Ich fand eine Puderdose, einen Schlüsselbund und eine Packung Pfefferminzbonbons im Gras, ansonsten schien die Tasche ihren Inhalt bei sich behalten zu haben. Drinnen lagen Geldscheine in einer silbernen Geldklammer und mit einem Gummiband zusammengehaltene Kreditkarten. Daneben Zigaretten, Feuerzeug und Make-up.

»Du blutest?«, sagte ich. »Das tut mir aber Leid.«

Der Junge versuche sich aufzusetzen, entschied sich jedoch wieder anders und ließ sich fallen.

Mein Handy klingelte.

»Das muss er sein«, schnaufte der Junge.

Die Luft war ungefähr so feucht wie im Dschungel, trotzdem lief es mir eiskalt den Rücken herunter.

»Was?«

»Der Typ, der uns hundert Eier gegeben hat, damit wir euch abzocken. Er meinte, er würde anrufen.« Der Junge schloss die Augen und zischte vor Schmerzen.

Ich zog das Handy aus der Vordertasche meiner Jeans und sah mich zu der Kurve um, hinter der ich Vanessa gelassen hatte. Dieser Dummkopf, dachte ich. Der würde mir überhaupt nichts sagen können.

Als ich mir das Handy ans Ohr hielt, begann ich zu laufen.

»Wesley.«

Ich hörte ein Schnaufen und Schmatzen. Im Hintergrund echote Wesleys Stimme, als befände er sich in einem Badezimmer.

»Ah, du bist ein braves Hündchen, ja? So ist es gut, Junge. Braver Junge. Ja, hmmm. Schön runterschlucken!«

»Wesley.«

»Kriegst du zu Hause nichts zu fressen?«, fragte Wesley im Hintergrund, während ich Clarence gierig weitermampfen hörte.

Ich kam um die Kurve und sah Vanessa aufstehen. Sie stand mit dem Rücken zu dem Tunnel in 150 Meter Entfernung, wo ich den dunklen Umriss eines kleinen Hundes und eines großen Mannes erkennen konnte, der sich über ihn beugte und ihm die Hand unter die Schnauze hielt.

»Wesley!«, rief ich.

Der Mann im Tunnel richtete sich auf und Vanessa drehte sich um und blickte in Richtung Tunnel. Ich hörte Wesleys Stimme im Telefon.

»So 'ne Hundepfeife ist was Feines, Pat. Wir hören nicht das Geringste, aber diese Köter drehen regelrecht durch.«

»Wesley, hör zu ...«

»Man weiß nie, womit man einer Frau das Rückgrat brechen kann, Pat. Man muss es einfach ausprobieren.«

Er brach das Gespräch ab, dann verließ der Mann den Tunnel am anderen Ende und war verschwunden.

Ich erreichte Vanessa und befahl ihr im Vorbeigehen: »Du bleibst hier, verstanden?«

Sie wollte mir hinterherlaufen. »Patrick?« Sie griff sich an die Hüfte, zuckte zusammen, gab jedoch nicht auf.

»Bleib da!«, schrie ich sie an und hörte die Verzweiflung in meiner Stimme, während ich mit rückwärts gewandtem Oberkörper rannte.

»Nein. Was hast du ...«

»Jetzt bleib stehen, verdammte Scheiße!« Ich warf ihr die Tasche zu, die vor ihr auf dem Asphalt aufging. Sie behielt ihre hüpfende Geldklammer im Auge. Dann bückte sie sich und ich drehte den Oberkörper in Laufrichtung und zwang mich, noch schneller zu rennen.

Doch als ich mich dem Tunnel näherte, wurde ich langsamer. Ich spürte etwas in meiner Brust aufsteigen, die Speiseröhre hochkommen und dort brennend hängen bleiben, noch bevor ich ihn sah.

Clarence kam aus dem Dunkel auf mich zugewankt. Seine traurigen Hundeaugen blickten nun verwirrt und verängstigt.

»Komm her, Junge«, sagte ich leise und sank auf die Knie. Das Brennen in meinem Hals trieb mir das Wasser in die Augen.

Er kam auf zitternden Beinen noch vier Schritte näher und setzte sich auf die Hinterläufe. Unter hängenden Augenlidern sah er mich an. Er schien mich etwas fragen zu wollen.

»Hey«, flüsterte ich. »Komm, Junge. Alles in Ordnung. Alles in Ordnung.«

Ich zwang mich, dem bestürzten Schmerz in seinem Blick, der bohrenden Frage standzuhalten.

Langsam senkte er den Kopf und erbrach eine pechschwarze Masse.

»O Gott«, brachte ich heiser flüsternd hervor.

Ich kroch zu ihm hinüber, und als ich seinen Kopf berührte, fühlte ich das Feuer in ihm, das sengende Fieber. Er legte sich hin und rollte sich hechelnd auf die Seite. Ich wandte mich ihm zu, er sah zu mir auf, ich streichelte seinen zitternden Bauch und die verschwitzte, fiebernde Stirn.

»Hey«, flüsterte ich, während er die Augen verdrehte, so dass nur noch das Weiße zu sehen war. »Hey, du bist nicht allein, Clarence. Ja? Du bist nicht allein.«

Er riss das Maul weit auf, als wollte er gähnen, dann überkam ihn ein Zucken von den Hinterläufen bis zum fiebernden Kopf.

»Verdammte Scheiße«, stieß ich aus, als er starb. »Verdammte Scheiße.«

Kapitel 28

»Ich möchte ihn bei lebendigem Leibe rösten«, sagte ich am Handy zu Angie. »Am liebsten würde ich diesem Irren die Kniescheiben wegpusten.«

»Reg dich ab!«

Ich saß im Wartezimmer der Tierarztpraxis, wohin Vanessa Clarence hatte bringen wollen. Ich hatte den schlaffen Körper hineingetragen und auf den kalten Metalltisch gelegt. Von Vanessas Augen hatte ich die Bitte abgelesen, sie allein zu lassen, und war ins Wartezimmer gegangen.

»Ich schneide ihm seinen dreckigen Kopf ab und pisse ihm in den Hals.«

»Jetzt klingst du wie Bubba.«

»Ich fühl mich auch wie Bubba. Ich will, dass er tot ist, Ange. Er soll nicht mehr leben. Ich will, dass Schluss ist.«

»Dann denk nach!«, forderte sie mich auf. »Und spiel hier nicht den wilden Affen. Denk nach. Wo ist er? Wie finden wir ihn? Ich hab alle Häuser auf der Liste überprüft. Er ist nicht ...«

»Er ist Postbote«, erklärte ich.

»Was?«

»Er ist Postbote«, wiederholte ich. »Und zwar hier in der Stadt. In Back Bay.«

»Das ist doch kein Witz, oder?«, fragte sie.

»Nee. Wetterau wohnte in Back Bay. Karen war meistens bei ihm, ihre Mitbewohnerin sagte, sie wäre nur nach Hause gefahren, um neue Klamotten und die Post zu holen.«

»Und du meinst, sie hat ihre Briefe ...«

»... von Wetterau aus abgeschickt, ja. Von Back Bay aus. Auch Dr. Dawe warf das Geld in Back Bay ein. Die Adressen sind unwichtig, weil die Post abgefangen wurde, bevor sie auf die Reise ging. Vanessa wohnt in Back Bay. Auf einmal kommen ihre Briefe nicht mehr an. Wir haben diesem Schwein viel zu viel zugetraut. Er läuft doch nicht durch die Weltgeschichte und fängt überall zum passenden Zeitpunkt Briefe ab. Er klaut sie direkt an der Quelle.«

»Ein verfluchter Briefträger«, sagte Angie.

Die Tür des Wartezimmers öffnete sich und Vanessa lehnte sich gegen den Rahmen und hörte dem Tierarzt zu.

»Ich muss aufhören«, sagte ich zu Angie. »Wir sehen uns später.«

Vanessas lädiertes Gesicht war ausdruckslos, mit steifem Gang kam sie ins Wartezimmer.

»Strychnin«, verkündete sie beim Näherkommen. »In allerfeinste Rippenstücke gespritzt. So hat er anscheinend meinen Hund umgebracht.«

Zögernd legte ich ihr die Hand auf die Schulter, aber sie schüttelte sie ab.

»Strychnin«, wiederholte sie und ging auf den Ausgang zu. »Er hat meinen Hund mit Gift getötet.«

»Ich bin nah dran«, sagte ich draußen. »Wir haben ihn bald.«

Sie blieb auf der Steintreppe stehen und sah mich mit einem gespenstischen, schwerelosen Lächeln an. »Schön für dich, Patrick, denn bei mir ist nichts mehr zu holen. Kannst du ihm das ausrichten, wenn du das nächste Mal mit ihm plauderst? Ich bin am Ende.«

»Ein Postbote«, sagte Bubba.

»Denk doch mal drüber nach!«, meinte ich. »Wir sind praktisch davon ausgegangen, er wäre allmächtig – aber in Wirklichkeit ist er natürlich extrem eingeschränkt. An die Akten kam er nur über Diane Bourne und Miles Lovell, ansonsten über die Briefe der Leute, die in Back Bay wohnen. Er hat mit Karens und Vanessas Post Scheiße gebaut und darauf hingewirkt, dass die Geldsendungen immer in Back Bay eingeworfen wurden. Das heißt, er arbeitet entweder in der Sortieranlage im Zentralpostamt – was bedeuten würde, dass er jeden Abend ein paar hunderttausend Briefe durchsehen müsste, um die richtigen zu finden – oder ...«

»Back Bay ist sein Revier«, ergänzte Bubba.

Ich schüttelte den Kopf. »Nein. Dann müsste er ja immer in aller Öffentlichkeit die Post durchgehen. Das kann er nicht machen.«

»Er sammelt die Post ein«, sagte Angie.

Ich nickte. »Er fährt mit dem Postwagen rum und leert die blauen Briefkästen in seine grünen Kisten. Genau. Das ist unser Mann.«

»Ich hasse Briefträger«, bemerkte Bubba.

»Doch nur weil sie deine Hunde hassen«, warf Angie ein.

»Vielleicht musst du den Hunden mal beibringen, die Briefträger zu hassen«, schlug ich vor.

Bubba schüttelte den Kopf. »Er hat einen Hund vergiftet?«

Ich nickte. »Ich hab schon Menschen sterben sehen, aber das ging mir echt an die Nieren.«

»Menschen lieben nicht wie Hunde«, sagte Bubba. »Scheiße! Hunde, ja?« Ich hatte noch nie so viel Zärtlichkeit in seiner Stimme gehört. »Wenn man sie richtig behandelt, können sie nicht anders, als einen zu lieben.«

Angie tätschelte ihm die Hand und er schenkte ihr ein entwaffnendes, weiches Lächeln.

Dann sah er mich an und das Lächeln wurde brutal. Er kicherte. »O Mannomannomann. Wie oft drehen wir Wesley durch den Wolf, Bruder?« Er hielt die Hand hoch.

Ich klatschte ab. »Bis wir keine Lust mehr haben«, erwiderte ich.

Man kann sich an die schönste Straße im ganzen Land setzen, aber wenn man lange genug dort hockt, sieht sie irgendwann hässlich aus. Angie und ich saßen seit zwei Stunden an der Beacon Street zwischen Exeter und Fairfield, fünfzig Meter von den Briefkästen entfernt. In dieser Zeit hatte ich ausreichend Gelegenheit gehabt, die anthrazitfarbenen Häuser und die schwarzen schmiedeeisernen Gitter zu bewundern, die unter grellweißen Erkerfenstern hingen. Ich hatte mich über den kräftigen Sommergeruch üppiger Blumenpracht in der Luft und die ersten dicken Regentropfen gefreut, die durch die Bäume fielen und wie Münzen auf den Bürgersteig klatschten. Ich wusste nun, wie viele der Gebäude Dachgärten hatten und bei welchen lediglich Blumenkästen an den Fensterbänken hingen. Ich wusste, wo Geschäftsmänner und -frauen, Tennisspieler, Jogger, Haustierbesitzer oder Künstler wohnten, die ihr Haus mit farbbekleckten Hemden verließen, nur um zehn Minuten später mit Einkaufstüten von Charrette voller Zobelhaarpinsel zurückzukehren.

Bloß war mir das alles nach zwanzig Minuten egal.

Ein Briefträger in Regenkleidung ging an uns vorbei. Die prall gefüllte Tasche wippte auf seinem Oberschenkel. Angie meinte: »Ach, scheiß drauf! Wir steigen einfach aus und fragen ihn!«

»Ja, sicher«, meinte ich. »Der kommt bestimmt nicht auf die Idee, Wesley zu erzählen, dass nach ihm gefragt wurde.«

Vorsichtig stieg der Briefträger die rutschigen Treppenstufen empor, erreichte den Absatz, legte sich die Tasche auf die Knie und grub darin herum.

»Er heißt nicht Wesley«, erinnerte mich Angie.

»Einen anderen Namen habe ich aber nicht«, erwiderte ich. »Du weißt genau, dass ich Veränderung nicht abkann.«

Angie trommelte mit den Fingern auf das Armaturenbrett und meinte dann: »Scheiße und ich kann das Warten nicht ab.« Sie hielt den Kopf aus dem Fenster und ließ den Regen auf ihr Gesicht fallen.

Die Kurven ihrer Beine und Hüfte zusammen mit dem nach hinten gebogenen Rücken beschworen in mir Bilder aus unserer gemeinsamen Zeit als Liebespaar herauf. Ich musste mich abwenden und starrte durch die Windschutzscheibe auf die Straße.

Als sie den Kopf wieder einzog, fragte sie: »Wann war der letzte schöne Sommertag?«

»Im Juli«, entgegnete ich.

»Meinst du, das ist El Niño?«

»Die globale Erwärmung.«

»Die ersten Anzeichen für das Schmelzen des Polareises«, schlug sie vor.

»Erste Vorboten der Sintflut. Pack die Arche aus.«

»Wenn du Noah wärst und Gott würde dich durchlassen, was würdest du mitnehmen?«

»Auf besagte Arche?«

»Genau.«

»Einen Videorekorder und meine Filme von den Marx Brothers. Und ohne meine CDs von den Stones und Nirvana würde ich es wohl auch nicht lange aushalten.«

»Das ist eine Arche«, sagte sie. »Woher willst du am Ende der Welt den Strom herbekommen?«

»Tragbare Generatoren dürfen nicht mit?«

Sie schüttelte den Kopf.

»Hmm«, machte ich. »Dann weiß ich gar nicht genau, ob ich da leben möchte.«

»Was für Leute«, erklärte sie müde, »*wen* würdest du mitnehmen?«

»Ach, *Menschen*«, sagte ich. »Hättest du doch gleich sagen können. Ohne die Kassetten von den Marx Brothers und ohne Musik?« Das müssten schon Leute sein, die richtig feiern können.«

»Versteht sich von selbst.«

»Mal sehen«, meinte ich, »Chris Rock, damit ich was zu lachen habe. Shirley Manson zum Singen ...«

»Nicht Jagger?«

Ich schüttelte energisch den Kopf. »Bestimmt nicht. Der sieht zu gut aus. Hab ich keine Chancen bei den Weibern.«

»Ach, Weiber sind auch dabei?«

»Klar, die gehören dazu«, erwiderte ich.

»Und du bist der einzige Kerl?«

»Soll ich etwa teilen?« Ich runzelte die Stirn.

»Männer!« Sie schüttelte den Kopf.

»Was? Ist doch meine Arche. Hab das Scheißteil schließlich gebaut.«

»Dich hab ich schon mal hämmern sehen. Die kommt doch nicht mal aus dem Hafen raus!« Sie kicherte und drehte sich zu mir um. »Und was ist mit mir? Was ist mit Bubba und Devin und Oscar, Richie und Sherilynn? Uns lässt du einfach absaufen, nur damit du mit den Tussen Robinson Crusoe spielen kannst?«

Ich wandte mich ihr ebenfalls zu und entdeckte die durchtriebene Fröhlichkeit in ihren Augen. Da steckten wir mitten in einer gähnend langweiligen Observierung, alberten vor uns hin und plötzlich machte die Arbeit wieder Spaß.

»Ich wusste nicht, dass du mitkommen willst«, sagte ich.

»Soll ich lieber ertrinken?«

»Aha«, machte ich und setzte mich um, zog ein Bein an, so dass sich unsere Knie berührten. »Du willst also sagen, wenn ich einer der letzten Männer auf diesem Planeten wäre ...«

Sie lachte. »Hättest du trotzdem nicht die geringste Chance.«

Aber sie zog ihr Knie nicht fort. Stattdessen kam ihr Kopf ein klein wenig näher.

Und plötzlich fühlte ich etwas in der Brust, einen kalten Luftstrom, der sich drehte und lockerte. Er wirbelte alles auf, was verkrampft und wund war, seit Angie meine Wohnung mit dem letzten Koffer in der Hand verlassen hatte.

Die Fröhlichkeit in ihren Augen wurde von etwas Wärmerem ersetzt, einer fragenden Unruhe.

»Es tut mir Leid«, sagte ich.

»Was?«

»Was letztes Jahr im Wald passiert ist. Das mit dem Mädchen.«

Sie hielt meinem Blick stand. »Ich bin mir nicht mehr sicher, dass ich Recht hatte.«

»Warum nicht?«

»Weil vielleicht niemand das Recht hat, Gott zu spielen. Sieh dir die Dawes an.«

Ich lächelte.

»Was ist daran lustig?«

»Nur ...« Ich nahm ihre rechte Hand in meine und sie blinzelte, zog sie aber nicht fort. »Nur dass ich es in den letzten neun Monaten immer mehr aus deiner Sicht gesehen habe. Vielleicht war die Situation tatsächlich nicht so eindeutig. Vielleicht hätten wir sie dort lassen sollen. Mit ihren fünf Jahren. Sie war glücklich.«

Sie zuckte mit den Schultern und drückte meine Hand. »Das werden wir nie wissen, hm?«

»Mit Amanda McCready?«

»Alles. Manchmal denke ich, wenn wir alt und grau sind,

sind wir dann mit allem zufrieden, was wir getan haben, mit allen Entscheidungen, oder werden wir zurückblicken und all das bereuen, was wir nicht getan haben?«

Sie neigte den Kopf ein wenig, ihre Lippen öffneten sich ein paar Millimeter.

Und ein weißer Post-Lkw fuhr links an mir vorbei durch den Regen, bremste vor uns, schaltete die Warnblinkanlage an und parkte in zweiter Reihe vor den Briefkästen in fünfzig Metern Entfernung.

Angie und ich setzten uns auf.

Ein Mann mit einem hellen Kapuzenregenmantel über der blauweißen Postuniform sprang rechts aus dem Lkw. Er hielt eine weiße Plastikkiste in der Hand, deren Inhalt durch eine Plastiktüte vor dem Regen geschützt war. Der Mann ging um die Briefkästen herum, stellte die Kiste vor sich ab und öffnete den grünen Briefkasten mit einem Schlüssel.

Sein Gesicht wurde größtenteils von der Kapuze verdeckt, aber als er seine Postkiste in den grünen Briefkasten schüttete, konnte ich seinen Mund erkennen – die grausamen vollen roten Lippen.

»Das ist er«, sagte ich.

»Bist du sicher?«

Ich nickte. »Hundert Prozent. Das ist Wesley.«

»Oder TAFKAW, The Artist Formerly Known As Wesley, wie ich ihn gerne nenne.«

»Aber nur weil du mal dringend zum Psychiater musst.«

Während wir ihm beim Umpacken der Post zusahen, kam der andere Briefträger die Treppe eines Hauses heruntergelaufen und rief unserem Mann etwas zu. Er stellte sich zu ihm, die beiden quatschten ein wenig, hoben den Kopf zum Himmel, senkten ihn wieder und lachten.

Noch eine Minute alberten sie rum, dann winkte Wesley, sprang in den Lkw und fuhr los.

Ich warf die Tür auf, ließ Angies überraschtes »Hey!« hinter mir und lief den Bürgersteig hinunter, hob die Hand und rief: »Moment mal, warte!« Wesleys Wagen war schon an der grünen Ampel Ecke Fairfield und fuhr weiter, ordnete sich links ein, um auf die Gloucester abzubiegen.

Der Briefträger sah mich mit zusammengekniffenen Augen näher kommen.

»Bus verpasst, hm?«

Ich beugte mich vornüber, als sei ich außer Atem. »Nein, das Postauto.«

Er streckte die Hand aus. »Geben Sie ihn mir!«

»Was?«

»Den Brief. Sie wollten doch einen einwerfen, oder?«

»Hä? Nein.« Ich schüttelte den Kopf und wies dann in Richtung Beacon, wo Wesley gerade in die Gloucester abbog. »Ich hab Sie beide eben reden sehen. Ich glaube, das war mein alter Mitbewohner. Hab ihn seit zehn Jahren nicht mehr gesehen.«

»Scott?«

Scott.

»Ja«, rief ich. »Scottie Simon!« Ich klatschte in die Hände, als freute ich mich.

Der Briefträger schüttelte den Kopf. »Sorry, Junge.«

»Wieso?«

»Das ist nicht Ihr alter Freund.«

»Doch, doch«, widersprach ich. »Das war Scott Simon, ganz bestimmt. Den würde ich überall wiedererkennen.«

Der Postbote schnaubte. »Nehmen Sie's mir nicht übel, Mister, aber Sie müssen wohl mal zum Augenarzt. Der Typ da heißt Scott Pearse und der wurde noch nie Scottie genannt.«

»Scheiße«, stieß ich aus und versuchte, enttäuscht zu klingen, obwohl ich wie elektrisiert war.

Scott Pearse.

Hab dich, Scott. Hab dich gefunden.

Du wolltest spielen? Tja, Verstecken ist jetzt vorbei. Jetzt geht es richtig los, du Schwein.

Kapitel 29

Eine Woche lang beschattete ich Scott Pearse, folgte ihm jeden Morgen zur Arbeit und abends nach Hause. Angie übernahm den Tag, wenn ich schlief, so dass ich ihn ihr übergab, wenn er seinen Lkw im Depot auf der A Street abholte, und ihn wieder übernahm, wenn er das Hauptpostamt am Fort Point Channel nach seiner letzten Tour verließ. Sein Tagesablauf war erstaunlich unspektakulär, wenigstens in dieser Woche.

Morgens startete er in der A Street, den Lkw voll beladen mit großen Paketen. Die fuhr er zu den grünen Briefkästen in Back Bay, wo sie von den Briefträgern abgeholt wurden, die sie wiederum zu Fuß an die Türen der Empfänger brachten. Nach einem Mittagessen machte er sich laut Angie wieder auf den Weg, diesmal mit einem leeren Lkw, den er nach und nach mit dem Inhalt der blauen Briefkästen füllte. Hatte er das erledigt, lieferte er die Post beim Sortierzentrum ab und stempelte sich aus.

Jeden Abend trank er mit seinen Kollegen einen Single-Malt-Scotch im Celtic Arms auf der Otis Street. Er ging immer nach dem ersten Glas, egal wie viele Männer auch versuchten, ihn wieder auf seinen Stuhl zu ziehen, und ließ zehn Dollar für den Laphroaig und das Trinkgeld auf dem Tisch liegen.

Dann ging er die Summer Street hinunter und durch die Atlantic Street, bis er die Congress erreichte, wo er rechts abbog. Fünf Minuten später war er bereits in seinem Loft in der Sleeper Street, wo er auch blieb bis zum Erlöschen der Lichter um halb zwölf.

Ich musste mich anstrengen, ihn nicht mehr Wesley, sondern Scott zu nennen. Der Name Wesley hatte so gut zu ihm gepasst – aristokratisch, hochnäsig und unterkühlt. Scott klang zu freundlich und durchschnittlich. Wesley war der Name eines Kommilitonen am College, der Kapitän der Golfmannschaft war und keine Farbigen zu seinen Partys einlud. Scott war der Kumpel, der Muskelshirts und grelle Schlabberhosen trug, Weiber abschleppte und im Auto auf den Rücksitz reiherte.

Aber nachdem ich ihn eine Weile beobachtet hatte und er sich viel eher wie Scott als Wesley benahm – er sah alleine fern, las in der Mitte der Wohnung in einem schmalen Ledersessel zum Licht einer Schwanenhalslampe, holte Fertiggerichte aus dem Gefrierschrank und schob sie in die Mikrowelle, aß an dem geschwungenen Tresen, der den Abschluss seiner Küche bildete –, gewöhnte ich mich langsam an seinen neuen Namen. Scott der Böse. Scott das Arschloch. Scott der Gezeichnete.

In meiner ersten Nacht auf seinen Spuren entdeckte ich eine Feuerleiter mit Dachzugang hinter dem Gebäude, das auf der Straßenseite ihm gegenüber stand. Sein Loft war in der vierten Etage, zwei Stockwerke unter meinem Hochsitz auf dem Dach und Scott Pearse machte sich nicht die Mühe, seine bodenlangen Fenster mit Gardinen zu verhängen, mit Ausnahme von Schlafzimmer und Bad. So hatte ich eine ungehinderte Sicht auf sein beleuchtetes geräumiges Wohnzimmer, die Küche und die Essecke wie auch auf die gerahmten Schwarzweißfotos an den Wänden. Es waren sterile Aufnahmen von kahlen Bäumen und zugefrorenen Flüssen, die sich an Mühlen vorbeiwanden, von einer riesigen Müllhalde, in deren Hintergrund noch ganz klein der Eiffelturm zu sehen war, von Venedig im Dezember und Prag nachts im Regen.

Als ich sie durch das Fernglas betrachtete, wurde mir klar, dass Scott Pearse sie persönlich aufgenommen hatte. Alle zeigten ein ausgezeichnetes Arrangement, alle besaßen eine distanzierte, klinische Schönheit und alle waren kalt wie der Tod.

In all den Nächten, in denen ich ihn beobachtete, tat er nie etwas Ungewöhnliches und das allein schon kam uns merkwürdig vor. Vielleicht rief er Diane Bourne oder andere Verbündete später vom Schlafzimmer aus an, suchte sich dort das nächste Opfer aus oder plante seinen nächsten Angriff auf Vanessa Moore oder jemand anderen, der mir etwas bedeutete. Vielleicht hatte er da drinnen jemand an den Bettpfosten gefesselt. Vielleicht glaubte ich ja nur, er würde schlafen, aber in Wirklichkeit saß er im Bett und las vertrauliche Krankenakten und gestohlene Briefe. Vielleicht. Aber nicht, während ich ihn beobachtete.

Angie hatte nichts Gegensätzliches zu vermelden. Pearse trödelte nie lange genug in seinem Lkw, um in der Zeit die Post durchgehen zu können, die er in der zweiten Hälfte seiner Schicht einsammelte.

»Er lebt streng nach Vorschrift«, berichtete Angie.

Wir glücklicherweise nicht – und so gelang es Angie als Witz der Woche, Pearse' Telefonnummer herauszufinden, indem sie *seinen* Briefkasten auf der Sleeper Street knackte und einen Blick auf seine Telefonrechnung warf.

Ansonsten: nichts. Seine Fassade schien undurchdringlich.

Einen Einbruch in das Loft mussten wir ausschließen. Wir konnten seine Wohnung nicht verwanzen. Wenn er abends nach Hause kam, entsicherte Scott Pearse eine Alarmanlage in der Wohnungstür. In den Ecken hingen Videokameras, die, so vermutete ich, an Bewegungsmelder gekoppelt waren. Wenn wir daran vorbeikommen sollten, hatte Scott Pearse mit Sicherheit weitere Verteidigungsmechanismen für uns parat, die auf den ersten Blick nicht ersichtlich waren, Vorkehrungen für seine Vorkehrungen.

Wenn ich nachts oben auf dem Dach hockte, gegen den Schlaf ankämpfte und ihn dabei beobachtete, wie er nichts und wieder nichts tat, fragte ich mich manchmal, ob er uns möglicherweise schon spitzbekommen hatte. Ob er wusste, dass wir seine Identität herausgefunden hatten. Nicht sehr wahrscheinlich, aber dennoch, eigentlich musste ihm nur der Briefträger, den ich auf der Straße angesprochen hatte, nebenbei eine Anekdote erzählen: *Hey, Scott, da meinte einer, du wärst sein alter Kumpel vom College, dem hab ich aber Bescheid gesagt.*

Eines Abends ging Scott Pearse ans Fenster. Er nippte an einem Glas Scotch. Er blickte auf die Straße hinunter. Dann hob er den Kopf und sah mich an. Er konnte mich nicht sehen. Bei der Festbeleuchtung in seinem Zimmer und der Dunkelheit draußen, die wie eine Wand vor ihm stand, konnte er im Fenster nichts anderes erkennen als sein eigenes Spiegelbild.

Doch das musste ihn richtig faszinieren, denn er starrte lange Zeit in meine Richtung. Dann hob er das Glas, als prostete er mir zu. Und lächelte.

Wir brachten Vanessa in der Nacht fort, holten sie mit dem Lastenaufzug nach unten und führten sie durch einen Versorgungsgang und eine Hintertür in die Seitenstraße hinter dem Gebäude, wo Bubbas Van schon auf sie wartete. Anders als die meisten Frauen, die in einen Van steigen und plötzlich Bubba gegenübersitzen, schloss Vanessa nicht mehrmals die Augen, keuchte oder drückte sich in die hinterste Ecke. Sie setzte sich auf die Bank, die vom Fahrersitz bis zur Heckklappe reichte, und zündete sich eine Zigarette an.

»Ruprecht Rogowski«, sagte sie. »Stimmt's?«

Bubba gähnte in die Faust. »Ruprecht nennt mich keiner.«

Angie fuhr den Van aus der Seitenstraße heraus. Vanessa hob die Hand. »'tschuldigung. Dann also Bubba?«

Bubba nickte.

»Was hast du mit der Sache zu tun, Bubba?«

»Das Schwein hat einen Hund getötet. Ich mag Hunde.« Er beugte sich vor und stützte die Ellbogen auf die Knie. »Darf ich was fragen? Hast du ein Problem mit einem geistig Zurückgebliebenen, der ein so genanntes ›asoziales Verhalten‹ an den Tag legt?«

Sie grinste. »Bist du dir klar darüber, womit ich meinen Lebensunterhalt verdiene?«

»Sicher«, erwiderte Bubba. »Du hast meinen Kumpel Nelson Ferrare losgeeist.«

»Wie geht's Mr Ferrare?«

»Wie immer«, antwortete Bubba.

Während sie sich unterhielten, nahm Nelson meinen Platz auf dem Dach gegenüber von Scott Pearse' Wohnung ein. Er war gerade aus Atlantic City zurückgekehrt, wo er sich in eine Barmixerin verliebt hatte, die seine Liebe so lange erwiderte, bis er kein Geld mehr hatte. Jetzt war er wieder da und tat alles für ein bisschen Knete, damit er so schnell wie möglich zurück zu seiner Barmixerin konnte, um das Verdiente dort zu verpulvern.

»Verknallt er sich immer noch in jede Frau, die ihm über den Weg läuft?«, fragte Vanessa.

»Kann man wohl sagen.« Bubba rieb sich übers Kinn. »Nur damit das klar ist, Schwester, die Sache läuft so: Ich lass dich ab jetzt nicht mehr aus den Augen.«

»Aha«, machte Vanessa. »Wie reizend.«

»Du schläfst bei mir«, fuhr Bubba fort, »isst mit mir, trinkst mit mir und ich geh mit dir ins Gericht. Bis der Briefträger erledigt ist, lass ich dich nicht mehr aus den Augen. Musst du mit leben.«

»Kann's kaum erwarten«, sagte Vanessa und drehte sich um. »Patrick?«

Ich sah zu ihr nach hinten. »Ja?«

»Du willst mich also nicht selbst beschützen?«

»Wir hatten mal was zusammen. Das heißt, ich bin emotional befangen. Damit bin ich für diesen Job denkbar schlecht geeignet.«

Sie sah zu Angie hinüber, die gerade in den Storrow Drive einbog. »Befangen«, sagte sie. »Ja, klar.«

»Scott Pearse«, sagte Devin am nächsten Abend in Nash's Pub auf der Dorchester Avenue, »wurde als Sohn von Armeeangehörigen in Subic Bay auf den Philippinen geboren. Ist in seiner Kindheit überall gewesen.« Er schlug sein Notizbuch auf und blätterte darin herum, bis er die richtige Seite gefunden hatte. »Westdeutschland, Saudiarabien, Nordkorea, Kuba, Alaska, Georgia und zum Schluss Kansas.«

»Kansas?«, fragte Angie. »Nicht Missouri?«

»Kansas«, wiederholte Devin.

Devins Kollege, Oscar Lee, sagte: »Glaub mir, Schätzchen, hier steht's doch.«

Angie kniff die Augen zusammen und schüttelte den Kopf.

Oscar zuckte mit den Achseln, nahm seine erloschene Zigarre aus dem Aschenbecher und zündete sie wieder an.

»Der Vater war Colonel«, fuhr Devin fort. »Colonel Ryan Pearse vom Nachrichtendienst, genaue Aufgabenbeschreibung Verschlusssache.« Er sah Oscar an. »Aber wir haben ja unsere Freunde.«

Oscar blickte mich an und zeigte mit der Zigarre auf seinen Kollegen. »Merkste, wie das Weißbrot immer ›wir‹ sagt, wenn er mich und meine Quellen meint?«

»Das ist Diskriminierung«, versicherte Devin uns.

Oscar streifte ein wenig Asche ab. »Colonel Pearse war bei Operation Psycho.«

»Wo bitte?«, hakte Angie nach.

»Bei der psychologischen Kriegsführung«, erklärte Oscar. »Gehörte zu den Leuten, die dafür bezahlt werden, dass sie sich ständig was Neues ausdenken, wie man den Feind foltern kann, wie man falsche Informationen verbreitet, also wie man die anderen vom Kopf her fertig macht.«

»Und Scott war das einzige Kind?«

»Kannste drauf wetten«, meinte Devin. »Die Mutter ließ sich vom Vater scheiden, als der Sohn elf war, zog in so 'ne dreckige Sozialsiedlung in Lawrence. Dann Unterlassungsurteil gegen den Vater. Sie zieht ihn ein paarmal vor Gericht und dann wird's lustig. Sie behauptet, er würde seinen Psychokram gegen sie einsetzen, sie in den Wahnsinn treiben, damit alle denken, sie wäre durchgedreht. Aber sie kann nichts beweisen. Irgendwann wird das Unterlassungsurteil aufgehoben, der Vater bekommt ein vierzehntägiges Besuchsrecht und eines Tages kommt der Kleine nach Hause, da ist er ungefähr elf, und findet seine Mommy im Wohnzimmer mit aufgeschnittenen Pulsadern.«

»Selbstmord«, sagte Angie.

»Ja«, bestätigt Oscar. »Kind lebt beim Vater im Sperrgebiet und tritt mit achtzehn in die Special Forces ein. Bekommt eine EE nach ...«

»Eine was?«

»Eine ehrenvolle Entlassung«, erklärte Oscar, »nachdem er Ende '89 in diesem Fünfminutenkrieg in Panama gedient hat. Und das machte mich neugierig.«

»Warum?«

»Tja«, meinte Oscar, »diese Leute von den Special Forces, das sind richtige Karrieretypen. Die reißen nicht einfach nur ein paar Jahre runter und werden dann ausgemustert. Die wollen nach Langley oder ins Pentagon. Außerdem hätte Pearse mit Lorbeer behängt aus Panama zurückkommen müssen. Schließlich war er in vorderster Front dabei gewesen. Er hätte ganz dick drin sein müssen, oder?«

»Aber?«, fragte Angie.

»Aber nichts«, entgegnete Oscar. »Also hab ich einen anderen von *meinen* Kumpels angerufen« – er warf Devin einen Blick zu – »und der hat ein bisschen rumgewühlt. Im Endeffekt wurde euer Junge, dieser Pearse, rausgeworfen.«

»Warum?«

»Weil seine Einheit unter seinem direkten Kommando ein falsches Ziel traf. Er wäre fast vors Kriegsgericht gekommen, weil er den Befehl erteilt hatte. Letztendlich hat er wohl irgendwelche Beziehungen gehabt, weil er und seine Jungs mit 'ner Art militärischem Abfindungspaket davonkamen. Sie wurden ehrenvoll entlassen, aber Pentagon oder Langley war für sie nicht mehr drin.«

»Was war das falsche Ziel?«, wollte Angie wissen.

»Sie sollten ein Gebäude stürmen, in dem sich angeblich Angehörige von Noriegas Geheimpolizei befanden. Aber leider vertaten sie sich um zwei Häuser.«

»Und?«

»Und fielen um sechs Uhr morgens in einen Puff ein. Sprühten Giftgas in alle Zimmer. Zwei Freier, beides Panamaer, und fünf Prostituierte tot. Euer Junge soll dann angeblich von einem Zimmer zum nächsten gegangen sein und alle weiblichen Leichen mit einem Bajonett abgestochen haben, bevor das ganze Haus in Brand gesetzt wurde. Das ist nur ein Gerücht, ist klar, aber mein Informant kann sich noch gut dran erinnern.«

»Und die Armee hat den Fall nie verfolgt?«, fragte Angie.

Oscar sah sie an, als sei sie betrunken. »Das war Panama! Weißt du nicht mehr? Damals starben neunmal mehr Zivilisten als Armeeangehörige. Und das alles nur, um einen Drogendealer zu fassen, der Verbindungen zur CIA gehabt hatte, als bei uns ein Präsident regierte, der selber Chef der CIA gewesen war. Die ganze Scheiße war verdächtig genug, ohne dass man auch noch Aufmerksamkeit auf unsere Fehler lenken musste. Im Kampfeinsatz herrschen einfache Regeln: Sind Fotografen oder Angehörige der Presse im Dienst, steht man für seinen Scheiß ein. Wenn nicht und man nimmt die falschen Leute oder das falsche Dorf hoch?« Er zuckte mit den Achseln. »Shit happens. Schnell alles anzünden und nichts wie weg.«

»Fünf Frauen«, bemerkte Angie.

»Oh, die hat er nicht alle selbst abgestochen«, sagte Oscar. »Die ganze Gruppe marschierte da rein und ballerte los. Neun Männer mit zehn Schuss pro Sekunde.«

»Dann hat er sie nicht alle persönlich umgebracht«, korrigierte sich Angie, »sondern hat nur sichergestellt, dass alle wirklich tot waren.«

»Mit einem Bajonett«, ergänzte ich.

»Hm, tja.« Devin zündete sich eine Zigarette an. »Wenn es nur gute Menschen gäbe, wären wir unseren Job los. Egal, Scott Pearse wird ausgemustert, kehrt zurück in die Staaten, wohnt ein paar Jahre bei seinem Vater, der inzwischen pensioniert ist, dann stirbt sein Vater an einem Herzinfarkt und ein paar Monate später gewinnt Scott im Lotto.«

»Wie meinst du das?«

»Er hat im Kansas-Lotto gewonnen.«

»Blödsinn.«

Er schüttelte den Kopf und hob die Hand. »Bei meiner Mutter. Ich schwöre. Die gute Nachricht war, dass er sechs Richtige hatte und eins Komma zwei Millionen im Jackpot waren. Die schlechte Nachricht, dass noch acht andere die gleichen Zahlen hatten. Nachdem sich die Steuer ihren Teil geholt hatte, bekam er rund 88 Riesen und kaufte sich davon bei einem Oldtimerhändler einen schwarzen 68er Shelby GT-500. Im Sommer '92 tauchte er in Boston auf und machte den Einstellungstest für die Post. Von da an hat er sich wie ein Musterschüler benommen, soweit wir wissen.«

Oscar blickte auf sein leeres Bier und sein leeres Schnapsglas und fragte Devin: »Nehmen wir noch einen?«

Devin nickte entschieden. »Geht doch auf seine Rechnung!«

»Oh, ja!« Oscar winkte dem Barmann und beschrieb mit dem Finger einen Kreis über den Tisch. Noch eine Runde.

Der Barmann nickte glücklich. Klar freute der sich. Wenn ich bezahlte, tranken Oscar und Devin nur die ganz teuren Sachen. Und zwar wie Wasser. Einen nach dem andern.

Als ich endlich die Rechnung bekam, wusste ich nicht, wer das bessere Geschäft gemacht hatte und ob ich mit der Summe über den Kreditrahmen meiner Visa kam. Warum konnten meine Freunde nicht ganz normal Tee trinken?

»Wollt ihr wissen, was die amerikanische Bundespost macht, wenn mehrere Schreiben nicht an ihrem Zielort ankommen?«, fragte uns Vanessa Moore.

»Ja, erzähl!«, sagte Angie.

Wir saßen im ersten Stock von Bubbas Lagerhaus, das ihm als Wohnung diente. Das vordere Drittel des Bodens war mit Sprengkörpern vermint, weil ... tja, weil Bubba absolut durchgeknallt war, aber irgendwie hatte er es geschafft, sie für die Dauer von Vanessas Besuch zu deaktivieren.

Vanessa trank einen Kaffee an der Küchentheke, die sich vom Flipper bis zum Basketballkorb erstreckte. Sie war gerade aus der Dusche gekommen, das Haar war noch nass. Sie trug ein schwarzes Seidenshirt und eine löchrige Jeans, hatte nackte Füße und fingerte an ihrer silbernen Halskette herum, während sie auf dem Barhocker hin und her rutschte.

»Das Postamt reagiert auf Beschwerden, indem es zuerst mal zugibt, dass Briefe schon mal verloren gehen können. Als ob wir das nicht wüssten. Als ich erwähnte, dass elf Sendungen an elf verschiedene Adressen geschickt wurden und keine angekommen war, empfahlen sie mir, mich an den Postinspektor zu wenden, bezweifelten aber, dass es viel helfen würde. Beim Postinspektor sagte man mir, sie würden jemanden rausschicken, der meine *Nachbarn* befragt, ob sie etwas damit zu tun hätten. Ich sagte: ›Ich hab die Post eigenhändig eingeworfen.‹ Darauf antworteten sie, sie würden jemanden losschicken, der die *Empfänger* befragt, wenn ich ihnen eine Adressenliste zur Verfügung stelle.«

»Das kann doch nicht wahr sein!«, staunte Angie.

Vanessa riss die Augen auf und schüttelte den Kopf. »Wie bei Kafka. Als ich fragte, warum sie nicht den Boten oder den Fahrer des entsprechenden Postautos überprüfen, antworteten sie, das würden sie tun, sobald sie sich versichert hätten, dass niemand sonst damit zu tun habe ... Dann meinte ich: ›Sie wollen mir also sagen, wenn Briefe verloren gehen, gilt die Schuldvermutung für alle außer für die Person, die mit der Beförderung des Briefes betraut wurde.‹«

»Und jetzt erzähl, was sie darauf gesagt haben.« Bubba kam aus dem hinteren Bereich in die Küche.

Sie lächelte ihn an und wandte sich wieder uns zu. »Sie meinten: ›Geben Sie uns jetzt eine Liste Ihrer Nachbarn oder nicht?‹«

Bubba ging zum Kühlschrank, öffnete das Gefrierfach und holte eine Flasche Wodka heraus. Dabei fiel mir auf, dass das Haar in seinem Nacken feucht war.

»Diese Scheißpost!«, fluchte Vanessa und trank den Kaffee

aus. »Und da wundern sie sich, warum alle auf E-Mail, Federal Express und Online-Banking umsteigen.«

»Aber immerhin kostet eine Briefmarke nur 33 Cent«, rief Angie.

Als Bubba mit der Wodkaflasche näher kam, drehte sich Vanessa zu ihm um.

»Vor deinen Knien müssten Gläser sein«, sagte er zu ihr.

Vanessa senkte den Blick und suchte unter dem Tresen.

Dabei betrachtete Bubba das feuchte Haar, das ihr über den Nacken fiel. Die Wodkaflasche hielt er bewegungslos in der Hand. Dann sah er zu mir herüber. Und zurück zur Theke. Er stellte die Flasche ab und Vanessa platzierte vier Schnapsgläser daneben.

Ich warf Angie einen Blick zu. Sie beobachtete die beiden mit leicht geöffnetem Mund und einem wachsenden Ausdruck von Verwirrung.

»Ich glaube, ich leg das Schwein einfach um«, meinte Bubba, während Vanessa uns eisgekühlten Wodka einschenkte.

»Was?«, fragte ich.

»Nein«, sagte Vanessa. »Da haben wir doch drüber geredet.«

»Ja?« Bubba warf den Kopf in den Nacken, trank seinen Wodka und stellte das Glas wieder auf der Theke ab. Vanessa füllte es erneut.

»Ja«, sagte Vanessa langsam. »Wenn ich Kenntnis davon bekomme, dass ein Verbrechen begangen werden soll, bin ich per Eid dazu verpflichtet, die Polizei zu benachrichtigen.«

»Ach ja.« Bubba trank seinen zweiten Wodka. »Hatte ich vergessen.«

»Sei ein braver Junge«, sagte Vanessa.

»Na gut.«

Angie kniff die Augen zusammen. Ich widerstand dem

Drang, vom Barhocker zu springen und schreiend aus dem Zimmer zu laufen.

»Wollt ihr zum Essen bleiben?«, fragte Vanessa.

Angie erhob sich unsicher und warf ihre Tasche auf den Boden. »Nein, nein. Wir sind ... wir haben schon gegessen. Also ...«

Ich erhob mich ebenfalls. »Ja, also, wir wollen, ähm ...«

»Gehen?«, fragte Vanessa.

»Genau.« Angie hob ihre Tasche. »Gehen. Genau das.«

»Ihr habt die Gläser ja nicht mal angerührt«, bemerkte Bubba.

»Kannst du haben«, sagte ich, während Angie mit fünf, sechs schnellen Schritten bereits an der Tür stand.

»Cool.« Bubba trank das nächste Glas.

»Hast du Limetten?«, fragte ihn Vanessa. »Ich hab Bock auf Tequila.«

»Vielleicht kann ich welche auftreiben.«

An der Tür sah ich mich noch einmal nach den beiden um. Bubbas großer Körper war gegen den Kühlschrank gelehnt, während Vanessa ihn mit ihrem geschmeidigen Körper wie Rauch zu umwickeln schien.

»Bis dann!«, rief sie, den Blick auf Bubba gerichtet.

»Äh, ja«, rief ich zurück, »bis dann!« Und dann machte ich, dass ich rauskam.

Sobald wir Bubbas Haus verlassen hatten, brach Angie in Gelächter aus. Es war ein hilfloses Gekicher, fast so, als wäre sie bekifft. Sie hielt sich den Bauch vor Lachen, rannte zu dem Loch im Zaun und krabbelte hindurch zum Spielplatz auf der anderen Seite.

Erst als sie sich gegen das Klettergerüst lehnte, wurde sie wieder ruhig. Sie blickte zu den dicken Bleiglasfenstern von

Bubba auf, wischte sich die Tränen aus den Augen, seufzte und musste noch ein paarmal kichern.

»Du meine Güte! Deine Anwältin und Bubba. Mein Gott! Jetzt ist alles zu spät!«

Ich lehnte mich neben sie gegen die Eisensprossen. »Sie ist nicht *meine* Anwältin.«

»Nicht mehr«, korrigierte sie sich. »So viel ist sicher. Nach ihm ist sie für normale Männer versaut.«

»Er ist ein beziehungsunfähiger Irrer, Ange.«

»Stimmt. Aber der Mann hat was in der Hose, Patrick.« Sie grinste mich an. »'nen richtigen Hammer.«

»Informationen aus erster Hand?«

Sie lachte. »Hättest du wohl gerne.«

»Woher willst du das dann wissen?«

»Männer können genau sagen, welche Oberweite eine Frau hat, selbst wenn sie drei Pullover und einen Mantel anhat. Glaubst du, wir wären da anders?«

»Aha«, machte ich, in Gedanken immer noch dabei, wie Vanessa sich langsam auf dem Hocker umdrehte und Bubba ihr Haar betrachtete.

»Bubba und Vanessa«, sagte Angie, »ei, ei, ei, was seh ich da?«

»O Gott. Hör auf, ja?«

Sie lehnte den Kopf gegen die Sprossen und drehte sich zu mir um. »Eifersüchtig?«

»Nein.«

»Nicht ein kleines bisschen?«

»Nicht im Geringsten.«

»Du lügst.«

Ich drehte den Kopf zu ihr herum, so dass sich unsere Nasen beinahe berührten. Eine Zeit lang sagten wir nichts, standen einfach dort gegen das Klettergerüst gelehnt, die Wangen gegen die Sprossen gepresst, und sahen uns in die Augen, die weiche Nacht auf unserer Haut. Hinter Angie trat im dunklen Himmel der Vollmond hervor.

»Magst du mein Haar?«, flüsterte Angie.

»Och, es ist einfach ...«

»Kurz?« Sie lächelte.

»Ja. Aber ich liebe dich nicht wegen deiner Haare.«

Sie bewegte sich ein wenig, schob die Schulter zwischen zwei Sprossen.

»Warum liebst du mich denn?«

Ich schmunzelte. »Soll ich alles aufzählen?«

Sie reagierte nicht, sah mich nur an.

»Ange, ich liebe dich, weil ... Ich weiß nicht. Weil ich dich schon immer geliebt habe. Weil du mich zum Lachen bringst. Weil ...«

»Was?«

Wie sie zuvor, schob auch ich nun die Schulter zwischen zwei Sprossen und legte die Hand auf ihre Hüfte. »Weil ich, seit du nicht mehr da bist, immer träume, dass du neben mir liegst. Und ich wache auf und kann dich noch riechen, ich träume noch immer halb, merke es aber nicht, deshalb greife ich nach dir. Ich taste über das Kopfkissen, aber du bist nicht da. Und dann liege ich da um fünf Uhr morgens und draußen werden die Vögel wach und du bist nicht da und dein Duft verfliegt langsam. Er verfliegt und ...« Ich räusperte mich. »Und ich bin ganz allein. Mit der weißen Bettdecke. Die weiße Decke und die verdammten Vögel und es tut so weh und ich kann nichts anderes tun, als die Augen zumachen, daliegen und mich hundeelend fühlen.«

Ihr Gesicht war ganz regungslos, nur ihre Augen glänzten. »Das ist ungerecht.« Sie fuhr sich mit den Handballen über die Augen.

»Nichts ist gerecht«, erwiderte ich. »Du hast doch gesagt, mit uns klappt es nicht.«

Sie hob eine Hand.

»Was klappt denn überhaupt, Ange?«

Sie senkte das Kinn auf die Brust und verharrte lange so, bis sie flüsterte: »Nichts.«

»Ich weiß«, sagte ich mit rauer Stimme.

Ihr Lächeln klang belegt, wieder wischte sie sich übers Gesicht. »Fünf Uhr morgens ist auch meine schlimmste Zeit, Patrick.« Sie hob den Kopf und lächelte mich mit zitternden Lippen an. »Eine furchtbare Zeit.«

»Ja?«

»Ja. Weißt du, dieser Typ, mit dem ich geschlafen habe?«

»Trey«, sagte ich.

»Bei dir hört sich das wie ein Schimpfwort an.«

»Was ist mit ihm?«

»Ich konnte mit ihm schlafen, aber ich wollte nicht, dass er mich hinterher festhielt. Verstehst du? So wie ich dir immer den Rücken zugedreht habe und du den Arm unter mich geschoben hast und den anderen auf meine Brust – das konnte ich bei keinem anderen ertragen.«

Mir fiel nichts Besseres ein zu sagen als: »Gut.«

»Du hast mir gefehlt«, flüsterte sie.

»Du hast mir gefehlt.«

»Ich bin schwierig. Ich bin zickig. Hab oft schlechte Laune. Wasch nicht gern Wäsche. Kann nicht kochen.«

»Ja«, erwiderte ich. »Stimmt.«

»Hey«, meinte sie, »du bist auch nicht gerade ein Zuckerschlecken, mein Junge.«

»Aber ich kann kochen«, warf ich ein.

Sie streichelte mir über die Bartstoppeln, die ich seit drei Jahren trage, damit man die Narben nicht sieht, die mir Gerry Glynn mit einer Rasierklinge zufügte.

Mit dem Daumen rieb sie über die Barthaare und betastete mit den anderen Fingern die verletzte, gummiartige Haut darunter. Es sind keine besonders großen Narben, aber sie sind mir ins Gesicht geschrieben und ich bin eitel.

»Kann ich das heute abrasieren?«, fragte sie.

»Du hast mal gesagt, damit sehe ich geil aus.«

Sie lächelte. »Tust du auch, aber das bist nicht du.«

Ich dachte darüber nach. Drei Jahre mit schützender Gesichtsbehaarung. Drei Jahre lang die Wunden versteckt, die mir in der schlimmsten Nacht meines Lebens zugefügt wurden. Drei Jahre lang meine Fehler und die Scham darüber vor der Welt versteckt.

»Du willst mich also rasieren?«, fragte ich schließlich.

Sie beugte sich vor und küsste mich. »Unter anderem.«

Kapitel 30

Angie weckte mich um fünf Uhr morgens mit ihren warmen Händen auf meinen frisch rasierten Wangen, öffnete mir mit der Zunge die Lippen, schob mit den Füßen die Bettdecke fort und legte sich auf mich.

»Hörst du die Vögel?«, fragte sie.

»Nein«, erwiderte ich.

»Ich auch nicht.«

Als die Morgendämmerung langsam den Raum erhellte, mein Körper in Löffelchenstellung hinter ihrem lag, sagte ich: »Er weiß, dass wir ihn beobachten.«

»Scott Pearse«, meinte sie, »ja, das Gefühl habe ich auch. Seit einer Woche hängen wir jetzt an ihm und er hat noch nicht mal irgendwo auf 'nen Kaffee angehalten. Wenn er fremder Leute Post durchwühlt, dann jedenfalls nicht im Auto.« Sie drehte sich in meinen Armen, die langsame Bewegung ihres weichen Fleisches fuhr mir wie ein Blitz durch den Körper. »Er ist gerissen. Er wartet einfach ab.«

Ich zupfte ein Haar von ihren Augenwimpern.

»Deins?«, fragte sie.

»Meins.« Ich warf es aufs Bett. »Er meinte damals, es wäre alles eine Zeitfrage. Deshalb hat er sich mit mir auf dem Dach getroffen und versucht, mich zu bezahlen oder mich abzuschrecken – er hat nicht genug Zeit.«

»Stimmt«, bestätigte Angie. »Aber damals glaubte er noch, er hätte einen Deal mit den Dawes. Jetzt, da diese Abmachung nicht mehr gilt, warum soll ...«

»Wer sagt denn, dass sie nicht mehr gilt?«

»Christopher Dawe. Herrgott, der Typ hat seine Tochter fertig gemacht! Der wird ihm doch nichts mehr zahlen. Womit will er ihn denn jetzt unter Druck setzen?«

»Aber selbst Christopher Dawe war der Ansicht, Scott würde ihn nicht in Ruhe lassen. Als Nächstes nimmt er sich Carrie vor und macht sie fertig wie vorher Karen.«

»Aber was hat er denn davon?«

»Es geht hier nicht nur ums Geld«, meinte ich. »Das hat Christopher Dawe schon richtig erkannt, glaube ich. Für Pearse ist das eine Frage des Prinzips. Das Geld, das er von den Dawes haben will, das sieht er schon jetzt als seins an. Der lässt nicht locker.«

Angie fuhr mir mit dem Handrücken über Bauch und Brust. »Aber wie will er an Carrie Dawe herankommen? Wenn sie in Therapie ist, wird sie doch kaum denselben Arzt haben wie ihre Tochter. Also kann Pearse nicht über Diane Bourne arbeiten. Und wenn die Dawes nicht in der Stadt wohnen, kann er auch nicht ihre Post manipulieren.«

Ich stützte mich auf den Ellbogen. »Pearse geht normalerweise so vor, dass er sich dem Opfer über einen Psychiater oder einen Postbezirk nähert. Gut. Das sind aber nur die ihm unmittelbar zugänglichen Möglichkeiten, die ihm keine Schwierigkeiten bereiten. Denk dran, sein Vater war ein professioneller Psychotyp. Und Pearse selbst war bei den Special Forces.«

»Und?«

»Deshalb glaube ich, dass er auf alles vorbereitet ist. Mehr noch, ich glaube, dass er keine Schwierigkeiten hat zu improvisieren. Er geht immer und ausnahmslos von persönlichen Informationen aus. Die sind die Grundlage von allem, was er ist und was er tut. Er wusste, welche Leute er bestechen musste, um Informationen über uns zu bekommen. Er fand heraus, dass Bubba mir wichtig ist, und setzte das gegen mich ein. Er fand heraus, dass du wegen deines Großvaters unantastbar bist, und als er über Bubba nicht an mich rankam, wählte er Vanessa. Er hat seine Grenzen, aber er ist unglaublich gerissen.«

»Stimmt. Und was er über die Dawes weiß, hat er von Wesley.«

»Richtig, aber das ist ja alles veraltet. Selbst wenn Wesley noch da ist und Pearse ständig Kohle rüberschiebt, wer weiß, seine Informationen sind zehn Jahre alt.«

»Stimmt.«

»Pearse bräuchte jemanden, der die Dawes jetzt im Moment gut kennt. Einen engen Mitarbeiter des Doktors. Die beste Freundin der Frau. Oder eine ...«

Ich sah zu ihr hinunter und Angie stützte sich auf beide Ellbogen. Zusammen ergänzten wir:

»Haushaltshilfe.«

Um sechs Uhr abends lief Siobhan Mulrooney mit schnellen Schritten auf den Parkplatz des Bahnhofs in Weston, eine Reisetasche über der Schulter, den Kopf gesenkt. Als sie an Angies Honda vorbeiging, sah sie mich auf der Motorhaube sitzen und legte einen Schritt zu.

»Hey, Siobhan.« Ich rieb mir mit dem Daumen übers Kinn. »Was halten Sie von meinem neuen Look?«

Sie blickte sich über die Schulter nach mir um und blieb stehen. »Hab sie nicht erkannt, Mr Kenzie.« Sie wies auf die hellrosa Narben am Kiefer. »Sie haben Narben.«

»Stimmt.« Ich rutschte von der Motorhaube. »Das war so 'n Typ vor ein paar Jahren.«

»Und weshalb?« Als ich mich näherte, zuckten ihre Schultern ein wenig, als ob ihre linke und ihre rechte Hälfte in unterschiedliche Richtungen laufen wollten.

»Ich hatte herausbekommen, dass er ein anderer war, als er zu sein vorgab. Da wurde er sauer.«

»Wollte er Sie töten, ja?«

»Ja. Sie auch.« Ich wies auf Angie, die hinter Siobhan am Treppenabsatz stand, der zum Bahnhof hochführte.

Siobhan drehte sich kurz um. »Ganz schön gemeiner Mann, würde ich sagen.«

»Woher kommen Sie, Siobhan?«

»Aus Irland, natürlich.«

»Nordirland, oder?«

Sie nickte.

»Heimat der Sorgen«, sagte ich und sprach das letzte Wort mit irischem Akzent aus.

Sie ließ den Kopf sinken, als ich neben ihr stand. »Darüber macht man sich nicht lustig, Mr Kenzie.«

»Ihrer Familie wurde übel mitgespielt, stimmt's?«

Sie sah zu mir auf. Ihre kleinen Augen waren noch kleiner als sonst und dunkel vor Wut. »Ja, stimmt. Über mehrere Generationen.«

Ich grinste. »Meiner auch. Mein Ururgroßvater väterlicherseits, glaube ich, wurde 1798 in Donegal hingerichtet, als die Franzosen uns im Stich ließen. Und mein Großvater mütterlicherseits, der Dad von meiner Ma«, ergänzte ich augenzwinkernd, »wurde in seiner Scheune gefunden – Kniescheiben zertrümmert, Hals durchgeschnitten und Zunge abgeschnitten.«

»Dann war er wohl ein Verräter, was?« Siobhans kleines Gesicht sah aus wie eine geballte Faust.

»Ein Spitzel«, sagte ich, »ja. Entweder das oder es waren die Oranier und sie wollten den Verdacht auf die anderen lenken. Sie wissen ja, wie das ist in so einem Krieg: Manchmal sterben Menschen und den Grund dafür erfährt man erst im nächsten Leben. Dann wieder sterben Menschen ohne irgendeinen Grund, nur weil's Zeit war. Je größer das Chaos, desto leichter kommt man davon. Hab gehört, dass seit der Waffenruhe alle durchdrehen. Laufen alle rum und schlagen sich aus Rache die Köpfe ein. Wussten Sie, dass in den ersten zwei Jahren nach dem Ende der Apartheid mehr Menschen in Südafrika umgebracht wurden als während des Regimes, Siobhan? Das Gleiche mit den Kommunisten in Jugoslawien. Ich meine, Faschismus ist scheiße, aber wenigstens parieren die Leute. Sobald er vorbei ist, bricht alles raus, was die Leute in sich reingefressen haben. Erzähl mir nichts! Da werden Menschen wegen Sachen kaltgemacht, an die sie sich gar nicht mehr erinnern können.«

»Wollen Sie mir was sagen, Mr Kenzie?«

Ich schüttelte den Kopf. »Krieg einfach den Mund nicht zu, Siobhan. Nun, sagen Sie mal, wieso sind Sie eigentlich weg aus der alten Heimat?«

Sie legte den Kopf schräg. »Wie finden Sie es, arm zu sein, Mr Kenzie? Wie finden Sie es, wenn mehr als die Hälfte Ihres Lohns an den Staat geht? Was halten Sie von schlechtem Wetter und ständiger Kälte?«

»Nicht besonders toll.« Ich zuckte mit den Schultern. »Ich mein bloß, oft hauen die Leute ab von Nordirland und können gar nicht mehr zurück, weil da zu viele auf sie warten, die ihnen was wollen, wenn sie von Bord gehen. Haben Sie ...?«

»Ob da einer auf mich wartet, der mir was will?«

»Ja.«

»Nein«, sagte sie, den Blick auf den Boden gerichtet und schüttelte den Kopf, als ob es dadurch wahrer würde. »Nein. Auf mich nicht.«

»Siobhan, könnten Sie mir sagen, wann Pearse gegen die Dawes losschlagen will? Und vielleicht auch, was er gegen sie im Schilde führt?«

Sie wich langsam zurück, ein seltsames Lächeln spielte um ihr Mausgesicht. »Äh, nein, Mr Kenzie. Schönen Tag noch, ja?«

»Sie haben nicht gefragt, ›Wer ist Pearse?‹«, bemerkte ich.

»Wer ist Pearse?«, fragte sie. »Jetzt zufrieden?« Sie wandte sich ab und ging auf die Treppen zu. Die Reisetasche hüpfte auf ihrer Schulter.

Angie trat zur Seite, als Siobhan die dunkle Treppe hochstieg.

Ich wartete, bis sie den Absatz auf der Mitte erreicht hatte.

»Wie sieht's mit Ihrer Green Card aus, Siobhan?«

Sie blieb stehen, den Rücken uns zugewandt.

»Wie haben Sie's eigentlich geschafft, Ihre Arbeitserlaubnis zu verlängern? Ich hab nämlich gehört, dass die Einwanderungsbehörde die Iren jetzt richtig auf dem Kieker hat. Besonders in dieser Stadt. Ist schon irgendwie blöd, denn wer soll die ganzen Häuser streichen, wenn ihr alle zurückgeschickt werdet?«

Sie räusperte sich, hatte sich noch immer nicht umgedreht. »Das würdet ihr nicht tun.«

»O doch«, erwiderte Angie.

»Das könnt ihr nicht.«

»O doch«, meinte ich. »Sie müssen uns helfen, Siobhan.«

Sie machte eine halbe Drehung und sah mich an. »Oder was?«

»Oder ich rufe einen Freund bei der Einwanderungsbehörde an, dann können Sie Labour Day im verfickten Belfast feiern, Siobhan.«

Kapitel 31

»Er hat über alle Akten angelegt«, erklärte Siobhan. »Eine über mich, eine über Sie, Mr Kenzie, und über Sie auch, Miss Gennaro.«

»Was steht in diesen Akten?«, wollte Angie wissen.

»Ihr Tagesablauf. Ihre Schwächen. Ach, alles Mögliche.« Sie wedelte mit der Hand den Qualm der Zigarette fort. »Alle biografischen Informationen, an die er kommen kann.« Sie wies mit der Zigarette auf Angie. »War der happy, als er die Sache mit Ihrem Mann rausgefunden hat. Da dachte er, er hätte Sie.«

»Er hätte mich?«

»Er könnte Sie damit kaputtmachen, Miss Gennaro. Ihren Willen brechen. Jeder hat irgendwas, das er nicht ertragen kann, oder? Dann hat er rausgefunden, dass sie ein paar einflussreiche Verwandte haben, stimmt's?«

Angie nickte.

»An dem Tag hätten Sie Scott Pearse nicht unbedingt über den Weg laufen sollen, das können Sie mir glauben.«

»Das tut mir aber Leid«, bemerkte ich. »Darf ich mal was fragen: Warum haben Sie mich angesprochen, als ich das erste Mal bei den Dawes war?«

»Um Sie auf die falsche Fährte zu locken, Mr Kenzie.«

»Sie haben mich auf Cody Falk gehetzt.«

Sie nickte.

»Meinte Pearse, ich würde ihn umbringen und damit wär der Fall erledigt?«

»Klingt doch ganz vernünftig, oder nicht?« Sie blickte in ihre Kaffeetasse.

»Ist Diane Bourne seine einzige Quelle, um an Krankenakten zu kommen?«, fragte ich.

Siobhan schüttelte den Kopf. »Er hat noch einen Mann im Archiv vom McLean Hospital in Belmont. Haben Sie eine Vorstellung, wie viele Patienten pro Jahr durchs McLean geschleust werden, Mr Kenzie?«

McLean war eine der größten psychiatrischen Einrichtungen im Staat Massachusetts. Das Krankenhaus verfügte über offene und geschlossene Abteilungen und behandelte alles – von Tabletten- oder Alkoholabhängigkeit zu chronischem Müdigkeitssyndrom oder paranoider dissoziativer Schizophrenie mit Tendenz zur Gewalttätigkeit. Im McLean gab es über dreihundert Betten und im Jahresdurchschnitt dreitausend Einlieferungen.

Siobhan lehnte sich in der Sitzecke zurück und fuhr sich müde mit der Hand durchs Haar. Wir hatten den Bahnhof in Weston verlassen und waren mitten im Feierabendverkehr gelandet. In Waltham waren wir von der Straße abgefahren und hatten vor dem IHOP auf der Main Street gehalten. Um halb sechs am Abend hockten nur ein paar Stammgäste im IHOP herum, und nachdem wir ein Kännchen normalen und ein Kännchen entcoffeinierten Kaffee bekommen hatten, überließ uns die mürrische Bedienung nur zu gerne uns selbst.

»Wie spannt Pearse Menschen für seine Zwecke ein?«, fragte Angie.

Siobhan lächelte bitter. »Er hat eine große Anziehungskraft, finden Sie nicht?«

Angie zuckte mit den Schultern. »Hab ihn noch nie aus der Nähe gesehen.«

»Dann glauben Sie es mir einfach«, sagte Siobhan. »Dieser Mann blickt einem direkt ins Herz.«

Ich bemühte mich, nicht die Augen zu verdrehen.

»Erst freundet er sich mit dir an«, erklärte Siobhan. »Dann nimmt er dich mit ins Bett. Er studiert deine Schwächen, eben die Sachen, die du nicht aushältst. Dann hat er dich in der Hand. Und dann tust du, was er sagt, oder er macht dich fertig.«

»Und warum Karen?«, wollte ich wissen. »Ich meine, ich weiß, dass er den Dawes eine Lektion erteilen wollte, aber das kommt mir doch selbst für Pearse ziemlich brutal vor.«

Siobhan hob die Kaffeetasse, trank aber nicht daraus. »Haben Sie's noch nicht verstanden?«

Wir schüttelten den Kopf.

»Langsam verlier ich aber den Respekt vor euch, also wirklich.«

»Au, das tut weh«, meinte ich.

»Zugang, Mr Kenzie. Hier geht's darum, sich Zugang zu verschaffen.«

»Das wissen wir, Siobhan. Was meinen Sie, wie wir auf Sie gekommen sind?«

Sie schüttelte den Kopf. »Ich bin keine große Hilfe – mal schnappe ich hier was auf, mal sehe ich da einen Kontoauszug. Das ist Scott zu wenig.«

»Also«, sagte Angie und zündete sich eine Zigarette an, »Scott will also die Hälfte vom Vermögen der Dawes ...« Etwas in Siobhans Gesicht ließ sie mitten im Satz innehalten. »Nein. Das würde ihm nicht genügen, Siobhan, oder? Er will alles.«

Siobhans Nicken war kaum zu sehen.

»Karen hat er erledigt, weil sie die Erbin war.«

Noch ein unmerkliches Nicken.

Angie zog an der Zigarette und dachte nach. »Aber, Moment mal: So weit kommt er doch nicht, wenn er Wesley Dawe spielt. Selbst wenn die Dawes nicht unter verdächtigen Umständen sterben – sie hinterlassen ihr Vermögen doch nicht einem Sohn, den sie seit zehn Jahren nicht gesehen haben. Und selbst wenn, selbst wenn sie das täten, kann Pearse doch nicht bis in alle Ewigkeit Wesley spielen. Bei den Nachlassverwaltern kommt er damit nicht durch.«

Siobhan beobachtete Angie genau.

»Und«, fuhr Angie ganz langsam fort, »wenn er Christopher Dawe erledigt, hat er immer noch nichts gewonnen.«

Siobhan zündete sich mit Angies Streichhölzern eine Zigarette an.

»Es sei denn«, sagte Angie, »er kommt an ... Carrie Dawe heran. Genau«, ereiferte sie sich. »Stimmt's? Carrie und er machen gemeinsame Sache!«

Siobhan aschte in den Aschenbecher. »Nein. Sie waren so nah dran, Miss Gennaro.«

»Dann ...?«

»Sie kennt ihn als Timothy McGoldrick«, erklärte Siobhan. »Sie hat seit achtzehn Monaten eine Beziehung mit ihm. Sie hat nicht die geringste Ahnung, dass er der Mann ist, der Karen in den Tod getrieben hat und nun ihren Mann fertig machen will.«

»Scheiße«, bemerkte ich. »Wir hatten ein Bild von ihm dabei und sie war nicht zu Hause.«

Angie stemmte die Fersen in den Boden. »Wir hätten damit zu ihrem bescheuerten Countryclub gehen sollen.«

Siobhans kleine Augen wurden ganz groß. »Ihr habt ein Bild von ihm?«

Ich nickte. »Mehrere.«

»Oh, das würde ihm aber nicht gefallen. Das würde ihm ganz und gar nicht gefallen.«

Ich schüttelte mich und hob die Hand. »Ooh, jetzt hab ich aber Angst.«

Sie runzelte die Stirn. »Sie können sich das nicht vorstellen, wenn er wütend wird, Mr Kenzie.«

Ich beugte mich vor. »Ich will Ihnen mal was sagen, Siobhan. Ob er wütend wird oder nicht, interessiert mich einen Scheißdreck. Mir ist scheißegal, wie groß seine Anziehungskraft ist. Und ob er Ihnen ins Herz glotzen kann oder mir und ob er Gottes Geheimnummer eingespeichert hat, geht mir voll am Arsch vorbei. Ob er durchgedreht ist? Ja. Er war bei den Special Forces und beherrscht Kicksprünge, mit denen er einem den Kopf vom Hals treten kann? Schön für ihn. Er hat eine Frau vernichtet, die vom Leben nie mehr erwartet hat, als glücklich zu sein und einen dämlichen Camry fahren zu können. Er hat einen Mann nur so zum Spaß zu einem lebenden Toten gemacht. Einem anderen hat er Hände und Zunge abgeschnitten. Und er hat einen Hund vergiftet, den ich zufällig mochte. Und zwar sehr mochte. Wollen Sie mal jemand kennen lernen, der wütend ist?«

Siobhan hatte Schultern und Kopf so tief wie möglich in das rote Kunstleder hinter sich gedrückt. Nervös sah sie zu Angie herüber.

Angie grinste. »Es dauert 'ne Weile, aber wenn er sich einmal so richtig aufregt ...« Sie schüttelte den Kopf. »Dann pack die Kinder und raus aus der Stadt, denn dann fliegt die Main Street in die Luft.«

Siobhan blickte wieder zu mir. »Er ist schlauer als Sie«, flüsterte sie.

Ich schüttelte den Kopf. »Er hatte seine Akten. Jetzt kenne ich ihn auch. Jetzt bin ich in sein Leben getreten. Und ich bleibe – bis zum bitteren Ende.«

Sie schüttelte den Kopf. »Sie haben ja keine Vorstellung, was Sie ...« Sie senkte den Blick und schüttelte weiter den Kopf.

»Keine Vorstellung von was?«, hakte Angie nach.

Siobhan hob den Kopf. »Was Sie wirklich vor sich haben, worauf Sie da in Wirklichkeit getreten sind.«

»Dann erzählen Sie's uns.«

»O nein, danke.« Sie packte die Zigaretten in die Tasche. »Ich hab euch schon alles gesagt. Ich hoffe, ihr macht euren Freund beim Amt nicht auf mich aufmerksam. Und ich wünsche euch beiden das Beste, obwohl es wahrscheinlich nicht viel helfen wird.«

Sie erhob sich und warf sich die Tasche über die Schulter.

»Warum musste Pearse so gnadenlos mit Karen sein?«, fragte ich.

Sie sah zu mir herunter. »Hab ich doch gerade gesagt. Sie war die einzige Erbin.«

»Das hab ich verstanden. Aber er hätte sie doch einfach verunglücken lassen können. Warum wollte er sie Stück für Stück vernichten?«

»Das ist eben seine Methode.«

»Das ist keine Methode«, widersprach ich. »Das ist Grausamkeit. Warum hat er sie so gehasst?«

Sie streckte die Arme aus, offensichtlich verärgert. »Hat er nicht. Er hat sie ja erst kennen gelernt, als Miles sie ihm drei Monate vor ihrem Tod vorgestellt hat.«

»Warum hat er ihr dann das alles angetan?«

Sie schlug sich mit den Händen auf die Oberschenkel. »Hab ich doch gesagt: So macht er's halt.«

»Das reicht nicht.«

»Mehr weiß ich nicht.«

»Sie lügen«, sagte ich. »Vieles von dem, was Sie erzählen, passt nicht zusammen, Siobhan.«

Sie verdrehte die Augen und seufzte genervt. »Tja, so ist das bei uns Kriminellen, Mr Kenzie, oder? Wir sind gerne mal ein bisschen unzuverlässig.«

Sie ging auf die Tür zu.

»Wo wollen Sie hin?«, fragte ich.

»Zu einer Freundin nach Canton. Ich bleib 'ne Weile bei ihr.«

»Woher sollen wir wissen, dass Sie nicht direkt zu Pearse gehen?«

Sie grinste schief. »Wenn ich nicht mit dem Zug in Boston ankomme, wissen sie, dass ihr mich habt. Jetzt bin ich das schwache Glied, nicht? Und Pearse mag keine schwachen Glieder.« Sie bückte sich nach der Reisetasche und hob sie auf. »Keine Sorge. Meine Freundin in Kanton kennt keiner, nur ihr beiden. Ich hab mindestens eine Woche, bis einer anfängt, nach mir zu suchen. Bis dahin habt ihr euch wahrscheinlich gegenseitig umgebracht.« Ihre Augen funkelten. »Schönen Tag noch, ihr beiden.«

Sie ging zur Tür, und Angie sagte: »Siobhan.«

»Ja?« Sie langte nach dem Türgriff.

»Wo ist der richtige Wesley?«, fragte Angie.

»Weiß ich nicht.« Sie sah uns nicht an.

»Schätzen Sie mal.«

»Tot«, antwortete sie, wich aber weiterhin unseren Blicken aus.

»Warum?«

Sie zuckte mit den Achseln. »Ist nicht mehr nützlich, oder? Früher oder später ist das bei jedem so, was Scott angeht.«

Sie öffnete die Tür und ging hinaus. Ohne sich umzusehen, lief sie auf die Bushaltestelle auf der Main Street zu. Sie schüttelte in einem fort den Kopf, als müsste sie über die Launen des Schicksals, die sie hierher geführt hatten, gleichzeitig lachen und weinen.

»Sie hat ›sie‹ gesagt«, bemerkte Angie. »Hast du das gehört? ›Sie wissen, dass ihr mich habt.‹«

»Hab ich gemerkt«, erwiderte ich.

Carrie Dawes Gesicht fiel in sich zusammen, als hätte man ihr einen Schlag mit der Axt versetzt.

Sie weinte nicht. Sie heulte nicht, kreischte nicht, bewegte sich kaum, sondern betrachtete einfach nur das Foto von Pearse, das wir vor ihr auf den Couchtisch gelegt hatten. Ihr Blick verlor sich und sie atmete flach.

Christopher Dawe war noch im Krankenhaus, das große leere Haus ließ einen frösteln.

»Sie kennen ihn unter dem Namen Timothy McGoldrick«, sagte Angie. »Stimmt das?«

Carrie Dawe nickte.

»Was macht er beruflich?«

»Er ist ...« Sie schluckte, riss den Blick vom Bild los und krümmte sich auf der Couch zusammen. »Er sagte, er sei Pilot bei der TWA. Mensch, wir haben uns doch auf dem Flughafen kennen gelernt. Er hat mir seine Ausweise gezeigt, sogar ein oder zwei Dienstpläne. Er kam aus der Gegend von Chicago. Das passte alles. Er hatte sogar den typischen leichten Akzent.«

»Jetzt würden Sie ihn am liebsten umbringen«, sagte ich.

Sie sah mich mit großen Augen an und ließ das Kinn sinken.

»Na, sicher«, beantwortete ich meine eigene Frage. »Haben Sie eine Waffe im Haus?«

Sie hob das Kinn nicht.

»Haben Sie eine Waffe im Haus?«, wiederholte ich.

»Nein«, antwortete sie leise.

»Aber Sie können an eine kommen«, versuchte ich es.

Sie nickte. »Wir haben ein Haus in New Hampshire. Zum Skifahren. Da sind zwei.«

»Was für welche?«

»Wie bitte?«

»Was für Waffen, Mrs Dawe?«

»Eine Pistole und ein Gewehr. Im Spätherbst geht Christopher manchmal auf die Jagd.«

Angie legte ihre Hand auf die von Carrie Dawe. »Wenn Sie ihn umbringen, hat er gewonnen.«

Carrie Dawe lachte. »Wie denn das?«

»Dann sind Sie am Ende. Ihr Mann auch. Und der Großteil des Vermögens wird für Ihren Rechtsanwalt draufgehen, nehm ich mal an.«

Sie lachte wieder, aber diesmal schossen ihr Tränen über die Wangen. »Ja, und?«

»Und«, fuhr Angie leise fort, den Druck auf Carries Hand verstärkend, »genau das hat er sich seit Jahren vorgenommen. Lassen Sie ihn nicht ans Ziel kommen. Mrs Dawe, sehen Sie mich an. Bitte!«

Carrie drehte den Kopf und schluckte ein paar Tränen herunter, die ihr zu beiden Seiten in die Mundwinkel liefen.

»Ich habe meinen Mann verloren«, sagte Angie. »So wie Sie Ihren ersten. Gewaltsam. Sie hatten eine zweite Chance, und ja, die haben Sie versaut.«

Carrie Dawes Lachen klang erschrocken.

»Aber sie ist noch nicht vorbei«, fuhr Angie fort. »Sie können es immer noch geradebiegen. Machen Sie Ihre zweite Chance zu Ihrer dritten. Lassen Sie ihn nicht gewinnen!«

Gut zwei Minuten lang sagte niemand etwas. Ich beobachtete, wie die beiden Frauen sich die Hände hielten und in die Augen sahen. Ich hörte die Uhr auf dem Sims über dem dunklen Kamin ticken.

»Tun Sie ihm weh?«, fragte Carrie Dawe.

»Ja«, erwiderte Angie.

»So richtig weh?«, fragte sie.

»Wir machen ihn fertig«, antwortete Angie.

Sie nickte. Dann beugte sie sich vor und legte ihre andere Hand wieder auf Angies.

»Wie kann ich Ihnen helfen?«, fragte sie.

Als wir zur Sleeper Street hinüberfuhren, um Nelson Ferrare auf dem Dach abzulösen, meinte ich: »Wir haben jetzt eine Woche an seinem Arsch gehangen. Wo kann man ihn packen?«

»Mit Frauen«, entgegnete Angie. »Sein Hass auf Frauen kommt mir völlig krankhaft vor ...«

»Nein«, unterbrach ich sie. »So tief wollte ich gar nicht gucken. Wo können wir ihn jetzt sofort packen? Wo ist seine Achillesferse?«

»Dass Carrie Dawe weiß, dass er und Timothy McGoldrick ein- und dieselbe Person sind.«

Ich nickte. »Erste Schwäche.«

»Was noch?«, fragte sie.

»Er hat vor den meisten Fenstern keine Gardinen.«

»Ja, gut.«

»Du hast ihn tagsüber beobachtet. Ist dir was aufgefallen?«

Sie dachte nach. »Eigentlich nicht. Doch, warte.«

»Was?«

»Er lässt den Motor laufen.«

»Wenn er zum Briefkasten geht?«

Sie nickte und grinste. »Und er lässt den Schlüssel stecken.«

Wir näherten uns dem Ende des Mass Pike. Ich wechselte die Spur zur Ausfahrt Richtung Süden.

»Was hast du vor?«, wollte Angie wissen.

»Erst mal kurz bei Bubba vorbeifahren?«

Sie beugte sich vor und kniff die Augen zusammen, weil der gelbe Lichtstreifen im Tunnel über uns blendete. »Du hast doch was vor, oder?«

»Ja, ich hab einen Plan.«

»Einen guten?«

»Ist noch nicht ganz ausgereift«, meinte ich. »Er muss noch poliert werden. Aber er funktioniert, denke ich.«

»Das machen wir schon«, sagte sie. »Ist er auch so richtig fies?«

Ich grinste. »Könnte man behaupten.«

»Das ist noch besser«, sagte sie.

Bubba öffnete uns die Tür mit einem Handtuch um die Hüften. Er sah alles andere als erfreut aus.

Bubbas Oberkörper ist, von der Hüfte bis zum Adamsapfel, ein großer Brocken dunkel- und hellrosa Narbengewebes in der Form von Hummerschwänzen. Kleinere rote Wülste von der Größe von Kinderfingern kriechen wie Nacktschnecken durch das rosafarbene Gewebe. Die Hummerschwänze sind Verbrennungen; was wie Nacktschnecken aussieht, sind Wunden von Granatsplittern. Bubbas vernarbte Brust stammt aus Beirut, wo er mit den Marines stationiert war. Eines Tages fuhr ein Selbstmordattentäter durch das Haupttor, doch die Militärpolizei vor Ort konnte ihn nicht erschießen, weil sie Platzpatronen in den Gewehren hatte. Acht Monate hatte Bubba in einem libanesischen Krankenhaus gelegen, dann bekam er eine Medaille und wurde entlassen. Er verkaufte die Medaille und verschwand noch einmal achtzehn Monate. Erst Ende 1985 tauchte er wieder in Boston auf, da hatte er Kontakte zu Waffenhändlern, die aufzubauen viele Männer vor ihm mit dem Leben bezahlt hatten. Bei seiner Rückkehr besaß er dreierlei: einen Oberkörper, der aussah, als habe ein Kartograf den Ural gemalt, eine Abneigung, über die Nacht des Attentats zu sprechen, und eine Furchtlosigkeit, die die Menschen in seiner Umgebung noch mehr beunruhigte als vor seiner Stationierung in Beirut.

»Was?«, sagte er.

»Schön, dich zu sehen. Lass uns rein!«

»Warum?«

»Wir brauchen was.«

»Was denn?«

»Was Illegales.«

»Am Arsch!«

»Bubba«, sagte Angie, »wir haben doch schon längst geschnallt, dass du es mit Ms Moore treibst, also komm! Lass uns rein!«

Bubba runzelte die Stirn und schob die Unterlippe vor. Er trat zur Seite und wir gingen hinein und sahen Vanessa Moore, nur bekleidet mit einem von Bubbas Hockeytrikots, mitten im Zimmer auf der roten Couch liegen. Auf ihrem Waschbrettbauch thronte ein Sektglas und auf Bubbas Fernseher lief *9½ Wochen*. Als wir reinkamen, drückte sie auf die Fernbedienung und Mickey Rourke und Kim Basinger erstarrten mitten im Bumsen in einer kleinen Gasse, die Körper durchweicht vom Regen.

»Hey«, grüßte sie.

»Hey. Lass dich nicht stören.«

Sie schaufelte ein paar Erdnüsse aus einer Schale auf dem Couchtisch und warf sie sich in den Mund. »Keine Sorge!«

»Nessie«, sagte Bubba. »Wir müssen mal kurz was Geschäftliches erledigen.«

Angie sah mich an und formte lautlos das Wort: »Nessie?«

»Was Illegales?«

Bubba sah sich über die Schulter nach mir um. Ich nickte nachdrücklich.

»Ja«, bestätigte er.

»Okey-dokey.« Sie wollte aufstehen.

»Nein, nein«, sagte Bubba. »Bleib hier. Wir gehen. Wir müssen eh nach oben.«

»Hmm. Umso besser.« Sie ließ sich wieder auf die Couch fallen und drückte auf die Fernbedienung. Sofort schnauften und keuchten Mickey und Kim wieder zu schlechtem Kuschelrock aus den Achtzigern.

»Den Film hab ich noch nie gesehen«, sagte Angie, als wir hinter Bubba die Treppe in den zweiten Stock hochstiegen.

»In dem ist Mickey nicht ganz so schmierig«, erklärte ich.

»Und Kim in den weißen Socken«, bemerkte Bubba.

»Und Kim in den weißen Socken!«, schwärmte ich.

»Doppeltes Lob von den perversen Zwillingen«, sagte Angie. »Das will was heißen.«

»Hör mal«, sagte Bubba zu mir, als er das Licht im zweiten Stock anknipste und Angie in den Kisten nach einer passenden Waffe suchte, »hast du ein Problem damit, dass ich – wie soll ich sagen – Vanessa knalle?«

Ich versteckte ein Grinsen hinter meiner Hand und sah auf eine offene Kiste mit Granaten herab. »Ach, Quatsch, Mann. Gar kein Problem.«

»Na ja, weil ich halt – wie heißt das noch mal – eine feste …«

»Feste Freundin?«

»Genau. Hab schon lange keine mehr gehabt.«

»Seit der High School«, ergänzte ich. »Stacie Hamner, oder?«

Er schüttelte den Kopf. »1984 in Tschetschenien war noch mal eine.«

»Wusste ich gar nicht.«

Er zuckte mit den Achseln. »Hab ja auch nichts erzählt.«

»Ja, klar, stimmt.«

Er legte mir die Hand auf die Schulter und beugte sich vor. »Alles klar, also?«

»Ja, sicher! Was ist mit Vanessa? Bei ihr auch alles klar?«

Er nickte. »Sie hat zuerst gesagt, dir wär's egal.«

»Ja?«

»Ja. Sie meinte, ihr hättet nie viel füreinander übrig gehabt. Wär bloß Training gewesen.«

»Aha«, sagte ich und wir gingen zu Angie hinüber. »Training.«

Angie nahm ein Gewehr aus einer Holzkiste und stützte den Schaft auf der Hüfte ab. Der Lauf überragte sie. Es sah so schwer und mächtig aus, dass man kaum glauben konnte, dass sie es halten konnte, ohne umzukippen.

»Hat das Schätzchen auch 'n Zielfernrohr?«

»Klar, hab ich«, erwiderte Bubba. »Was ist mit Kugeln?«

»Je größer, desto besser.«

Bubba drehte sich um und sah mich an, ohne eine Miene zu verziehen. »Komisch. Sagt Vanessa auch immer.«

Auf dem Dach gegenüber von Scott Pearse' Wohnung warteten wir auf den Anruf. Fasziniert von dem Gewehr, wartete Nelson mit uns.

Um Punkt zehn Uhr klingelte Scott Pearse' Telefon. Wir konnten sehen, wie er das Esszimmer durchquerte und den Hörer eines schwarzen Telefons abhob, das an einer verklinkerten Säule mitten im Zimmer hing. Er lächelte, als er die Stimme am anderen Ende hörte, lehnte sich genüsslich gegen die Säule und klemmte den Hörer zwischen Kopf und Schulter.

Das Grinsen verging ihm langsam, das Gesicht verzog sich zu einer Grimasse. Er streckte die Hände aus, als könne ihn der Anrufer sehen, und sprach sehr hastig, krümmte den Oberkörper.

Dann musste Carrie Dawe aufgelegt haben, denn Scott Pearse hielt den Hörer von sich und starrte ihn einen Augenblick lang an. Dann schrie er und schlug ihn immer wieder gegen die Säule, bis er nur noch ein paar schwarze Plastiktrümmer und eine baumelnde Sprechmuschel in der Hand hatte.

»Oje«, sagte Angie, »hoffentlich hat er noch eins.«

Ich holte das Handy aus der Tasche, das ich von Bubba bekommen hatte. »Was wollen wir wetten, dass er das auch zerschlägt, wenn ich fertig bin?«

Ich wählte Scott Pearse' Nummer.

Bevor ich auf »Wählen« drückte, sagte Nelson: »Hey, Ange«, und zeigte auf das Gewehr. »Soll ich das übernehmen?«

»Warum?«

»Weil, der scheiß Rückstoß haut dir die Schulter weg, deshalb.« Er zeigte mit dem Daumen auf mich. »Warum macht er das nicht?«

»Er trifft nie.«

»Da ist doch 'n Fernrohr dran.«

»Das nützt nichts«, sagte sie.

Nelson streckte die Hände aus. »Wär mir ein Vergnügen.«

Angie begutachtete den Schaft, dann ihre Schulter. Schließlich nickte sie. Sie reichte Nelson das Gewehr und erklärte ihm, was wir tun wollten.

Nelson zuckte mit den Achseln. »Okay. Aber warum legt ihr ihn nicht einfach um?«

»Weil wir a) keine Killer sind«, antwortete Angie.

»Und b)?«, fragte Nelson.

»Ihn umlegen ist zu nett«, erklärte ich.

Ich drückte auf »Wählen« und am anderen Ende klingelte Scott Pearse' Telefon.

Er stand mit dem Kopf gegen die Säule gelehnt und hob ihn nun langsam, als wüsste er nicht, was das für ein Geräusch sei. Dann ging er zur Theke, die Esszimmer und Küche verband, und nahm ein Funktelefon in die Hand.

»Hallo.«

»Scottie«, meldete ich mich. »Was ist los?«

»Hab mich schon gefragt, wie lange du noch warten willst, Pat.«

»Nicht überrascht?«

»Dass du herausgefunden hast, wer ich bin? Das hab ich erwartet, Pat. Kannst du mich sehen?«

»Vielleicht.«

Er kicherte. »Ich hatte so ein Gefühl. Konnte es nicht genau benennen – klar, ich meine, du bist nicht schlecht –, aber in der letzten Woche hatte ich das Gefühl, ich werd beobachtet.«

»Du hast einen guten Instinkt, Scott. Tja, was soll ich sagen?«

»Du weißt nicht mal die Hälfte.«

»War das auch dein Instinkt, als du in Panama fünf Frauen mit dem Bajonett erstochen hast?«

Er ging mit gesenktem Kopf ins Wohnzimmer, kratzte sich mit dem Zeigefinger am Hals. Ein gequältes Lächeln verzog seinen Mund.

»Hm.« Er atmete laut in den Hörer. »Du hast ja richtig fleißig Hausaufgaben gemacht, Pat. Sehr brav.«

Er grinste nicht mehr und kratzte sich etwas hektischer.

»Und, Pat, was hast du jetzt vor, Kumpel?«

»Ich bin nicht dein Kumpel«, sagte ich.

»Ups. Mein Fehler. Was hast du vor, Arschloch?«

Ich lachte. »Steigt die Spannung, Scott?«

Er legte sich die Hand auf die Stirn und schob dann das Haar zurück. Er sah auf seine dunklen Fenster. Mit dem Fuß spielte er mit einem schwarzen Plastikteilchen.

»Ich kann warten«, sagte er. »Irgendwann wird's dir langweilig, mich beim Nichtstun zu beobachten.«

»Hat meine Kollegin auch gesagt.«

»Sie hat Recht.«

»Da bin ich aber etwas anderer Meinung, Scottie.«

»Ach ja?«

»Klar. Wie viel Zeit hast du noch, jetzt da Carrie Dawe

weiß, wer der Pilot Tim McGoldrick ist, da sie weiß, dass du der Mann bist, der das Leben ihrer Tochter vernichtet hat?«

Scott sagte nichts. Ein seltsames, tiefes Zischen erklang auf seiner Seite, wie ein Teekessel kurz vorm Pfeifen.

»Kannst du mir das sagen, Scottie?«, fragte ich. »Wüsste ich mal gerne.«

Abrupt wandte sich Scott Pearse von der Säule ab und ging mit steifen Schritten über den glänzenden Boden. Vor den langen Fenstern betrachtete er sein Spiegelbild, hob die Augenbrauen und sah zu uns auf dem Dach auf, das von ihm aus kaum zu erkennen sein durfte.

»Deine Schwester lebt in Seattle, Arschloch. Sie und ihr Mann und ihre ...«

»Ja, Scott, ihre Kinder. Die sind gerade in Urlaub gefahren«, sagte ich. »Kleines Geschenk von mir. Hab ihnen letzten Montag die Fahrkarten geschickt, du Wichser. Heute Morgen sind sie losgefahren.«

»Die kommen irgendwann zurück.« Jetzt blickte er direkt zum Dach hoch. Ich konnte sehen, wie sich die Sehnen an seinem Hals spannten.

»Aber bis dahin ist das hier vorbei, Scottie.«

»So einfach bin ich nicht abzuschütteln, Pat.«

»Aber sicher, Scottie. Ein Mann, der ein halbes Dutzend Frauen absticht, der ist nicht ganz dicht. Also, Scott, mach dich fertig, bald drehst du wieder durch!«

Trotzig starrte Scott Pearse auf die Fensterscheibe. »Hör zu ...«, sagte er, aber ich legte auf.

Er blickte auf das Telefon in seiner Hand, wahrscheinlich außer sich, dass es an einem Abend zwei Menschen gewagt hatten, mitten im Gespräch mit ihm aufzulegen.

Ich nickte Nelson zu.

Scott Pearse nahm das Telefon in beide Hände und hob es

über den Kopf. In dem Moment feuerte Nelson vier Schüsse in das Fenster neben ihm.

Pearse fiel nach hinten auf den Boden, das Telefon rutschte ihm aus der Hand.

Nelson legte neu an und gab noch drei Schüsse ab. Das Fenster vor Scott Pearse stürzte wie ein Wasserfall zusammen.

Pearse rollte nach links und kauerte sich auf den Boden.

»Bloß ihn nicht treffen«, sagte ich zu Nelson.

Nelson nickte und feuerte ein paar Kugeln in den Boden neben Scott Pearse' Füßen, während dieser über den Holzboden hastete. Er sprang los wie eine Katze und hechtete über die Theke in die Küche.

Nelson sah mich an.

Angie blickte von Bubbas Frequenzabhörgerät auf, als die Alarmanlage im Apartment die ruhige Sommernacht durchbrach. »Wir haben noch ungefähr zweieinhalb Minuten.«

Ich schlug Nelson auf die Schulter. »Wie viel Schaden kannst du in einer Minute anrichten?«

Nelson grinste. »Da schieß ich dir alles zusammen, Junge.«

»Leg los!«

Zuerst nahm sich Nelson den Rest der Fenster vor, dann machte er sich an die Lampen. Als er mit der Lampe aus Tiffanyglas über der Bar fertig war, sah sie aus wie eine explodierte Packung Fruchtbonbons. Die Halogenlampen in Küche und Wohnzimmer zersplitterten zu Scherben aus weißem Plastik und mattem Glas. Die Videokameras gingen in blinkenden blauen und roten Wolken hoch. Aus dem Boden machte Nelson Feuerholz, Couch und Ledersessel wurden zu weißen Stoffhaufen und in den Kühlschrank feuerte er so viele Löcher, dass die Milch wahrscheinlich schon sauer sein würde, bevor die Polizei die Anzeige aufgenommen hatte.

»Noch eine Minute«, schrie Angie. »Los!«

Nelson sah sich über die Schulter nach der glitzernden Masse von Kupferhülsen um. »Wer hat die Knarre geladen?«

»Bubba.«

Er nickte. »Dann sind sie sauber.«

Wir hetzten über das Dach und die Feuertreppe hinunter. Nelson warf mir das Gewehr zu und sprang in seinen Camaro. Ohne ein Wort zu verlieren, raste er aus der Seitenstraße.

Wir stiegen in den Jeep und in der Ferne hörte ich die Sirenen die Congress Street herunterkommen.

Ich verließ die Gasse und bog nach rechts auf die Congress ab, überquerte den Hafen und fuhr ins Zentrum. An der gelben Ampel zur Atlantic Avenue bog ich rechts ab, ordnete mich vorsichtig links ein und drehte dann auf der Straße, fuhr also Richtung Süden. Als ich die Schnellstraße erreichte, schlug mein Herz wieder normal.

Auf der Auffahrt zur Schnellstraße nahm ich das Handy, das ich von Bubba hatte, und drückte auf Wahlwiederholung.

»Was?« Scott Pearse' Stimme klang rau. Im Hintergrund konnte ich die Martinshörner hören, die verstummten, als sie das Gebäude erreichten.

»Also, Scott. Ich sehe die Sache folgendermaßen. Erstens: Ich telefoniere hier mit einem geklonten Handy. Da kannst du das Signal dreimal orten lassen, kommt nichts bei raus. Zweitens: Zeigst du mich wegen deiner umdekorierten Bude an, zeig ich dich wegen Erpressung der Dawes an. So weit alles klar?«

»Ich bringe dich um.«

»Super. Nur damit du Bescheid weißt, Scott, das war nur der Anfang. Willst du wissen, was wir morgen für dich auf dem Programm haben?«

»Erzähl!«, forderte er mich auf.

»Ach nee«, gab ich zurück. »Wart's einfach ab. Okay?«

»Das kannst du nicht machen. Nicht mit mir! Nicht mit

mir! Seine Stimme übertönte das laute Klopfen an seiner Tür. »So was machst du nicht mit mir, verdammt noch mal!«

»Tu ich aber längst, Scott. Weißt du, wie viel Uhr es ist?«

»Was?«

»Höchste Zeit, dich mal umzudrehen, Scottie. Schönen Abend noch.«

Als ich auflegte, traten die Polizisten gerade seine Tür ein.

Kapitel 32

Als Scott Pearse am nächsten Morgen die Post in einen Briefkasten auf der Ecke Marlboro und Clarendon warf, sprang Bubba in seinen Postwagen und brauste davon.

Pearse bemerkte es erst, als Bubba in die Clarendon abbog, und als er den Postsack fallen gelassen hatte und losgerannt war, befand sich Bubba schon auf der Commonwealth Avenue und gab Gas.

Angie hielt mit dem Honda neben dem Briefkasten, ich warf die Beifahrertür auf, sprang heraus, riss den Leinensack vom Bürgersteig und setzte mich wieder ins Auto.

Pearse stand noch immer, den Rücken uns zugewandt, an der Ecke Clarendon und Commonwealth, als wir weiterfuhren.

»Wenn der Tag vorbei ist, was wird er dann tun, deiner Meinung nach?«, fragte Angie, als wir auf die Berklee Richtung Storrow Drive bogen.

»Irgendwie hoffe ich, dass er die Kontrolle verliert.«

»Das kann bedeuten, dass Blut fließt.«

Ich drehte mich auf dem Sitz um und warf den Postsack nach hinten. »Bei dem steht eins fest: Wenn er Zeit zum Planen hat, fließt mit Sicherheit Blut. Ich möchte ihm die Möglichkeit zum Nachdenken nehmen. Ich will, dass er reagieren muss.«

»Also«, meinte Angie, »ist jetzt sein Auto dran?«

»Äh ...«

»Ich weiß, Patrick, es ist ein Oldtimer. Ich versteh schon.«

»Es ist *der* Oldtimer«, entgegnete ich. »Wahrscheinlich das obergeilste Auto, das je in Amerika gebaut wurde.«

Sie legte mir die Hand auf den Oberschenkel. »Du hast gesagt, wir würden fies sein.«

Ich seufzte und konzentrierte mich auf die Autos auf dem Storrow Drive. Nicht ein einziges von ihnen, nicht einmal die unanständig teuren, konnte dem 68er Shelby das Wasser reichen.

»Na gut«, willigte ich ein. »Werden wir fies.«

Er hatte den Shelby in einem Parkhaus auf der A Street in Southie untergestellt, ungefähr eine Viertelmeile von seiner Wohnung entfernt. Nelson hatte eines Abends beobachtet, wie er ihn ohne einen besonderen Grund rausholte, nur um sich damit auf der Promenade sehen zu lassen, eine Runde um den Hafen zu drehen und ihn dann wieder an seinem Platz abzustellen. Ich kenne einige Männer, die so sind: Sie besuchen ihre Wagen in den Parkhäusern, als wären es Haustiere in einer Pflegepension, haben Mitleid mit der einsamen Kreatur, ziehen den Überwurf herunter und fahren sie ein paarmal um den Block.

Ehrlich gesagt, gehöre auch ich zu diesen Männern. Angie sagte früher immer, das würde sich irgendwann mal legen. In letzter Zeit meinte sie aber, sie hätte die Hoffnung aufgegeben.

Am Automaten zogen wir uns einen Parkschein, fuhren zwei Ebenen hoch und parkten neben dem Shelby, der selbst unter der dicken Plane auf Anhieb zu erkennen war. Angie klopfte mir aufmunternd auf den Rücken und lief dann über die Treppen nach unten ins Erdgeschoss, wo sie den Parkhauswächter mit einem Stadtplan, einem hilflosen Touristenblick und einem schwarzen Netz-T-Shirt ablenken wollte, das nicht ganz bis zum Bund der Jeans reichte.

Ich zog die Plane vom Wagen und hielt fast die Luft an. Der Shelby Mustang GT-500 von 1968 ist für amerikanische Automobile das, was Shakespeare für die Literatur oder die Marx Brothers für die Komödie ist – will sagen, alles davor war, rückwirkend betrachtet, nur Kinderkram, und nichts, was danach kam, konnte jemals die Perfektion dieser technischen Meisterleistung erreichen.

Schnell kroch ich unter das Auto, bevor mir die Knie weich wurden. Mit der Hand befühlte ich das Chassis zwischen Motorblock und Hitzeschild und tastete gut drei Minuten herum, bis ich die Alarmanlage fand. Ich riss das Kabel ab, kroch wieder unter dem Wagen hervor und öffnete die Fahrertür mit einem Dietrich. Mit einer Handbewegung löste ich die Verriegelung der Motorhaube, stellte mich davor und starrte fast in Trance auf das Wort COBRA, das in Stahl auf die Ölfilterabdeckung und den Öltank gestanzt war. Ich spürte die komprimierte, zuverlässige Kraft, die von dem glänzenden 428er Motor ausging.

Unter der Motorhaube roch es sauber, als ob Motor, Lüfter, Antriebswelle und Verteiler gerade vom Fließband gekommen wären. Das Auto roch wie eines, für das jemand verdammt lange geschuftet hatte. Was auch immer Scott Pearse für menschliche Wesen verspürt haben mag, dieses Auto hatte er geliebt.

»Tut mir Leid«, sagte ich zum Motor.

Dann ging ich zum Kofferraum von Angies Wagen und holte Zucker, Schokoladensirup und Reis heraus.

Nachdem wir den Inhalt von Pearse' Postsack in einen Briefkasten in unserer Gegend gekippt hatten, kehrten wir in unser Büro zurück. Ich rief Devin an und bat ihn um alle Informationen, die er über Timothy McGoldrick bekommen konnte. Als Gebühr schwatzte er mir zwei Karten für das Footballspiel der Patriots gegen die Jets im Oktober ab.

»Och, bitte«, sagte ich. »Ich hab schon seit dreizehn Jahren 'ne Dauerkarte, da gurkten sie noch im Keller rum. Das Spiel kannst du mir doch nicht vermasseln.«

»Wie buchstabiert man den Nachnamen?«

»Dev, das Spiel ist an einem Montagabend.«

»Schreibt er sich M-A-C oder einfach M-C?«

»Das zweite«, erwiderte ich. »Du nervst.«

»Hey, heute Morgen habe ich auf den Einsatzberichten gesehen, dass die Wohnung von so einem Typen in der Sleeper Street kurz und klein geschossen wurde. Der Name kam mir irgendwie bekannt vor. Weißt du was darüber?«

»Die Pats gegen die Jets«, sagte ich langsam.

»Der Tuna-Bowl«, schrie Devin. »Das Schlagerspiel! Immer noch die Sitze auf der Fünfzig?«

»Ja.«

»Supergeil. Meld mich wieder.« Er legte auf.

Ich lehnte mich zurück und hievte die Füße auf die Fensterbank.

Angie grinste mich hinter ihrem Schreibtisch an. Neben ihr zeigte ein alter Schwarzweißfernseher auf dem Aktenschrank eine Spielshow. Die Leute klatschten, ein paar sprangen auf, aber wir wurden nicht davon angesteckt. Der Ton war schon vor Jahren kaputtgegangen, aber irgendwie fanden wir es angenehm, ihn laufen zu lassen, wenn wir im Glockenturm waren.

»Mit diesem Fall machen wir keine Knete«, bemerkte sie.

»Nee.«

»Gerade hast du ein Auto ruiniert, das zu berühren du dein ganzes Leben gehofft hast.«

»Hmm.«

»Und dann hast du die Eintrittskarten für das wichtigste Footballspiel des Jahres verschenkt.«

»Das kommt ungefähr hin.« Ich nickte.

»Fängst du gleich an zu weinen?«

»Ich reiß mich zusammen.«

»Weil Männer nicht weinen?«

Ich schüttelte den Kopf. »Weil ich Angst habe, dass ich nicht mehr aufhören kann, wenn ich mal angefangen habe.«

Während Angie eine Zusammenfassung des Falls ausdruckte, aßen wir zu Mittag. Hinter ihr zeigte der stumme Fernseher eine Seifenoper, in der alle exquisit gekleidet waren und ständig herumzuschreien schienen. Angie hatte schon immer eine schriftstellerische Ader, die ich nie besessen hatte, wahrscheinlich weil sie in ihrer Freizeit las, während ich nur alte Filme sah und auf dem Video Golf spielte.

Sie hatte den Verlauf des Falles rekapituliert, angefangen bei meinen Notizen nach dem ersten Treffen mit Karen Nichols über Scott Pearse' Versteckspiel als Wesley Dawe, die Verstümmelung von Miles Lovell, das Verschwinden von Diane Bourne, den Säuglingstausch vor vierzehn Jahren, durch den die Dawes ein Kind bekommen hatten, das im Eis einbrach und ihnen in letzter Konsequenz Pearse bescherte, bis hin zu unserem aktuellen Frontalangriff auf Scott Pearse, der natürlich in vagen Formulierungen verbrämt war wie etwa: »Beginn der Ausnutzung der von uns festgestellten Schwachpunkte des Subjekts.«

»Damit habe ich ein Problem.« Angie reichte mir die letzte Seite.

Unter der Überschrift *Prognose* hatte sie geschrieben: »Der Betreffende scheint über keine reellen Optionen mehr zu verfügen, an das Geld der Dawes gelangen zu können. Sein letztes Druckmittel wurde wirkungslos, als C. Dawe seine falsche Identität als T. McGoldrick erkannte. Die Ausnutzung seiner Schwächen scheint, wenn auch emotional befriedigend, zu keinem finiten Ergebnis zu führen.«

»Finites Ergebnis«, sagte ich.

»Gefällt's dir?«

»Und mir wirft Bubba immer vor, mit dem College anzugeben.«

»Mal im Ernst«, meinte sie und legte ihr Truthahnbrötchen auf das Wachspapier neben ihrer Kladde. »Was könnte er für einen Grund haben, die Dawes weiterhin zu bedrängen?« Wir haben ihn doch aus dem Spiel geworfen.« Sie sah auf die große Uhr hinter sich. »Inzwischen müsste er wegen des verlorenen Postwagens und der ganzen Briefe freigestellt oder rausgeschmissen worden sein. Sein Auto ist im Arsch. Seine Wohnung ist in Trümmern. Er hat nichts mehr.«

»Er muss einen Trumpf im Ärmel haben«, sagte ich.

»Und zwar?«

»Keine Ahnung. Aber er war beim Militär. Er liebt diese Spielchen. Er hat mit Sicherheit einen Ausweichplan, ein Ass im Ärmel. Das weiß ich genau.«

»Das glaube ich nicht. Ich denke, für ihn ist die Knete futsch.«

»Schön ausgedrückt.«

Sie zuckte mit den Achseln und biss von ihrem Brötchen ab.

»Du willst den Fall also schließen?«

Sie nickte, schluckte und nahm einen Schluck Cola. »Der ist fertig. Ich glaube, wir haben ihn genug bestraft. Karen Nichols können wir nicht zurückholen, aber seine Welt haben wir ganz schön durcheinander gebracht. Er konnte die Millionen schon riechen und wir haben sie ihm weggeschnappt. Den kannst du abhaken. Der hat's hinter sich.«

Ich dachte nach. Da gab's nichts groß zu widersprechen. Die Dawes waren darauf gefasst, die Vertauschung des Babys öffentlich einzugestehen. Carrie Dawe fiel nicht mehr auf die Schmeicheleien von McGoldrick/Pearse herein. Und Pearse konnte ja nicht einfach hingehen, ihnen eins überbraten und das Geld mitnehmen. Ich war mir ziemlich sicher, dass er nicht darauf vorbereitet gewesen war, wie effektiv wir zurückschlagen konnten, wenn wir nur genügend gereizt wurden.

Ich hatte gehofft, wir könnten ihn so zur Weißglut treiben, dass er eine Dummheit beging. Aber was? Angie, Bubba oder mich angreifen? Das war nicht sehr wahrscheinlich. Egal wie sauer er war, das würde er kaum tun. Brachte er Angie um, unterschrieb er sein eigenes Todesurteil. Tötete er mich, müsste er mit Bubba und meinen Aufzeichnungen über den Fall fertig werden. Und was Bubba anging – das musste Pearse einfach wissen –, da hätte er genauso gut mit einer Wasserpistole auf einen gepanzerten Wagen losgehen können. Selbst wenn er es schaffte, würde er schwere Schäden davontragen, und wozu sollte das gut sein?

Also musste ich Angie im Prinzip zustimmen. Scott Pearse schien keine große Bedrohung mehr darzustellen.

Und das machte mir Sorgen. Genau in dem Moment, wo du die Schutzlosigkeit des Gegners erkennst, bist du selbst am verletzlichsten, nicht er.

»Noch vierundzwanzig Stunden«, sagte ich. »Kannst du mir die noch geben?«

Sie verdrehte die Augen. »Na gut, aber keine Sekunde mehr.«

Ich verbeugte mich dankbar und das Telefon klingelte.

»Hallo?«

»Tuna!«, jubelte Devin. »Das Thunfisch-Spiel! Parcells, der

fette Thunfisch!«, rief er in bestem Reverend-Tonfall. »Mann, der ist wie Gott, nur viel coo-ler!«

»Mach nur weiter«, sagte ich. »Solange die Wunde noch frisch ist.«

»Timothy McGoldrick«, begann Devin, »von denen gibt's 'ne ganze Menge. Aber einer fällt auf: Geboren 1965, gestorben 1967. 1994 hat er einen Führerschein beantragt.«

»Ist zwar tot, aber fahren kann er noch.«

»Toller Trick, nicht? Anschrift: Congress Street 1116.«

Ich schüttelte den Kopf, wie abgebrüht dieser Pearse war. Er hatte eine Wohnung auf der Sleeper Street 25 und eine zweite auf der Congress. Das mochte einem wie ein kleiner Spaziergang vorkommen, wenn man nicht wusste, dass das Gebäude auf der Sleeper Street bis hin zur Congress reichte, beide Adressen also unter einem Dach waren.

»Bist du noch dran?«, fragte Devin.

»Ja.«

»Der Mann hat keine Einträge. Ist sauber.«

»Nur dass er tot ist.«

»Sicher, das dürfte das Statistische Bundesamt interessieren.«

Er legte auf und ich wählte die Nummer der Dawes.

»Hallo?«, meldete sich Carrie Dawe.

»Hier ist Patrick Kenzie«, sagte ich. »Ist Ihr Mann zu Hause?«

»Nein.«

»Gut. Wenn Sie sich mit McGoldrick trafen, wo war das?«

»Warum?«

»Bitte.«

Sie seufzte. »Er hatte eine Wohnung auf der Congress Street zur Untermiete.«

»Ecke Congress-Sleeper?«

»Ja. Woher ...«

»Schon gut. Denken Sie immer noch an die Pistole in New Hampshire?«

»An die denke ich gerade im Moment.«

»Er ist am Ende«, sagte ich. »Er kann Ihnen nichts mehr tun.«

»Das hat er schon, Mr Kenzie. Er hat mir meine Tochter genommen. Was soll ich da machen – ihm verzeihen?«

Sie legte auf und ich sah zu Angie hinüber. »Ich bin nicht allzu neugierig, in was für einem Zustand sich Carrie Dawe im Moment befindet.«

»Meinst du, sie könnte trotzdem auf Pearse losgehen?«

»Möglich ist das.«

»Was willst du machen?«

»Nelson von Pearse abziehen und ihn eine Zeit lang auf die Dawes ansetzen.«

»Was kostet dich Nelson?«

»Unwichtig.«

»Los, sag!«

»Hundertfünfzig pro Tag«, antwortete ich.

Sie riss die Augen auf. »Du zahlst ihm tausendfünfzig die Woche?«

Ich zuckte mit den Achseln. »Das kostet er halt.«

»Dann sind wir bald pleite.«

Ich hob den Zeigefinger. »Einen Tag noch.«

Sie breitete die Arme aus. »Warum?«

Hinter ihr im Fernsehen wurde die Seifenoper für eine Liveübertragung vom Ufer des Mystic River unterbrochen.

Ich zeigte hinter Angie. »Darum.«

Sie wandte sich um und sah im Fernsehen, wie Froschmänner einen kleinen Körper aus dem Wasser zogen und ein paar müde aussehende Polizisten die Kameras vertrieben.

»Oh, Scheiße«, stieß Angie aus.

Ich sah das kleine graue Gesicht, als der Kopf auf den nassen Steinen ruhte, dann schirmten die Polizisten die Linsen erfolgreich mit den Händen ab.

Siobhan. Sie würde sich keine Sorgen mehr machen müssen, nach Irland zurückgeschickt zu werden.

Kapitel 33

Sobald ihm die Polizei an dem Abend entgegengekommen war, sollte Nelson umkehren, zurückfahren und ein paar Ecken weiter auf der Congress Street parken, von wo er Pearse' Gebäude beobachten sollte, falls der nach dem Polizeieinsatz noch einmal das Haus verließ.

Solange er seinen Job machte, zahlte ich Nelson gerne einen Riesen die Woche. Das war ein kleiner Preis für das Wissen um Pearse' Schachzüge.

Aber für einen verbockten Einsatz war es mir entschieden zu viel.

»Ich hab ihn wirklich beschattet«, sagte Nelson, als ich wieder mit ihm sprach. »Und ich beschatte ihn auch jetzt im Moment. Mensch, ich klebe an dem Kerl wie Scheiße am Klopapier.«

»Dann erzähl mal, was letzte Nacht passiert ist.«

»Die Cops haben ihn zum Meridian Hotel rübergefahren. Er ist ausgestiegen und reingegangen. Die Bullen sind abgehauen. Dann kam er wieder raus und hat sich ein Taxi genommen. Damit ist er zurück nach Hause gefahren.«

»Zurück in seine Wohnung?«

»Eben nicht! Aber er hat das Haus betreten. Ich hab nur nicht genau gesehen, wo er hingegangen ist.«

»Wie? Gingen nirgendwo Lichter an? Keine ...«

»Das ist ein riesiger Häuserblock, Mann! Der geht auf die Sleeper Street, auf die Congress und auf zwei Seitenstraßen. Wie soll ich die alle gleichzeitig überwachen?«

»Aber er ging rein und kam nicht mehr raus?«

»Genau. Erst wieder morgens zur Arbeit. Aber 'ne halbe Stunde später kam er schon wieder zurück und sah echt sauer aus. Er ist wieder reingegangen und bis jetzt noch nicht wieder rausgekommen.«

»Er hat gestern Nacht jemanden umgebracht.«

»Blödsinn!«

»Sorry, Nelson, aber irgendwo muss es da einen Ausgang geben, den wir nicht kennen.«

»Wo wohnte denn das Opfer?«

»Sie war gerade in Canton. Heute Nachmittag wurde sie aus dem Mystic gezogen.«

»Blödsinn!« wiederholte er, diesmal nachdrücklicher. »Patrick, als die Bullen gestern Nacht mit ihm fertig waren, da war es fast vier Uhr früh. Um sieben ist er zur Arbeit gegangen. Wie soll er da, ohne dass ich es merke, das Haus verlassen, irgendwie bis nach scheiß Canton kommen, einen erledigen, die Leiche zurück an die Nordküste bringen und dann – wie war das? –, dann soll er nach Hause gefahren, wieder an mir vorbeigekommen sein und sich für die Arbeit fertig gemacht haben? Und dann pfeift er beim Rasieren noch fröhlich vor sich hin? Wie soll er denn den ganzen Scheiß geschafft haben?«

»Das ist nicht drin«, bemerkte ich.

»Da liegst du verdammt richtig. Der Typ hat vielleicht 'ne Menge Scheiße gebaut, Patrick, aber in den letzten zehn Stunden hat er keinen Finger gerührt.«

Ich legte auf und drückte die Handballen gegen die Augen.

»Was?«, fragte Angie.

Ich erzählte ihr alles.

»Und Nelson ist sich sicher?«, fragte sie anschließend.

Ich nickte.

»Wenn Pearse sie nicht umgebracht hat, wer dann?«

Mir brummte der Schädel. »Keine Ahnung.«

»Carrie?«

Ich hob die Augenbrauen. »Carrie? Warum?«

»Vielleicht hat sie rausgekriegt, dass Siobhan für Pearse arbeitete.«

»Wie denn? Von uns doch nicht.«

»Aber sie ist 'ne schlaue Frau. Vielleicht hat sie ...« Sie hob die Hände und ließ sie dann fallen. »Scheiße. Weiß auch nicht.«

Ich schüttelte den Kopf. »Kann ich mir nicht vorstellen. Carrie fährt nach Canton, murkst Siobhan ab, fährt die Leiche zum Mystic und versenkt sie da? Wie soll sie die denn tragen? Die Frau ist doch noch kleiner als du. Mensch, wieso sollte sie überhaupt auf die Idee kommen, quer durch die ganze Stadt zu gurken, um die Leiche zu versenken?«

»Vielleicht hat sie sie gar nicht in Canton umgebracht. Vielleicht hat sie sie irgendwohin bestellt.«

»Dass sie an einen Treffpunkt bestellt wurde, das ist möglich. Nur zu Carrie passt das nicht. Ich meine nicht, dass sie keinen umbringen könnte, das könnte sie. Aber das mit dem Versenken der Leiche irritiert mich. Das ist zu abgebrüht. Zu methodisch.«

Angie lehnte sich zurück, hob den Telefonhörer ab und drückte auf eine Kurzwahltaste.

»Hey«, sagte sie in den Hörer, »hab zwar keine Karten für die Patriots zu vergeben, aber könntest du mir eine Frage beantworten?«

Sie lauschte dem, was Devin sagte.

»Nein, nicht so was. Die Frau, die sie gerade aus dem Mystic gezogen haben, was war da die Todesursache?« Sie nickte.

»Am Hinterkopf? Gut. Wieso ist sie dann so schnell nach oben getrieben?« Sie nickte mehrmals. »Danke. Hä? Ich frag mal Patrick und meld mich dann wieder.« Sie grinste und sah mich an. »Ja, Dev, wir sind wieder zusammen.« Sie legte die Hand über den Hörer und fragte mich: »Er will wissen, für wie lange.«

»Mindestens bis zum Abschlussball«, erwiderte ich.

»Mindestens bis zum Abschlussball. Da hab ich aber Glück gehabt, was?«, sagte sie. »Bis bald dann.«

Sie legte auf. »Siobhan wurde mit einem Seil um den Bauch gefunden. Man geht davon aus, dass sie an was Schweres gebunden und ins Wasser geworfen wurde, dann hat aber ein Tier das Seil durchgefressen und dazu noch ein Stück von ihrer Hüfte abgenagt. War nicht geplant, dass sie auftauchte.«

Ich nahm die Füße herunter, stand auf, ging zum Fenster und sah auf die Straße hinunter.

»Was er auch vorhat, es dauert nicht mehr lange.«

»Wir sind uns aber einig, dass er sie nicht umgebracht haben kann.«

»Aber er steckt dahinter«, sagte ich. »Der Wichser steckt hinter allem.«

Wir verließen den Glockenturm und gingen rüber zu meiner Wohnung. Als wir ins Wohnzimmer kamen, klingelte das Telefon. Wie an jenem Nachmittag auf der City Hall Plaza wusste ich schon vor dem Abheben, dass er es war.

»Das war ja ziemlich lustig«, sagte er, »mich auf der Arbeit rauswerfen zu lassen. Haha, Patrick! Haha!«

»Fühlt sich nicht sehr gut an, oder?«

»Rausgeworfen zu werden?«

»Wenn es einer auf dich abgesehen hat und vielleicht nicht so schnell aufhört.«

»Ich weiß die Ironie des Ganzen zu schätzen, damit du Bescheid weißt. Irgendwann denke ich an die ganze Geschichte zurück und kann mich vor Lachen nicht mehr halten.«

»Vielleicht auch nicht.«

»Egal«, sagte er langsam. »Sagen wir also, wir sind jetzt quitt. Okay? Du gehst deiner Wege, ich gehe meiner Wege.«

»Gut, Scott«, entgegnete ich. »Okay.«

Eine Weile sagte niemand etwas.

»Bist du noch dran?«, fragte ich.

»Ja. Ehrlich, Patrick, jetzt bin ich überrascht. Meinst du das ernst oder ist das wieder eine Verarschung?«

»Das meine ich ernst«, antwortete ich. »Mir rinnt das Geld durch die Finger und du kannst nicht mehr ans Vermögen der Dawes. Ich würde also sagen, das ist ein Unentschieden.«

»Wenn das der Fall ist, warum hast du dann mein Apartment in Scherben gelegt, Junge? Warum hast du mir den Postwagen gestohlen?«

»Nur um sicherzugehen, dass die Botschaft auch ankommt.«

Er schmunzelte. »Das ist sie. Ganz bestimmt. Hervorragend, Sir, hervorragend. Dürfte ich wissen, ob ich in die Luft fliege, wenn ich mein Auto das nächste Mal starte?« Er lachte.

Ich fiel in sein Lachen ein. »Wie kommst du darauf, Scott?«

»Tja«, erwiderte er fröhlich, »zuerst war meine Wohnung dran, dann mein Job, da wäre der nächste logische Schritt eigentlich mein Auto.«

»Es geht nicht in die Luft, wenn du den Motor anlässt, Scott.«

»Nein?«

»Nein. Allerdings bin ich mir ziemlich sicher, dass es überhaupt nicht mehr zu starten ist.«

Er lachte dröhnend. »Du hast mein Auto versaut?«

»Ich sag's nicht gerne, aber es stimmt.«

»Oh, Scheiße!« Kurz schwoll das Lachen noch lauter an, dann ebbte es ab, bis es nur noch eine abgehackte Folge weicher Gluckser war. »Zucker in den Tank, Säure in den Motor?«, fragte er. »So was in der Art?«

»Zucker ja. Säure nein.«

»Was denn dann, hä?« Ich spürte sein starres Lächeln. »Du hast dir bestimmt was Nettes einfallen lassen.«

»Schokoladensirup«, erwiderte ich, »und ungefähr ein Pfund ungeschälten Reis.«

Er brüllte ausgelassen. »In den Motor?«

»Hmm.«

»Hast du ihn 'ne Zeit lang laufen lassen, du altes Schlitzohr?«

»Als ich ging, lief er noch«, sagte ich. »Klang zwar nicht sehr gut, aber er lief.«

»Hu!«, rief er. »So, so, Patrick, du sagst also, du hast einen Motor zu Schrott gefahren, den ich in jahrelanger Arbeit nachgebaut habe. Und ... und ... du hast den Tank, die Filter, also alles außer der Inneneinrichtung zerstört.«

»Ja, Scott.«

»Ich könnte ...« Er kicherte. »Ich könnte dich einfach so umbringen, Junge. Und zwar mit bloßen Händen.«

»Hab ich mir gedacht. Ähm, Scott?«

»Ja?«

»Du bist noch nicht fertig mit den Dawes, stimmt's?«

»Verschrottet mein Auto«, sagte er leise.

»Stimmt's?«

»Ich lege jetzt auf, Patrick.«

»Was ist dein nächster Notfallplan?«, wollte ich wissen.

»Ich bin bereit, den Rausschmiss und den Angriff auf meine Wohnung zu vergeben, aber das mit dem Auto dauert 'ne Weile. Ich sag dir Bescheid, wenn ich's weiß.«

»Was hast du gegen sie in der Hand?«, fragte ich.

»Wie?«

»Gegen die Dawes«, erklärte ich. »Was hast du gegen sie in der Hand, Scott?«

»Ich dachte, wir hätten uns geeinigt, uns gegenseitig in Ruhe zu lassen, Patrick. Und so wollte ich dieses Gespräch auch beenden: Mit der Sicherheit, dass wir uns nie wiedersehen würden.«

»Unter der Bedingung, dass du die Dawes in Ruhe lässt.«

»Oh. Gut.«

»Aber das kannst du gar nicht, Scott, oder?«

Er stieß einen leichten Seufzer aus. »Hört sich an, als wärst du ein halbwegs ernst zu nehmender Schachspieler, Patrick. Lieg ich da richtig?«

»Nee. Ich hab den Dreh irgendwie nie ganz herausbekommen.«

»Warum nicht?«

»Ein Freund von mir sagte, ich beherrsche zwar die Grundregeln, bin aber nicht in der Lage, das ganze Brett im Auge zu behalten.«

»Hm«, machte Scott Pearse. »Das hätte ich auch geschätzt.«

Dann legte er auf.

Ich sah Angie an und legte den Hörer auf die Gabel.

»Patrick«, sagte sie mit leichtem Kopfschütteln.

»Ja?«

»Vielleicht gehst du besser eine Zeit lang nicht mehr ans Telefon.«

Wir entschieden, dass Nelson weiterhin Scott Pearse überwachen sollte, und fuhren selbst zu den Dawes herüber, wo wir ihr Haus aus einem Häuserblock Entfernung beobachteten.

Bis in die Nacht saßen wird dort, da waren die Lichter im Haus bereits ausgegangen und die Außenbeleuchtung angesprungen.

Zu Hause in meinem Apartment legte ich mich aufs Bett und wartete, dass Angie aus der Dusche kam. Ich kämpfte gegen den Schlaf an, gegen das Brennen und die Muskelschmerzen von vielen im Auto oder auf Dächern verbrachten Tagen und Nächten. Ich kämpfte gegen die nagende Furcht in meinem Hinterkopf an, die mir sagte, ich hätte etwas übersehen, denn Pearse plante ein paar Züge im Voraus.

Mir fielen die Augenlider zu, ich riss sie wieder auf, hörte die Dusche laufen, stellte mir Angie unter dem Wasserschauer vor. Ich wollte aufstehen. Warum mir etwas vorstellen, was ich hautnah erleben konnte?

Aber mein Körper bewegte sich nicht, die Augen fielen wieder zu und das Bett unter mir schien sanft zu wogen, als läge ich auf einem Floß in einem ruhigen Teich.

Ich hörte nicht mehr, wie die Dusche abgestellt wurde. Ich hörte nicht mehr, dass Angie neben mir ins Bett schlüpfte und das Licht ausknipste.

»Hier geht's lang«, sagt mein Sohn, fasst mich an der Hand und zerrt mich aus der Stadt. Clarence trottet neben uns her, hechelt leise. Es ist kurz vor Sonnenaufgang, die Stadt leuchtet in einem tiefen Metallblau. Wir verlassen den Bürgersteig, ich halte die Hand meines Sohnes und plötzlich ist die Welt rot und vernebelt.

Wir sind im Preiselbeerfeld und einen Moment lang ist mir bewusst, dass ich träume. Ich weiß, dass man nicht den Bürgersteig in der Stadt verlassen kann und kurz darauf in Plymouth ist, aber dann denke ich, ist doch ein Traum, so was passiert in Träumen. Du hast ja auch keinen Sohn und trotz-

dem ist er hier und zieht dich an der Hand. Und Clarence ist tot und trotzdem ist er hier.

Es ist schon okay so. Der Morgennebel ist dicht und weiß und irgendwo vor uns, verloren im Nebel, bellt Clarence, während mein Sohn und ich vom weichen Ufer auf den Holzsteg treten. Unsere Schritte hallen auf den Planken wider, wir gehen durch die dicke Suppe und ich sehe, dass der Umriss der Pumpenhütte bei jedem Schritt, den wir uns ihr nähern, Gestalt annimmt.

Wieder bellt Clarence, aber wir haben ihn im Nebel verloren.

Mein Sohn sagt: »Er müsste laut sein.«

»Wer?«

»Er ist groß«, sagt er. »Vier plus zwei plus acht ist vierzehn.«

»Richtig.«

Unsere Schritte sollten uns der Hütte näher bringen, tun es aber nicht. Sie liegt in zwanzig Metern Entfernung im Nebel, und obwohl wir zügig gehen, kommen wir ihr nicht näher.

»Vierzehn ist mächtig«, sagt mein Sohn. »Und laut. Das würde man hören. Besonders hier draußen.«

»Ja.«

»Das würde man hören. Warum hast du's also nicht gehört?«

»Ich weiß es nicht.«

Mein Sohn reicht mir einen Autoatlas. Er ist an einer Stelle aufgeschlagen, wo ein Preiselbeerfeld von drei Seiten von Wald umgeben ist. Nur die Richtung, aus der wir gekommen sind, ist frei.

Ich lasse die Karte im Nebel fallen. Irgendwas wird mir klar, aber dann vergesse ich es sofort wieder.

Mein Sohn sagt: »Ich mag Zahnseide. Das fühlt sich so schön an, wenn man sie zwischen den Zähnen durchzieht.«

»Das ist gut«, sage ich und spüre ein Brummen auf den Planken vor uns. Es nähert sich uns schnell durch den Nebel. »Dann bekommst du schöne Zähne.«

»Er kann nicht sprechen, wenn die Zunge rausgeschnitten ist«, sagt er.

»Nein«, bestätige ich. »Das geht schlecht.«

Das Brummen wird lauter. Die Hütte ist vom weißen Nebel verschluckt. Ich kann die Bretter unter meinen Füßen nicht mehr sehen. Ich kann meine Füße nicht mehr sehen.

»Sie hat ›sie‹ gesagt.«

»Wer?«

Er schüttelt den Kopf. »Nicht ›er‹, sondern ›sie‹.«

»Stimmt. Richtig.«

»Mom ist nicht in der Hütte, oder?«

»Nein. Dafür ist Mom viel zu klug.«

Ich blicke angestrengt in den uns umgebenden Nebel. Ich möchte sehen, was da brummt.

»Vierzehn«, sagt mein Sohn wieder, und als ich zu ihm hinuntersehe, sitzt der Kopf von Scott Pearse auf seinem kleinen Körper. Boshaft grinst er mich an. »Vierzehn müsste tierisch laut sein, du dummes Schwein.«

Jetzt ist das Brummen nah, fast vor mir, und ich starre angestrengt in den Nebel, erkenne eine dunkle Gestalt, die mit ausgestreckten Armen in die Luft springt, durch die Zuckerwatte auf mich zukommt.

»Ich bin schlauer als du«, sagt das Zwitterwesen aus Scott Pearse und meinem Sohn.

Dann rast ein fauchendes Gesicht mit ungeheurer Geschwindigkeit durch den Nebel – es faucht, lacht und keucht, zahnlos.

Es ist das Gesicht von Karen Nichols, dann das von Angie auf Vanessa Moores nacktem Körper, dann ist es Siobhan mit abgestorbener Haut und toten Augen und schließlich ist es

Clarence, der mir mit allen vier Pfoten gegen die Brust springt und mich auf den Rücken wirft. Eigentlich müsste ich auf den Holzplanken landen, aber sie sind nicht mehr da und ich falle in den Nebel, ersticke darin.

Ich setzte mich im Bett auf.

»Leg dich wieder hin«, murmelte Angie, das Gesicht ins Kopfkissen gekuschelt.

»Pearse ist nicht zum Preiselbeerfeld gefahren«, sagte ich.

»Er ist nicht gefahren«, nuschelte sie ins Kissen. »Gut.«

»Er ist zu Fuß gekommen«, fuhr ich fort. »Von seinem Haus.«

»Du träumst«, sagte Angie.

»Nein. Ich bin hellwach.«

Sie hob den Kopf ein wenig und sah mich mit verschlafenen Augen an. »Hat das bis morgen Zeit?«

»Klar.«

Sie ließ den Kopf wieder fallen und schloss die Augen.

»Er hat ein Haus«, flüsterte ich in die Dunkelheit. »In Plymouth.«

Kapitel 34

»Wir fahren nach Plymouth«, sagte Angie, als wir am Kreuz Braintree auf die Route 3 bogen, »weil dein Sohn im Traum mit dir gesprochen hat?«

»Na ja, ich hab ja keinen Sohn. Im Traum schon, aber da lebt ja auch Clarence noch und wir wissen doch beide, dass Clarence tot ist. Außerdem kann man in Boston nicht einfach vom Bürgersteig treten und ist plötzlich in Plymouth, und selbst wenn ...«

»Schon gut.« Sie hob die Hand. »Hab's verstanden. Dieses Kind also, das nicht dein Sohn ist, aber eigentlich schon, das brabbelt etwas von vier plus zwei plus acht gleich vierzehn und ...«

»Er hat nicht gebrabbelt«, warf ich ein.

»... und was sollte das noch mal bedeuten?«

»Vier-zwei-acht«, wiederholte ich. »Der Motor vom Shelby!«

»Gütiger Himmel!«, schrie sie auf. »Sind wir jetzt wieder bei dem beschissenen Wagen? Das ist ein *Auto*, Patrick. Hast du den Teil nicht mitbekommen? Das kann dich nicht küssen, kann nicht kochen, dich nicht in den Arm nehmen oder Händchen halten.«

»Ja, Schwester Angela, du Stimme der Vernunft. Das hab ich verstanden. Ein Vier-zwei-acht-Motor war seinerzeit der stärkste Motor überhaupt. Der fegte alles von der Straße.«

»Ich verstehe nicht, was ...«

»... und er macht einen Heidenlärm, wenn man ihn anlässt. Du findest, dass der Porsche laut ist? Im Vergleich dazu klingt der Vier-zwo-acht wie eine Bombenexplosion.«

Sie schlug mit den Händen gegen das Armaturenbrett. »Und?«

»Und«, fuhr ich fort, »hast du damals im Preiselbeerfeld irgendwas gehört, das wie ein Motor klang? So einen richtigen fetten Motor? Na bitte. Ich hab auf die Karte geguckt, bevor wir hinter Lovell herfuhren. Es gab nur eine Zufahrt – unsere. Die nächste Straße auf Pearse' Seite lag zwei Meilen hinter dem Wald.«

»Er ist also zu Fuß gegangen.«

»Im Dunkeln?«

»Klar.«

»Aber warum?«, fragte ich. »Zu dem Zeitpunkt musste ihm schon klar sein, dass wir Lovell auf der Schliche waren. Warum parkte er nicht einfach auf der Lichtung, wo wir auch standen? Und selbst wenn er Verdacht schöpfte, hätte es noch die Zufahrtsstraße hundertzwanzig Meter östlich gegeben. Warum also ist er nach Norden gegangen?«

»Weil er gerne spazieren geht? Keine Ahnung.«

»Weil er da wohnt.«

Sie legte die nackten Füße auf das Armaturenbrett und fuhr sich mit der Hand über Augen und Stirn. »Das ist die dämlichste Idee, die du je gehabt hast.«

»Danke, du Zicke. Sehr hilfreich.«

»Und du hast schon ein paar unglaublich dämliche gehabt.«

»Brauchst du ein Kissen, wenn du hinterher auf den Knien um Verzeihung bittest?«

Sie legte den Kopf zwischen die Knie. »Wenn du falsch liegst, dann kannst du bis zum Ende des Jahrtausends die Zeche bezahlen.«

»Das dauert ja Gott sei Dank nicht mehr lange«, entgegnete ich.

Eine Landkarte nahm fast die gesamte Ostwand im Büro des Steuerinspektors von Plymouth ein. Der Beamte hinter dem Schreibtisch war ganz und gar nicht der bebrillte Streber mit hohem Haaransatz, den man im Büro eines Steuerinspektors erwartet hätte, sondern ein großer, blonder, gut gebauter Jüngling, der eine Art männliche Sahneschnitte sein musste, nach Angies verstohlenen Blicken zu urteilen.

Diese Schönlinge, ich sag's ja. Man müsste ein Gesetz erlassen, das ihnen grundsätzlich verbietet, auch nur einen Schritt über den Strand hinaus zu tun.

Ich brauchte ein paar Minuten, bis ich den Sumpf gefunden hatte, zu dem uns Lovell geführt hatte. Plymouth ist übersät mit Preiselbeersümpfen. Schlecht, wenn man den Geruch von Preiselbeeren aus irgendeinem Grund nicht ertragen kann. Gut, wenn man sie selbst anbaut.

Als ich den richtigen Teich auf der Karte endlich fand, hatte ich unseren Schönling viermal dabei erwischt, wie er die Stelle auf der Rückseite von Angies Oberschenkeln begutachtete, wo die Fransen der abgeschnittenen Jeans ein bisschen zu viel Haut sehen ließen.

»Wichser«, murmelte ich vor mich hin.

»Was?«, fragte Angie.

»Ich hab ›hier‹ gesagt.« Ich wies auf die Landkarte. Ungefähr eine Viertelmeile über dem Sumpf stand: »Parzelle #865«.

Angie drehte sich zu dem Schönling um. »Wir sind daran

interessiert, Parzelle 865 käuflich zu erwerben. Können Sie uns sagen, wem sie gehört?«

Der Schönling warf ihr ein breites Lächeln zu und entblößte dabei die weißesten Zähne, die ich je bei einem Mann gesehen hatte, von David Hasselhoff mal abgesehen. Kronen, entschied ich. Der Schweinehund trug mit Sicherheit Kronen.

»Sicher.« Seine Finger flogen über die Tastatur. »Nummer acht-sechs-fünf, sagten Sie?«

»Ganz genau«, erwiderte Angie.

Ich betrachtete die Parzelle. Nichts in der Umgebung. Keine Acht-sechs-sechs oder Acht-sechs-vier. Über mindestens acht Hektar war nichts zu sehen.

»Der Geisterwald«, sagte der Schönling leise, den Blick auf den Monitor gerichtet.

»Wie bitte?«

Er sah auf, war wohl überrascht, laut gesprochen zu haben. »Hm, tja ...« Er grinste uns beschämt an. »Als Kinder nannten wie die Gegend da immer den Geisterwald. Wir haben uns kaum getraut, durchzulaufen.«

»Warum?«

»Das ist 'ne lange Geschichte.« Er blickte auf die Tastatur hinunter. »Verstehen Sie, eigentlich darf das niemand wissen ...«

»Aber ...?« Angie beugte sich vor.

Der Schönling zuckte mit den Achseln. »Na ja, ist ja schon über dreißig Jahre her. Mensch, da war ich noch nicht mal geboren.«

»Klar«, sagte ich. »Vor dreißig Jahren.«

Er lehnte sich gegen den Tresen, senkte die Stimme und seine Augen glänzten wie die einer geborenen Klatschtante, die gerade schmutzige Wäsche waschen will. »In den Fünfzigern soll die Armee dort eine Art Forschungseinrichtung gehabt haben. Nichts Großes, meinten meine Eltern, nur ein, zwei Stockwerke, aber was ganz Geheimes.«

»An was wurde da geforscht?«

»An Menschen.« Er versteckte ein nervöses Lachen hinter seiner Faust. »Angeblich Geisteskranke und Zurückgebliebene. Verstehen Sie? Das jagte uns Kindern solche Angst ein: Die Geister im Geisterwald waren die Seelen von Verrückten.« Er hob die Hände und trat einen Schritt zurück. »Hätte gut eine Gruselgeschichte sein können, mit der uns die Eltern von dem Sumpf fern halten wollten.«

Angie schenkte ihm ihr verführerischstes Lächeln. »Aber Sie wissen es besser, nicht?«

Seine elfenbeinfarbene Haut errötete. »Tja, ich hab da mal ein bisschen rumgeforscht.«

»Und?«

»Auf dem Land stand tatsächlich mal ein Gebäude, wurde aber 1964 abgefackelt oder abgerissen und das Land gehörte tatsächlich der Regierung, bis es 1995 bei einer Auktion verkauft wurde.

»An wen?«, fragte ich.

Er sah auf den Monitor. »Bourne heißt der eingetragene Eigentümer von Parzelle acht-sechs-fünf. Diane Bourne.«

In der Bibliothek von Plymouth fand sich eine Luftaufnahme der gesamten Stadt. Das Bild war relativ aktuell, offensichtlich vor höchstens einem Jahr an einem wolkenlosen Tag aufgenommen. Wir breiteten die Karte auf einem großen Tisch im Lesesaal aus und suchten sie mit einer Lupe ab, die wir von einer Bibliothekarin geschnorrt hatten. Nach ungefähr zehn Minuten hatten wir das Preiselbeerfeld gefunden und suchten das Gebiet zweieinhalb Millimeter rechts davon ab.

»Da ist nichts zu sehen«, meinte Angie.

Ich schob die Lupe millimeterweise über das verschwommene, grünbraune Fleckchen. Ich konnte nichts erkennen, das wie ein Dach aussah.

Ich hob die Lupe etwas an und betrachtete die Umgebung. »Sind wir überhaupt am richtigen Teich?«

Angies Finger erschien unter dem Glas. »Ja. Da ist die Zufahrtsstraße. Das da sieht aus wie die Pumpenhütte. Da ist der Miles-Standish-Forest. Das muss er sein. So viel zu deinen Hellseherträumen.«

»Dieses Grundstück gehört Diane Bourne«, sagte ich, »willst du behaupten, dass das ein Zufall ist?«

»Ich behaupte«, meinte sie, »dass es da kein Haus gibt.«

»Irgendwas muss da sein«, widersprach ich. »Da muss was sein.«

Die Biester waren sauer. Es war wieder ein heißer, feuchter Tag, die Hitze brachte die Wasseroberfläche zum Dampfen, die Preiselbeeren rochen streng und faulig. Die Sonne brannte uns auf den Pelz und die Mücken rochen unser Blut und drehten durch.

Angie schlug sich so oft auf die Rückseite der Beine und auf den Nacken, dass ich schon bald nicht mehr sagen konnte, welche roten Striemen von den Blutsaugern kamen und welche sie sich selbst zugefügt hatte.

Eine Weile versuchte ich, die Tiere einfach zu ignorieren, indem ich meinen Körper zwang, uninteressant für sie zu sein. Doch nach ein paar Dutzend Stichen dachte ich, scheiß auf die Willenskraft.

Wir krochen am Rand der Bäume auf der östlichen Seite des Sumpfes entlang und blickten durch das Fernglas. Wenn der Scott Pearse, der bei den Special Forces gewesen war und das Bordellmassaker in Panama angerichtet hatte, sich tatsächlich hier draußen im Wald versteckte, dann gab es mit Sicherheit Stolperdrähte, unsichtbare Tretminen, die meine Chance, im Alter einmal Viagra benutzen zu dürfen, gegen Null sinken ließen.

Aber ich konnte nichts anderes sehen als Wald – ausgedörrte, von der Hitze brüchig gewordene Sträucher, verwitterte Birken, knorrige Kiefern und krümeliges Moos von asbestartiger Beschaffenheit. Es war ein hässliches Stück Land, es stank und flimmerte in der Hitze.

Ich untersuchte alles, was mit dem Fernglas, das Bubba in einem Navy-Shop gekauft hatte, zu erkennen war. Doch selbst damit konnte ich in der klaren Luft kein Haus sehen.

Angie schlug eine Mücke tot. »Die bringen mich um!«

»Siehst du was?«

»Nee, nichts.«

»Überprüf mal den Boden!«

»Warum?«

»Es könnte auch unterirdisch sein.«

Sie schlug sich wieder. »Toll.«

Nach weiteren fünf Minuten bluteten wir aus allen Poren, doch hatten wir noch immer nichts anderes gefunden als Waldboden, Kiefernnadeln, Eichhörnchen und Moos.

»Es muss hier irgendwo sein«, sagte ich, als wir über den Steg zurückgingen.

»Ich such hier nicht die ganze Gegend ab«, protestierte sie.

»Hab ich auch nicht drum gebeten.«

Wir stiegen in den Porsche und ich warf noch einen letzten, langen Blick über den Sumpf zu den Bäumen hinüber.

»Da versteckt er sich«, sagte ich.

»Dann würde ich sagen, er versteckt sich ziemlich gut«, meinte Angie.

Ich ließ das Auto an, legte den Ellenbogen über das Lenkrad und starrte in die Bäume.

»Er kennt mich.«

»Was?«

Ich blickte kurz auf die Hütte im Zentrum des Stegkreuzes.

»Pearse. Er kennt mich. Er hat mich durchschaut.«

»Und du ihn«, warf Angie ein.

»Nicht so gut«, gab ich zu.

Die Bäume schienen zu flüstern. Sie schienen zu stöhnen.

Bleib fort, sagten sie. *Bleib fort!*

»Er wusste, dass ich diesen Ort irgendwann finden würde. Vielleicht nicht so schnell, aber irgendwann schon.«

»Ja, und?«

»Jetzt muss er was tun. Und zwar schnell. Was er sich auch vorgenommen hat, geht entweder bald los, oder es ist schon im Gange.«

Sie legte mir die Hand auf den Rücken.

»Patrick, lass ihn nicht in deinen Kopf rein. Das will er nur.«

Ich starrte auf die Bäume, dann auf die Hütte und auf den blutroten, nebligen Teich.

»Zu spät«, sagte ich.

»Das ist 'ne Scheißkopie«, schimpfte Bubba. Er studierte die Kopie der Luftaufnahme, auf der der Preiselbeersumpf abgebildet war.

»Besser ging's nicht.«

Er schüttelte den Kopf. »Hätt ich so 'ne Technik gehabt, ständ mein Grabstein jetzt in Beirut.«

»Wieso sprichst du nie darüber?« Vanessa saß hinter ihm auf dem Barhocker.

»Was denn?«, fragte er geistesabwesend, die Augen auf das Blatt gerichtet.

»Beirut.«

Er drehte ihr seinen massigen Kopf zu und lächelte. »Das

Licht ging aus, alles flog in die Luft. Drei Jahre lang konnte ich nichts riechen. So, jetzt hab ich drüber geredet.«

Sie schlug ihm mit dem Handrücken auf die Brust. »Blödmann.«

Er kicherte und wandte sich wieder der Aufnahme zu. »Da stimmt was nicht.«

»Was?«

Er nahm die Lupe, die wir mitgebracht hatten, und hielt sie über den Kartenausschnitt. »Das.«

Angie und ich blickten über seine Schulter durch das Glas. Ich konnte nichts erkennen als einen grünen Klumpen, fotografiert aus sechshundert Meter Höhe.

»Das ist ein Busch«, sagte ich.

»Ach, Quatsch«, motzte Bubba. »Guck genauer hin!«

Wir guckten genauer hin.

»Was denn?«, sagte Angie.

»Das ist zu oval«, erklärte Bubba. »Guck mal die Oberfläche. Die ist glatt. Wie diese Lupe hier.«

»Ja, und?«, hakte ich nach.

»Und solche Büsche gibt es nicht, du dämlicher Penner! Büsche, verstehst du, die sind nämlich, äh, buschig.«

Ich sah Angie an. Sie sah mich an. Wir schüttelten beide den Kopf.

Bubba pochte mit dem Zeigefinger auf den betreffenden Busch. »Seht ihr? Der ist perfekt gebogen, wie mein Fingernagel. Das war nicht die Natur. Das ist von Menschenhand, Junge.« Er ließ die Lupe sinken. »Wenn du meine Meinung hören willst, das ist eine Satellitenschüssel.«

»Eine Satellitenschüssel.«

Er nickte und ging zum Kühlschrank. »Ja.«

»Zu welchem Zweck? Um Luftangriffe zu melden?«

Er holte eine Flasche Finlandia aus dem Kühlfach. »Das bezweifle ich. Ich schätze, damit sie Fernsehen gucken können.«

»Wer?«

»Die Leute, die unter dem Wald leben, du Penner!«

»Ach«, machte ich.

Er stieß Vanessa mit der Wodkaflasche an. »Und du meintest, er wär schlauer als ich.«

»Schlauer nicht«, korrigierte Vanessa. »Er kann sich bloß besser ausdrücken.«

Bubba trank einen Schluck Wodka und rülpste. »Sich ausdrücken können wird überbewertet.«

Vanessa grinste. »Du bist das beste Beispiel dafür, Baby. Glaub mir.«

»Sie nennt mich ›Baby‹.« Bubba trank noch einen Schluck und zwinkerte mir zu.

»Du sagst, das war früher mal 'ne Art Irrenanstalt der Army? Dann schätze ich, dass unter dem Boden immer noch ein Keller ist. Ein riesiger.«

Sein Telefon neben dem Kühlschrank klingelte. Er hob ab, klemmte es zwischen Ohr und Schulter und sagte nichts. Nach ungefähr einer Minute legte er wieder auf.

»Nelson hat Pearse verloren.«

»Was?«

Er nickte.

»Wo?«, fragte ich.

»An der Rowes Wharf«, antwortete er. »Kennst du das Hotel da? Pearse ging rein und wieder raus, stand am Hafendamm rum. Nelson bleibt drinnen, verstehste, lässt sich zurückfallen, alles ganz locker. Pearse wartet bis zur letzten Sekunde und springt dann auf die Fähre zum Flughafen.«

»Und warum ist Nelson nicht zum Flughafen gefahren und hat ihn auf der anderen Seite abgefangen?«

»Hat er ja versucht.« Bubba klopfte auf seine Uhr. »Es ist Freitag, fünf Uhr, Mann. Hast du da schon mal den Tunnel probiert? Als Nelson drüben in Eastie war, war es schon Viertel vor sechs. Die Fähre legte um zwanzig nach an. Euer Mann ist weg.«

Angie vergrub das Gesicht in den Händen und schüttelte den Kopf. »Du hattest Recht, Patrick.«

»Was denn?«

»Was er auch tut, er macht es jetzt.«

Zuerst riefen wir Carrie Dawe an und eine Viertelstunde später warteten wir an der Tür auf Bubba, der mit einem schwarzen Seesack auf uns zukam und ihn vor unseren Füßen fallen ließ.

Vanessa, schrecklich klein im Vergleich zu Bubba, trat an ihn heran und legte ihm die Hände auf die Brust.

»Muss ich jetzt sagen: Sei vorsichtig?«

Er zeigte mit dem Daumen auf uns. »Keine Ahnung. Frag die.«

Sie spähte unter seinem Arm zu uns herüber.

Wir nickten beide.

»Sei vorsichtig«, sagte sie.

Bubba zog eine .38er aus der Tasche und reichte sie ihr. »Die Alarmanlage ist aus. Wenn einer durch die Tür kommt, halt drauf. Besser ein paarmal zu viel.«

Sie betrachtete die Tarnbemalung auf seiner Stirn und unter seinen Augenlidern, die Flecken auf seinen Wangen.

»Bekomme ich einen Kuss?«

»Vor *denen* hier?« Bubba schüttelte den Kopf.

Angie zog mich am Arm. »Wir drehen uns um.«

Wir drehten uns zur Tür, starrten auf das Metall, die vier Schlösser, den stählernen Sicherheitsbügel.

Bis heute weiß ich nicht, ob sie sich wirklich küssten.

Wir fanden Christopher Dawe an dem Ort, den seine Frau uns angegeben hatte.

Er fuhr seinen Bentley rückwärts aus einer Garage in der Brimmer Street und wir keilten ihn ein: Bubbas Van vorne und mein Porsche hinten.

»Was macht ihr da, verdammt noch mal?«, fragte er, als er das Fenster herunterließ.

»Sie haben eine Sporttasche im Kofferraum«, sagte ich. »Wie viel ist da drin?«

»Gehen Sie zum Teufel!« Seine Unterlippe zitterte.

»Herr Doktor«, sagte ich, »er bringt sie um. Was Sie auch glauben, wo Sie jetzt hinfahren, was Sie auch glauben, worauf Sie sich einlassen – Sie kommen da nicht lebend raus.«

»Doch«, entgegnete er und seine Unterlippe zitterte noch stärker. Das Zittern schien auch seine Augen zu erfassen.

»Was hat er gegen Sie in der Hand, Doktor?«, fragte ich. »Bitte, helfen Sie mir, damit ich dem Ganzen ein Ende machen kann.«

Er sah zu mir auf, wollte mir trotzen, verlor jedoch den Kampf gegen sich selbst. Er biss sich auf die Unterlippe, das schmale Gesicht schien sich nach innen zu wölben und dann sprangen ihm die Tränen in die Augen und seine Schultern zitterten.

»Ich kann nicht ... Ich kann nicht ...« Seine Schultern zuckten, als befände er sich auf einem Wildwasserfloß und hätte das Ruder verloren. Mit einem hohen Zischen sog er die Luft ein. »Ich halte das keine Sekunde länger aus.« Seine Lippen formten sich zu einem Oval und die Wangen bildeten Furchchen, an denen Tränen herabrollten.

Ich legte ihm die Hand auf die Schulter. »Müssen Sie auch nicht. Geben Sie mir Ihre Last: Ich nehme sie Ihnen ab.«

Er kniff die Augen zusammen und schüttelte mehrmals den

Kopf. Wie weißer Regen tropften die Tränen auf seinen Anzug.

Ich hockte mich neben die Tür. »Doktor«, sagte ich sanft, »sie guckt uns zu.«

»Wer?«, brachte er erstickt, aber deutlich hervor.

»Karen«, antwortete ich. »Davon bin ich überzeugt. Sehen Sie mich an!«

Er drehte den Kopf herum, als würde er von einer fremden Macht bewegt, öffnete die trüben Augen und sah mich an.

»Sie sieht uns zu. Ich möchte ihr Gerechtigkeit widerfahren lassen.«

»Sie kannten sie doch kaum!«

Ich hielt seinem Blick stand. »Ich kenne kaum jemanden richtig.«

Seine Augen weiteten sich, dann schloss er sie unvermittelt. Er kniff sie zu Schlitzen zusammen, heiße, leere Tränen schossen hervor.

»Wesley«, sagte er.

»Was ist mit ihm? Doktor, was ist mit ihm?«

Er schlug ein paarmal auf die Konsole zwischen den Sitzen. Er schlug aufs Armaturenbrett. Er schlug gegen das Lenkrad. Dann griff er in die Innentasche seiner Anzugjacke und holte eine Plastiktüte hervor. Sie war zusammengerollt, so dass sie die Form eine Zigarre hatte, aber als er sie hochhielt, entrollte sie sich und ich konnte sehen, was darin verpackt war. Ich spürte die Hitze am Hinterkopf.

Ein Finger.

»Der gehört ihm«, sagte Christopher Dawe. »Wesley. Der kam heute Nachmittag an. Er meinte ... er sagte ... er sagte, wenn ich das Geld nicht an einem Rastplatz auf der Route 3 ablegte, würde er mir als Nächstes einen Hoden schicken.«

»Welcher Rastplatz?«

»Kurz vor der Ausfahrt Marshfield in südlicher Richtung.«

Ich warf einen Blick auf die Tüte. »Woher wissen Sie, dass er Ihrem Sohn gehört?«

»Es ist mein Sohn!«, schrie er.

Ich senkte kurz den Kopf und schluckte. »Ja, Sir, aber woher wissen Sie das?«

Er drückte mir die Tüte ins Gesicht. »Sehen Sie das? Sehen Sie die Narbe über dem Knöchel?«

Ich betrachtete den Finger. Die Narbe war schwach, aber unverkennbar. Sie zog sich durch die Linien über dem Knöchel, so dass sich ein kleiner Stern bildete.

»Sehen Sie das?«

»Ja.«

»Die Narbe kommt von einem Schraubenzieher. Als kleines Kind fiel Wesley in meinen Werkzeugkasten. Der Schraubenzieher bohrte sich in den Knöchel und zersplitterte den Knochen.« Er schlug mir mit der Tüte ins Gesicht. »Das ist der Finger meines Sohnes, Mr Kenzie!«

Ich hielt seinem wilden Blick stand und zwang mich, Ruhe zu bewahren.

Nach einer Weile rollte er die Tüte wieder zusammen und schob sie in seine Anzugtasche. Er schniefte, wischte sich die Tränen aus dem Gesicht. Er starrte auf die Windschutzscheibe von Bubbas Van.

»Ich möchte sterben«, sagte er.

»Genau das bezweckt er«, erwiderte ich.

»Dann hat er gewonnen.«

»Warum rufen Sie nicht die Polizei?«, schlug ich vor, doch schüttelte er heftig den Kopf. »Doktor, warum nicht? Sie sind bereit, dafür geradezustehen, was Sie mit den Babys gemacht haben. Wir wissen, wer hinter der Sache steckt. Wir können ihn festnageln.«

»Mein Sohn«, sagte er und hörte nicht auf, den Kopf zu schütteln.

»Er könnte schon tot sein«, bemerkte ich.

»Er ist alles, was ich noch habe. Wenn ich ihn verliere, weil ich die Polizei gerufen habe, dann sterbe ich auch, Mr Kenzie. Dann hält mich nichts mehr zurück.«

Die ersten Regentropfen landeten auf meinem Kopf, während ich neben der Fahrertür hockte und Christopher Dawe ansah. Es war kein erfrischender Regen. Er war wie Schweiß, ölig und feucht. Er fühlte sich schmutzig an im Haar.

»Ich werde ihm Einhalt gebieten«, sagte ich. »Geben Sie mir die Tasche in Ihrem Kofferraum und ich bringe Ihren Sohn lebend nach Hause.«

Er legte einen Arm aufs Lenkrad und drehte sich zu mir um. »Warum sollte ich Ihnen fünfhunderttausend Dollar anvertrauen?«

»Fünfhunderttausend?«, wiederholte ich. »Mehr will er nicht haben?«

Er nickte. »Mehr konnte ich auf die Schnelle nicht beschaffen.«

»Sagt Ihnen das denn nichts?«, fragte ich. »Die ganze Eile, seine Bereitschaft, sich mit weniger zufrieden zu geben, als er ursprünglich gefordert hat? Er hat es eilig, Doktor. Er bricht alle Brücken hinter sich ab. Wenn Sie zu diesem Rastplatz fahren, werden Sie Ihr Haus, Ihr Büro, dieses Auto niemals wiedersehen. Und Wesley wird auch sterben.«

Er ließ den Kopf gegen die Kopfstütze fallen, starrte an die Decke.

Es regnete jetzt in Strömen. Das warme Wasser floss mir unter dem Hemd herunter.

»Vertrauen Sie mir!«, sagte ich.

»Warum?« Er hielt den Blick zur Decke gerichtet.

»Weil ...« Ich wischte mir den Regen aus den Augen.

Er drehte mir den Kopf zu. »Warum, Mr Kenzie?«

»Weil Sie für Ihre Sünden bezahlt haben.«

»Wie bitte?«

Ich kniff die Augen wegen des Regens zusammen und nickte. »Sie haben bezahlt, Doktor. Sie haben etwas Furchtbares getan, aber dann brach die Kleine im Eis ein und Sie wurden von Ihrem Sohn und dann von Pearse zehn Jahre lang gequält. Ich weiß nicht, ob Gott das als Sühne reicht, mir schon. Sie haben Ihre Zeit abgesessen. Sie sind durch die Hölle gegangen.«

Er stöhnte. Er drückte den Hinterkopf gegen die Kopfstütze und beobachtete den Regen, der an seiner Windschutzscheibe herunterlief.

»Es geht nie zu Ende. Der Schmerz.«

»Nein«, bestätigte ich. »Aber er schon. Pearse schon.«

»Was ist mit ihm?«

»Es geht zu Ende mit ihm, Doktor.«

Er sah mich lange an.

Dann nickte er. Er öffnete das Handschuhfach, drückte auf einen Knopf und der Kofferraum sprang mit einem Ploppen auf.

»Nehmen Sie die Tasche«, sagte er. »Tun Sie, was Sie zu tun haben. Aber bringen Sie mir meinen Sohn zurück, ja?«

»Klar.«

Ich wollte mich erheben, doch er legte mir die Hand auf den Arm.

Ich lehnte mich gegen die Tür.

»Ich hab mich geirrt.«

»Womit?«

»Mit Karen«, sagte er.

»In welcher Hinsicht?«

»Sie war nicht schwach. Sie war gut.«

»Ja, das war sie. «

»Vielleicht ist sie deshalb gestorben.«

Ich entgegnete nichts.

»Vielleicht bestraft Gott so die Bösen«, meinte er.

»Wie denn, Doktor?«

Er lehnte den Kopf zurück und schloss die Augen. »Er lässt uns weiterleben.«

Kapitel 35

Christopher Dawe fuhr zu seiner Frau nach Hause. Er hatte den Auftrag, eine Tasche zu packen und im Four Seasons einzuchecken, wo ich ihn benachrichtigen würde, wenn alles vorbei war.

»Was Sie auch tun«, sagte ich, bevor er losfuhr, »gehen Sie weder ans Handy noch ans Telefon zu Hause, auch auf den Pager dürfen Sie nicht reagieren.«

»Ich weiß nicht, ob ...«

Ich streckte die Hand aus. »Geben Sie sie mir.«

»Was?«

»Das Handy und den Pager. Jetzt.«

»Ich bin Chirurg. Ich ...«

»Ist mir egal. Hier geht's um das Leben Ihres Sohnes, nicht um das eines Fremden. Ihr Handy und den Pager, Doktor.«

Mit sichtlichem Unbehagen händigte er mir beides aus, dann sahen wir ihm nach, als er fortfuhr.

»Der Rastplatz ist schlecht«, sagte Bubba, als ich neben ihm im Van saß. »Da können wir nicht voraussehen, was er alles vorhat. Plymouth ist besser.«

»Aber sein Aufenthaltsort in Plymouth ist wahrscheinlich besser abgesichert«, warf Angie ein.

Er nickte. »Aber das kann man abschätzen. Ich weiß, wo ich auf lange Sicht einen Stolperdraht spannen würde. Aber auf dem Rastplatz?« Er schüttelte den Kopf. »Wenn er improvisiert, kann ich nichts machen. Das ist zu riskant.«

»Also fahren wir nach Plymouth«, sagte ich.

»Zurück in den Sumpf«, seufzte Angie.

»Zurück in den Sumpf.«

Gerade als wir in Plymouth von der Schnellstraße abbogen, klingelte Christopher Dawes Handy. Bubbas Rücklichter leuchteten vor dem Stoppschild rot auf. Ich schaltete in den Leerlauf und hielt das Handy ans Ohr.

»Sie haben Verspätung, Doktor.«

»Scottie!«, rief ich.

Schweigen.

Ich klemmte das Telefon zwischen Schulter und Ohr, schaltete in den ersten Gang und bog hinter Bubba rechts ab.

»Patrick«, sagte Scott Pearse schließlich.

»Ich bin wie 'ne Bronchitis, Scott, findest du nicht? Immer wenn du denkst, du bist mich los, komme ich wieder.«

»Der ist gut, Pat. Erzähl ihn dem Doktor, wenn die Aorta von seinem Sohn in der Post liegt. Das findet er bestimmt witzig.«

»Ich hab dein Geld, Scott. Willst du's haben?«

»Du hast mein Geld?«

»Jawoll.«

Bubba bog von der Hauptstraße in die Zufahrtsstraße ab, die am Miles-Standish-Forest vorbei zum Sumpf führte.

»Was für Kunststücke muss ich machen, damit ich es bekomme, Pat?«

»Nenn mich noch einmal Pat, Scottie, dann verbrenne ich die Scheiße.«

»Okay, Patrick. Was muss ich also machen?«

»Gib mir deine Handynummer.«

Er nannte sie mir und ich wiederholte sie für Angie, die sie auf dem Block notierte, der mit einem Sauggummi am Handschuhfach klebte.

»Heute Nacht passiert erst mal nichts, Scott. Du kannst nach Hause gehen.«

»Warte!«

»Und wenn du versuchst, die Dawes anzurufen, siehst du niemals auch nur einen Cent von diesem Geld. Verstanden?«

»Ja, aber ...«

Ich legte auf.

Bubbas Rücklichter bogen in einen noch schmaleren Weg ein.

»Woher willst du wissen, dass er jetzt nicht zurück zur Congress Street geht?«

»Wenn Wesley irgendwo versteckt wird, dann hier. Pearse merkt, dass ihm die Kontrolle entgleitet. Er wird hierher kommen, um sich seine Trumpfkarte anzuschauen.«

»Wow!«, sagte sie. »Hört sich fast an, als glaubtest du das.«

»Ist nicht viel, was wir haben«, gab ich zurück, »aber ich hab Hoffnung.«

Nach der Lichtung fuhren wir noch vierhundert Meter weiter, parkten die Autos zwischen den Bäumen und gingen über die Zufahrtsstraße.

Zum ersten Mal seit mindestens zehn Jahren war Bubba ohne seinen Trenchcoat unterwegs. Er war ganz in Schwarz gekleidet: schwarze Jeans, schwarze Springerstiefel, ein langärmeliges schwarzes T-Shirt, schwarze Handschuhe und eine schwarze Strickmütze. Auf seine Anweisung hin hatten wir auf dem Weg zu Christopher Dawe bei mir zu Hause gehalten und ebenfalls schwarze Kleidung rausgesucht. Wir hatten uns umgezogen, bevor wir die Autos hinter den Bäumen zurückließen.

Als wir die Straße hinuntergingen, sagte Bubba: »Sobald wir das Haus gefunden haben, führ ich euch an. Ist ganz einfach: Ihr bleibt zehn Schritte hinter mir.« Er sah sich zu uns um und hob den Finger. »Und zwar *genau* hinter mir. Ihr tretet nur dahin, wo ich hintrete. Wenn ich in die Luft fliege oder auf einen Stolperdraht trete, lauft ihr den gleichen Weg wieder zurück. Kommt bloß nicht auf die verrückte Idee, mich rauszutragen, klar?«

So hatte ich Bubba noch nie zuvor erlebt. Alle Zeichen von Tollheit schienen verschwunden zu sein. Nicht nur hatte er seine unzurechnungsfähige Art abgelegt, auch seine Stimme hatte sich verändert, war etwas tiefer geworden und die Aura von Andersartigkeit und Einsamkeit, die ihn normalerweise umgab, hatte sich ebenfalls aufgelöst und bedingungsloser Entschlossenheit und Selbstvertrauen Platz gemacht.

Bubba war, das wurde mir klar, in seinem Element. Auf dem Schlachtfeld war er zu Hause. Er war ein Krieger, der in den Kampf gerufen worden war und wusste, dass es seine Bestimmung war.

Während wir ihm über die Straße folgten, sah ich, was die Männer in Beirut gesehen haben mussten: Wenn es zum Kampf kam, dann folgte und hörte man auf Bubba, dann vertraute man nur ihm, die Soldaten durch das Feuer in Sicherheit zu bringen, egal wer der befehlshabende Offizier war.

Er war der geborene Feldwebel: Neben ihm war John Wayne eine Flasche.

Er ließ den Seesack von der Schulter gleiten und klemmte ihn unter den Arm. Beim Gehen öffnete er den Reißverschluss, holte eine M-16 heraus und drehte sich zu uns um.

»Und ihr wollt wirklich keine davon?«

Wir schüttelten den Kopf. Eine M-16. Wenn ich einmal abdrückte, fiel mir wahrscheinlich der Arm ab.

»Die Pistolen reichen«, sagte ich.

»Habt ihr noch Magazine?«

Ich nickte. »Vier.«

Er fragte Angie: »Schnelllader?«

Sie nickte. »Drei.«

Angie sah mich an. Sie schluckte. Ich wusste, was sie fühlte. Auch mein Mund wurde trocken.

Wir gingen über den Holzsteg an der Pumpenhütte vorbei.

»Wenn wir dieses Haus finden, ja?«, sagte Bubba. »Wenn wir reinkommen und irgendwas bewegt sich, dann ballert ihr los. Ohne zu zögern. Was nicht angekettet ist, ist auch keine Geisel. Was keine Geisel ist, hat keine guten Absichten. Klar?«

»Äh, ja«, antwortete ich.

»Ange?« Er drehte sich zu ihr um.

»Ja. Klar.«

Bubba hielt inne und starrte Angie mit ihrem blassen Gesicht und den großen Augen an.

»Schaffst du das?«, fragte er vorsichtig.

Sie nickte mehrmals.

»Weil ...«

»Sei nicht so ein Macho, Bubba. Das hier ist schließlich kein Nahkampf. Ich muss nur zielen und abdrücken und ich kann besser schießen als ihr beide.«

Bubba sah mich an. »Du andererseits ...«

»Du hast Recht«, sagte ich. »Ich geh nach Hause.«

Er lächelte. Angie lächelte. Ich lächelte. In der Stille des Sumpfes und im Dunkel der Nacht hatte ich das Gefühl, dass es für lange Zeit unser letztes Lächeln war.

»Also gut«, meinte Bubba. »Wir drei zusammen. Vergesst bloß nicht: Die einzige Sünde, die es im Kampf gibt, ist zu zögern. Zögert auf gar keinen Fall!«

Wir blieben an der Baumgrenze stehen. Bubba holte den Seesack von der Schulter und legte ihn vorsichtig auf den Boden. Er öffnete ihn und zog drei eckige Gegenstände mit Schlaufen hinten und Objektiven vorne heraus. Zwei davon reichte er uns.

»Setzt die auf!«

Wir gehorchten und die Welt wurde grün. Die dunklen Büsche und Bäume wurden minzgrün, das Moos smaragdgrün und die Luft nahm einen dunkelgrünen Farbton an.

»Lasst euch Zeit«, sagte Bubba. »Gewöhnt euch dran.«

Er holte ein riesiges Infrarotfernrohr heraus und hielt es vor die Augen. Zentimeterweise suchte er damit den Wald ab.

Das Grün wirkte aggressiv, ekelerregend. Meine .45er auf dem Rücken fühlte sich wie ein glühender Schürhaken an. Die Trockenheit in meinem Mund war jetzt bis zum Hals vorgedrungen und schien mir die Atemwege abzuklemmen. Und ehrlich gesagt, kam ich mir mit dem sperrigen Nachtsichtgerät vor dem Kopf wirklich dämlich vor. Ich fühlte mich wie ein Power Ranger.

»Ich hab's«, sagte Bubba.

»Was?«

»Folg genau meinem Finger!«

Er hob den Arm und wies auf eine bestimmte Stelle und ich peilte über seine Fingerspitze durch das Meer aus Büschen, Sträuchern und Bäumen, bis ich die Fenster entdeckte.

Es waren zwei. Plötzlich blickten sie uns wie rechteckige Periskope aus dem Waldboden an. Sie waren nur einen halben Meter hoch, aber als sie nun in dem Grün auftauchten, konnte ich mir gar nicht vorstellen, wie wir sie hatten übersehen können.

»Am Tag würdest du die nicht im Leben finden«, sagte Bubba, »es sei denn, die Sonne spiegelt sich in den Scheiben. Außer der Scheibe ist alles grün gestrichen, sogar die Zierleiste.«

»Ja, vielen Dank auch ...«

Er hieß mich mit erhobenem Finger schweigen und wies mit dem Kopf zur Seite. Ungefähr dreißig Sekunden später hörte ich es auch: einen Motor und Reifen, die über die Zufahrtsstraße auf uns zukamen. Die Reifen fuhren in nördliche Richtung durch die matschige Erde der Lichtung. Bubba tippte uns auf die Schultern, nahm seine Tasche hoch und kroch gebückt zur Baumgrenze. Wir folgten ihm. Die Wagentüren wurden geöffnet und zugeschlagen und dann knirschten Schuhe über den Pfad zum Ufer des Tümpels.

Bubba verschwand zwischen den Bäumen und wir liefen geduckt zu ihm hinüber.

Scott Pearse, ganz in Grün, trat auf die Holzplanken. Halb ging, halb lief er an der Hütte vorbei zur anderen Seite, laut hallten seine Tritte auf dem Holz. Er wollte gerade im Unterholz verschwinden, als er am Ufer innehielt und bewegungslos verharrte.

Langsam drehte er den Kopf in unsere Richtung und einen Moment lang schien er mir direkt in die Augen zu blicken. Er beugte sich vor und blinzelte. Er streckte die Arme aus, als wollte er die Mücken, den Nebel auf dem Wasser und das entfernte Plätschern von ins Wasser fallenden Früchten zum Schweigen bringen. Er schloss die Augen und lauschte.

Nach einem Zeitraum, der mir wie eine Ewigkeit erschien, schlug er die Augen wieder auf und schüttelte den Kopf. Er teilte die Zweige vor sich und verschwand im Wald.

Ich drehte mich um, doch Bubba war nicht mehr neben uns. Ich hatte ihn überhaupt nicht gehört. Er hockte ungefähr zehn Meter weiter vorne, die Hände auf die Knie gestützt, und verfolgte Scott Pearse' Weg durch den Wald.

Ich sah wieder zu Pearse hinüber, der nun ungefähr zehn Meter vor den beiden Fenstern stehen blieb und die Hand Richtung Waldboden ausstreckte. Als er den Arm wieder hob, hatte er eine Falltür in der Hand. Er beugte sich vor, stieg in das Loch und schloss die Tür über sich.

Plötzlich stand Bubba neben uns.

»Wir wissen nicht, ob er jetzt Bewegungsmelder oder Stolperdrähte aktiviert, aber ich schätze, wir haben ungefähr eine Minute. Folgt mir, aber passt auf!«

Wie eine unglaublich geschmeidige, kraftvolle Dschungelkatze näherte er sich dem Ufer. Angie ging zehn Schritte hinter ihm, ich fünf hinter ihr.

Dann schlug er einen Haken in den Wald, wir blieben hinter ihm. Nie zeigte er auch nur das kleinste Anzeichen von Zögern, als er lautlos den Weg einschlug, den Scott Pearse gegangen war.

Er erreichte die Tür im Waldboden und winkte uns zu sich.

Plötzlich verspürte ich ein übergroßes Verlangen, mich zurückzuziehen, kurz einmal auf die Bremse zu treten. Das ging alles viel schneller, als ich gedacht hatte. Atemberaubend schnell.

»Wenn sich was bewegt, schießen«, flüsterte Bubba und stellte den Schalter an seiner M-16 auf Automatik. »Nehmt die Schutzbrillen erst ab, wenn wir wissen, dass drinnen Licht ist. Wenn ja, macht euch nicht die Mühe, sie über den Kopf zu ziehen. Zieht sie einfach nach unten und lasst sie um den Hals hängen. Fertig?«

»Äh ...«, sagte ich.

»Eins, zwei drei«, zählte Bubba.

»O Gott«, stöhnte Angie.

»Ohne Scheiß jetzt«, flüsterte Bubba scharf. »Seid ihr dabei oder nicht? Los jetzt! Keine Zeit mehr.«

Ich zog meine .45er aus dem Holster auf dem Rücken und entsicherte sie. Die Hand wischte ich mir an der Jeans ab.

»Okay«, sagte Angie.

»Okay«, sagte ich.

»Wenn wir getrennt werden«, meinte Bubba, »sehen wir uns daheim wieder.«

Er grinste und langte nach dem Türgriff.

»Bin ich happy«, flüsterte er.

Ich warf Angie schnell einen fragenden Blick zu, doch sie umfasste ihre .38er fester, um das Zittern zu bezwingen. Bubba machte die Tür auf.

Eine weiße Steintreppe gähnte uns entgegen. Sie fiel fünfzehn Stufen steil nach unten, wo sie vor einer Stahltür endete.

Bubba kniete sich vor die oberste Stufe, legte die M-16 an und feuerte mehrmals auf die obere und untere linke Ecke der Tür. Die Kugeln hämmerten gegen den Stahl und schlugen gelbe Funken. Der Lärm war ohrenbetäubend.

Das Fenster vor uns zersprang und ich sah in auf uns gerichtete Mündungen. Wir duckten uns und Bubba sprang die Treppe hinunter und trat die Tür aus den zerschossenen Angeln.

Wir ließen uns die Treppe hinunterrutschen, wurden dabei vom Fenster aus beschossen und dann waren wir bereits durch die Tür gestiegen und sahen einen ungefähr dreißig Meter langen Betongang vor uns, von dem mehrere Türen nach rechts und links abgingen.

Der Gang war in grelles Licht getaucht, so dass ich die Nachtsichtbrille vom Gesicht streifte und um den Hals baumeln ließ. Angie tat es mir nach und dort standen wir – angespannt, starr vor Angst – und blinzelten in das grellweiße Licht.

Eine kleine Frau trat aus einer Tür auf der rechten Seite in ungefähr zehn Meter Entfernung. Ich konnte gerade noch sehen, dass sie dünn und brünett war und eine .38er in der Hand hielt, da hatte Bubba auf den Abzug seiner M-16 gedrückt. Ihre Brust verschwand in einer roten Wolke.

Die .38er fiel auf den Boden und sie sackte in der Tür zusammen.

»Los!«, befahl Bubba.

Er trat die ihm nächste Tür ein und wir standen vor einem leeren Arbeitszimmer. Bubba sprühte trotzdem eine Ladung Tränengas hinein und schloss die Tür hinter sich.

Wir traten über die Schwelle des Raumes, vor dem die Leiche der Frau lag. Es war ein Schlafzimmer, klein und leer wie das vorige.

Bubba stieß mit dem Fuß gegen die Leiche. »Kennt ihr die?«

Ich schüttelte den Kopf, aber Angie nickte. »Das ist die Frau auf den Bildern mit David Wetterau.«

Ich sah noch einmal hin. Ihr Gesicht war verkehrt herum, von den Augen war nur das Weiße zu sehen, sie hatte Blutflecken auf dem Kinn, aber Angie hatte Recht.

Bubba stellte sich vor die nächste Tür. Er trat sie ein und wollte gerade losballern, als ich sein Gewehr nach oben stieß.

Ein blasser Mann mit schütterem Haar saß auf einem Metallstuhl. Das linke Handgelenk war fest mit einem dicken gelben Seil an die Armlehne gefesselt, und als Knebel hatte man ihm einen blauen Squashball in den Mund gestopft. Das rechte Handgelenk war frei, an der Lehne baumelte das gelbe Seil, als hätte er seine Hand kurz vor unserem Eintreten irgendwie befreien können. Er war ungefähr in meinem Alter und sein rechter Zeigefinger fehlte. Eine Rolle Isolierband lag zu seinen Füßen, doch waren seine Beine aus unerfindlichen Gründen nicht festgebunden.

»Wesley«, sagte ich.

Er nickte, sein Blick war wild, verwirrt, panisch.

»Los, wir schaffen ihn raus!«, sagte ich.

»Nein«, widersprach Bubba. »Wir sind nicht gesichert. Er wird erst rausgebracht, wenn wir uns abgesichert haben.«

Ich blickte mich zur Treppe um. Nur zehn Meter.

»Aber ...«

»Wir haben keine Deckung«, sagte er. »Widersprich verdammt noch mal nicht meinen Befehlen!«

Verzweifelt trat Wesley mit den Fersen auf den Boden, schüttelte den Kopf und flehte mich mit den Augen an, ihn loszubinden und herauszuholen.

»Scheiße«, sagte ich.

Bubba wandte sich der nächsten Tür ein paar Meter weiter rechts von uns zu.

»Okay«, meinte er. »Wir machen das jetzt der Reihe nach. Patrick, ich will, dass du ...«

Die Tür am Ende des Ganges schlug auf und wir drei wirbelten herum. Diane Bourne schien mit erhobenen Händen in den Gang zu schweben, ihre Füße berührten den Boden nicht. Scott Pearse stand hinter ihr, hatte einen Arm um ihre Hüfte gelegt, den anderen hinter ihr angewinkelt und drückte ihr eine Pistole an den Hinterkopf.

»Waffen auf den Boden!«, schrie Pearse. »Oder sie stirbt!«

»Ja, und? Scheißegal!«, sagte Bubba, drückte den Kolben seiner M-16 gegen die Schulter und visierte die beiden an.

Diane Bourne wurde von Krämpfen geschüttelt. »Bitte, bitte, bitte.«

»Waffen auf den Boden!«, schrie Pearse.

»Pearse«, sagte ich. »Gib auf. Du hast keine Chance. Es ist vorbei.«

»Hier wird nicht rumgequatscht!«, schrie er.

»Da hast du verdammt Recht. So 'n Schwachsinn«, meinte Bubba. »Ich durchlöcher sie jetzt, Pearse. Okay?«

»Warte!« Pearse' Stimme zitterte genauso stark wie Diane Bournes Körper.

»Ach nee«, machte Bubba.

Pearse ließ die Pistole sinken, Bubba verharrte und plötzlich nahm Pearse den Arm wieder hoch und hielt ihn über

Diane Bournes Schulter mit der Mündung auf Angies Stirn gerichtet.

»Wenn Sie sich bewegen, Miss Gennaro, fliegt Ihr Schädel auseinander.«

Pearse' Stimme zitterte jetzt nicht mehr die Spur. Die Hand mit der Waffe blieb ruhig, als er den Gang herunter auf uns zukam. Den Arm hatte er immer noch um Diane Bournes Hüfte geschlungen, er trug sie wie ein Schutzschild vor sich her.

Angie war regungslos. Die .38er hielt sie schlaff in der Hand, die Augen starrten in das Loch am Ende von Pearse' Pistole.

»Zweifelt da jemand dran?«

»Fuck«, sagte Bubba ganz leise.

»Waffen auf den Boden! Sofort!«

Angie ließ ihre fallen. Ich meine ebenfalls. Bubba bewegte sich nicht. Er hielt die M-16 auf Pearse gerichtet, der etwa sechs Meter vor ihm stehen blieb.

»Rogowski«, sagte Pearse, »lass die Waffe fallen!«

»Fuck, nein, Pearse.«

Der Schweiß trat auf Bubbas Nackenhaare, aber sein Gewehr bewegte sich nicht einen Millimeter.

»Ah«, meinte Pearse. »Okay.«

Er drückte ab.

Ich warf mich mit der Schulter gegen Angie und ein heißkalter Speer durchbohrte meine Brust genau unterhalb der Schulter. Ich fiel gegen die Betonwand und landete mitten im Gang auf den Knien.

Pearse drückte erneut ab, aber der Schuss prallte von der Wand hinter mir ab.

Bubbas Gewehr entlud sich und Diane Bourne verschwand hinter roter Farbe. Ihr Körper zappelte, als stände er unter Strom.

Angie kroch auf dem Bauch zu ihrer .38er. Der Gang schwankte vor mir, dann fiel ich rücklings zu Boden.

Bubba flog gegen den Türrahmen, ließ die M-16 fallen und fasste sich an die Hüfte.

Ich versuchte aufzustehen, doch gelang es mir nicht.

Bubba streckte die Hand aus, zog Angie an den Haaren und riss sie mit sich in den Raum, in dem sich Wesley Dawe befand. Ich hörte Kugeln um mich herum vom Beton abprallen, konnte aber nicht den Kopf heben, um zu sehen, von wem sie stammten.

Ich drehte den Kopf nach links und blickte nach oben.

Bubba stand in der Tür zu Wesleys Zimmer. Mit einem traurigen, liebevollen Blick, den ich noch nie bei ihm gesehen hatte, schaute er mich an.

Dann schlug er die Tür zwischen uns zu.

Das Schießen hörte auf. Im Flur war es still, ich hörte Schritte näher kommen.

Scott Pearse stand über mir und lächelte. Er nahm das Magazin aus seiner Neun-Millimeter und ließ es neben meinem Kopf auf den Boden fallen. Er schob ein neues ein und lud die erste Patrone. Seine Kleidung, der Hals und das Gesicht waren mit Diane Bournes Blut besudelt. Er winkte mir zu.

»Du hast ein Loch in der Brust, Pat. Ist das nicht witzig? Ich find's richtig komisch.«

Ich wollte etwas sagen, aber aus meinem Mund kam nur eine warme Flüssigkeit.

»Scheiße«, meinte Scott Pearse, »kratz bloß noch nicht ab. Ich will, dass du noch siehst, wie ich deine Freunde umbringe.«

Er hockte sich neben mich. »Sie haben ihre Pistolen hier draußen gelassen. Aus dem Zimmer kommen sie nicht wieder raus.« Er tätschelte mir die Wange. »Mann, bist du schnell! Ich wollte, dass du zusiehst, wie deine kleine Zuckerpuppe eine Kugel in den Kopf bekommt, aber du hast so schnell reagiert ...«

Meine Augen glitten zur Seite, nicht mit Absicht, sondern weil sie plötzlich auf einem Kugellager zu laufen schienen. Ohne dass ich sie kontrollieren konnte, glitten sie vorbei.

Scott Pearse hob mein Kinn hoch und schlug mir gegen die Schläfe und meine Augen rollten über das Kugellager wieder zurück.

»Wart noch kurz, Junge. Ich muss wissen, wo mein Geld ist.«

Ich schüttelte kaum merklich den Kopf. Ein warmes, raues Prickeln fuhr durch meine linke Brust direkt unter dem Schlüsselbein. Es wurde unglaublich heiß und das Brennen wurde immer schlimmer.

»Du magst doch Witze, Pat, oder?« Wieder tätschelte er mir die Wange. »Hier, dieser ist gut: Du gibst hier gleich den Löffel ab und dabei sollst du eins wissen: Du hast nie das ganze Brett gesehen, nicht einmal jetzt. Das find ich wirklich zum Piepen.« Er schmunzelte. »Das Geld ist in deinem Auto, das wahrscheinlich irgendwo in der Nähe geparkt ist. Das find ich schon.«

»Nein«, brachte ich heraus, obwohl ich mir nicht sicher war, dass man es verstehen konnte.

»'ne Zeit lang hat's mir Spaß gemacht mit dir, Pat, aber jetzt wird's langweilig. Egal. Muss jetzt deine Alte und den abgedrehten Riesen umlegen. Bin gleich wieder da.«

Er stand auf und wandte sich der Tür zu. Ich tastete mit einer tauben Hand über den Boden, der Schmerz in der Brust wurde stärker.

Scott Pearse lachte. »Die Knarre liegt gut eineinhalb Meter neben deinen Beinen, Pat. Aber versuch's ruhig.«

Ich biss die Zähne zusammen und schrie auf, als ich den Kopf vom Boden hob und es fertig brachte, mich aufzusetzen.

Blut floss aus dem Loch in meiner Brust und durchweichte meine Kleidung.

Pearse neigte den Kopf und legte die Pistole auf mich an. »Super, was du alles für deine Mannschaft tust, Pat. Bravo!«

Ich starrte ihn an, ich wollte, dass er abdrückte.

»Okay«, sagte er sanft und spannte den Hahn. »Machen wir Schluss hier.«

Hinter ihm flog die Tür auf, Pearse drehte sich um und gab einen Schuss ab, der ein großes Loch in Bubbas Oberschenkel riss.

Bubba ließ sich nicht aufhalten. Er ergriff Pearse' Hand und schlang den anderen Arm von hinten um seine Brust.

Pearse stieß einen kehligen Schrei aus und versuchte, sich aus Bubbas Griff zu winden, doch drückte Bubba noch fester zu und Pearse begann zu keuchen, japste schrill, als er merkte, wie sich seine Hand mit der Waffe gegen seinen Willen auf seinen Kopf zubewegte.

Er wollte den Kopf wegdrehen, doch Bubba holte aus und schlug mit seiner gewaltigen Stirn so heftig gegen Pearse' Hinterkopf, dass es sich anhörte, als würde eine Billardkugel zerspringen.

Pearse flogen fast die Augen aus dem Kopf.

»Nein«, jaulte er. »Nein, nein, nein, nein.«

Bubba grunzte vor Anstrengung. Blut lief an seinem Bein herunter. Angie krabbelte auf allen vieren in den Flur und griff nach ihrer .38er.

Sie kniete sich hin, spannte den Hahn und zielte auf Pearse' Brust.

»Lass das sein, Ange, verdammte Scheiße!«, schrie Bubba.

Angie hielt inne, den Finger um den Abzug gekrümmt.

»Du gehörst mir, Scott«, flüsterte Bubba Pearse mit rauer Stimme ins Ohr. »Du gehörst mir allein, Süßer.«

»Bitte«, flehte Pearse. »Warte! Nein! Nicht! Warte! Bitte!«

Bubba grunzte erneut und drückte die Mündung von Pearse' Pistole gegen dessen Schläfe, schob mit seinem Finger den von Pearse um den Abzug.

»Nein!«

»Fühlst du dich einsam, bist du deprimiert, denkst du manchmal an Selbstmord?«, flüsterte Bubba.

»Nein!« Pearse schlug mit seiner freien Hand gegen Bubbas Kopf.

»Dann ruf am besten die Seelsorge an, aber nicht mich, Pearse, denn mir ist das scheißegal.«

Bubba drückte Pearse ein Knie in den Rücken und hob ihn hoch.

»Bitte!« Pearse strampelte in der Luft, Tränen liefen seine Wangen herunter.

»Jaja, sicher, klar«, meinte Bubba.

»O Gott!«

»Hey, Arschloch, hörst du? Grüß den armen Hund von mir, kapiert?«, sagte Bubba und blies Scott Pearse das Hirn aus dem Kopf.

Kapitel 36

Fünf Wochen lag ich im Krankenhaus. Die Kugel war direkt unter dem Schlüsselbein in die linke Brust eingetreten und aus dem Rücken wieder hinaus. Als die Sanitäter den Bunker erreichten, hatte ich bereits dreieinhalb Liter Blut verloren. Ich lag vier Tag im Koma, und als ich aufwachte, hatte ich Schläuche in der Brust, Schläuche im Hals, Schläuche im Arm und Schläuche in der Nase, hing an einem Atemgerät und war so durstig, dass ich mein gesamtes Vermögen für einen einzigen Eiswürfel gegeben hätte.

Offenbar hatten die Dawes Beziehungen, denn die Anzeigen gegen Bubba wegen illegalen Waffenbesitzes versandeten einfach, einen Monat nachdem wir ihren Sohn gerettet hatten. Es war, als sagte die Staatsanwaltschaft: Sicher, Sie betraten den Bunker in Plymouth mit so viel Munition, dass sie ein ganzes Land hätten überfallen können, aber sie haben ein Kind von reichen Eltern lebend herausgeholt. Wo kein Schaden, da kein Kläger.

Wesley Dawe kam mich besuchen. Er hielt meine Hand und dankte mir mit Tränen in den Augen und dann erzählte er mir, wie er Pearse über Diane Bourne kennen gelernt hatte, die nicht nur seine Therapeutin, sondern auch seine Geliebte gewesen war. Sie, und schließlich auch Pearse, hätten ihn in ihre Gewalt gebracht, indem sie seine schwache Persönlichkeit ausnutzten, ihn in psychische und sexuelle Machtspiele verwickelten und ihm seine Medizin je nach Laune vorenthielten oder verabreichten. Er gab zu, dass es anfangs seine Idee gewesen war, seinen Vater zu erpressen, doch Diane Bourne und Pearse hätten seinen Plan immer weiter getrieben, bis er schließlich tödliche Dimensionen annahm, denn irgendwann sahen sie das Vermögen der Dawes als ihr eigenes an.

Mitte 1998 hatten sie ihn gefangen genommen und hielten ihn an einen Stuhl oder ans Bett gefesselt.

Meine Stimme war noch nicht wieder zurückgekehrt. Eine Kugel hatte einen mikroskopisch kleinen Splitter vom Schlüsselbein gelöst, der meinen linken Lungenflügel durchbohrt und zu einem Kollaps geführt hatte. Wenn ich in den ersten Wochen versuchte zu sprechen, kam nur ein hohes Pfeifen heraus wie bei einem Wasserkessel oder bei Donald Duck, wenn er einen von seinen Anfällen hat.

Doch bezweifle ich, dass ich auch mit Stimme lange mit Wesley Dawe gesprochen hätte. Ich hielt ihn für einen traurigen Schwächling und hatte immer wieder das Bild eines kleinen, quengeligen Jungen vor Augen, der den ganzen Ärger verursacht hatte, weil er – mit oder ohne Absicht – einfach nur seinen Trotzkopf durchsetzen wollte. Seine Stiefschwester war tot, daran konnte ich ihm wohl nicht die Schuld geben, doch verspürte ich auch nicht den Wunsch, ihm zu vergeben.

Als er zum zweiten Mal vorbeikam, stellte ich mich schlafend. Er schob mir einen Scheck von seinem Vater unters Kopfkissen und flüsterte: »Danke. Du hast mir das Leben gerettet«, bevor er das Zimmer verließ.

Bubba und ich saßen ziemlich lange im Mass General fest und so hatten wir schließlich gemeinsam Krankengymnastik. Ich mit dem verkümmerten rechten Arm und er mit einer neuen Hüfte aus Metall.

Es ist ein komisches Gefühl, wenn man jemandem sein Leben verdankt. Es ist demütigend und man fühlt sich schuldig und schwach. Manchmal ist die Dankbarkeit so überwältigend, dass sie sich wie ein Amboss ums Herz anfühlt.

»Das ist wie mit Beirut«, sagte Bubba eines Nachmittags bei der Hydrotherapie. »Was passiert ist, ist passiert. Es nützt nichts, drüber zu reden.«

»Vielleicht.«

»Mann, Junge, du hättest das Gleiche für mich getan.«

Und wie ich da so saß, spürte ich eine beruhigende Sicherheit in der Brust, dass er wahrscheinlich Recht hatte, obwohl ich nicht ganz überzeugt war, dass ich mit einer Kugel in der Hüfte und einer im Oberschenkel in der Lage gewesen wäre, so mit einem Typ wie Scott Pearse umzuspringen, wie Bubba es getan hatte.

»Du hast es für Ange getan«, sagte er. »Und für mich würdest du das auch tun.«

Er nickte sich selbst zu.

»Okay«, sagte ich, »du hast Recht. Ich bedanke mich jetzt nicht mehr.«

»Und du redest auch nicht mehr darüber.«

»Okay.«

Er nickte. »Alles klar.« Dann betrachtete er die Metallwannen im Raum. Ich saß neben ihm, außerdem lagen noch weitere sechs oder sieben Menschen im sprudelnd heißen Wasser. »Weißte, was jetzt echt cool wäre?«

Ich schüttelte den Kopf.

»Ein bisschen Gras. Jetzt, hier.« Er hob die Augenbrauen. »Findest du nicht?«

»Doch, klar.«

Er stieß die Lehrerin in der Wanne neben ihm an. »Weißt du, wo wir hier was zum Kiffen kriegen, Schwester?«

Die Frau, die Bubba beim Betreten des Bunkers zuerst erschossen hatte, wurde als Catherine Larve identifiziert, ein ehemaliges Fotomodell aus Kansas City, das sich Ende der Achtziger, Anfang der Neunziger, auf Kaufhauswerbung im Mittleren Westen spezialisiert hatte. Sie war nicht polizeilich registriert, und über das Leben, das sie führte, nachdem sie Kansas City mit einem gut aussehenden blonden Mann – die Nachbarn hielten ihn für ihren Freund – in einem 68er Shelby Mustang verlassen hatte, war nicht viel herauszubekommen.

Bubba wurde zehn Tage vor mir aus dem Krankenhaus entlassen. Vanessa holte ihn ab, und bevor sie zu seinem Lagerhaus fuhren, hielten sie am Tierheim an und holten sich einen Hund.

Die letzten zehn Tage im Krankenhaus waren die schlimmsten. Vor meinem Fenster ging der Sommer dem Ende zu und der Herbst übernahm die Regie. Ich konnte einfach nur daliegen und zuhören, wie sich der Klang der Stimmen der Menschen zehn Stockwerke unter mir im Lauf der Jahreszeiten veränderte. Mir blieb nichts anderes übrig, als darüber nachzudenken, wie Karen Nichols wohl in der frischen Herbstluft geklungen hätte, wenn sie es bis zum Ende der Sommerhitze und den ersten fallenden Blättern ausgehalten hätte.

Langsam nahm ich die Stufen zu meiner Wohnung, einen Arm um Angie gelegt, mit der anderen Hand einen Gummiball quetschend, um die Muskeln meines unglaublich langsam heilenden Arms zu trainieren.

Meine gesamte linke Seite fühlte sich schwach und kraftlos an, als ob das Blut auf der Seite irgendwie dünner gewesen wäre. Und nachts war sie manchmal eiskalt.

»Wir sind zu Hause«, sagte Angie, als wir den Treppenabsatz erreichten.

»Zu Hause?«, fragte ich. »Meinst du bei mir oder bei uns?«

»Bei uns zu Hause«, antwortete sie.

Sie öffnete die Tür und ich sah in den Gang, der angenehm nach kürzlich aufgetragener Murphy's Oil Soap roch. Ich fühlte die Wärme von Angies Hand in meiner. Ich sah meinen verschlissenen alten Fernsehsessel, der im Wohnzimmer auf mich wartete. Und ich wusste, dass im Kühlschrank zwei kalte Flaschen Becks auf mich warteten, wenn Angie sie nicht in der Zwischenzeit getrunken hatte.

Das Leben ist nicht schlecht, dachte ich. Das Gute liegt in den kleinen Dingen. Die Möbel, die sich dem Körper angepasst haben. Ein kaltes Bier an einem heißen Tag. Eine Erdbeere. Ihre Lippen.

»Zu Hause«, sagte ich.

Es wurde Spätherbst, bis ich beide Hände wieder über den Kopf strecken konnte, und eines Tages machte ich mich auf die Suche nach meinem zerrissenen, abgetragenen Lieblingssweatshirt aus Highschoolzeiten, das ich mit der gesunden Hand in das oberste Fach des Kleiderschranks geworfen hatte, wo es sich im Schatten der Tür versteckte. Ich hatte es weggeräumt, weil Angie es hasste. Sie sagte, darin sähe ich wie ein Penner aus, und ich war überzeugt, dass sie ernst zu nehmende Mordabsichten gegen das Kleidungsstück hegte. Ich habe gelernt, dass man solche Drohungen von Frauen nicht auf die leichte Schulter nehmen soll.

Meine Hand sank in die ausgebleichte Baumwolle, und als ich das Sweatshirt hervorzog und mehrere Gegenstände mit ihm herunterriss, seufzte ich glücklich.

Das eine war eine Kassette, die ich verloren geglaubt hatte, der Mitschnitt eines Konzerts von Muddy Waters mit Mick Jagger und den Red Devils. Das andere war ein Buch, das mir Angie einmal geliehen hatte. Nach fünfzig Seiten hatte ich es aufgegeben und es in der Hoffnung, Angie würde es vergessen, dort oben verstaut. Das dritte war eine Rolle Isolierband, die ich im letzten Sommer nach oben geworfen hatte, weil ich ein offenes Kabel umwickelt hatte und zu faul gewesen war, die Rolle zurück in den Werkzeugkasten zu legen.

Ich hob die Kassette auf, warf das Buch wieder in die Dunkelheit und griff zum Isolierband.

Aber ich berührte es nicht. Stattdessen setzte ich mich auf den Boden und starrte es an.

Und endlich sah ich das ganze Brett.

Kapitel 37

»Mr Kenzie«, grüßte mich Wesley, als ich ihn am Teich auf dem hinteren Teil des väterlichen Grundstücks antraf, »freut mich, Sie zu sehen.«

»Haben Sie sie geschubst?«, fragte ich.

»Was? Wen?«

»Naomi«, sagte ich.

Er wandte den Kopf und warf mir ein verwirrtes Lächeln zu. »Wovon reden Sie überhaupt?«

»Sie lief dem Ball hinterher auf den Teich«, sagte ich. »So die offizielle Version, stimmt's? Aber wie kam der Ball dahin? Haben Sie ihn geworfen, Wes?«

Er schenkte mir noch ein schwaches, gequältes Lächeln. Er sah zum Teich hinüber. Sein Blick war in die Ferne gerichtet. Er stopfte die Hände in die Hosentaschen und lehnte sich leicht nach hinten. Seine Schultern strafften sich, der dünne Körper wurde von einem leichten Schauer geschüttelt.

»Naomi hat den Ball geworfen«, sagte er milde. »Ich weiß nicht, warum. Ich war vorgegangen.« Er neigte den Kopf nach rechts. »Da hoch. Wahrscheinlich in Gedanken versunken, obwohl ich nicht mehr weiß, was ich damals dachte.« Er zuckte mit den Schultern. »Ich ging weiter, meine Schwester warf den Ball und er rollte weiter. Vielleicht prallte er an einem Stein ab. Vielleicht warf sie ihn aufs Eis, weil sie sehen wollte, was passierte. Der Grund ist eigentlich egal. Der Ball fiel aufs Eis und sie lief hinterher. Plötzlich hörte ich ihre Schritte auf dem Eis, als wären es Geräusche in einem Film. Kurz zuvor war ich noch in meinem verkorksten Hirn gefangen und plötzlich konnte ich ein Eichhörnchen in zwanzig Metern Entfernung über das gefrorene Gras springen hören. Ich konnte den Schnee schmelzen hören. Ich konnte Naomis Schritte auf dem Eis hören. Und ich drehte den Kopf gerade noch rechtzeitig, um das Eis unter ihr einbrechen zu sehen. Es war so leise, dieses Geräusch.« Er wandte sich wieder mir zu und hob eine Augenbraue. »Würde man gar nicht glauben, oder? Aber es hörte sich an, als zerknüllte jemand ein Stück Alufolie. Und sie«, er lächelte, »sie hatte einen grenzenlos glücklichen Gesichtsausdruck. Es war so spannend! Sie gab keinen Laut von sich. Schrie nicht. Fiel einfach rein. Und war weg.«

Er zuckte wieder mit den Schultern, nahm einen Stein in die Hand und warf ihn in die Höhe. Ich beobachtete, wie er durch die frische Herbstluft sauste und dann mit einem leisen Platschen in der Mitte des Teiches versank.

»Also, ich habe meine Schwester nicht umgebracht, Mr Kenzie, nein«, sagte er. »Ich hab einfach nur nicht richtig auf sie aufgepasst.« Er steckte die Hände wieder in die Jackentaschen und wippte ein wenig auf den Absätzen. Wieder warf er mir sein gequältes Lächeln zu.

»Aber sie haben Ihnen die Schuld gegeben«, sagte ich und sah mich um zur Veranda, wo Christopher und Carrie Dawe beim Nachmittagstee saßen und die Sonntagszeitung lasen. »So war es doch, Wesley, oder?«

Er schürzte die Lippen und nickte, den Blick auf seine Schuhe gerichtet. »Oh, ja, sicher.«

Er drehte sich nach rechts und ging in der nachmittäglichen Sonne dieses Oktobersonntags langsam am Teich entlang. Er schien unsicher zu laufen, aber dann wurde mir klar, dass es an der komischen Bewegung der rechten Hüfte lag. Ich warf einen Blick auf seine Schuhe und sah, dass die Sohle des rechten fünf Zentimeter dicker war, und mir fiel wieder ein, dass Christopher Dawe uns erzählt hatte, Wesley sei mit einem kürzeren Bein geboren worden.

»War bestimmt kein schönes Gefühl«, bemerkte ich.

»Was denn?«

»Wenn einem die Schuld am Tod der kleinen Stiefschwester gegeben wird, obwohl man gar nichts dafür konnte.«

Er hielt den Kopf gesenkt, ein schiefes Lächeln zuckte um seine Mundwinkel. »Sie sind ein Meister im Untertreiben, Mr Kenzie.«

»Jeder hat so seine Stärken, Wes.«

»Als ich dreizehn war«, erzählte er, »erbrach ich einen Liter Blut. Einen ganzen Liter. Aber ich hatte nichts. Das waren ›die Nerven‹. Mit fünfzehn hatte ich ein Magengeschwür. Mit achtzehn wurden bei mir manische Depression und eine beginnende Schizophrenie festgestellt. Meinem Vater war das peinlich. Es demütigte ihn. Er war der Meinung, wenn er mich abhärtete, wenn er mich fertig machte, herunterputzte und lange genug quälte, würde ich eines Tages als harter Kerl aufwachen.« Er schmunzelte. »Väter. Hatten Sie eine gute Beziehung zu Ihrem?«

»Nicht im entferntesten, Wesley.«

»Hat er auch erwartet, dass Sie nach seinen Vorstellungen leben, ja? Hat er sie so oft ›Versager‹ genannt, dass Sie es selbst glaubten?«

»Er hat mich festgehalten und mir den Bauch mit einem Bügeleisen verbrannt.«

Wesley blieb zwischen den Bäumen stehen und sah mich an. »Ist das Ihr Ernst?«

Ich nickte. »Zweimal hat er mich so verprügelt, dass ich ins

Krankenhaus musste, und jede Woche hat er mich daran erinnert, dass ich nichts anderes sei als ein Stück Scheiße. Etwas Böseres als ihn habe ich nie erlebt, Wesley.«

»Mein Gott.«

»Aber ich habe meine Schwester nicht in den Tod getrieben, um mich an ihm zu rächen.«

»Was?« Er warf den Kopf in den Nacken und lachte. »Jetzt hören Sie aber auf!«

»Hier ist meine Theorie.« Ich brach einen Zweig von einem Ast vor mir ab und klopfte mir damit auf den Oberschenkel, während wir bis zum Ende des Teiches und dann an der anderen Seite wieder zurückgingen. »Ich glaube, Ihr Vater gab Ihnen die Schuld an Naomis Tod und Sie – damals ein armseliges Nervenbündel, nehme ich an – standen kurz vor dem Zusammenbruch, als Sie plötzlich über Krankenhausunterlagen stolperten, aus denen hervorging, dass Naomi nach der Geburt vertauscht worden war. Und zum ersten Mal in Ihrem Leben hatten Sie die Möglichkeit, es Ihrem Vater heimzuzahlen.«

Er nickte. Dann blickte er auf seine rechte Hand, auf den Stumpf, wo früher einmal sein Zeigefinger gewesen war, dann ließ er sie sinken. »Ich bekenne mich schuldig. Aber das wissen Sie doch schon seit Monaten. Ich verstehe nicht, wie Sie ...«

»Vor zehn Jahren«, fuhr ich fort, »da waren Sie ein trauriger, abgefuckter Spinner mit einem Medizinschrank voller Pillen und dem durchgeknallten Hirn eines Genies, glaube ich. Dann verfielen Sie auf die Masche, von Daddy eine nette Summe Unterhalt zu erpressen, und für eine Weile reichte Ihnen das. Aber dann lief Ihnen Pearse über den Weg.«

Er nickte beflissen, auf die ihm eigene halb besonnene, halb verächtliche Art. »Möglich. Und dann verfiel ich ...«

»Quatsch! Er verfiel Ihnen, Wes. Sie steckten die ganze Zeit dahinter«, sagte ich. »Hinter Pearse, hinter Diane Bourne, hinter Karens Tod ...«

»Hoppla. Moment mal.« Er streckte die Hände aus.

»Sie haben Siobhan umgebracht. Pearse hatte ein Alibi und keine der Frauen im Bunker hätte sie schleppen können.«

»Siobhan?« Er schüttelte den Kopf. »Was für eine Siobhan?«

»Sie wussten genau, dass wir früher oder später zum Bunker kommen würden. Deshalb haben Sie uns mit den fünfhundert Riesen gelockt. Ich hatte von Anfang an das Gefühl, dass es zu wenig Geld ist. Ich meine, warum sollte sich Pearse damit zufrieden geben? Tat er aber. Weil Sie es ihm befahlen. Weil Ihnen klar geworden war, dass es, wenn es drunter und drüber gehen würde, noch etwas Besseres gab, als das Geld zu bekommen, das Ihnen Ihrer Meinung nach als Erbteil zustand. Und zwar, der offizielle Erbe zu werden. Sie haben sich neu erfunden, Wes, nämlich als Opfer.«

Sein verwirrtes Lächeln wurde breiter. Am Rand des Teiches blieb er stehen und sah zur hinteren Veranda hinüber. »Ich habe wirklich keine Ahnung, wie Sie auf solche Ideen kommen, Mr Kenzie. Sie haben eine blühende Phantasie!«

»Als wir in das Zimmer kamen, lag das Isolierband neben Ihren Füßen, Wesley. Das heißt, entweder hatte jemand vor, Ihnen die Füße zu fesseln, und vergaß es dann, was mir unwahrscheinlich erscheint, oder Sie, Wesley, hörten uns durch die Tür kommen, stopften sich einen Squashball in den Mund, zogen in Erwägung, sich die Füße zu fesseln, erkannten aber schnell, dass Sie nicht genug Zeit haben würden, und wickelten sich stattdessen ein Seil um das Handgelenk. Aber nur eine Hand war festgebunden, Wesley. Und warum? Weil kein Mensch sich an beiden Händen fesseln kann.«

Er betrachtete unser Spiegelbild im Teich. »Sind Sie fertig?«

»Pearse meinte, ich würde nicht das ganze Schachbrett sehen, und er hatte Recht. Manchmal bin ich schwer von Begriff. Aber jetzt sehe ich alles klar, Wesley: Sie steckten von Anfang an dahinter.«

Er warf einen Kiesel auf mein Spiegelbild, mein Gesicht zersprang in Wellen. »Ach«, meinte er, »bei Ihnen klingt das so machiavellistisch. So läuft es aber nur selten ab.«

»Wie?«

»So glatt.« Er warf noch einen Kiesel in den Teich. »Ich möchte Ihnen eine Geschichte erzählen. Ein Märchen, wenn Sie so wollen.« Er hob eine Hand voll kleiner Steine auf und begann, einen nach dem anderen in die Mitte des Teiches zu werfen. »Ein böser König mit einem kalten Herzen aus einem verfluchtem Geschlecht lebte mit seiner Vorzeigekönigin, seinem unvollkommenen Sohn und seiner unvollkommenen Tochter in seinem Palast. Es war ein kalter Ort. Aber dann, aber dann, Mr Kenzie, bekamen der König und seine Vorzeigekönigin ein drittes Kind. Ein ganz besonderes Wesen. Eine Schönheit. In Wirklichkeit hatten sie sie aus einer Bauernfamilie gestohlen, aber ansonsten war sie makellos. Der König, die Königin, die ältere Prinzessin und sogar der schwache Prinz – mein Gott, alle liebten dieses Kind. Und einige kurze, wunderbare Jahre lang erstrahlte das Königreich. Liebe erfüllte jedes Zimmer. Sünden wurden vergessen, Schwächen übersehen, Zorn begraben. Es war eine goldene Zeit.« Seine Stimme verlor sich. Er starrte über den Teich und zuckte schließlich mit seinen schmalen Schultern. »Auf einem Spaziergang mit dem Prinz – der sie liebte, der sie *vergötterte* – folgte die kleine Prinzessin einem Kobold in die Höhle eines Drachen. Und sie starb. Zuerst machte sich der Prinz Vorwürfe, obwohl klar war, dass er nur wenig hätte tun können. Aber das hielt den König nicht davon ab! O nein. Er gab dem Prinz die Schuld. Die Königin ebenfalls. Sie quälten den Prinzen mit Schweigen, tagelangem Schweigen, gefolgt von plötzlichen bösen Blicken.

Sie gaben ihm die Schuld. Das lag auf der Hand. Und wem konnte sich der Prinz in *seiner* Trauer zuwenden? Natürlich seiner Stiefschwester. Aber sie ... sie ... wies ihn ab. Auch sie gab ihm die Schuld. Das sagte sie natürlich nicht, aber auf ihre selige, unwissende Art machte sie es viel schlimmer als der König und die Königin. Verstehen Sie, die Prinzessin musste Bälle und Galas besuchen. Sie hüllte sich in Unwissenheit und lebte in einer Phantasiewelt, um den Tod ihrer Schwester zu verdrängen, und damit verdrängte sie auch den Prinz und ließ ihn im Stich – ihn, der durch den Verlust, durch seine Schuld, durch die körperliche Unzulänglichkeit, die es ihm verwehrte, die Höhle des Drachen schnell genug zu erreichen, verkrüppelt war.«

»Oooh«, machte ich, »super Geschichte, aber ich mag keine Kostümschinken.«

Er überging meinen Einwand. »Der Prinz ging für lange Zeit in die Verbannung. Am Ende machte ihn seine heimliche Geliebte, eine Schamanin am Hofe des Vates, mit einer Horde von Aufrührern bekannt, die den König vom Thron stürzen wollten. Ihre Pläne waren voller Fehler. Das wusste der Prinz. Aber er machte mit, und seine zerbrechliche Seele begann zu heilen. Er traf Vorkehrungen für alle Eventualitäten. Unglaublich viele Vorkehrungen.« Er warf den letzten Stein ins Wasser, bückte sich, um weitere aufzuklauben, und sah zu mir hoch. »Und der Prinz wurde stark, Mr Kenzie. Er wurde sehr stark.«

»So stark, dass er sich seinen eigenen Finger abschnitt?«

Wesley grinste. »Das ist ein Märchen, Mr Kenzie. Halten Sie sich nicht mit Kleinigkeiten auf.«

»Wie wird sich der Prinz wohl fühlen, wenn ihm ein starker Mann den Kopf abschneidet, Wesley?«

»Ich bin jetzt zu Hause«, sagte er. »Wieder da, wo ich hingehöre. Ich bin gereift. Ich bin bei meinem mich liebenden Vater und meiner mich liebenden Stiefmutter. Ich bin glücklich. Sind Sie glücklich, Patrick?«

Ich antwortete nicht.

»Ich hoffe es für Sie. Halten Sie an Ihrem Glück fest. Es ist ein Schatz. Wenn Sie rumlaufen und wilde Gerüchte in die Welt setzen sollten, die Sie nicht beweisen können, dann könnte das Ihr Glück beeinträchtigen. Vor Gericht würden Sie von ein paar guten Rechtsanwälten, die sich unglaublich gut mit Verleumdung auskennen, in Grund und Boden gestampft.«

»Hmm«, machte ich.

Er drehte sich zu mir um und warf mir sein typisches Lächeln zu. »Lauf nach Hause, Patrick. Sei ein braver Junge. Pass auf deine Schwachstellen und deine Lieben auf und wappne dich für die Tragödie.« Er warf noch einen Kiesel in mein Spiegelbild. »Sie trifft uns alle.«

Ich blickte zurück zur Veranda, wo Christopher Dawe eine Zeitung und Carrie Dawe ein Buch las.

»Sie haben genug gebüßt«, sagte ich. »Ich werde ihnen nicht wehtun, um dich zu kriegen.«

»Sehr rücksichtsvoll«, sagte ich. »Das hab ich schon öfter über dich gehört.«

»Aber, Wesley, ja?«

»Was denn, Patrick?«

»Sie leben nicht ewig.«

»Nein.«

»Denk drüber nach. Nur sie beschützen dich vor mir.«

Etwas huschte über sein Gesicht, ein winzig kleines Zucken, ein Schimmer von Angst.

Dann war es fort.

»Halt dich fern«, flüsterte er. »Halt dich fern, Patrick.«

»Früher oder später wirst du eine Waise sein.« Ich drehte mich um. »Von dem Tag an bist du ganz allein.«

Ich ließ ihn dort stehen und ging über den weitläufigen Rasen zurück zur breiten Veranda.

Es war ein wunderschöner Herbsttag. Die Bäume strahlten in glühenden Farben. Die Erde roch nach Ernte.

Doch die Sonne wurde schwächer und in der Luft, leicht abgekühlt durch die umstehenden Bäume, lag der Geruch von Regen.